Tonia Krüger
Love Songs in London
Dancing on Sunshine

AF160307

TONIA KRÜGER

LOVE SONGS
IN LONDON

DANCING
on
Sunshine

Roman

dtv

Von Tonia Krüger ist bei dtv außerdem lieferbar:
Love Songs in London – All I (don't) want for Christmas
Love Songs in London – Here comes my Sun

Die Zitate von Shakespeare stammen aus folgendem Werk:
William Shakespeare, »Sämtliche Werke in einem Band«,
übersetzt von August Wilhelm von Schlegel und Ludwig Tieck,
Otus Verlag, St. Gallen, 2006.

Originalausgabe
© 2023 dtv Verlagsgesellschaft mbH & Co. KG, München
Dieses Werk wurde vermittelt durch die Literarische Agentur
Thomas Schlück GmbH, 30161 Hannover.
Das Werk ist urheberrechtlich geschützt.
Jede Verwertung ist nur mit Zustimmung des Verlages zulässig.
Das gilt insbesondere für Vervielfältigungen, Übersetzungen und die
Einspeicherung und Verarbeitung in elektronischen Systemen.
Lektorat: Katja Hildebrandt
Umschlaggestaltung: ZERO Werbeagentur GmbH
Umschlagmotive: shutterstock.com
Gesetzt aus der Sabon
Satz: Fotosatz Amann, Memmingen
Druck und Bindung: CPI books GmbH, Leck
Printed in Germany · ISBN 978-3-423-74090-6

Kapitel 1

Erster Brief an Luke

Wie fange ich an, Luke? Mir fehlen die Worte. Geblieben sind mir nur Satzzeichen – Fragezeichen vor allem. Ich weiß, du wirst diesen Brief wohl nie lesen. Schließlich hast du deiner Mom verboten, mit mir zu sprechen, meine Nummer blockiert, du hast das verdammte Land verlassen, um mir zu entkommen. Und ich habe auch jetzt – ungefähr ein Jahr später – keine Ahnung, warum. Die Fragezeichen sind zu Heuschrecken geworden, die ihre Schneisen der Verwüstung durch mich schlagen. Seit einem Jahr laufe ich durch den Sumpf unserer unvollendeten Geschichte und suche nach festem Boden unter meinen Füßen. Dabei sinkt mein Leben Stück für Stück tiefer – jetzt auch noch mein Job, den ich mehr als alles andere liebe, zumindest seit du fort bist.

Emma hat mich überredet, ein Interview über meine Arbeit in der Briefagentur zu geben – fürs Fernsehen. Ausgerechnet ich! Du weißt, wie entblößt ich mir vorkomme, wenn ich angestarrt werde. Das Kameraauge hat sich angefühlt wie Tausende auf mich gerichtete Gesichter, die alle direkt in mein kaputtes Herz blicken. Am Ende dachte ich zwar, das Interview sei unfallfrei verlaufen. Aber die Frau, die ich heute im Fernsehen sah, wirkte kalt, leer und berechnend und hat Dinge gesagt, die ich gar nicht meinte. Offensichtlich haben die Heuschrecken aus mir gesprochen.

Das bin ich? Ist das aus mir geworden? Das ist Maggie-ohne-Luke? Die Wahrheit ist: Ich vermisse dich, Luke. Immer. Ich vermisse dich mit jedem Herzschlag und jedem Atemzug, in jedem Augenblick. Ich bin nicht mehr als das. Du bist zu einem Geist in meinem Leben geworden – immer da und doch nicht da, im Spiegel einer Scheibe, im Gedränge, in meinen Erinnerungen, in meinen Träumen und Albträumen. Du lähmst mich mit deiner penetranten Abwesenheit. Die Luft ist dünner ohne dich. Die Welt blasser. Es ist wie in dem Lied von Calum Scott, das ich dir als Klingelton gegeben habe. Falls du mich jemals wieder anrufst, wirst du es mit diesen Worten tun: You Are the Reason.

Bisher dachte ich, das gehört so. Maggie-ohne-Luke ist eben nur ein Schatten ihrer selbst. Aber als ich die Frau auf dem Bildschirm gesehen habe, hat sich das geändert. Nein, ich will nicht sie sein. Ich will mein Leben zurück. Du hast mich geghostet und jetzt muss ich dich mir austreiben.

Wie? Auf die einzige Art, die ich kenne: Ich erzähle eine Geschichte – unsere. Unterbrich mich, wenn du was zu sagen hast. Ansonsten ziehe ich das hier bis zum Ende durch. Nach all den Briefen, die ich im Namen anderer an vollkommen Fremde geschrieben habe, bin ich bereit für meine Briefe an dich. Lies sie. Oder nicht.

Aber dann, bitte, lass mich los.

Kris' Odds and Ends – Teas, Books, Stationery designed with Love steht über dem kleinen Geschäft in der Rivington Street. Die Fassade besteht aus bodentiefen Butzenfenstern, die so staubig sind, dass man drinnen fast nichts erkennen kann. Die meisten Gebäude stehen hier Wand an Wand, doch direkt neben Kris' Laden führt eine schmale Gasse zu einer weiteren

Häuserzeile in zweiter Reihe. Wie jede freie Fläche in Shoreditch ist die Hauswand mit Graffitikunst besprüht – derzeit erstreckt sich ein riesiges Cocktailglas über die gesamte Wand – inklusive Schirmchen, Obst und jeder Menge Eiswürfeln. Die Tropfen außen am Glas sind so täuschend echt, dass ich das Gefühl habe, sie tatsächlich abwärtsrinnen zu sehen. So ein Getränk ist wahrscheinlich der kühle Traum der meisten in der lang andauernden Hitzewelle. Ich persönlich liebe die Wärme und sehe diesen Sommer als Chance, meine schicken Boho-Kleider spazieren zu tragen. Mal sehen, wie lange sich das Graffiti hält, bevor es übersprüht wird. Street-Art in Shoreditch ist fluide – immer im Kommen und Gehen.

Was gleich bleibt, ist der wunderbar intensive Kräuterduft in Kris' kleinem Geschäft. Wie immer atme ich tief ein, sobald ich hinter Thea durch die offen stehende Tür trete. Wir arbeiten beide für die *Word Ghosts* – Thea mittlerweile als Leiterin der Abteilung Lektorat und Korrektorat, ich als freie Mitarbeiterin. Denn eigentlich bin ich Creative-Writing-Studentin, die aber nicht weiß, wohin mit ihrem Leben, sich mit dem Briefeschreiben ihr Studium finanziert und ein riesiges Problem hat.

Für einen Moment bleibe ich stehen, um all die warmen, zitronigen, herben, fruchtigen, ätherischen und blumigen Düfte in mich aufzusaugen, die Kris' Tees verströmen. Ursprünglich hat sie ein wirres Durcheinander verschiedenster Kleinigkeiten in ihrem Geschäft verkauft. Als ich jünger war, erschien mir *Kris' Odds and Ends* als sicherste Adresse, wenn ich Geburtstagsgeschenke brauchte. Nach und nach hat sie sich auf die Dinge spezialisiert, die am besten liefen. Die Tees findet man in langen eng stehenden Regalen zur Linken – zusammen mit hochwertigem Zubehör. Die Bücher und Magazine sowie einige ausgewählte Schreibutensilien befinden sich rechts – darunter die Fächer mit dem Briefpapier. Geradezu wird die Ladentheke von Drehständern mit den Postkarten flankiert, die Kris selbst designt. Eigentlich ist sie Künstlerin. Es gab eine Zeit, da war *Word Ghosts* Kris' bester Auftraggeber. Allerdings läuft ihr Geschäft mittlerweile so gut, dass sie Drucke von ihren Arbeiten anfertigen lässt und es sich wahrscheinlich leisten könnte, auf die Tees und Bücher zu verzichten.

»Kris, bist du da?« Theas erhobene Stimme reißt mich aus meinem kurzen Ausflug in die Duftwelt von Kris' Laden.

»Komme!« Ihre Antwort dringt durch die schmale Tür zum angrenzenden Raum, in dem ihre Werkstatt untergebracht ist.

»Thea! Maggie!« Als sie wenig später auftaucht, erhellt sich ihre Miene. »Schön, dass ihr da seid. Ihr wollt sicher die neuen Karten abholen.«

»Ganz genau.« Thea streicht ihre braunen Locken zurück. Sie hat sie mit einer Spange im Nacken zusammengefasst, aber wie immer lösen sich Strähnen daraus, die sie sich regelmäßig aus der Stirn pustet. »Und falls du einen Tee zum Probieren hast, würde ich auch nicht Nein sagen.«

Kris – schon wieder halb in ihrer Werkstatt verschwunden – antwortet mit einem Lachen. »Kommt beides sofort.«

»Am besten was mit stimmungsaufhellender Wirkung«, ruft Thea ihr nach. »Das kann Maggie gerade gut gebrauchen.«

»Thea.« Genervt verdrehe ich die Augen. »Muss das sein?«

Thea wirft mir ihr warmherziges Lächeln zu, ehe sie sich den dreibeinigen Hocker von der Wand heranzieht. Kris benutzt ihn, um an die weiter oben stehenden Tees zu gelangen, aber er ist Theas bevorzugte Sitzgelegenheit. »Ist doch wahr, Maggie. So wie du aussiehst, kannst du eine Tasse gute Laune gebrauchen.«

»Was ist denn los?«, will Kris wissen, die in diesem Moment zurückkommt. Dabei schiebt sie mit dem Fuß einen Drehstuhl herein, während sie in den Händen ein Tablett mit drei dampfenden Tassen balanciert. Unter ihren Armen klemmen die Pakete mit den Postkarten, die sie speziell für unsere

Agentur angefertigt hat. Rasch nehme ich sie ihr ab und reiche sie Thea, die sie sorgsam in die mitgebrachten Boxen legt.

»Bitte schön.« Kris stellt das Tablett auf der Theke ab. »Das ist total effektiv bei schlechter Stimmung: Johanniskraut, Mistel und Wegwarte.« Sie reibt ihre Hände gegeneinander, geht um ihre Theke herum, lässt sich auf ihren Stuhl hinter der Kasse fallen und sieht uns erwartungsvoll an. »Also? Wo kommt bei dem Mega-Sommerwetter der Winterblues her?«

Seufzend nehme ich auf dem Drehstuhl Platz und greife mit beiden Händen nach meiner dampfenden Tasse. Bei der stickigen Hitze im Laden wäre so ein Cocktail wie an der Gebäudewand eigentlich passender. Aber wenn wirklich gute Laune in dieser Mischung steckt, würde ich auch einen ganzen Liter nehmen.

»Maggie muss einen Liebesbrief schreiben«, erklärt Thea mit vertraulich gesenkter Stimme.

Kris' kräftige Augenbrauen wandern höher. Sie verleihen ihrem Gesicht beneidenswert viel Charakter. Davon hat sie sowieso viel zu bieten. Kris ist Anfang vierzig, trägt ihre dunklen Haare in einem kurzen Wuschellook und mit Vorliebe Hosenträger. Heute ein schmales schwarzes Paar über einem weinroten Top zu einer Jeansshorts. Dass alles an ihr etwas kantig wirkt, macht einen Großteil ihrer Coolness aus.

»Ich dachte, du schreibst keine Liebesbriefe mehr, seit dieser Luke abgehauen ist.« Kris hat offensichtlich schon jetzt kein Verständnis dafür, dass ich von diesem Prinzip abweiche.

»Das ist genau mein Problem«, gebe ich zu. »Ich habe seit einem Jahr keinen Liebesbrief mehr geschrieben. Ich glaube, ich kann das überhaupt nicht mehr.«

»Ach was.« Thea schüttelt bestimmt den Kopf. »Du warst immer die *Queen of Love Letters*. Das kann einfach niemand so wie du.«

Thea ist nicht die Einzige, die das so sieht. Auch Emma setzt mich zunehmend unter Druck. Und sie weiß, wie man sich durchsetzt. Immerhin ist sie Mutter von drei Kindern, Besitzerin von zwei Hunden und Inhaberin einer Briefagentur. Einige Wochen Schonzeit hat sie mir nach Lukes Verschwinden gewährt, aber seitdem bearbeitet sie mich. Trotzdem bin ich standhaft geblieben. Keine Liebesbriefe mehr! Denn wie soll ich einen Liebesbrief schreiben, wenn ich jegliche emotionale Regung tief in mir in einem Tresor eingebunkert habe, einem inneren Hochsicherheitstrakt, weil ich sonst – das ist die traurige Wahrheit – noch immer Gefahr laufe, von meiner Verzweiflung überrollt zu werden?

»Aber warum hast du dich zu dem Auftrag überreden lassen, wenn du ihn gar nicht machen willst?«, verlangt Kris mit gerunzelter Stirn zu wissen.

»Na ja, ich hatte nicht wirklich eine Wahl«, murmle ich in meinen Tee.

»Das Interview«, informiert Thea Kris. »Du weißt schon: Emma will, dass sie es wiedergutmacht.«

»Ach ja, das Interview!«, ruft Kris aus. »Die *Word Ghosts* waren ja im Frühstücksfernsehen. Den Beitrag habe ich noch gar nicht gesehen.«

»Sei froh«, brumme ich und nehme mit Erschrecken zur Kenntnis, wie Kris nach ihrem Telefon greift. »Bloß nicht! Bitte sieh dir das nicht an.«

»Wieso nicht?« Irritiert mustert Kris mich.

»Ich war eine Katastrophe.«

»Quatsch!« Kris lacht auf. »So schlimm war es bestimmt nicht.«

»Warte, bis du es siehst.« Thea nimmt einen ersten vorsichtigen Schluck von ihrem Tee. Stöhnend schüttle ich den Kopf, als Kris das Interview in der Mediathek des Senders findet und der Beitrag mit einer Runde durch die Räume der Agentur beginnt. Unruhig drehe ich die Tasse in meinen Händen, während ich Emmas Stimme höre, die auf ihre präzise Art von ihrem Geschäftskonzept erzählt und dabei wahnsinnig professionell wirkt: Kleider machen Leute? Saubere Orthografie, Interpunktion und Grammatik machen gute Texte. Die *Word Ghost Agency* erstellt Korrektorate, Lektorate und Texte jeder Art – fürs Business, fürs Studium und für alle privaten Anlässe.

»Aber die Fakten sind ja eigentlich langweilig«, leitet sie schließlich zu mir über. »Was bei uns im Mittelpunkt steht, ist unsere Kundschaft: ihre Worte, ihre Texte, ihre Gefühle. Und was das angeht, ist Maggie unsere Expertin.«

Ich will mir die Ohren zuhalten, als die Reporterin ihre erste Frage stellt, doch die Teetasse hindert mich daran.

»Dein Job besteht also darin, Liebesbriefe an Menschen zu schreiben, die du noch nie gesehen hast. Wem hast du zuletzt ganz privat einen Liebesbrief geschrieben?«

Ich drehe die Tasse schneller, während meine Antwort auf sich warten lässt.

»Niemandem«, höre ich mich endlich sagen. Kris wirft mir einen ungläubigen Blick zu, als man mich aus ihren Handylautsprechern über die nächste Frage lachen hört. Es klingt abgehackt, nicht nach mir. »Nein, an die Liebe zu glauben ist keine Voraussetzung für meinen Job. Es geht ja nicht um meine Gefühle, sondern um die der Kundschaft.«

Auf meinem Drehstuhl vor dem Tresen werde ich kleiner.

»Fällt es dir leicht, dich in diejenigen einzufühlen, für die du schreibst?«, dringt die Stimme der jungen Fernsehreporterin aus dem Off.

»Das ist mein Job.«

»Aber ich stelle mir das schwierig vor. Das sind ja Fremde für dich und du musst innerhalb kürzester Zeit ein Gefühl für sie entwickeln. Hast du Tricks oder Hilfsmittel, um Zugang zu ihren Geschichten zu finden?«

»Na ja, jeder Job hat seine Herausforderungen. Sonst müsste man ja nicht dafür bezahlt werden.«

Kris lacht unterdrückt auf, aber ich will ihr einfach nur das Telefon aus der Hand reißen und in die letzte Ecke des Ladens schleudern. Ich will sie nicht länger sehen und hören müssen: die Frau, die aussieht wie ich, aber völlig anders spricht – kurz angebunden und abgeklärt.

Das Problem war natürlich – abgesehen von der Kamera, die mich so unverwandt angestarrt hat – Luke. Der ehrgeizigen Reporterin in Minirock und Lederjacke, die ständig auf ihre Uhr sah und ihren Kameramann Dustin anschnauzte, konnte ich nicht anvertrauen, dass ich den Job in der Briefagentur nur mache, weil Luke ihn so perfekt für mich fand und weil dieser Job das Einzige ist, das mich noch mit ihm verbindet.

»Gibt es denn eine Geschichte, die dir besonders in Erinnerung geblieben ist, die dich besonders berührt hat?«, fragt die Reporterin.

»Nein.«

Weil mich alle Geschichten berühren, will ich jetzt dazwischenrufen, weil jede einzelne zu einem Teil von mir wird. Aber es ist zu spät. Maggie-auf-dem-Bildschirm wirkt abgebrüht und kaltherzig, als würde ihr nichts auf der Welt etwas bedeuten – nur das Geld, das ihr der Job einbringt. Obwohl sie auf den ersten Blick einen eher verträumten Eindruck macht. Sie trägt ein figurbetontes kurzes Kleid mit ein paar Rüschen am Saum und einem floralen Muster in Rot, Weiß und Blau. Darunter sind sonnengebräunte Beine zu sehen. Ihre Füße stecken in mit bunten Steinchen besetzten Riemchensandalen. Ihre langen Haare haben einen hellen Blondton und sind in einen Half-Bun aufgesteckt. In ihrem eher schmalen Gesicht sind die grauen Augen der eigentliche Blickfang. Als ich das Interview im Fernsehen zum ersten Mal sah, dachte ich, dass ich wieder damit anfangen könnte, sie mehr zu betonen. Aber Schminken hat in den letzten Monaten eher keine Rolle in meinem Leben gespielt. Und jetzt habe ich erst recht andere Sorgen.

»Was ist für dich das Schönste an deinem Job?«, will die Reporterin wissen.

Wenn ich mit jemandem spreche und der Moment kommt, in dem er mir sein Herz öffnet, wenn ich anfange zu fühlen wie er, wenn ein Bild von der Person in meinem Kopf entsteht, an die ich schreiben soll, und wenn ich verstehe, was dieser Person wichtig ist. Ich liebe den Moment, wenn die Worte zu fließen beginnen, wenn sie die Kommunikationslücken anderer füllen, wenn ich sie in meinem Bauch spüren kann – ungefähr da, wo meine Rippenbögen zusammentreffen. An der Stelle fühle ich ein Kribbeln, wenn die Worte richtig sind, und ich bin süchtig nach diesem Gefühl. Leider sagt die Frau im Fernsehen nichts von alledem.

»Wenn die Kundin oder der Auftraggeber zufrieden sind.« Das ist ihre Antwort. Und die lässt sie distanziert und unnahbar wirken.

Ich wünschte, Kris würde dieser Schmach endlich ein Ende bereiten, indem sie ihr Handy ausschaltet, aber offensichtlich hat sie vor, das hier bis zum bitteren Ende auszusitzen.

»Wie hast du gemerkt, dass du ein spezielles Talent zum Schreiben hast?«, fragt die Reporterin zum Ende des Interviews.

An dem Spaß, den es mir von Kindheit an machte, für jeden Menschen in meinem Bekanntenkreis aufwendige Geburtstagskarten zu gestalten. An meiner Lesesucht und meinen Ausflügen in Schreibforen, in denen ich mich immer wohler fühlte als mit Menschen im richtigen Leben. An den Reaktionen der Leute, die während meines Creative-Writing-Studiums von meinen Texten berührt wurden. An dem faszinierten Staunen, mit dem Luke mich ansah: *Maggie, das ist Magie. Das ist deine Art zu zaubern.*

Die Frau auf dem Bildschirm zuckt nur mit den Schultern. »Irgendein Talent hat doch jeder.« Es fehlt noch, dass sie dabei auf einem Kaugummi kaut.

Abgemildert wird das Desaster nur davon, dass nach ihr einige unserer langjährigen Kundinnen und Kunden zu Wort kommen, die Emma zu diesem Zweck eingeladen hatte: Der Politikstudent Elias, der Legastheniker ist und für den wir Essays und *Term Paper* korrigieren, Gründerin Lucy, für die wir die Webtexte erstellen, Reiseblogger David, dessen Beiträge wir vor der Veröffentlichung lektorieren, und Jonathan, dessen Frau schwer erkrankt ist und mit dem ich alle drei Monate eine Geschichte über die Dinge schreibe, die sie zusammen erlebt haben.

Allerdings hat mein Auftritt wahrscheinlich dazu geführt, dass alle noch mehr Mitleid mit Jonathan bekommen, weil eine berechnende Briefeschreiberin ihm das Geld aus der Tasche zieht. Dementsprechend fällt der Kommentar der Moderatorin im Frühstücksfernsehen nach Ende des Beitrags aus:

»Ich hatte keine Ahnung, dass es überhaupt noch Leute gibt, die Briefe schreiben.«

»Anscheinend überlässt man so was heutzutage ja auch der Expertin«, wendet ihr Kollege ein. »Und die lässt sich das eben was kosten.«

Endlich, endlich, endlich wird der Bildschirm schwarz. Kris legt ihr Handy beiseite. Das Lachen ist ihr offensichtlich vergangen. »Hat Emma dich sehr laut angeschrien?«

Thea kichert ein bisschen. »Sie hat sich einigermaßen zusammengerissen, aber sie war schon ziemlich enttäuscht. Das war unsere Chance, landesweite Bekanntheit zu erreichen«, wiederholt sie Emmas Worte mit übertriebener Theatralik. »Jetzt – mitten im Sommerloch – lieben die Medien solche Storys: eine kleine Agentur voller herzlicher, engagierter junger Menschen, die professionell arbeiten, aber auch die ganz großen Gefühle erzeugen. Weil es ihnen auf ihre Leidenschaft für Sprache und nicht aufs Geld ankommt. So sollten wir rüberkommen. Stattdessen wirken wir wie ein Haufen strategischer Zahlenfuchser und geldgläubiger Geschäftsleute.«

»Warum hat sie mich auch gezwungen, dieses Interview zu geben?« Gequält leere ich meine Tasse in einem langen Zug. »Ich habe ihr von Anfang an gesagt, dass ich das nicht kann.«

»Sie hat halt gehofft, du würdest ein bisschen über dein tolles Verhältnis zur Kundschaft plaudern und mit deiner verträumt romantischen Art dafür sorgen, dass die Leute mitbekommen, wie menschlich und persönlich wir uns um jeden einzelnen Auftrag kümmern.«

»Ja«, brumme ich unglücklich. »Stattdessen wirke ich desinteressiert und emotionslos.«

»Aber warum?« Ratlos sieht Kris mich an.

Ich zucke mit den Schultern. »Emma hat gesagt, ich solle mich nicht aus der Ruhe bringen lassen. Und ich wollte professionell wirken – nicht total naiv.«

»Nein, das meine ich nicht.« Kris greift ebenfalls nach ihrem Tee. Offenbar braucht sie nun auch einen Gute-Laune-Boost. »Warum hast du dich überhaupt zu dem Interview bereit erklärt, wenn du es von vornherein nicht machen wolltest?«

Hörbar atme ich ein. »Mir ist klar, dass ich Emmas Geduld ziemlich strapaziert habe.«

»Sie hat dich ja auch regelmäßig daran erinnert«, wirft Thea ein, wobei sie missbilligend die Mundwinkel herabzieht. Obwohl sie Auseinandersetzungen sonst scheut, hat sie mich Emma gegenüber in Schutz genommen. Dabei war uns wahrscheinlich beiden klar, dass Emma im Grunde recht hat. In den ersten Wochen nach Lukes Verschwinden habe ich meinen Job vernachlässigt und war noch lange danach ziemlich unberechenbar. Immer wieder bin ich fest entschlossen in der Agentur aufgetaucht, stark und unkaputtbar zu sein, nur um wenige Stunden später doch wieder ins Leere zu starren. Auf Stand-by, weil mich mein grausames Gehirn nach irgendeiner unbedachten Bemerkung mit Luke-Flashbacks quälte – oder weil ein Auftrag mich an ihn erinnerte.

Kris sieht mir mein schlechtes Gewissen offenbar an. »Aber wir wissen doch alle, dass du eine schwere Zeit durchmachst. Und im Ernst! Wem würde es anders gehen, wenn der eigene Freund von einem Tag auf den anderen verschwindet?«

»Außerdem«, fügt Thea aufmunternd hinzu, »geht es dir seit einem halben Jahr doch besser. Immerhin schreibst du wieder Abschiedsbriefe, Trauerreden und Geburtstagskarten, Gedichte und manchmal sogar Versöhnungsschreiben. Du hast dich ja schon wieder an emotionale Texte rangetraut.«

Das stimmt und ich werfe ihr ein dankbares Lächeln zu. Nachdem ich etwa ein halbes Jahr lang fast nur Wissenschaftskorrektorate gemacht hatte, habe ich wieder angefangen, emotionale Aufträge anzunehmen. Nur Liebesbriefe habe ich zu Emmas Ärgernis weiterhin abgelehnt. Ich war wie blockiert. Jeder Versuch, den Stift anzusetzen, drückte mein Herz so zusammen, dass ich mir sicher war zu sterben. Es war ein Gefühl, das es ernst meinte. Keins, das einfach so wieder verschwindet.

»Ich dachte, wenn ich Emma mit dem Interview entgegenkomme, gibt sie mir mit allem anderen noch etwas Zeit.«

»Aber was hat dich so aus der Fassung gebracht, dass du geklungen hast wie ein schlecht programmierter Roboter?« Kris stützt sich mit beiden Händen auf die Theke und mustert mich forschend.

Ich seufze tief. »Als sie mich fragte, wem ich zuletzt einen Liebesbrief geschrieben habe, ist mir etwas klar geworden.«

Kris runzelt die Stirn. »Dass du noch nie jemandem einen geschrieben hast? Das hast du jedenfalls gesagt.«

»Ja.« Ich nicke bekräftigend, damit sie den Ernst der Lage versteht. »Seit ich bei Emma arbeite, schreibe ich Liebesbriefe an vollkommen Fremde. Nur meinem Freund habe ich nie einen geschrieben.«

»Du hast ihn ja auch jeden Tag gesehen«, sagt Kris pragmatisch.

»Ich habe ihm nicht mal Geburtstags- oder Weihnachtskarten geschrieben. Selbst als er über Weihnachten zu seiner Familie gereist ist, habe ich ihm nur mein Geschenk mitgegeben, auf dem *Für Luke* stand.«

»Na und?« Kris verschränkt die Arme vor der Brust. »Du fragst dich, warum du Luke nie einen Liebesbrief geschrieben hast? Ernsthaft? Der Typ hat dich brutal sitzen gelassen. Ich könnte verstehen, wenn du dich fragst, warum du ihm nicht mehr Arschtritte verpasst hast – aber Liebesbriefe?« Mit missbilligendem Gesichtsausdruck schüttelt sie den Kopf. »Auf keinen Fall!«

Theas Augen weiten sich bei Kris' Ausbruch, aber ich nehme ihn ihr nicht krumm. Ich habe alle in meinem Umfeld zu lange mit meinem Liebeskummer belastet. Ha! Das Wort ist zu harmlos für das, was Luke mit mir gemacht hat. Er hat mich zerstört. Ich war ein Liebeskummer-Totalausfall. Mittlerweile kann man von mir erwarten, dass ich ein paar klare Worte verkrafte.

»So ähnlich sieht Emma das auch«, stimme ich ihr also zu. »Deshalb will sie, dass ich dieses ...« Ich gestikuliere in Richtung von Kris' Telefon. »... dieses Desaster wiedergutmache.«

»Ah!« Kris' Züge glätten sich, als sie wohl versteht. »Deshalb dieser neue Auftrag, den du nicht machen willst. Ein Liebesbrief?«

»So ähnlich.« Seufzend stelle ich die Teetasse zurück auf

das Tablett.« Nachdem das Interview ausgestrahlt wurde, hat Emma einen Anruf bekommen – von Alice.«

»Also hat euch der Beitrag doch neue Kundschaft eingebracht«, stellt Kris fest.

»Ja, *eine* neue Kundin.« Zur Betonung hebt Thea einen Zeigefinger. »Nicht Hunderte, auf die Emma gehofft hat.«

»Das werden sicher noch mehr.« Kris' Optimismus ist wirklich bewundernswert. »Was sollst du denn für diese Alice schreiben?«

»Eine Geburtstagskarte an ihren Freund, um ihn davon zu überzeugen, mit ihr zusammenzuziehen – in ihrem Namen natürlich.«

Kris spitzt die Lippen. »Ist Zusammenziehen so eine kluge Idee, wenn er erst überzeugt werden muss?«

»Das frage ich mich auch. Alice arbeitet seit ein paar Jahren bei einem *Incoming Tour Operator* und unter ihren Freundinnen heiraten die ersten oder kaufen Häuser. Sie will endlich den nächsten Schritt gehen.«

»Aber er will nicht?«

»Genau. Er ist Student, arbeitet beim Radio, hat einen Podcast und lebt in einer WG, von der aus er sowohl die Uni als auch den Sender gut erreicht.« Ich hebe in einer hilflosen Geste beide Hände. »Anscheinend will er das auf keinen Fall aufgeben. Das ist ja auch ein ziemlicher Glücksgriff in London.«

»Wie sollst du ihn denn dann überzeugen?« Kris zieht den Kopf zurück, als gehe sie auf Abstand zu der Idee.

»Zaubern kann ich jedenfalls nicht.« *Das Schreiben ist deine Art zu zaubern. Maggie-Magie.* Ich zucke zusammen, als die Erinnerung an Lukes Worte mir wie eine Sternschnuppe durch den Kopf fliegt und einen ganzen Schweif an eigentlich fest im Tresor verschlossenen Gefühlen hinter sich herzieht: ein kurzer Moment Glück, der von dem viel stärkeren Gefühl von Verlust erdrückt wird. »Ich habe Alice längst erklärt, dass sie nicht zu viel erwarten darf. Mein Problem ist eigentlich ein anderes: Ich kann die Luke-Brille einfach nicht absetzen. Alice hat mir von ihrer Jaden-und-Alice-Liebesgeschichte erzählt, aber ich konnte nur das Negative sehen.«

»Was meinst du?« Thea mustert mich von der Seite. Ich denke an das Telefonat zurück. Während Alice ihre Friends-to-Lovers-Erzählung vor allem romantisch fand, klang sie in meinen Ohren, als seien Jaden und sie eher zufällig zusammengekommen und nur ein Paar, weil es einfach ist.

»Ich weiß auch nicht. Früher konnte ich die Geschichten, die mir erzählt wurden, annehmen, ohne sie zu bewerten oder zu kommentieren. Jetzt höre ich sofort eine gemeine Stimme in meinem Kopf, die mir einflüstert, das alles habe doch keine Zukunft. Dabei steht es mir überhaupt nicht zu, so zu denken.«

»Sei nicht so hart zu dir selbst.« Tröstend tätschelt Thea mein Knie. »Fang einfach an zu schreiben. Du wirst schon wieder reinkommen.«

»Ich brauche übrigens noch eine Karte für ihn.«

»Klar.« Kris gestikuliert auf die Ständer, zwischen denen Thea und ich sitzen. »Du weißt ja, wo du die Geburtstagsmotive findest.«

»Eigentlich habe ich an etwas anderes gedacht.« Ich stehe auf, um den Kartenständer langsam herumzudrehen. »Da ich nur eine Postkarte habe, um den Typen von etwas zu überzeugen, das er nicht machen will, sollte das Motiv für sich sprechen. Hast du irgendwas zum Thema Freiheit?«

»Freiheit?« Nachdenklich wuschelt Kris sich mit der Hand durch ihre kurzen Haare. »Das ist aber abstrakt. Was stellst du dir da vor? Und warum überhaupt Freiheit? Ist Zusammenziehen nicht eher das Gegenteil davon?«

Zustimmend grinse ich sie an. »Eben. Aber so soll es natürlich nicht rüberkommen.«

»Verstehe.« Lachend greift Kris über den Tresen nach einer Hochzeitskarte und hält sie hoch. »Die dann wohl eher nicht, oder meinst du, er versteht Ironie?« Das Design zeigt den Scherenschnitt eines Brautpaars, das Hand in Hand einem Sonnenuntergang entgegenläuft. In den Gehweg unter ihren Füßen sind Worte eingeritzt: *Buy me a beer, the end is near.*

Grinsend schüttele ich den Kopf. »Ich glaube nicht, dass ich es mit Ironie wagen sollte. Ich will eher vermitteln, dass Zusammenziehen zwar mehr Verbindlichkeit bedeutet, aber nicht, dass man alle Freiheiten aufgeben muss.«

»Nur die meisten.« Ich werfe ihr ein schiefes Grinsen zu und sie zieht sich ihren Notizblock heran. »Schon gut. Soll ich dir ein neues Design entwerfen?«

»Das wäre super, aber dafür reicht die Zeit nicht. Ich muss Alice die Karte und den Text bis heute Abend in der Agentur bereitlegen. Jadens Geburtstag ist schon morgen und sie will die Karte selbst beschriften.«

»Warum machst du das nicht? Du kannst das doch viel schöner – du mit deinen Kalligrafie-Skills.« Kris mustert mich neidisch.

»Wahrscheinlich will sie Geld sparen«, vermutet Thea, aber ich schüttele den Kopf.

»Jaden soll auf keinen Fall merken, dass sie den Text gar nicht geschrieben hat. Daher übernimmt sie die Beschriftung selbst.«

»Aha«, sagt Kris in skeptischem Ton. »Dann schaue ich mal in der Werkstatt nach, ob ich was Passendes finde. Was hältst du von einem Meer-Motiv?«

»Gute Idee! Der Typ ist Surfer.«

»Schaut ihr mal in den Ständern. Allerdings habe ich gerade eine Blumenphase«, meint Kris, während sie uns umrundet und in ihrer Werkstatt verschwindet.

»Das ist nicht zu übersehen.« Schmunzelnd blättere ich

durch die Karten. Die meisten sind mit riesigen schimmernden Blüten bedeckt. In den Fächern mit den älteren Motiven wechseln sich Tiere mit abstrakteren Designs von Wald- oder Berglandschaften ab. Ich lege mir zwei Karten zur Seite, die eventuell passen könnten, suche aber noch weiter. Einige sind mit Noten, Sprüchen oder kleinen charmanten Szenen zwischen einer Biene und einem Faultier versehen. Und dann halte ich sie plötzlich in Händen: die perfekte Karte! Sie zeigt ein abstraktes Design türkisfarbener Wellen, die sich mit sonnengelbem Sand vermischen und mit einem himmelblauen Horizont verschmelzen. In Weiß und Rot hebt sich die Andeutung eines Leuchtturms davon ab.

»Kris!«, rufe ich nach hinten. »Ich habe eine.«

Sofort kommt sie zurück und wirft einen neugierigen Blick auf die Karte. »Die habe ich vor Jahren gemacht. Das ist wahrscheinlich die letzte ihrer Art.«

»Dann verteidige ich sie mit meinem Leben. Für einen Surfer passen die Wellen doch perfekt.«

»Glück gehabt, würde ich sagen.« Thea grinst mich an und legt die Karte zu den anderen in die Box, während Kris auf ihren Platz geht, um den Einkauf auf die monatliche Abrechnung der Agentur zu setzen.

»Stichwort *Glück*«, sagt Kris seufzend, während Thea mir eine der Boxen gibt und sich vom Schemel gleiten lässt. »Ihr wisst nicht zufällig jemanden, der zuverlässig, vertrauenswürdig und nett ist und bei mir arbeiten will?«

»Willst du jemanden einstellen?«, frage ich überrascht, wobei ich ebenfalls aufstehe.

Kris nickt zustimmend. »Ich kann mich langsam nicht mehr retten vor Aufträgen und brauche dringend Unterstützung bei der Inventur und beim Versand von Bestellungen.«

»Das ist doch super!« Schon halb auf dem Weg zur Tür drehen Thea und ich uns noch mal um.

»Schon.« Grinsend bleibt Kris in der Tür zu ihrer Werkstatt stehen. »Aber mittlerweile sitze ich oft bis spät in die Nacht hier, um Briefe und Pakete zu packen. Also muss ich wirklich jemanden finden.«

»Ist das denn so schwer?«, will Thea wissen.

Kris zuckt mit den Schultern. »Ein paar haben sich schon bei mir vorgestellt. Aber ich habe bis zehn gezählt und es hat nicht klick gemacht.«

»Bis zehn gezählt?«, wiederhole ich.

»Ja, das mache ich immer so. Solltet ihr auch mal probieren. Ein Bauchgefühl stellt sich schnell ein, aber manchmal braucht unser Kopf ein bisschen Zeit, um die Signale richtig zu deuten. Wenn ich also nicht weiß, wie ich reagieren oder wie ich mich entscheiden soll, gebe ich meinem Bauch zehn Sekunden Zeit, mir einen Tipp zu geben.«

»Und das funktioniert?« Skeptisch sehe ich sie an. Aus meinem Bauch kommt meistens nur Alarmgeläut, wenn ich mit einer unberechenbaren Situation konfrontiert bin.

»Probier es einfach aus«, meint Kris zuversichtlich.

»Mache ich.« Gleich darauf treten Thea und ich in die sonnenwarme Luft auf der Rivington Street. Trotz der Probleme, die mir im Nacken sitzen, fühle ich mich beschwingt – wie eigentlich jedes Mal, wenn ich von Kris aufbreche. Ich glaube, das liegt an ihrem gemütlichen Laden mit all den schönen Dingen und Kris' zugewandter Art. Oder vielleicht an ihrer Gute-Laune-Teemischung.

Kapitel 2

Nur knapp zehn Minuten später betreten Thea und ich die Räume der *Word Ghosts* in der Shoreditch High Street. Kurz grüße ich in die Runde, habe es aber eilig an meinen Platz zu gelangen und mich in Bezug auf Jadens Geburtstagskarte an die Arbeit zu machen. Die Agenturräume haben mit ihren Wänden aus Sichtbeton das Potenzial, furchtbar hässlich zu sein. Emma hat sie jedoch so liebevoll eingerichtet, dass sie hip wirken. Ecken mit Zimmerpflanzen und riesigen bunten Sitzkissen sind vor allem bei den Freelancern – dem Großteil von Emmas Mitarbeitenden – beliebt. Einige von ihnen sind wie ich Studierende und kommen manchmal auch her, um ihre *Term Paper* zu schreiben. Das helle Holz der Bücherregale und Schreibtische sowie bunte Teppiche weichen den Look des Betons auf. Linker Hand führen ein paar Treppenstufen zu einer offenen Küche hinauf, in der gerade ein paar Leute bei Tee und einem Plausch zusammensitzen.

Ich blende die Geräuschkulisse jedoch aus, sobald ich an meinem Schreibtisch sitze, der Kopf an Kopf mit Theas in der hinteren Ecke des Raums steht. Diese Karte an Jaden macht mich nervös. Vielleicht weil Alice ihrem Freund gegenüber ein Geheimnis daraus macht? Oder weil sie sich so viel davon erhofft? Irgendetwas an der Geschichte, die sie mir über sich und Jaden erzählt hat, bereitet mir jedenfalls Sorgen. Sie hatte sich so gut auf unser Gespräch vorbereitet, dass viele ihrer Anekdoten nicht ganz authentisch wirkten. Irgendwie habe ich das Gefühl, Jaden noch näherkommen zu müssen – ohne Alice-Filter.

Während ich mir sein Instagram-Profil ansehe, versuche ich die Bilder mit Alice' Geschichten über ihn in Einklang zu bringen und versinke so in meiner Recherche, dass ich kaum mitbekomme, wie Thea in dem Durcheinander auf ihrem Schreibtisch nach irgendetwas sucht.

Alice und Jaden haben sich in einem Jugendfreizeitprogramm kennengelernt, fuhren mit der Gruppe zum Skifahren nach Frankreich und zum Surfen nach Portugal – die einzige Möglichkeit für Jadens Eltern, ihrem Sohn Urlaube zu ermöglichen. Alice fand Jaden von Anfang an toll, himmelte ihn aber eher aus der Ferne an. Eigentlich war er ihr zu wild. Von Brücken in die Themse zu springen, sich illegal auf Festivals einzuschleusen, Ausweise zu fälschen, um in Clubs zu gelangen und an Alkohol zu kommen, oder ungefragt Fahrräder auszuleihen gehörte alles zu seinem Repertoire. Doch als Jadens bester Freund ein Stipendium bekam und ein Studium begann, war das für Jaden wie eine Challenge, es auch zu schaffen. Er hat beim Radio gejobbt, wo er mittlerweile als Produktionsassistent arbeitet. Vor dem Mikrofon kann er seine Schlagfertigkeit voll ausspielen. Deshalb hat er inzwischen nicht nur etliche Praktika bei ITV und sogar der BBC absolviert, sondern auch seinen eigenen Podcast entwickelt. Um eine Chance auf eine Karriere zu haben, macht er gerade seinen Abschluss in *Broadcast Journalism*.

Alice hat mir erzählt, wie überrascht sie war, seine Wandlung zu beobachten. Er ließ seine grenzwertigen Aktionen fast schlagartig sein, als er merkte, dass er eine reelle Chance hat, es als Moderator zu schaffen. Das beeindruckte sie. Und während eines Sommers in Portugal wagte sie zum ersten Mal, ihm näherzukommen. Sie verbrachten eine Nacht zusammen, dann trafen sie sich zu Hause häufiger allein. Ein halbes Jahr später in einer eingeschneiten Hütte in Val d'Isère stellten sie fest, dass sie in der Zwischenzeit beide nichts mit anderen angefangen hatten. Seither sind sie offiziell ein Paar – mittlerweile seit drei Jahren. Doch obwohl Jaden weiß, dass Alice sich mehr Verbindlichkeit wünscht, macht er keine Anstalten, ihr entgegenzukommen. Und gegen seine Redegewandtheit kommt Alice argumentativ nicht wirklich an.

Nachdenklich scrolle ich nochmals durch die Fotos, die sie mir von Jaden und sich geschickt hat und auf denen seine Aufmerksamkeit immer auf irgendetwas anderes als sie gerichtet ist: einen Kumpel, der ihn gerade mit Schnee abwirft, einen Krebs, der vor seinen Füßen durch den Sand wandert, oder eine riesige Portion Käsespätzle vor ihm auf dem Tisch. Es sind Momentaufnahmen. Situativ kann ich das also verstehen. Spätestens bei den Käsespätzle fange ich allerdings an, mir Fragen zu stellen. Denn selbst wenn Jaden lässig einen Arm um Alice gelegt hat, sind seine dunklen Augen grundsätzlich auf irgendetwas anderes als sie gerichtet. Die einzige Ausnahme ist ein Foto, auf dem die beiden in Winterklamotten – Alice mit Weihnachtsmütze auf dem Kopf – vor dem *Albert Memorial* stehen und sich küssen. Darauf haben beide die Augen geschlossen und sind ganz bei sich.

Auf ausnahmslos allen Bildern wirkt Jaden gut gelaunt. Er hat immer ein unfassbar breites Grinsen aufgesetzt. Seine blonden Haare scheinen im Winter deutlich dunkler zu sein als im Sommer. Und selbst bei der Verleihung seines Podcast-Preises wirkt er eher abenteuerlustig als feierlich. Wenn ich ihn betrachte, kann ich nicht anders, als ihn mit Sand an den braun gebrannten Knien und Surfbrett unterm Arm zu sehen.

Unwillkürlich muss ich an den Hawaii-Urlaub mit Luke und seiner Familie denken, während dem ich bei meinen Surfversuchen so viel Salzwasser schluckte, dass ich glaubte an unkontrollierter Zell-Osmose sterben zu müssen.

Rasch lenke ich mich damit ab, mir Jadens Podcast herauszusuchen. Seit er Anfang des Jahres den Preis dafür bekam, hat seine Show deutlich an Bekanntheit gewonnen. Darin interviewt er junge Leute, um mit ihnen Ideen zur Gestaltung von Umwelt- und Gesellschaftsfragen zu diskutieren. Er lädt Verantwortliche aus Politik, Wirtschaft oder Kultur ein, die er mit Fragen löchert. Einige seiner besonders interessanten Gäste durfte er offenbar auch schon in die Radioshow einladen, für die er arbeitet. Irgendwie berührt mich das übermütige Funkeln in seinen Augen auf den Fotos bei der Preisverleihung und auf der Website des Senders. Es verrät, wie viel ihm seine Arbeit bedeutet. Offensichtlich macht sie ihn glücklich. Warum ist das auf keinem der Fotos mit Alice zu sehen?

Ich ziehe meine Kopfhörer aus der Tasche, um in Jadens Podcast reinzuhören. Himmel! Wie kann jemand eine so schöne Stimme haben und gleichzeitig so unsympathisch sein? Klar! Er hat sicher ein Stimmtraining hinter sich gebracht, wenn er zum Radio will, aber ich könnte den Klang seiner Stimme lieben – wenn er damit ein schönes Gedicht vortragen würde, zum Beispiel. Wie eine perfekte Gitarrenharmonie stößt sie etwas in mir an und lässt es wie die Saite eines Instruments nachschwingen. Aber Jaden liest nun mal keine Gedichte vor. Stattdessen interviewt er zwei Klimaaktivistinnen und ich weiß durchaus zu schätzen, wie er das Gespräch immer wieder von allgemeiner Kritik zu konstruktiven Gestaltungsvorschlägen lenkt. Wahrscheinlich spricht es aus journalistischer Sicht auch absolut für ihn, dass er dem Umweltpolitiker, den er ebenfalls in seine Sendung eingeladen hat, keine Ausflüchte durchgehen lässt. Aber mich stresst es, wie er ihn in die Ecke drängt, immer und immer wieder nachhakt. Er tut es freundlich, aber bissig ist es trotzdem. Verhaspelt er sich eigentlich nie? Langsam kapiere ich, warum Alice in Auseinandersetzungen nicht gegen ihn ankommt. Er ist wie ein Bollwerk, das unverrückbar den Rahmen des Gesprächs vorgibt, während sich seine Gäste in hitzige Diskussionen verstricken.

Schaudernd nehme ich schließlich meine Kopfhörer ab. Thea blickt von ihrem Bildschirm auf und mustert mich neugierig.

»Was hast du denn da gehört? Du hast richtig verträumt ausgesehen.«

»Verträumt?« Entschieden schüttele ich den Kopf. »Bestimmt nicht. Erschüttert eher. Der Podcast von Jaden Carter ist wie ein schwerer Autounfall mit Toten und zahlreichen Verletzten in Gesprächsform. Ich kann froh sein, dass nicht er das Interview mit mir geführt hat. Der hätte dafür gesorgt, dass ich anfange zu stottern, mich in Widersprüche verstricke, mich verteidigen muss, ohne zu wissen, wogegen, und irgendwann völlig erschöpft alles zugebe.«

Thea runzelt die Stirn und zupft an einer ihrer losen Haarsträhnen. »Was denn zugeben?«

»Keine Ahnung. Dass es mir einzig ums Geld geht, ich die Gefühle der Menschen ausnutze, um ihnen immer mehr Kohle aus der Tasche zu ziehen, dass ich mich an ihren Emotionen bereichere, weil mein eigenes Leben zu langweilig ist. Dass ich eine Gefühlsvampirin bin.«

Thea schüttelt den Kopf. »Warum solltest du so was zugeben? Das ist doch gar nicht wahr.«

»Das ist jemandem wie Jaden wahrscheinlich egal. Ihm geht es doch nur um die Story. Hör dir mal an, wie er seine Gesprächspartner auseinandernimmt. Er ist unfassbar schnell und schlagfertig.«

Grinsend deutet Thea auf mich. »Das klingt jetzt fast nach Bewunderung.«

Seufzend verstaue ich die Kopfhörer wieder in meiner Tasche. »Irgendwie schon. Auch wenn ich ganz bestimmt nicht

Opfer dieser Eigenschaften werden will. Du weißt ja, dass ich nicht gerade die Schnellste bin.«

»Weil du von jetzt an immer erst mal bis zehn zählst?«

»Das werde ich auf jeden Fall. Wenn ich in Panik gerate und unüberlegte Entscheidungen treffe, ist das fast immer schlecht. Von daher ...«

»Von daher solltest du dir ganz genau überlegen, wie du diesen Typen zum Zusammenziehen überredest, damit dir Alice nach seinem Geburtstag nicht den Kopf abreißt, schon klar. Allerdings solltest du in diesem Fall das Bis-zehn-Zählen im Schnelldurchlauf runterrattern, denn viel Zeit bleibt dir nicht mehr. Noch hast du kein Wort geschrieben, oder?«

»Jaja.« Grinsend werfe ich einen Stift nach ihr, der in dem liebevollen Chaos auf ihrem Schreibtisch sofort verschwindet. »Es fällt mir einfach schwer, ihn zu fassen zu kriegen. Wie überzeuge ich jemanden von etwas, das er nicht will? Und das auf einer Postkarte? Da ist ja kaum Platz für Argumente.«

Thea zuckt mit den Schultern. »Dann sind Argumente vielleicht nicht der richtige Weg.«

Nachdenklich ziehe ich mir ein Blatt Papier und einen Stift heran. Damit könnte Thea recht haben. Argumente hat Alice in den letzten Monaten schließlich genug vorgebracht. Aber Jaden ist bei seinem *irgendwann vielleicht* geblieben. Jetzt ist es an mir, ein *jederzeit* daraus zu machen.

In meinem Kopf tanzen Worte Ringelreihen. Wieder sehe ich mir die Fotos von Jaden an, gehe noch mal meine Notizen über ihn durch. Sein Freigeist, seine Hingabe für seine Arbeit und seine blitzenden dunklen Augen fordern mich heraus. Schließlich fliegt mein Stift übers Papier:

Das Leben mit dir ist ein Abenteuer, Jaden. Ich liebe jeden einzelnen Moment. Und ich wünsche mir eine gemeinsame Home Base für unsere Reisen in die Welt.

Ich will dich nicht in Fesseln legen, sondern zusammen mit dir frei sein. Deshalb möchte ich dich fragen, ob du bei mir einziehst. Denn ich fühle, dass ich zu dir gehöre, Jaden. Und, ich hoffe, du zu mir.

Eine Weile feile ich noch an der Formulierung herum, bin aber erleichtert, endlich etwas geschrieben zu haben, mit dem ich arbeiten kann.

Als ich mit dem Text zufrieden bin, wähle ich eine Kalligrafie-Feder und verziere die Karte für Jaden noch mit einem Schriftzug. Während die Tinte trocknet, erstelle ich die Rechnung für Alice und drucke sie zusammen mit dem Kartentext für sie aus.

Normalerweise würde ich beides per E-Mail schicken, aber da sie die Karte noch heute Abend braucht und extra deshalb vorbeikommen wird, erscheint es mir so einfacher.

Erst anschließend merke ich, dass Thea mir in der Zwischenzeit einen ihrer selbst gemachten Eistees auf den Tisch gestellt hat, und nehme einen tiefen Schluck. »Danke, der ist ja lecker! Minze und …« Ich nippe erneut an der goldfarbenen, erfrischend kalten Flüssigkeit. »Brombeere.«

»Genau.« Thea strahlt mich an. »Bisher mein Favorit diesen Sommer.«

»Meiner ab jetzt auch.« Ich liebe Theas Getränkeexperimente und nehme mir vor, ihr mal wieder ihre veganen Lieblingsfruchtgummis mitzubringen – zum Dank, weil sie mich immer probieren lässt. Wir verabreden uns für den nächsten Tag zum Lunch und ich mache mich auf den Heimweg.

Weil es so ein schöner warmer Abend ist und ich es genieße, wie das schräg fallende orangefarbene Abendlicht die Konturen der Stadt weichzeichnet, beschließe ich, die gute halbe Stunde zu Fuß zu gehen. Die beste Gelegenheit, um Finn anzurufen.

Finn studiert Geschichte und Kommunikation und verbringt den Sommer bei einem Praktikum in Bletchley Park – dem Anwesen, in dem während des Zweiten Weltkriegs die Encodierer saßen, die den deutschen Nachrichtenverkehr entschlüsselten. Da er solange bei einem Freund seines Vaters in Milton Keynes wohnt, sehen wir uns seit Wochen viel zu selten und ich vermisse ihn schmerzlich. Seit frühester Kindheit sind wir beste Freunde und ohne ihn ist der Sommer in London einfach nicht das Gleiche. Ich vermisse unsere Radtouren in Hampstead Heath oder nach Kew Gardens, unseren Wettstreit, welches der zahlreichen Festivals wir besuchen wollen, die Schwimmnachmittage im *London Fields Lido*, die gemütlichen Sommerabende im Open-Air-Kino, unsere Wahl der Eiscreme des Sommers – was jedes Jahr mein persönliches Highlight ist. Finn und ich haben all diese Dinge, die wir schon immer zusammen gemacht haben. Und deshalb ist Sommer ohne Finn gar nicht richtig Sommer. Gut, der letzte war auch kein richtiger, weil Luke gerade erst verschwunden war und ich nicht in der Stimmung für unbeschwerte Tage in der Sonne. Dass ich dieses Jahr wieder Lust habe, etwas zu unternehmen, ist immerhin als Fortschritt zu werten.

Schon nach dem zweiten Klingeln nimmt Finn ab. »Mags! Klassischer Fall von Gedankenübertragung. Ich wollte dich auch gerade anrufen.«

Ich muss lachen – einfach, weil es guttut, seine Stimme zu hören. »Hast du denn gute Neuigkeiten? Kriegst du das Wochenende doch frei?«

»Samstag und Sonntag ist hier meistens voll. Da kann ich nicht weg. Aber nächste Woche komme ich für ein paar Tage nach Hause. Ich dachte, du könntest vielleicht am Wochenende mehr arbeiten, damit wir dann was unternehmen können?«

Sofort wird mir leicht ums Herz. Rasch schalte ich das Gespräch auf meine Kopfhörer und schiebe sie mir in die Ohren, um den Lärm des Feierabendverkehrs auszublenden. Mein Weg wird mich bald zwischen den Schluchten aus Beton- und Glasbauten hinaus und über den *Regent's Canal* führen. Dort wird es ruhiger und das Großstadt- weicht dem Kleinstadtfeeling.

»Klar unternehmen wir was. Wir können in diese Eisdiele fahren, die Kyra dir empfohlen hat. Gelupo, oder?«

»Bist du da immer noch nicht gewesen?« Finn klingt ungläubig. »Normalerweise rennst du doch sofort hin, wenn jemand behauptet, die beste Eisdiele Londons zu kennen.«

»Ja, aber mit dir zusammen. Wer sonst würde denn quer durch London nach Soho fahren, um ein Eis zu testen?«

»Guter Punkt«, gibt Finn zu.

»Ganz nebenbei gefragt: Wie läuft es mit Kyra?«

»Alles okay.«

Mit einem gutmütigen Grinsen verdrehe ich die Augen. Diese Zurückhaltung ist typisch für Finn. Aber was ist das für eine Antwort von jemandem, der frisch verliebt ist? Kyra arbeitet in Bletchley im Customer Service. Finn hatte ganz am Anfang seines Praktikums mit ihr zu tun, weil ein Junge während seines ersten Workshops einen allergischen Anfall bekam. Kyra löste die Situation mit den aufgebrachten Eltern und scheint Finn damit ziemlich beeindruckt zu haben.

»Ihr datet jetzt wie lange? Vier Wochen? Sechs? Du musst sie schon etwas besser finden als okay, oder?«

Finn lacht leise. »Schon.«

»Hauptsache, du bist ihr gegenüber nicht genauso wortkarg.«

»Statt dir über Kyra und mich den Kopf zu zerbrechen, solltest du dir lieber über dein eigenes Liebesleben Gedanken machen«, zieht er mich auf. »Meinst du nicht, es ist langsam an der Zeit, mal wieder die Augen aufzumachen?«

Sofort verdüstert sich meine Stimmung. Dieses Thema

möchte ich auf keinen Fall vertiefen – nicht mal mit Finn. Er wäre nicht Finn, wenn er sich nicht wünschen würde, dass ich genauso glücklich bin, wie er es wahrscheinlich gerade ist – auch wenn er das nicht so zeigen kann. Aber diese Option besteht für mich einfach nicht.

»Meine Augen sind offen«, entgegne ich nur. »Mein Herz ist es nicht. Das weißt du doch.«

Ich höre ihn seufzen. »Ja, ich weiß. Aber irgendwann muss auch dein Leben weitergehen, Mags.«

»Mein Leben geht doch weiter.« Ich höre selbst den Verteidigungsmodus meiner Stimme.

»Du hast dein Studium unterbrochen, dich mit Thea in der Briefagentur verschanzt und du wohnst in deinem alten Zimmer bei deiner Grandma. Klingt das, als würde sich gerade viel bewegen in deinem Leben?«

Ich glaube, Finn ist der Einzige, der es wagt, mir meine Situation so deutlich vor Augen zu halten. »Nein.«

»Ich will nur, dass es dir endlich wieder gut geht.« Finns Stimme ist leiser geworden. »Jeder Tag, den du seinetwegen unglücklich bist, ist doch irgendwie verschenkt.«

Tief hole ich Luft, glaube fast, das warme Gold des Abendlichts zu schmecken. »Da hast du recht. Aber ich weiß nicht, wie ich damit aufhören soll.«

»Es gibt nur einen Weg«, behauptet Finn. »Mach die Augen auf. Um Dingen die Chance zu geben, dich glücklich zu machen, musst du sie schließlich erst mal sehen.«

»Ja«, gebe ich gedehnt zu. »Stimmt. Aber ich sage dir eins: Ich werde niemals wieder mein Glück von einem Typen abhängig machen.« Zumal sowieso ausgeschlossen ist, dass ein anderer an Luke heranreichen kann, füge ich in Gedanken hinzu, spreche es aber nicht aus. Ich will mir weder anhören, Luke sei es nicht wert gewesen, noch will ich so mitleiderregend sein, wie mich das wirken ließe. Aber im Grunde bin ich

überzeugt davon: So wie für Luke kann ich einfach niemals für jemand anders fühlen.«Außerdem bewegt sich durchaus etwas«, sage ich stattdessen. »Ich habe heute zum ersten Mal wieder einen Liebesbrief geschrieben.«
»Und du hast nicht geheult?« Finn klingt beeindruckt und ich muss lachen.
»Ich habe dabei nicht mal an Luke gedacht.« Erst als ich es ausspreche, fällt mir auf, dass es stimmt. Seit ich diesen Auftrag angenommen habe, sind meine Gedanken nur bei Jaden gewesen. Dabei kenne ich ihn nicht mal. Aber ich habe mich so darin vertieft zu verstehen, wie er tickt, dass Luke in den Hintergrund getreten ist. Den Rest meines Weges erzähle ich Finn von dem Auftrag und von Jaden. Ich sehe Jadens breites Lächeln vor mir und das abenteuerlustige Funkeln in seinen Augen. Und als ich daran denke, dass Finn für ein paar Tage nach Hause kommt, muss auch ich lächeln. Plötzlich fühlt sich das Leben schon viel mehr nach Sommer an.

Kapitel 3

Zweiter Brief an Luke

Lass uns am Anfang beginnen, Luke: auf dem weitläufigen UCLA-Campus unter der Sonne Kaliforniens, wo wir uns begegnet sind. Ich war für ein paar Monate da, um einen Kurs im Drehbuchschreiben zu absolvieren, und für mich schmeckte die Hitze nach Abenteuer. Die London-Maggie war still, liebte Geschichten, kämpfte in ihrer Fantasie gegen Drachen, Serienkiller und verbotene Leidenschaften, hatte bisher aber selten das Viertel verlassen, in dem sie aufgewachsen war. Diese Maggie traf dich.

Auf dem Bruin Plaza drängte sich eine Gruppe Studierender um die McClure-Stage – eine halbrunde Steineinfassung mit Sitzbank im Schatten eines Baumes. Ich wollte nachsehen, ob eine Probe in Gang war, und stellte mich auf Zehenspitzen. Du hast auf der Steinbank gesessen – einen Zeichenblock auf dem angewinkelten Knie – und Gesichter gezeichnet. Du hast dir die Leute einen Moment lang angesehen, dann den Stift angesetzt und aus den ersten selbstbewussten Linien ihrer Mienen mit liebevoller Sorgfalt Ausdruck verliehen. Du hast gelächelt – fein, kaum wahrnehmbar. Es kam mir vor, als mache jede Berührung von Stift auf Papier dich glücklich.

Dann hast du aufgeblickt und mich entdeckt. Für einen Moment blieb die Welt stehen – oder zumindest mein

Herz. Hinter diesem Gefühl verblassten das Stimmengewirr und Gelächter der anderen, die Sommerhitze, jeder Gedanke, der eben noch da gewesen war. Deine Art zu zeichnen hat mich an meine Art erinnert, beim Schreiben für jedes Wort den richtigen Platz im Satz zu suchen. Und doch warst du ganz anders als ich: mit deiner Sorglosigkeit, mit der du dir beim Zeichnen hast zusehen lassen. Du hast mich angelächelt und dabei kamen deine unfassbar charmanten Grübchen zum Vorschein. Irgendetwas hast du in mir schlagartig geöffnet. Ich habe mich gefühlt wie aus Glas: zerbrechlich und durchschaubar.

Ist dir eigentlich aufgefallen, dass ich dir während unserer Beziehung nie einen Brief geschrieben habe? Ich habe darüber nachgedacht, warum nicht, und ich glaube, ich weiß es: Dir gegenüber fühlte ich mich transparent. Hast du mein Herz viel zu schnell schlagen sehen? Hast du gesehen, wie dein Blick meine Wangen erhitzte, wie ich die Hände ballen musste, um nicht nervös an meinen Haaren zu zupfen? Ich dachte, ich muss dir nichts sagen, muss dir nichts schreiben, weil du mir jede Gefühlsregung ansiehst. Sogar in diesem ersten Moment schon.

Ich habe mich umgedreht und bin gegangen. Ich konnte weder dir noch den Emotionen, die du in mir ausgelöst hast, standhalten. Du – das hast du mir später erzählt – hast von da an nach mir Ausschau gehalten. Du hast gespürt, dass etwas zwischen uns im gleichen Rhythmus tickte. Meinst du, es war unser Bestreben, Dinge im Moment festzuhalten – ich in Worten, du in Zeichnungen?

Als du mich einige Tage später beim Mittagessen aufgespürt hast, wolltest du mich auf Papier bannen. Ich war so heillos überfordert von dir – deinem unerschrockenen Lächeln, deiner Unkompliziertheit, dem schimmernden Blaugrün deiner Augen, die mir unumkehrbar

den Kopf verdrehten. Aber zeichnen lassen wollte ich mich nicht. Was war denn dein Motiv, mich zu deinem Motiv zu machen? Zu Hause wurde ich fast immer übersehen. Aber du hast mich wahrgenommen. Und alles, was zu Hause als ungewöhnlich an mir auffiel – meine Begeisterung für Geschichten, meine bunten Kleider, meine Liebe für Details –, hast du gemocht.
Ich gebe es zu, Luke. Ich bin wieder vor dir geflohen. Denn mein klopfendes Herz, das Kribbeln in meinem Bauch, die Schauer in meinen Nervenfasern haben mir verraten, dass ich in Gefahr war. Und dass ich dir aus dem Weg gehen sollte. Schließlich hatte ich einen Freund.

Seit etwa einem Jahr wohne ich wieder in Grandma Lawsons Haus nordwestlich von Shoreditch, in dem ich aufgewachsen bin. Einige Wochen nachdem Luke verschwunden war, rief ich Grandma Lawson an – eine lebende Legende in unserer Familie. Als junge Frau arbeitete sie als Krankenschwester, heiratete, bekam einen Sohn und ließ sich schließlich von ihrem Mann scheiden, weil er sie vergewaltigte, wenn er getrunken hatte. Damals war das ein unerhörter Vorgang. Also die Scheidung, nicht die Vergewaltigungen. Als Oberschwester schaffte Grandma Lawson es, sich und ihren Sohn durchzubringen. Dann heiratete sie einen Juristen, weigerte sich, ihre Arbeit aufzugeben, und ertrug die Ablehnung ihrer Schwiegerfamilie, in deren Augen sie als geschiedene und ältere Frau eine unmögliche Wahl darstellte. Sie bekam zwei weitere Kinder, verlor ihren Sohn, der sich nach langer manisch-depressiver Erkrankung das Leben nahm, pflegte jahrelang ihren Ehemann, der nach einem Schlaganfall körperlich eingeschränkt war, bis er schließlich nach einem weiteren starb. Grandma Lawson hat stets hart gearbeitet, viel gelitten und am Ende doch immer das letzte Wort gehabt. Denn Grandma Lawson ist nun mal …

Grandma Lawson. Und als solche kann sie ziemlich beängstigend sein.

Dementsprechend befand ich mich unmittelbar vor einer Panikattacke, als ich zum Telefon griff. Da hatte ich gerade die Phase der fiebrigen Suche nach Spuren und Erklärungen hinter mir und befand mich am Tiefpunkt. Der Sorte, bei der man nicht mehr einkaufen geht, mitten auf dem Teppich liegen bleibt, statt ins Bett zu gehen, den eben erst zugewiesenen Master-Studienplatz sausen lässt und mit Schal und Sonnenbrille zur Arbeit erscheint, weil kein Make-up der Welt verbergen kann, wie mies es einem geht. Ich hauste in der winzigen Wohnung, die ich mit Luke geteilt hatte, zwischen all seinen Sachen und fühlte mich wie eine Gefangene in einem Leben, das es nicht mehr gab. Ich hatte keine Ahnung, wie ich mich selbst aus meinem Zustand retten sollte. Und da ich weder ans Telefon noch an die Tür ging, konnte es auch sonst niemand tun. Ich wählte Grandma Lawsons Nummer, obwohl ich mir denken konnte, was sie sagen würde: *Kopf hoch, Brust raus und Bauch rein. Dazu passt kein eingezogener Schwanz.* Das ist nämlich ihr Motto – also der erste Teil. Den zweiten habe ich mir ausgedacht.

»Grammie«, platzte es aus mir heraus, als sie sich mit ihrer rauen, kurz angebundenen Art meldete. »Kann ich für eine Weile wieder in mein altes Zimmer ziehen?«

Ich weiß noch, wie lange es still in der Leitung blieb. Wie ich mich ängstlich fragte, ob ich mich überhaupt richtig gemeldet hatte, weil Grandma Lawson Unhöflichkeit hasst.

»Natürlich, Maggie«, sagte sie endlich. »Du kannst immer nach Hause kommen.«

Seitdem wohne ich wieder hier – in diesem dreistöckigen georgianischen Endreihenhaus mit geschwungener Treppe zur Eingangstür und Erkern vor den Fenstern. Außerdem leben noch meine Tante Meredith und mein Cousin Noah im Haus.

Die Besatzung wechselt hin und wieder. Ich glaube, wir Lawsons machen intuitiv für diejenigen Platz, die ihn am dringendsten brauchen.

Als ich am Montag früh aus dem Schlaf gerissen werde, denke ich zuerst, mein Wecker habe geklingelt, realisiere jedoch gleich darauf, dass ich einen Anruf weggedrückt habe. Benommen reibe ich mir mit der Hand übers Gesicht, während ich in den hellen Streifen Morgenlicht blinzele, der an der Gardine vorbeifällt. Gähnend rolle ich mich im Bett herum und versuche wieder in den Schlaf zu finden. Den Text für Jonathan an seine Frau habe ich am Wochenende geschrieben, sodass ich heute ausschlafen wollte. Zumal ich gestern Abend lange wach lag. Es macht mich immer wieder traurig, wie Jonathan jeden Moment mit seiner Frau festzuhalten versucht, aber gleichzeitig ist es ein schönes Gefühl, seine Erlebnisse mit Freeda in kleine Geschichten zu verwandeln. Die Aussicht, Finn am Nachmittag vom Bahnhof abzuholen, hellt meine Laune zudem auf. Trotzdem spüre ich, dass ich nicht mehr richtig einschlafen werde. Sofort sind zu viele Gedanken und Gefühle da und vertreiben die gemütliche Schwere der Müdigkeit.

Als mein Telefon erneut klingelt, richte ich mich unwillig auf. Es ist dieselbe unbekannte Nummer wie eben. Eigentlich kann der Anruf nur über die Rufumleitung der Agentur kommen und wird an jemand anders durchgestellt, wenn ich nicht rangehe. Wer will mich denn so dringend sprechen, dass er es gleich wieder versucht? Ich reibe mir mit der Hand übers Gesicht und schwinge die Beine aus dem Bett.

»Hallo?«, melde ich mich dann, wobei ich hoffe, dass meine Stimme nicht so kratzig klingt, wie sie sich anfühlt.

»Hi, hier ist Alice.«

»Alice?« Überrascht stehe ich auf, um den Vorhang beiseitezuziehen. Ihre Stimme hat gepresst geklungen. Eine ungute Vorahnung durchfährt mich.

»Du hast letzten Mittwoch die Geburtstagskarte an meinen Freund Jaden geschrieben.«

»Ja, ich weiß. Ist alles in Ordnung?« Sonnenlicht flutet mein Zimmer – die bunten Teppiche, die mit Lichterketten geschmückten Bücherregale und meinen Lesesessel, in dem sich Finns uralter Kater Hannibal zusammengerollt hat.

»Alles super, wenn man davon absieht, dass ich zu viel Zeit meines Lebens mit einem Vollidioten verschwendet habe.«

Okay, Alice' Sarkasmus klingt nach Katastrophe. Mein Herz hämmert los. Die Karte scheint nicht den gewünschten Effekt gehabt zu haben und Alice gibt mir die Schuld daran. Sie wird sich bei Emma beschweren und ich werde meinen Job verlieren. *Drink a beer, the end is near* – oder wie hieß der Spruch, den Kris mir in ihrem Laden gezeigt hat? Kris! Während ich es für verfrüht halte, dem Alkoholismus zu verfallen, erinnere ich mich, dass sie noch einen Tipp für mich hatte: Bis zehn zählen. *Eins, zwei ...* Ich ringe nach Luft, schiebe das Fenster hoch, um die milde Morgenluft hereinzulassen. Zusammen mit dem süßen Duft von Grandma Lawsons Rosen dringt entfernter Verkehrslärm herein. *Drei ...*

»Was ist denn passiert?« Meine Stimme klingt heiser. Noch nicht ganz zufriedenstellend, aber immerhin habe ich etwas gesagt. *Vier ...*

»Er hat alles versaut.«

Fünf ... »Ist die Karte nicht gut angekommen?«

»Doch! Der Effekt war phänomenal. Du hast Jaden echt berührt. So habe ich ihn noch nie gesehen. Er ist ja ziemlich abgebrüht. Doch er hat die Karte wieder und wieder gelesen. Und er hat zugestimmt, bei mir einzuziehen.«

»Aber?« Ich wage kaum, die Frage auszusprechen. Unruhig fliegt mein Blick durch den kleinen Garten ein Stockwerk unter mir – auf die Rasenfläche und den verästelten Ahorn, auf dem Finn und ich als Kinder herumgeklettert sind.

Alice stößt ein Schnauben aus. »Der Geburtstag war ja am Donnerstag. Und als ich anfing meinen Schrank umzuräumen und zu überlegen, welche Möbel wir neu kaufen sollten, hat Jaden sich überhaupt nicht beteiligt. Stattdessen ist er abgehauen, um mit seinem Kumpel in den Pub zu verschwinden.«
Sechs, sieben ... »Am Freitag ging es dann endgültig den Bach runter. Jaden kam vorbei, weil ich besprechen wollte, bis wann er sein WG-Zimmer kündigen kann und wie viel Platz er in meiner Wohnung braucht. Tja, und während wir herumgingen und überlegten, wie alles ablaufen könnte, hat er deine Rechnung auf meinem Schreibtisch entdeckt. Er wollte wissen, was *Word Ghosts* ist. Ich habe noch versucht ihn abzulenken, aber dadurch ist er erst recht misstrauisch geworden. Jedenfalls hat er euch gegoogelt und ist daraufgekommen, dass seine Geburtstagskarte nur gekauft war.« Ihre Stimme nimmt den dramatischen Ton einer Erzählerin in einem Filmtrailer an.

»Oh nein«, sage ich pflichtschuldig. »Und findet er das wirklich so schlimm?«

»Natürlich! Für Jaden ist das knallharter Betrug.« *Acht, neun* ... »Daraufhin hat dieser Vollidiot Schluss mit mir gemacht. Er hat Schluss gemacht! Ich könnte ausflippen.«

Ihre Wut schlägt in meine Gehörgänge ein wie eine gezielt geworfene Handgranate, sodass sie für mich schon ziemlich ausgeflippt klingt – längst Indikativ, nicht mehr Konjunktiv. Allerdings hat sie wohl auch allen Grund dazu.

»Er hat dich verlassen? Ist das nicht eine kolossale Überreaktion?«

»Nicht in seinen Augen.« Alice spricht immer schneller. »Er inszeniert sich ja als dieser superschlagfertige, wortgewandte Reportertyp, total analytisch und nie gefühlsduselig. Aber mit der Karte hast du ihn ziemlich aufgewühlt. Ich glaube, das kapiert er nicht.«

Zehn. Ich bin am Ende von Kris' empfohlener Zahlenkette

angelangt und fühle mich nicht besser als zu Beginn. Immerhin: Bisher habe ich nicht die Nerven verloren.

Durchs Telefon höre ich Alice lautstark Luft holen: »Er meinte, er wolle mein Gesicht mal sehen, wenn er mir einen Ring schenkt, behauptet, er hätte den in einem dieser Wir-schmieden-uns-einen-Ehering-Kurse angefertigt, und dann finde ich raus, dass es ein billiges Massenprodukt aus China ist.«

Okay, dieser Vergleich tut ziemlich weh. »Das ist doch Blödsinn!«

»Nach seiner Google-Recherche hält er euch für Halsabschneider.«

Ich schließe die Augen. Bestimmt hat Jaden das Interview mit mir gefunden und sieht deshalb eine geldgierige Kapitalistin in mir, die ohne Anteilnahme und nur auf ihren Profit bedacht in Alice' und seinem Gefühlsleben herumgepfuscht hat.

»Außerdem fühlt Jaden sich von mir hintergangen, weil ich dir so viel von ihm erzählt habe. Er meint, ich habe sein Vertrauen missbraucht. Dabei habe ich dir ja nichts wirklich Schlimmes über ihn erzählt.«

Irgendwie treffen Jadens Anschuldigungen nicht nur Alice, sondern auch mich ins Herz. Betrug – so sieht er meine Arbeit. Wo genau liegt der Betrug? Die Gedanken und Gefühle bleiben doch die gleichen – auch wenn sie von mir in schöne Worte gekleidet wurden.

»Vielleicht wartest du ein paar Tage ab und versuchst dann noch mal, mit ihm zu reden?«, wage ich mich vor. »Diese Karte ändert doch nichts Fundamentales zwischen euch. Bestimmt kriegt ihr das wieder hin.«

»Das glaube ich nicht.« Zum ersten Mal bricht Alice' Stimme und ich höre eine Spur ihres Unglücks durch. »Jaden findet, es sei keine gute Beziehung, wenn ich es nicht mal schaffe, offen mit ihm zu reden. Dann ist er abgehauen. Dieser arrogante Sack!«

Alice tut mir furchtbar leid. Diese Auseinandersetzung klingt nach einem Streit, der Gräben reißt – tiefe Risse ins Grundgerüst einer Beziehung, die sich kaum reparieren lassen. Gleichzeitig sind mir Alice' Wut und ihre Beschimpfungen fremd. Aber gut ... Vielleicht ist ihr einfach bewusst geworden, dass sie ihm zuliebe auf zu viel verzichtet hat. Pärchenurlaube, gemeinsame Museumsbesuche, Kuscheln vorm Fernseher, gegenseitige Elternbesuche – alles nicht Jadens Ding, das hat Alice mir schon in unserem ersten Gespräch erzählt. Und er kann ihr nicht mal danken, dass sie sich nie darüber beschwert hat. Er wusste ja nicht, dass sie sich heimlich genau das wünschte. Und hätte er es gewusst ... Hätte er sich dann vielleicht schon früher von ihr getrennt?

Himmel, ich sollte nicht über ihn nachdenken, als würde ich ihn kennen. Selbst ich – obwohl ich ständig Dinge über Leute erfahre, denen ich nie begegne – habe das Gefühl, kein Recht zu haben, mein Wissen über Jaden zu benutzen, um auf seine Beweggründe zu schließen. Denn in einem Punkt hat er recht: Er hat nie zugestimmt, dass ich intime Details über ihn wissen darf. Die Entscheidung hat Alice ohne sein Einverständnis getroffen.

»Er wird dich anrufen.«

»Was?« Ich schrecke aus meinen Gedanken.

»Jaden«, wiederholt Alice. »Er wird dich anrufen. Bevor er abgehauen ist, sagte er, dass er rausfinden wird, wer genau die Karte geschrieben hat. Deshalb melde ich mich überhaupt bei dir. Wie ich Jaden kenne, wird er noch heute bei euch aufkreuzen.«

»Aber ... Was?! Was will er denn von mir?«

»Er will wissen, was ich dir über ihn erzählt habe. Und ich glaube, er will verstehen, wie du den Text so schreiben konntest, dass er ihm unter die Haut gegangen ist.«

Beklommen halte ich mich an der Fensterbank fest. Wie soll

ich das nun wieder Emma erklären? Langsam mache ich mir wirklich Sorgen, dass sie mir keine Aufträge mehr gibt, wenn ich noch mehr Unruhe in der Agentur stifte. Vielleicht sollte ich ihr raten, bis zehn zu zählen, bevor ich ihr beichte, dass der Auftrag für Alice nach hinten losgegangen ist. Aus meinem gemütlichen Vormittag wird jedenfalls nichts. Ich muss sofort mit Emma reden, bevor Jaden es tun kann.

»Danke, dass du mir Bescheid gesagt hast«, bringe ich an Alice gewandt hervor. »Es tut mir sehr leid, wie das gelaufen ist.«

»Dafür kannst du ja nichts.« Alice klingt plötzlich erschöpft. Ihre Wut scheint erst mal verraucht. »Mir tut es leid, dass ich dich so vollgequatscht habe. Aber wenn Jaden euch fertigmachen will, kann er euch durch seine Kontakte zum Radio jederzeit öffentlich schlechtmachen. Von daher fand ich es nur fair, dich zu warnen.«

»Er will uns fertigmachen?« Ich beiße mir auf die Unterlippe, weil sich mein Kopf so leicht anfühlt, als würde ich jeden Moment in Ohnmacht fallen. »Ich muss jetzt los zur Arbeit«, behaupte ich, um Alice loszuwerden. Ich muss dringend Ordnung in mein Gedankenchaos bringen.

»Natürlich ... Ich ... Alles Gute für dich.«

Sie legt auf, ohne sich richtig zu verabschieden. *Uns fertigmachen?* Mir stockt der Atem. Was soll ich jetzt tun? Als Erstes versuche ich Emma zu erreichen. Sie geht jedoch nicht ans Telefon. Wahrscheinlich bringt sie gerade ihre Kinder zur Schule. Aber vielleicht kann ich sie in der Agentur abpassen.

Rasch stelle ich Hannibal sein Futter hin und kraule ihn kurz zwischen den getigerten Ohren. Er öffnet jedoch nicht mal die Augen. Gesunder Schlaf ist Hannibal äußerst wichtig. Kein Wunder, denn er war schon ein Katzenmethusalem, als Grandma Lawson ihn bei uns aufnahm, weil die neue Frau von Finns Dad eine Katzenallergie hat.

Ich flitze ins Bad, das ich mir mit Grandma Lawson teile. Offenbar ist sie schon wach. Denn sie hat den Duft ihrer Seife nach Muskatellersalbei hinterlassen. Ich putze mir die Zähne, binde meine blonden Haare in einen unordentlichen Half-Bun und ziehe mir ein bunt gemustertes Trägerkleid über. Dann laufe ich die Treppe hinab und werfe nur einen kurzen Blick in Grandma Lawsons *Tea Room*. Sie sitzt mit einer Tasse Tee und der Zeitung in ihrem Schaukelstuhl am Fenster zur Straße. Ihre hellgraue Katze Cleo hat sich in ihrem Schoß zusammengerollt. Früher befanden sich hier unten drei kleine Räume. Tante Meredith hat jedoch die Wände einreißen lassen, um mehr Luft und Licht ins Haus zu lassen. Der *Tea Room*, unser Essbereich und die Küche gehen jetzt offen ineinander über. Grandma Lawsons Areal ist lediglich durch ein paar Bücherregale als Raumteiler vom Rest der Fläche abgetrennt.

»Guten Morgen, Grammie«, rufe ich ihr zu.

Grandma Lawson blickt von ihrer Zeitung auf. »Morgen. Auf dem Herd steht Porridge. Blaubeeren sind im Kühlschrank.«

»Danke.« Ich verschwinde in der mit hellem Holz verkleideten Diele. »Aber ich muss los.«

»Maggie!« Grandma Lawsons Ruf lässt mich innehalten. »Komm her, nimm dir eine Schale Porridge und erzähl mir, was für ein Drama schon wieder bei dir los ist, sodass du ohne Frühstück das Haus verlassen willst.«

Seufzend stelle ich meine Sandalen zurück, in die ich schon hatte schlüpfen wollen, und gehe erneut in den *Tea Room*. Grandma Lawson hat ihre Zeitung beiseitegelegt, streichelt stattdessen Cleos weiches Fell und mustert mich forschend aus ihren sturmgrauen Augen. Wie immer trägt sie eine dunkle Bluse und eine schwarze Hose, um ihren Hals ein blaues Seidentuch und ihre graubraunen Haare in einen strengen Dutt aufgesteckt. Den einzigen Stilbruch stellen die weißen Sneaker dar, die ich ihr vor ein paar Wochen gekauft habe, weil sie in ihren Spangen-Pumps immer schlechter laufen konnte. Sie hat es zwar nicht gesagt, aber da sie die Schuhe nun täglich trägt, nehme ich an, dass sie die Sneaker deutlich bequemer findet.

»Warum bist du überhaupt so früh wach?«, erkundige ich mich, während ich mich in ihrem starren Blick winde.

»Das ist das Alter.« Grandma Lawson wirft einen grimmigen Blick auf die bahnhofsgroße Wanduhr über unserem Esstisch, als sei im Grunde sie schuld daran. »Alte Menschen brauchen nicht mehr so viel Schlaf. Was idiotisch ist, weil wir mit unserer Zeit gar nichts anzufangen wissen. Immerhin habe ich mehr vom Tee. Sei so gut, Maggie, und schenk mir noch eine Tasse ein.«

Ich muss schmunzeln, gehe am Esstisch vorbei zur offenen Küche aus hellem Holz und kornblumenblauen Elementen. Ich schnappe mir die geblümte Porzellankanne von der Arbeitsplatte und versorge Grandma Lawson mit Nachschub.

»Vielleicht solltest du mit dieser Lebenseinstellung eine größere Tasse wählen.«

»Unsinn. Dann hätte ich ja gar keinen Grund mehr aufzustehen.«

»Hast du auch nicht, wenn du andere für dich laufen lässt.«

»Das ist eine Frage der Haltung, Maggie. Nimm dir doch auch einen Tee.«

»Ich muss wirklich los.« Unruhig zupfe ich an meinem Kleid herum. »Ein Kunde hat sich beschwert.«

Grandma Lawson gibt ein Brummen von sich. »Zu Recht?«

»Hm ... Eigentlich nicht, denke ich.«

»Dann ist auch das nur eine Frage der Haltung. Kopf hoch, Brust raus, Bauch rein.«

»Jaja, ich weiß.«

»Und Haltung bewahrt sich leichter, wenn du etwas gegessen hast.«

»Na ja.« Wieder laufe ich in die Diele, um meine Sandalen zu holen, spreche aber währenddessen weiter. »Gerade kommt es vor allem auf Schnelligkeit an. Also würde mich ein voller Magen eher ausbremsen.«

»Wie du meinst.« Grandma Lawson beobachtet, wie ich an ihrem Bücherregal lehnend meine Füße zwischen die mit winzigen Glassteinchen besetzten Riemen der Sandaletten fummele. »Ich frage mich allerdings, wie lange du überhaupt noch in dieser Agentur arbeiten willst. Ist es nicht an der Zeit, zur Uni zurückzukehren?«

Seufzend weiche ich ihrem Blick aus. Ich weiß, dass ich meine Kurse am *Birkbeck College* nicht länger pausieren kann, aber ich traue mich nicht, mich wieder mit Mitstudierenden, Dozierenden oder sogar professionell Schreibenden über meine Texte auseinanderzusetzen. Seit Luke habe ich eigentlich nichts wirklich Gutes mehr zustande gebracht. Nur habe ich gerade überhaupt keine Zeit, um das mit Grandma Lawson zu diskutieren.

»Ehrlich gesagt bin ich mir nicht sicher, ob ich meinen Master überhaupt machen soll«, sage ich trotzdem. »Emma hat mir angeboten, mich fest einzustellen. Dann hätte ich eine ähnliche Position wie Thea und würde ganz gut verdienen. Allerdings wird sie sich das wahrscheinlich noch mal überlegen, wenn ich es nicht schaffe, vor meinem Kunden mit ihr zu sprechen.«

Grandma Lawson mustert mich über ihre Lesebrille hinweg. »Willst du denn den Rest deines Lebens Briefe schreiben?«

Ich richte mich auf und wackle mit den Zehen, bis meine Sandalen gut sitzen. »Vielleicht.«

Grandma Lawson fixiert mich weiter. »Es liegt an Bugs Bunny, habe ich recht? Du traust dich seinetwegen nicht mehr zur Uni.« Der Spitzname, den sie Luke gegeben hat, weil er in ihren Augen feige wie ein Häschen geflüchtet ist, bringt mich wider Willen zum Schmunzeln.

»Es ist einfach schwierig. In jedem Text steckt ein Teil von mir. Und in mir fühlt sich alles so kaputt an. Da kommen einfach keine Worte mehr. Und wenn sie kommen, sind sie zu echt, verstehst du? Nichts, worüber ich mich austauschen will.«

»Und mit dem Briefeschreiben ist das anders?«

»Das hat weniger mit mir zu tun. Da schreibe ich für andere. Meistens für Leute, die nicht so gut mit Sprache umgehen können. Die sind mir einfach dankbar. Wenn nichts schiefgeht, zumindest ...«

»Das klingt nach dem Weg des geringsten Widerstands. Den sind wir Lawsons eigentlich nie gegangen.« Grandma Lawson greift nach ihrer Teetasse und ich beiße mir auf die Lippe. »Gib nicht leichtfertig deine Träume auf, Maggie. Das ist alles, was ich sagen will.«

Langsam schüttele ich den Kopf. »Ich bin mir nur nicht sicher, ob meine Träume noch meine Träume sind.«

»Dann finde es raus.«

Ich seufze. »Wahrscheinlich hast du recht, Grammie. Aber an der Uni erinnert mich alles an Luke. Wir haben einfach zu viel Zeit dort verbracht.«

»Diese Flausen vom Briefeschreiben hat er dir doch auch in den Kopf gesetzt.«

In mir fühle ich den Tresor schwerer werden. Ich atme gegen den Druck in meinem Brustkorb. Ich weiß, dass mein Zutrauen in meine Fähigkeiten als Briefschreiberin vor allem darin begründet sind, dass Luke dabei an mich geglaubt hat – nicht ich selbst. Und ich weiß, dass mir dieses Vertrauen in anderen Bereichen fehlt.

»Jetzt sind ja ohnehin Sommerferien«, sage ich schließlich. »Bis zum Beginn des neuen Schuljahrs werde ich mich entscheiden.«

Grandma Lawson nickt zustimmend. »Das klingt sinnvoll.«
»Aber jetzt muss ich los. Bis heute Abend.« Kurz winke ich ihr noch zu, dann schnappe ich mir in der Diele meine bunte Umhängetasche und laufe draußen die Stufen zur Straße hinab, ehe sie mich noch mal zurückrufen und mir doch noch Appetit auf ihren Porridge machen kann.

Da ich es so eilig habe, nehme ich eine *Great Northern Line Train* von *Essex Road* bis *Old Street,* obwohl ich die *Essex Road Underground Station* wirklich gruselig finde. Da unten fühle ich mich wie in einem weitverzweigten Höhlensystem. Wohlweislich trage ich eine Art kurze Unterkleidhose, weil es im Gedränge sonst schnell passiert, dass man entwürdigende Bekanntschaft mit Fingern macht, die nie eingeladen wurden, in private Körperregionen vorzudringen. Entsprechend erleichtert bin ich, als ich an der *Old Street Station* wieder ans Tageslicht komme. Der leichte Sommerwind vertreibt den Geruch nach Abgasen aus der Luft. Die Morgensonne hat schon Kraft und strahlt so intensiv auf mich herab, dass ich wenig später völlig verschwitzt in die Agentur platze.

Wie üblich am Montagmorgen ist kaum jemand hier. Nur zwei Schreibtische sind besetzt und irgendjemand flucht lautstark in der Küche über die Kaffeemaschine. Emma scheint noch nicht da zu sein, aber immerhin entdecke ich Thea an ihrem Platz.

»Weißt du, wann Emma heute kommt?«, frage ich sie statt einer Begrüßung.

»Ähm …« Thea blickt überrascht von ihrem Bildschirm auf. »Emma ist mit ihrer Tochter zur Zahnärztin gefahren. Sie meinte, sie kommt vielleicht heute Nachmittag rein.«

»Oh nein.« Stöhnend lasse ich mich auf meinen Stuhl fallen – nur, um als Nächstes nervös zur Tür zu spähen.

»Wieso? Was ist denn passiert?«

»Erinnerst du dich an den Geburtstagskarten-Auftrag von

letzter Woche?« Als Thea nickt, erzähle ich ihr von dem Gespräch mit Alice und meiner Sorge, dass ich bei Emma vollends in Ungnade falle, wenn Jaden sich bei ihr über mich beschwert – vor allem, wenn er ihr noch dazu droht, negativ über uns zu berichten.»Was soll ich jetzt nur machen?«, will ich schließlich verzweifelt wissen.»Er kann jeden Moment hier auftauchen.«
»Dann sagen wir einfach, wir wissen von nichts.« Thea nickt mir verschwörerisch zu.»Datenschutz und so.«
»Meinst du?«
»Klar.« Nachdenklich zupft Thea an ihrem glitzernden Ohrring und sieht mich an.»Wenn er fürs Radio arbeitet, ist es wahrscheinlich wirklich das Beste, du sprichst nicht mit ihm. Nur für den Fall, dass du wieder so einen Aussetzer hast und er das gegen dich verwendet. Am besten arbeitest du heute in einem Café. Oder von zu Hause. Wenn er wirklich hier auftaucht, wimmle ich ihn ab, bis du mit Emma sprechen konntest. Aber vielleicht kannst du mir, bevor du gehst, kurz helfen.« Sie kriecht unter ihren Tisch.»Ich muss meinen Auftrag gleich abschließen und finde die Bestellung nicht mehr.«
»Wie sieht der Zettel denn aus?« Hilfsbereit klettere ich zu Thea unter den Schreibtisch.
»Pink. Er ist dicht beschrieben und in die rechte obere Ecke habe ich eine Blume gemalt.«
Ich finde mehrere pinke Zettel unter Theas Schreibtisch sowie zwei Stifte zwischen den Kabeln ihres Computers. Das Gesuchte ist jedoch nicht dabei. Als die Türglocke bimmelt, werden die Geräusche von der Straße kurz lauter und ich will schon unter dem Tisch auftauchen, als eine Stimme erklingt, die sämtliche meiner Nervenbahnen unter Strom setzt. Hohe Voltzahl.
»Hi, ich suche Maggie Lawson.«
Zur Hölle! Woher um Himmels willen weiß er, dass er nach

mir fragen muss? Ich unterdrücke einen Fluch und flüstere in Theas Richtung: »Ich glaube, das ist er.«

»Was? Echt?« Thea bekommt sehr große Augen und dreht sich unter ihrem Schreibtisch um, damit sie an ihrem Stuhl vorbei zum Eingang spähen kann. Dort höre ich einen Kollegen versichern, dass er mich gerade noch gesehen habe. Verdammt!

»Wie sieht er aus?«, flüstere ich Thea nervös zu, während sie unter ihrem Schreibtisch hervorlugt. Im nächsten Moment dreht sie sich mit einem entzückten Gesichtsausdruck zu mir um.

»Total hot.«

Ich verdrehe die Augen, denn das ist jetzt wirklich nicht der richtige Zeitpunkt.

»Ich heiße Jaden Carter«, höre ich ihn an der Tür auf eine Frage meines Kollegen antworten. Und damit ist auch der letzte Zweifel ausgeräumt. »Emma Masters sagte mir, ich solle hier nach ihr fragen.«

Emma? Er hat schon mit ihr gesprochen? Das wird ja immer schlimmer! Da Thea schon wieder unter dem Schreibtisch hervorspäht, ziehe ich an ihrem dunkelblauen Shirt, damit sie sich nicht zu weit vorwagt. Es ist jedoch zu spät.

»Maggie?« Schritte nähern sich uns. Offenbar hat er Thea unterm Schreibtisch entdeckt.

»Ähm …« Ihr bleibt nichts anderes übrig, als ihren Stuhl beiseitezuschieben und unter dem Schreibtisch hervorzukommen. Beim Aufstehen stößt sie sich heftig den Kopf an und flucht unterdrückt.

»Geht es dir gut?«, erkundigt sich Jaden.

»Jaja.« Thea lässt sich hastig in ihren Stuhl fallen und verdeckt die Sicht auf mich.

»Ist Maggie auch da unten?«, will Jaden wissen.

»Was, äh …?« Ich starre auf Theas blau lackierte Fußnägel,

während sie nach Worten ringt. »Nein, ich hab nur ... Ich wollte nur ... Yoga ... machen.«

»Aha.« Es ist offenkundig, dass Jaden ihr kein Wort glaubt. Kein Wunder! Wer macht bitte unterm Schreibtisch Yoga?

»Also, ist Maggie nun da oder nicht?«

»Ähm ...« Mehr gibt Thea nicht von sich. Ich ahne, dass sie fieberhaft überlegt, was sie sagen soll, aber spätestens seit der Yoga-Geschichte weiß ich auch, dass sie eine miserable Lügnerin ist. Ich kann sie mit dieser Situation auf keinen Fall allein lassen.

Tief hole ich Luft. *Eins, zwei, drei* ... Entschlossen krabble ich auf meiner Seite unter dem Schreibtisch hervor. *Vier, fünf, sechs* ... Da ich mich schon wieder so leicht im Kopf fühle, halte ich mich vorsichtshalber an der Tischkante fest und ziehe mich hoch. *Sieben, acht, neun* ... Ich streiche mir über die Haare und ziehe kurz mein Outfit glatt.

Zehn. Ich hebe den Blick und sehe Jaden geradewegs in die Augen. Himmel! Sie sind dunkelbraun wie mein Lieblingsschokoladeneis im *Gelat-a-more*. Und irgendwie hat Thea recht. Mir ist das ja schon auf den Fotos aufgefallen. Er ist wirklich hot. Mit seinen sonnenblonden Haaren, seiner gebräunten Haut und den Flipflops an den Füßen versprüht er lässigen Surfer-Charme. Und das auf geheimnisvolle Weise sogar mitten in London, wo es mit dem Surfen nicht weit her ist. Er trägt Shorts, ein dunkelrotes T-Shirt und eine Ledertasche quer über dem Rücken.

»Ach, da ist sie ja!« Thea kichert los und springt von ihrem Stuhl auf. »Ich hole mir erst mal einen Eistee. Will noch jemand einen?«

Jadens Grinsen trifft mich unvorbereitet. Es ist unendlich weit, absorbiert mich kurzzeitig in eine Parallelwelt, in der er mich nicht fertigmachen will, und überzieht seine Augen mit einem Karamellhauch.

»Gerne«, sagt er mit einem kurzen Blick in Theas Richtung. Defensiv verschränke ich die Arme vor der Brust. »Ich habe leider gar keine Zeit. Ich muss dringend los.«

»Ich würde aber gerne kurz mit dir sprechen.« Jaden mustert mich neugierig. Sein Blick fliegt über mein Gesicht, gleitet kurz an mir abwärts und findet wieder meine Augen. »Ich habe dich in einem Interview gesehen und möchte ein Followup über euch machen, um noch mehr in die Tiefe zu gehen, was eure Methoden und Motive angeht.«

Klar, willst du das, Jaden Carter! Ich hebe die Augenbrauen. »Tatsächlich?«

Er taxiert mich. »Ja. Ich habe am Samstag mit Emma Masters gesprochen und sie wollte dir eigentlich Bescheid sagen. Ich möchte eine Sendung zur Bedeutung von Briefen in der heutigen Zeit machen.«

Ungläubig schüttele ich den Kopf. Moment, das Gespräch entwickelt sich in eine ganz andere Richtung, als ich durch Alice' Anruf heute früh vermutet habe. Stellt Jaden mir etwa eine Falle?

»Das ist ein spannendes Thema, aber ich habe leider viel zu tun und keine Zeit für Interviews.« Ich erwidere seinen Blick aus verengten Augen. »Aber du findest sicher jemand anders in der Agentur.«

»Ehrlich gesagt ...« Er zieht seine Tasche am Schultergurt nach vorne. Es ist ein abgegriffenes Exemplar, das vor hundert Jahren oder so einem Lehrer gehört haben könnte. »... möchte ich mit der Person reden, die diese Karte geschrieben hat.«

Die Freiheit, die wir suchen, finden wir in uns selbst. Die Worte, die ich selbst in Kris' Wellen gezeichnet habe, leuchten mir entgegen.

»Damit können wir dir leider nicht helfen. Datenschutz, du verstehst ...« Thea taucht wieder bei uns auf und drückt Jaden ein Glas Eistee in die Hand. »Pfirsich und Ingwer.«

»Danke.« Jaden runzelt die Stirn. »Inwiefern ist das ein datenschutzrechtliches Problem?«

»Nun ...« Thea wechselt einen hilflosen Blick mit mir. »Wir haben eben unsere Bestimmungen. Probier mal den Eistee. Der ist selbst gemacht.«

Jaden nimmt uns nacheinander in den Blick. Das Lächeln in seinen Mundwinkeln entgeht mir nicht. Was amüsiert ihn hier eigentlich so? Mit dem Jaden, den Alice mir am Telefon beschrieben hat, scheint er wenig gemeinsam zu haben. Die winzigen Fältchen in seinen Augenwinkeln verursachen mir allerdings ein mulmiges Gefühl. Er wirkt fest entschlossen. Als sei sein Jagdinstinkt geweckt ...

»Ich würde aber gerne einen persönlichen Bezug herstellen«, meint er schließlich.

»Aber nicht zu mir.« Rasch greife ich nach meiner Tasche.

»Wie gesagt muss ich los – dringend.«

»Wohin denn?« Jaden nimmt endlich einen Schluck von seinem Eistee und nickt Thea anerkennend zu. »Echt lecker.«

»Finde ich auch.« Lächelnd setzt sie sich wieder hinter ihren Schreibtisch. »Nur Brombeere und Minze ist noch besser.«

Ihr Ablenkungsmanöver ausnutzend will ich in Richtung Tür laufen, aber Jaden verstellt mir den Weg. »Wann bist du denn fertig? Vielleicht können wir hinterher miteinander sprechen.«

»Ich muss zum Zahnarzt«, behaupte ich, weil ich eine genauso schlechte Lügnerin bin wie Thea. »Wer weiß, wie lange das dauert. Ich habe es wirklich sehr eilig.«

»Aber eben hast du noch unterm Schreibtisch Yoga gemacht.«

Jadens breitem Grinsen nach zu urteilen, ist ihm völlig bewusst, welchen Quatsch wir ihm erzählen. Irgendwie scheint er mir das aber nicht wirklich übel zu nehmen.

»Deshalb bin ich ja zu spät.« Ich werfe ihm ein Lächeln zu,

das geschäftig und kurz ausfallen soll. Stattdessen spüre ich, wie es sich überraschend weitet. Mein Blick verfängt sich einen Moment lang in seinem. Ein warmes, süßes Gefühl breitet sich in mir aus – wie von flüssiger Schokolade. Oha! Ich sollte wirklich sehen, dass ich hier wegkomme.

Ich marschiere an Jaden vorbei zum Ausgang, winke Thea noch rasch zu und bin bereits draußen auf der Straße, als Jaden mir folgt.

»Hey, warte mal.«

Aber das kann mir nicht einfallen. Stattdessen schlage ich einen scharfen Schritt an. Soll Jaden doch versuchen, mich in seinen Flipflops einzuholen.

Leider stellt sich nur Sekunden später heraus, dass ihm das überhaupt nicht schwerfällt.

»Hast du mir den Liebesbrief geschrieben?«

»Was?« Abrupt bleibe ich stehen.

»Den Liebesbrief.« Ungerührt erwidert er meinen Blick.

»Komm schon, Maggie, ich bin nicht blöd. In diesem Fernsehbeitrag hieß es, du seist für die großen Gefühle zuständig. Ich nehme also an, Liebesbriefe fallen in deinen Zuständigkeitsbereich.«

»Hör zu ...« Ich hole tief Luft und will schon wieder mit dem Datenschutz anfangen. Als ich Jaden in die Augen sehe, bringe ich jedoch kein Wort hervor. Etwas hat sich in seiner Miene verändert. Sein Blick ist starr und dunkel auf mich fixiert. Er lauert nur darauf, dass ich mich verrate.

»Hör zu«, wiederhole ich, »ich werde jetzt wegrennen.«

»Was?« Ungläubig lacht er auf, aber ich lasse mich nicht beirren.

»Und wenn du mir in deinen Flipflops hinterherläufst, wird das sehr merkwürdig aussehen.«

»Du meinst merkwürdiger, als wenn du in diesen Schuhen rennst?« Er deutet auf meine Riemchensandalen.

»Du wirst schon sehen.«

»Du glaubst nicht im Ernst, dass du schneller bist als ich.«

»Ich kann um Hilfe rufen, dann wirst du mir nicht lange nachrennen.«

Er vergräbt die Hände in den Taschen seiner Shorts. »Warum willst du überhaupt weglaufen?«

»Ich will nicht mit dir reden. Deshalb renne ich weg.« Unschlüssig sehe ich ihn an. Das belustigte Funkeln in seinen Augen ist zurück. Er streicht mit einer Hand die blonden Haare zur Seite, die ihm schräg geschnitten in die Stirn fallen. »Tschüss.« Ich wende mich ab, laufe ein paar Schritte und stelle mit einem Blick über die Schulter fest, dass er mir nicht folgt. Stattdessen steht er kopfschüttelnd auf dem Gehweg und sieht mir nach. Eilig winde ich mich durch die anderen Passanten und werde erst langsamer, als Jaden aus meinem Blickfeld verschwunden ist.

Kapitel 4

Als ich in *Kris' Odds and Ends* stürme, bedient Kris gerade eine Kundin, die sich mit Unmengen Tees und einigen Bögen Briefpapier eindeckt. Ich drücke mich zwischen den Regalen herum, bis die Kundin den Laden verlässt und Kris mir zuruft: »Mojito-Tee? Ganz neue Mischung.«
»Unbedingt!«
»Kommt sofort.« Sie verschwindet im angrenzenden Raum und ich ziehe mir den Schemel von der Wand heran. Nebenan höre ich den Wasserkocher brodeln. Der kräuterige Duft im Laden vermischt sich mit dem Geruch von Staub. Die Ladentür steht offen, sodass die warme Luft von draußen beides noch intensiviert.
»Oh«, sagt Kris, als sie eine dampfende Tasse vor mir abstellt und sich mir gegenüber hinter ihren Tresen setzt. »Du siehst aus, als könntest du einen richtigen Mojito gebrauchen. Alles in Ordnung?«
Seufzend halte ich mein Gesicht über den Tee und atme Minze und Limette ein. »Diese Geschichte mit der Geburtstagskarte und dem Zusammenziehen?«
»Hm?«
»Die ist grandios schiefgegangen. Dieser Jaden will mich fertigmachen. Er hat in der Agentur nach mir gesucht, also bin ich erst mal abgehauen.«
»So schlimm?« Ungläubig zieht Kris die Augenbrauen zusammen.
»Ja«, brumme ich in meinen Tee. »Zu allem Überfluss arbei-

tet er beim Radio und Emma will anscheinend, dass ich ihm ein Interview gebe. Das mache ich auf keinen Fall.«

Kris beobachtet mich nachdenklich, bis sich ihre Miene schlagartig aufhellt. »Dann habe ich vielleicht genau die richtige Alternative für dich.«

»Was denn?«

»Einen potenziellen Auftrag. Es geht um meinen Dad. Er wohnt bei meiner Schwester und ihrer Familie. Kate sagt, er sei nicht gut drauf. Vor ein paar Wochen hatte er eine Herz-OP und seitdem sitzt er in seinem Zimmer rum und hat schlechte Laune – als liege ihm etwas auf der Seele.«

»Das tut mir leid.« Besorgt erwidere ich Kris' Blick. »Hat Kate ihn darauf angesprochen?«

»Ja, und ich auch.« Sie zuckt mit den Schultern. »Aber er blockt ab. Daher dachte ich, du könntest mal mit ihm reden.«

»Ich?«

»Du kannst dich doch so gut in andere Leute reinversetzen.«

»Aber ich kann keine Gedanken lesen. Ich schreibe nur Briefe.«

»Und Kate redet seit Langem davon, dass es schön wäre, etwas Bleibendes von Dad zu haben – so etwas wie seine Memoiren.«

»Memoiren? Dein Dad will seine Memoiren schreiben?«

»Na ja.« Ein Grinsen breitet sich über Kris' Gesicht aus. »Erst mal will das nur Kate. Aber ich finde es eine schöne Idee. Und es geht nicht darum, einen Wälzer aus seinem Leben zu machen. Mein Dad ist schließlich ein ganz normaler Typ, der einfach nie viel geredet hat.«

»Ich habe keine Ahnung, ob ich so was kann.«

»Aber natürlich!« Kris nickt mir voller Überzeugung zu. »Du kannst alles schreiben. Du bist ein *Word Ghost*.« Es klingt, als verkünde sie ein Naturgesetz.

»Du kannst mir ja mal Kates Nummer schicken. Dann frage ich sie, was sie sich vorstellt.«

Kris verdreht die Augen. »Ich gebe dir lieber die Adresse, dann kannst du einfach vorbeigehen, wenn es dir passt. Kate geht nämlich nie ans Telefon. Sie arbeitet immer oder ist mit ihren Kindern beschäftigt. Die Türklingel ignoriert sie aber selten, weil sie alles, was sie braucht, online kauft und quasi ihr Leben davon abhängt, dass sie den Amazon-Paketboten nicht verpasst.« Sie kritzelt eine Adresse auf ein Stück Papier und reicht es mir. »Und das Gute ist: Wenn du einen großen Auftrag an Land ziehst, hält Emma dir diesen schrägen Typen sicher vom Hals.«

Ich greife nach meiner Tasse und nehme einen großen Schluck. Da könnte etwas dran sein. In diesem Moment richtet Kris ihren Blick über meine Schulter und ihre Augen weiten sich. »Hallo.« Sie rückt dichter an mich heran. »Bist du in Flirtstimmung? Dann hätte ich da was für dich. Ist gerade frisch reingekommen.«

Grinsend über ihre Doppeldeutigkeit drehe ich mich auf meinem Hocker um und verschlucke mich vor Schreck an meinem Tee. Jaden hat den Laden betreten. Sein Blick fällt auf mich und seine Miene nimmt einen überraschten Ausdruck an, der kurz darauf von einem gut gelaunten Grinsen abgelöst wird.

»Heiß«, stoße ich hervor, damit Jaden denkt, der Husten sei auf die inadäquate Temperatur meines Getränks zurückzuführen – nicht auf ihn.

Sein Grinsen wird noch breiter.

»Ich glaube, das hat er gehört«, säuselt Kris so laut, dass ihm zumindest diese Worte garantiert nicht entgehen.

»Ich meinte doch nicht ihn.« Ärgerlich hebe ich die Teetasse.

»Ich schon.« Unbekümmert lächelt Kris ihm entgegen. »Kann ich dir helfen?«

»Ich schätze, ja. Wie es aussieht, bin ich hier genau richtig.«

»Nein, das bist du nicht.« Ich stelle meinen Tee ab, rutsche vom Hocker und versperre ihm den Weg zum Tresen. »Was willst du überhaupt hier?«

»Was ich schon wollte, bevor du vor mir geflohen bist: Ich will herausfinden, wer mir die Karte geschrieben hat.«

»Ich bin nicht geflohen.«

»Sondern?«

»Schnell gegangen.«

Er lacht auf – tief aus seinem Bauch. Das Geräusch kitzelt etwas in mir, als sei es ansteckend. »Ziemlich schnell.«

»Ihr kennt euch?« Kris mustert uns neugierig.

Ich drehe mich zu ihr um. »Das ist *er*.«

»Oh.« Kris Mund rundet sich zu einem Kreis.

Jaden wirft mir einen triumphierenden Blick zu und schiebt sich an mir vorbei. Dabei stößt seine Schulter leicht gegen meine. Trotz des olfaktorischen Overloads in dem kleinen Laden nehme ich seinen Duft wahr – kühl und frisch wie Zitronensorbet am Strand.

Er wendet sich an Kris. »Ich habe dein Wasserzeichen auf dieser Karte entdeckt.« Schon hat er sie wieder in der Hand. *Die Freiheit, die wir suchen ...* »Stammt das Design von dir?«

»Klar. Die ist handgefertigt.«

»Ich habe sie über die Agentur *Word Ghosts* bekommen. Arbeitest du öfter für die?«

»Regelmäßig. Aber diese Karte ist ein Einzelstück. Die hat Maggie vor ein paar Tagen zwischen den anderen entdeckt.«

»Tatsächlich?« Jaden dreht sich zu mir um und ich höre sofort auf, hinter seinem Rücken wild zu gestikulieren, um Kris' Aufmerksamkeit zu erregen. Entweder hat sie nicht kapiert, was auf dem Spiel steht, oder sie gerät ganz ungewollt ins Plaudern – wie immer, wenn es um ihre Arbeit geht.

Mich überläuft ein Schauer, als mir bewusst wird, wie starr Jaden mich schon wieder fixiert. Doch ich werde mich nicht auf ein Blickduell einlassen, das er ohnehin gewinnen würde, weil er die Wahrheit nun mal auf seiner Seite hat. Stattdessen kehre ich zum Tresen zurück.

»Fall bloß nicht auf ihn rein, Kris. Er tut nur so nett. In Wahrheit ist er kritiksüchtig und gemein.«

Jaden hebt die Augenbrauen. »Sagt wer?«

»Ich habe deinen Podcast gehört. *Was das Buch so angreifbar macht, sind weder argumentative Schwächen noch Ungenauigkeiten in den Details*«, zitiere ich aus einem seiner Gespräche mit einem Politikstudenten, der mit seinem Buch über die Sicht junger Leute auf die aktuelle politische Lage einen Bestseller gelandet hat. »*Aber der Versuch, eine jugendnahe Sprache mit antiken philosophischen Überlegungen und aktuellen Problemen in Verbindung zu bringen, scheitert an häufigen Kontextverzerrungen, Zuspitzungen und Übertreibungen, die sich zwar spaßig lesen lassen, aber eben nicht ganz zutreffend sind.*« Ich werfe Kris einen bezeichnenden Blick zu. »Und das hat er dem Autor direkt ins Gesicht gesagt.«

Aus verengten Augen mustert Jaden mich. »Und? Meiner Meinung nach hat er Potenzial verschossen, ernst genommen zu werden. Ich habe ihm nur Gelegenheit gegeben, seinen Blickwinkel zu äußern.«

»Man könnte das ja auch etwas freundlicher ausdrücken. Oder als Frage formulieren.« Ich verschränke die Arme vor der Brust. »Oder man könnte einfach mal den Mund halten.«

»Wie soll denn ein Podcast funktionieren, in dem man den Mund hält?«

Ich zucke mit den Schultern. »Keine Ahnung, man könnte ja auch über etwas Unverfängliches sprechen.«

Er runzelt die Stirn. »Wozu?«

»Siehst du.« Ich richte meinen Finger auf ihn. »Dir macht es Spaß, dich zu streiten, zu provozieren, andere mit ihren Fehlern zu konfrontieren.«

Jaden hält mich immer noch mit seinem Blick gefangen.
»Hast du die Folge mit Nancy Aire gehört, in der sie ihre Doktorarbeit darüber vorstellt, wie eine energieeffiziente und nachhaltige Infrastruktur in Großbritannien aussehen könnte? Die fand ich absolut großartig und das habe ich auch gesagt.«

»Warum nimmst du dir denn überhaupt heraus, über andere zu urteilen?«, verlange ich zu wissen.

Er schüttelt den Kopf. »Ich urteile nicht über andere. Ich bilde mir eine Meinung zu bestimmten Themen und nehme das als Ausgangslage für ein Gespräch, in dem ich mich auch gerne umstimmen lasse.«

»In keiner Folge, die ich gehört habe, hast du deine Meinung kampflos aufgegeben.«

»Aber nicht aus Kritiksucht, sondern aus Ehrlichkeit. Weißt du, was das bedeutet? Wenn ich sage, dass ich zum Zahnarzt muss, dann gehe ich da auch tatsächlich hin.«

Schlagartig verstumme ich. Ja, gut, ich hatte behauptet, ich müsse zum Zahnarzt, und stattdessen habe ich hier gesessen und Tee getrunken. Dabei hätte ich mir denken können, dass Jaden bei Kris nachforschen würde. Ihr Wasserzeichen ist schließlich ein bewusster Hinweis auf ihren Laden.

»Schon gut, ich habe geflunkert. Ich musste gar nicht zum Zahnarzt. Zufrieden?«

»Flunkern ist ein Euphemismus, der Lügen harmlos klingen lassen soll.«

»Du gehörst aber nicht zu den Leuten, die behaupten, nie zu lügen, oder?«

»Keineswegs. Aber peinlich ist es trotzdem, wenn man dabei erwischt wird, findest du nicht?«

»Äh«, schaltet Kris sich von seitwärts ein. »Was ist das hier zwischen euch? Soll ich Verbandszeug besorgen? Oder wollt ihr einen Tee dazu? Oder soll ich mir eine Schüssel Popcorn schnappen und es einfach genießen?«

Ehrlich gesagt habe ich keine Ahnung, was ich darauf erwidern soll. Besser, ich konzentriere mich wieder auf Jaden, bevor er mir sein argumentatives Messer von der Seite zwischen die Rippen rammt. »Fakt ist, dass es einen qualitativen Unterschied zwischen Flunkereien und Lügen gibt. Lügen können andere Menschen um ihr Glück betrügen. Flunkereien hingegen sind harmlose Tatsachenverdrehungen, die niemandem wirklich wehtun. Von daher finde ich persönlich es richtig, das sprachlich zu differenzieren.«

Er sieht aus, als setze er zu einer Antwort an. Dann mustert er mich jedoch überrascht und nickt schließlich. »Na gut, da gebe ich dir recht. Aber wenn dich jemand durch ein Täuschungsmanöver dazu bringt, etwas zu tun, was du eigentlich nicht willst, dann ist das Manipulation, oder? Betrug. Das fällt doch in eine Kategorie mit Lügen.« Ich weiß genau, worauf er hinauswill, und spüre Hitze in meine Wangen schießen. »Diese Postkarte hast du dir ja einiges kosten lassen.« Jaden fuchtelt schon wieder damit vor meinem Gesicht herum. »Gibst du zu, dass die von dir ist? Du kennst meinen Podcast doch nicht zufällig.«

Ich stoße ein abfälliges Schnauben aus. »Ich muss los. Danke für den Tee«, sage ich zu Kris, komme jedoch nicht mehr als zwei Schritte weit, ehe ich gegen Jadens Brustkorb stoße. Ich habe keine Ahnung, wie er es so schnell geschafft hat, sich in meinen Weg zu manövrieren. Das müssen seine vom Surfen geschulten Reflexe sein. Und obwohl er nicht gerade breit gebaut ist, spüre ich beim Erstkontakt mit seinem Oberkörper, dass er mir ohne Weiteres den Weg blockieren kann.

»Warum denkst du, dass ein paar Zeilen so viel Geld wert sind?« Jadens Augen haben die Farbe von sehr dunkler Schokolade angenommen. Das kann man schon nicht mehr zartbitter nennen. In mir zieht sich alles zusammen. »Und wie oft verkaufst du so einen Text? Wie viele davon hast du in der

Schublade? Wie viel Geld hast du insgesamt damit gemacht?«
Er hämmert mir seine Fragen direkt ins Herz. Ist das echte Wut in den winzigen Fältchen um seine Augen? Oder ist das die journalistische Bissigkeit, vor der Alice mich gewarnt hat? Ich muss schlucken. »Sag mir wenigstens eins.« Jaden bohrt seinen Blick in meinen, als wolle er mir direkt in meine Seele schauen. »Hast du diesen Wortlaut schon öfter verkauft?«

»Nein.« Meine Stimme klingt plötzlich ein wenig heiser. Das muss die trockene Luft im Laden sein. »Nein, den hab ich nur für dich geschrieben.«

Schlagartig ist es sehr still in Kris' *Odds and Ends*. Einen Moment lang sagt niemand etwas. Entfernter Verkehrslärm dringt von draußen herein. Probehalber mache ich einen Schritt auf Jaden zu, aber er denkt nicht daran, mich durchzulassen. Irgendwie stehen wir jetzt viel zu dicht zusammen. Der Duft von Zitronensorbet und Meersalz dringt mir in die Nase.

»Aber wie?« Jaden wendet seinen Blick nicht von mir ab. »Wie konntest du das so schreiben?«

Ja, wie konnte ich das? Was will er von mir hören? Dass ich es schon immer mochte, Worte für Dinge zu finden, die selten in Worte gefasst werden? Dass ich Geschichten liebe, die Menschen mir über sich erzählen? Dass er mich fasziniert hat – mit seiner Mischung aus lässiger Lebensfreude und professionellem Arbeitseifer, mit seiner Abenteuerlust und seiner analytischen Denkweise? Dass ich versucht habe, über seine Social-Media-Kanäle und meine Gespräche mit Alice in jeden Winkel seines Lebens vorzudringen, alles über ihn zu erfahren, um den einen Hebel zu finden, der ihn überzeugen könnte, das zu tun, was er nicht will?

Ja, vielleicht will Jaden all das von mir hören. Aber mit mindestens der Hälfte davon würde ich mich in seinen Augen angreifbar machen. Und dann ist da noch ein Punkt: Das Briefeschreiben ... das ist für mich untrennbar mit Luke verbunden.

Ich sehe ihn vor mir: die Bewunderung in seinen blaugrünen Augen. *Maggie-Magie.* Ich kann nicht zulassen, dass Jaden mir das kaputt macht, indem er meine Arbeit entzaubert, ihr die Berechtigung abspricht.

Da der Weg nach draußen noch immer durch ihn blockiert ist, nutze ich die einzige Möglichkeit zur Flucht: Ich drehe mich um, schlüpfe durch die angelehnte Tür in Kris' Werkstatt und drücke sie hinter mir ins Schloss.

»Moment!«, höre ich Kris aus dem Verkaufsraum rufen.

»Entschuldige, aber der Teil gehört nicht zum Laden. Da kann ich dich nicht reinlassen.«

»Sie ist doch auch reingegangen.«

»Maggie ist eine Freundin. Da gelten Ausnahmebestimmungen.«

Erleichtert lehne ich mich mit dem Rücken gegen die Tür. Kris' Werkstatt wird von deckenhohen überladenen Regalen in mehrere Bereiche unterteilt. In einem hat sie sich eine kleine Küche eingerichtet, in einem anderen einen Arbeitsplatz für ihre Bürotätigkeiten. Unter den schmalen Fenstern an der Wand rechts steht ein langer Zeichentisch, der durch Tageslichtlampen ausgeleuchtet wird.

»Willst du jetzt etwas kaufen oder nicht?«, verlangt Kris drüben zu wissen.

»Ich kann mich ja mal in Ruhe umsehen. Du machst tolle Sachen.«

Genervt verdrehe ich die Augen. Wie penetrant kann ein Mensch sein?

»Danke. Soll ich dir meine aktuellen Karten zeigen? Da sind auch ein paar Originale dabei.«

Himmel! Kris lässt sich nur zu gerne von ihm den Kopf verdrehen. Unschlüssig mache ich ein paar Schritte in den Raum hinein und atme tief durch. Der Kräuterduft wird vom beißenden Geruch der Farben und Lösungsmittel überlagert.

»Wie läuft das denn normalerweise ab, wenn die *Word Ghosts* dich beauftragen?«, höre ich Jaden auf der anderen Seite nachbohren. »Machst du Entwürfe nach ihren Vorgaben oder suchen sie sich was aus deinem Angebot aus?«

»Also ...« Ich höre das Zögern in Kris' Stimme und seufze. Es tut mir so leid, sie in diese Geschichte hineinzuziehen. »Versteh mich nicht falsch. Ich kenne dich nicht und du wirkst nett. Aber Maggie ist vor dir in meine Werkstatt geflohen und ich hatte das Gefühl, sie will nicht, dass ich mit dir rede. Im Zweifelsfall halte ich zu ihr.«

»Also würdest du das auch als Fliehen und nicht als schnelles Gehen bezeichnen?«

Was ist falsch mit diesem Typen?

»Äh ...«, macht Kris nur.

Stöhnend vergrabe ich mein Gesicht in den Händen. Ich sollte versuchen hier rauszukommen. Kurz überlege ich mit einem Ruck die Tür aufzustoßen, durch den Laden zu sprinten und mich auf der Rivington Street unter die Leute zu mischen, ehe Jaden mich richtig zur Kenntnis nimmt. Allerdings hat er bereits, als ich die Agentur verlassen habe, bewiesen, dass er selbst in Flipflops locker mit mir mithalten kann.

Also die verschwiegene Variante. Wozu gibt es Fenster? Beherzt steige ich auf Kris' Stuhl und setze meine Füße vorsichtig auf ihren Zeichentisch – zwischen ihre Vorlagen, Bleistifte, Lampen und ihr Tablet. Dann strecke ich mich zum Fenstergriff. Kurz lausche ich in den Verkaufsraum. Die Stimmen von drüben sind immer noch zu hören. Nur kann ich kaum noch verstehen, was sie sagen.

Entschlossen werfe ich meine Tasche aus dem Fenster und bete, dass in dem engen Durchgang niemand vorbeikommt, der sich über diesen unvorsichtigen Move diebisch freut. Dann klammere ich mich am Fenstergriff fest, stemme die Füße gegen die Wand und schiebe mein erstes Bein durch die Öffnung.

Okay. Ich hänge prekär in der Luft und mir wird klar, dass diese Kletteraktion schwieriger wird, als ich mir das vorgestellt habe.

»Bestimmt kommt Maggie nicht raus, solange du hier bist«, glaube ich Kris im Verkaufsraum sagen zu hören. Richtig! Darauf kann Jaden lange warten.

Es ist ein kurzer, aber harter Kampf. Dann stecke ich fest. Meine Beine ragen nach draußen auf die Straße, während mein Oberkörper sich noch in der Werkstatt befindet. Mein Bauch wird schmerzhaft vom Fensterrahmen eingedrückt. Zur Hölle war das eine dumme Idee! Denn eins habe ich nicht bedacht: Ohne Zeichentisch unterm Fenster geht es draußen ziemlich tief abwärts. Und das Fenster ist zu klein, um mich weiter hinauszuschieben und draußen ans Sims zu hängen. Denn wenn ich es versuche, bleiben meine Ellenbogen am Rahmen stecken. Außerdem muss ich mit der Hüfte zuerst eine komplizierte Drehbewegung machen, die verhindert, dass ich mich wie ein Sack einfach fallen lassen könnte. Ehrlich gesagt bin ich mir nicht sicher, ob ich fluchen oder lachen soll, aber ich habe es geschafft, mich in einer ohnehin ausweglosen Situation komplett manövrierunfähig zu machen.

»Maggie? Bist du das?« Ich erstarre, als die ungläubige Stimme von draußen erklingt. Bitte nicht auch das noch!

»Maggie?« Das ist eindeutig Jadens Stimme, die nach einer perfekten Gitarrenharmonie klingt und im Augenblick auch voll ungläubigem Staunen ist. »Was bitte machst du da?«

»Wieso?«

»Von der Straße aus dachte ich, hier will jemand einbrechen. Aber das sind deine zappelnden Beine im Fenster.«

»Ja, und?« Kann ich noch so tun, als sei ich hier die normale Person?

»Warum hängst du im Fenster?«

Ha! Der Typ macht mich so wütend. Schließlich ist er schuld

an meiner prekären Lage.« Was denkst du denn, warum ich im Fenster hänge?«

»Keine Ahnung. Hast du was gestohlen? In diesem Fall solltest du deine Fluchtstrategie überarbeiten.«

»Das sollte ich.« Ärgerlich versuche ich zurück nach drinnen zu gelangen. Mittlerweile ist es mir egal, wenn ich kopfüber auf Kris' Zeichentisch stürze. Aber meine Hüfte hat sich vollends im Fensterrahmen verklemmt. »Kris!« Wo ist diese Frau, wenn man sie braucht? Warum kommt sie nicht nach mir sehen? Draußen höre ich Jaden lachen. Seine Schadenfreude löst ein zorniges Kribbeln in meinem Bauch aus.

»Ich glaube, das ist vergebens. Es sind Kunden in den Laden gekommen.«

Ich gebe ein Stöhnen von mir. Langsam fällt mir durch meinen eingeklemmten Bauch das Atmen schwer.

»Ich helfe dir, in Ordnung?«

Ich fühle eine Hand an meinem Knöchel und schüttele sie erschrocken ab. »Auf keinen Fall. Ich schaffe das alleine.«

»Na gut, dann warte ich hier unten.«

»Kannst du nicht einfach verschwinden? Ich will nicht mit dir reden. Begreif das endlich.«

»Glaub mir, das ist nicht zu übersehen. Ich verstehe nur nicht, was dein Problem ist.«

»Mein Problem ist, dass ich in meinem ersten und letzten Interview vollkommen versagt habe, meine Chefin deshalb wütend auf mich ist und du mich fertigmachen willst.«

»Aha.«

»Du bist persönlich betroffen, machst mich für deine Beziehungsprobleme verantwortlich und hast dir deine Meinung über mich gebildet, bevor ich eine Chance hatte.«

»Ehrlich gesagt habe ich gerade nicht die geringste Ahnung, was ich von dir halten soll.«

Das glaube ich sofort. Und deshalb bringt mich Jadens Feststellung erst mal zum Schweigen. Ich meine, ich hänge hier zwei Meter über dem Boden in einem lächerlich kleinen Fenster und komme weder vor noch zurück. Hat er jemals etwas Absurderes gesehen?

Doch Jaden will immer noch nicht aufgeben. »Du hast zugegeben, dass du den Liebesbrief an mich geschrieben hast. Und ich möchte wissen, wie du das geschafft hast. Und was du an Informationen über mich gespeichert hast.« Ich stoße nur einen gequälten Knurrlaut aus. »Vielleicht hast du recht«, fährt er fort. »Vielleicht habe ich mir zu früh eine Meinung über dich gebildet. Aber du solltest bedenken, dass du alles, was du über mich zu wissen glaubst, von Alice hast. Und die ist nicht besonders gut auf mich zu sprechen.« Mein eingedrückter Bauch lässt mich keuchen und ich versuche mich mit den Armen an der Wand abzustützen. Mit seiner Anmerkung hat Jaden nicht unrecht. »Willst du wirklich, dass ich gehe?«, fragt er von unten.

»Ja.«

»Na gut, dann sprechen wir uns wieder, wenn es dir besser passt. Bye.«

Einen Moment lang halte ich die Luft an. Von draußen ist nichts mehr zu hören – nur noch der übliche Hintergrundlärm vom Verkehr und einer nahe gelegenen Baustelle. Hat Jaden mich jetzt wirklich hier hängen lassen? Verzweifelt versuche ich, vorwärts oder rückwärts zu kommen – nur um erneut festzustellen, dass ich hoffnungslos verkantet bin.

»Jaden«, rufe ich ihm nach. »Jaden!«

»Ich bin noch hier.« Seine belustigte Stimme klingt von direkt unter mir herauf.

»Verdammt, du hast mich in diese Situation gebracht, jetzt hol mich hier wieder raus.«

»Ich?«

»Du hast mich so unter Druck gesetzt, dass ich aus dem Fenster springen wollte.«

»Das tut mir leid.«
»Das ist gelogen.«
»Geflunkert.«
»Himmel, hol mich hier raus.«
»Sag bitte.«
Ich kneife die Augen zusammen. »Bitte.«
Sofort werden meine Beine von kräftigen Händen umfasst.
»Kannst du die Hüfte drehen? Dann ziehe ich dich raus.«
»Was?« Ich sehe bereits, wie ich mir den Kopf am Fenstersims aufschlage und danach aufs Pflaster krache.
»Keine Angst, ich halte dich. Du siehst nicht sonderlich schwer aus.«
»Ich habe in den letzten zwei Monaten ungefähr zwölf Liter Eis gegessen.«
»Oha! Machst du Sport?«
»Hula-Hoop-Fitness.«
»Was ist das denn?«
»Können wir das vielleicht später besprechen?«
»Ich will nur wissen, ob das anstrengend ist und du dabei genug Kalorien verbrennst, um das Eis auszugleichen.«
»Die Frage ist, ob du mich wirklich halten kannst, wenn ich aus zwei Metern Höhe auf dich runterfalle, selbst wenn mein Work-out sauanstrengend ist.«
»Das werden wir gleich sehen, schätze ich.« Seine Hände wandern an meinen nackten Beinen höher. Innerlich werde ich ganz starr. Seine Berührung ist fest und bestimmt – rein funktional. Trotzdem werde ich noch kurzatmiger, als ich ohnehin schon bin.
»Tragen eigentlich alle Frauen Radlerhosen unter ihren Kleidern?«, erkundigt sich Jaden von unten.
»Was? Spinnst du?«
»Was soll ich machen? Ich habe hier gerade Einblicke, die ich sonst nie bekomme.«

»Aber da spricht man doch wenigstens nicht drüber. Zur Hölle, das ist nicht mal eine Radlerhose. Das ist eine Grapscher-Schutz-Hose.«

»Es sieht aus wie eine kurze Radlerhose.«

»Du bist ein Creep.«

»Entschuldigung. Nur neugierig.«

»Hilfst du mir jetzt oder nicht?«

»Du tust ja nicht, was ich sage. Ich warte nur, dass du dich drehst, und dann ziehe ich.«

»Wenn du mich fallen lässt, muss ich nie wieder mit dir reden.«

»Deal.«

Ich hole tief Luft. Dann stütze ich mich an der Fensterbank ab, stemme mich hoch und drehe die Hüfte. Und da kann Jaden noch so ungläubig gucken, das schaffe ich nur dank meiner Hula-Hoop-Work-outs.

Jaden zieht an mir und ich schreie auf. Denn zum einen falle ich, zum anderen habe ich die Arme nicht schnell genug gestreckt, sodass ich mit den Ellenbogen am Fensterrahmen entlangschramme. Entgegen all meiner Erwartungen schlage ich jedoch nicht ungebremst aufs Pflaster.

Jadens Arme schlingen sich um meinen Körper. Instinktiv klammere ich mich um seinen Hals fest. Er taumelt zwar vorwärts und drückt mich gegen die Wand, um uns zu stabilisieren, schafft es aber irgendwie, sich auf den Füßen zu halten und mich nicht aufs Pflaster krachen zu lassen.

Da ich mich so an ihn klammere, wird sein Gesicht irgendwo auf Höhe meines Dekolletés gegen mich gepresst. Das verbuche ich aber einfach mal unter Kollateralschaden. Ich bin endlich raus aus dem Fenster! Erleichtert lehne ich mich in Jadens Arm zurück und er grinst.

»Ein Glück, keiner von uns ist tot.«

»Du warst dir doch sicher, dass du mich halten kannst.«

»Bevor du das mit dem Eis erwähnt hattest. Welcher normale Mensch isst sechs Liter Eis im Monat?«

»Stellt sich nach der Fenster-Geschichte wirklich noch die Frage nach Normalität?«

Jaden sieht mir in die Augen und irgendetwas passiert in mir. Seine Iris hat die Farbe flüssiger Schokolade und bringt mich innerlich zum Schmelzen. Mein Puls, der nach dem ganzen Stress und dem Sturz sowieso zu schnell ist, verändert sich. Mein Herz hüpft – auf und ab. Ich glaube, es bilden sich Wirbel in meinen Blutbahnen. Ob das gefährlich ist? Und fragt Jaden sich vielleicht das Gleiche? Jedenfalls lässt sein Blick meinen nicht los. Ich atme seinen Duft nach dem Wind über dem Meer ein und realisiere, dass ich anfange zu träumen. Zu tagträumen, was noch schlimmer ist!

Rasch reiße ich meinen Blick los und zapple ein bisschen mit den Beinen, damit er mich runterlässt. Er versteht meinen Wink und stellt mich hastig auf die Füße. Da wir so dicht an der Wand stehen und er nicht zurückweicht, sind wir uns trotzdem noch zu nah. Himmel! Ich fühle mich ein bisschen wie unter Strom. Die Härchen an meinen Armen haben sich aufgestellt.

»Hula-Hoop muss knallhartes Training sein, wenn du so viel Eis wegstecken kannst«, sagt er endlich.

»Ich ...« Ich sehe mich kurz um und bücke mich nach meiner Tasche. »Ich bin noch verabredet. Aber es war sehr nett von dir, dass du mir geholfen hast. Danke!«

Zu meiner eigenen Überraschung halte ich ihm die Hand hin. Dabei ist zwischen unseren Körpern kaum genug Platz. Das scheint auch Jaden bewusst zu werden, denn er macht endlich einen Schritt zurück und ergreift meine Hand.

»Nimm doch nächstes Mal die Tür. In der Regel funktioniert das einwandfrei.«

»Außer ein Typ versperrt mir den Weg.«

»Hey, es tut mir leid, dass ich dich so unter Druck gesetzt

habe.« Jaden hält meine Hand in seiner und ich brauche viel zu lange, um mich ihm zu entziehen.

»Kein Problem. Hör einfach auf mir nachzulaufen und wir vergessen das Ganze.«

Ich hänge mir meine Tasche um und er beobachtet mich dabei. »Ich dachte, du redest jetzt mit mir. Immerhin habe ich dich nicht fallen lassen.«

Grinsend schüttele ich den Kopf. »In die Richtung ging der Deal leider nicht.«

»Aber dir ist schon klar, dass ich eben alles von dir hätte verlangen können und es nicht getan habe, oder?« Jaden folgt mir aus dem Durchgang auf die Rivington Street. Ich muss zugeben, dass er recht hat. Er hat nicht mal versucht, mich zu erpressen. »Jetzt könntest du mir ein wenig entgegenkommen, findest du nicht?«

Seufzend bleibe ich noch einmal stehen. »Es war echt nett, dass du mir geholfen hast, aber mehr als ein Danke kriegst du nicht dafür. Alice hat mich vor dir gewarnt. Ich habe deinen Podcast gehört. Du kannst echt gnadenlos sein. Und ich kann gerade nicht noch mehr Probleme gebrauchen. Du hast ja gesehen: Ich bin nicht zurechnungsfähig.« Kurz gestikuliere ich in Richtung des Durchgangs. »Versteh das bitte.«

»Und versteh du bitte, dass ich nicht aufgeben werde. Ich wollte nie mit Alice zusammenziehen. Ich wohne gerne in meiner WG. Das weißt du ja vermutlich.« Sein Blick verdüstert sich, die Farbe seiner Augen changiert erneut in die Zartbitterregion. »Hätte ich nicht eure Rechnung bei Alice entdeckt, wäre ich nie auf die Idee gekommen, jemand anders als sie könnte die Karte geschrieben haben.« In einer frustrierten Geste hebt er die Schultern. »Ich muss wissen, was sie dir über mich erzählt hat, damit du das so schreiben konntest.«

»Warum?«

»Weil ich mich manipuliert fühle.«

Seine Worte treffen mich – hart. Als wären sie mir aus zwei Metern Höhe auf den Kopf gefallen. Ich weiche vor ihm zurück, doch er fährt fort:

»Normalerweise bin ich nicht leicht zu hintergehen. Deswegen muss ich wissen, wie du das angestellt hast. Und warum du Geld damit verdienst, Leute zu manipulieren.«

»Bitte?« Wütend funkele ich ihn an. »Mein Job besteht nicht darin, andere zu manipulieren.«

Er hebt die Schultern. »Für mich sieht es aber stark danach aus. Du kannst mir gerne erklären, wie du deinen Job siehst. In meinem Podcast. Ich lade dich in meine Sendung ein.«

Entgeistert lache ich auf. Er kann nicht ernsthaft annehmen, dass ich mich seinen kritischen Fragen und bösartigen Unterstellungen auch noch öffentlich aussetze.

»Bitte, Maggie.« Ich zucke zusammen, als seine Stimme plötzlich weicher wird und mein Herz erneut zum Hüpfen bringt. Damit, dass er mich nett fragen würde, habe ich nicht gerechnet. »Es fühlt sich einfach verdammt komisch an, dass ich nichts über dich weiß, du aber alles über mich. Verstehst du das nicht?«

Ich schüttele den Kopf. »Wenn dich das beruhigt: Ich habe einfach nur eine Karte geschrieben. Ich wette mit dir, dass Alice' beste Freundinnen genauso viel über dich wissen wie ich. Es gibt auch keine geheime Datenbank, in die ich irgendwelche Informationen über dich eingespeist habe. Und jetzt muss ich wirklich los.«

Ohne nachzudenken, setze ich mich in irgendeine Richtung in Bewegung.

»Ich glaube dir nicht«, ruft Jaden mir nach. »Du hast zu oft geflunkert.«

Und ich habe keine Ahnung, ob er damit meine Behauptung loszumüssen meint oder die Sache mit der geheimen Datenbank.

Kapitel 5

Dritter Brief an Luke

Du bist wie ein Spiegel, Luke, wenn du mit Bleistift Gesichter auf Papier wirfst. Nur mit mir hast du dich schwergetan. Wann immer wir uns trafen, hattest du einen neuen Entwurf dabei, aber irgendetwas stimmte nie ganz. Erst Finn hat – als ich ihm später deine Zeichnungen zeigte – das Problem erkannt: »Er ist zu nett mit dir.«

Du hast mein Kinn ein wenig runder gezeichnet, meine Gesichtsform etwas voller. Auf rätselhafte Weise hast du eine schönere Maggie in mir gesehen, Luke. Vielleicht habe ich deshalb im Spiegel deiner Augen gelernt, mich nicht mehr vor der Welt zu verstecken.

Es hätte perfekt sein können. Aber als wir uns kennenlernten, hatte ich einen Freund. Er war der Halt, den mir sonst niemand gegeben hat. Mein Dad zieht heute wie früher als Gitarrist durchs Land. Meine Mum hat, als ich klein war, alles für ihren Durchbruch im West End gegeben. Und in ihrer wilden, bunten Theater-Glitzerwelt bin ich untergegangen. Dort war alles laut. Nur ich war leise. Grandmas schroffe Art hat mich eingeschüchtert, Tante Meredith war mit Noah beschäftigt. Der Nachbarsjunge war der Einzige, der mich verstand: Finn.

Wir waren es beide gewohnt, anderen die Bühne zu

überlassen. Es gab nur einen Unterschied: Finn fiel es leicht, Teil einer Gruppe zu sein, einfach mitzulaufen. Ich hielt mich lieber abseits, hatte Angst vor dem Urteil anderer. Vielleicht, weil ich unter so meinungsstarken Leuten aufgewachsen bin, die in jeder Situation ein kritisches Urteil zur Hand haben. Du kennst meine Familie. Da ist viel Liebe im Spiel, aber auch viel Disput. Irgendwo dazwischen war ich verloren. Finn war derjenige, der mich verteidigt hat, wenn die anderen Kinder mich geärgert haben. Er war immer an meiner Seite, immer für mich da. Hätte ich ihn fallen lassen sollen? Zumal mir nicht nur seinetwegen klar war, dass du und ich keine Option waren. Aus meiner damaligen Sicht hast du in einer anderen Liga gespielt als ich – mit deinem guten Aussehen, deinem Computerlinguistik-Studium, deinen Baseball-Star-Aspirationen. Du hattest Freunde und Fans. Dass du mich gesehen hast, war in meinen Augen ein Wunder. Aber du wolltest mich bei dir haben. Und alle starrten die Frau an, die Luke Carlton den Kopf verdrehte. Ich glaube, du hast nicht die geringste Ahnung, was das für ein Schritt im Leben der scheuen London-Maggie war. Hast du irgendeine Vorstellung davon, wie sehr ich mich danach gesehnt habe, dich auch ein bisschen zu beeindrucken? Ich wollte dir nicht gefallen, weil ich aufgrund meiner grauen Augen, meines britischen Akzents und meiner Zurückhaltung ein bisschen anders war, weil ich vielleicht sogar deinen Beschützerinstinkt weckte, wenn ich schüchtern reagierte, oder weil du mochtest, wie naiv ich dich anhimmelte. Ich wollte dich beeindrucken – so wie du mich. Und dann kam dieser Moment, als wir mitbekamen, wie sich einer deiner Freunde mit seinem Date stritt.

»*Ich scheine ihr gegenüber immer das Falsche zu sagen*«, *meinte er, als sie schließlich aufsprang und ging.* »*Ich habe keine Ahnung, was sie hören will.*«
Mir erschien genau das offensichtlich. Also kritzelte ich ein paar Worte in mein Notizbuch, riss die Seite aus und gab sie ihm:

An dir stimmt einfach alles – immer. Vielleicht denkst du, ich interessiere mich nur aufgrund deiner perfekten Fassade für dich. Aber ich kann daran vorbeisehen. Und das, was ich dann entdecke, ist der wahre Grund, warum ich dich mag.

Er ging ihr nach. Ich hatte sofort das Gefühl, zu forsch gewesen zu sein. Irgendwie funktionierte es aber. Die beiden waren von da an fest zusammen. Für dich war das Zauberei. Maggie-Magie hast du es genannt. Und in meinen Augen hattest du jetzt endlich einen Grund, so fasziniert von mir zu sein wie ich von dir. Von da an hätte ich mich auf dich einlassen können.
Wäre Finn nicht gewesen.
Ja, Luke, ich hatte mich zu schnell, zu heftig und völlig unumkehrbar in dich verliebt. Es beschränkte sich nicht auf Herzklopfen und Bauchkribbeln. Es war die ganze Hitze Kaliforniens. Es war Sehnsucht und Drama. Mein Herz machte riesige Sätze. Ich vermisste dich, ohne dich je gehabt zu haben. Aber Finn ... Er war der Einzige, auf den ich mich je verlassen konnte. Wir waren ein Leben lang Freunde gewesen und jetzt war es eben mehr. Hätte ich gewusst, dass ich uns einfach wieder um das Mehr reduzieren konnte, hätte ich es getan. Aber Finn ganz zu verlieren konnte ich nicht riskieren.

Als ich Jaden sagte, ich müsse dringend los, weil ich noch verabredet sei, war das geflunkert. Trotzdem verspäte ich mich am Ende, Finn von der *Euston Station* abzuholen. Zum Mittagessen bin ich ins *Fix* gegangen und habe mich anschließend darin vertieft, meinen Brief an Luke zu schreiben. Ich muss sagen, dass es angesichts meiner Auseinandersetzung mit Jaden und meiner missglückten Flucht durchs Fenster fast etwas Beruhigendes hatte, an Luke zu denken. Eine durch und durch ungewohnte Erfahrung.

Jetzt schiebe ich mich an den zum Teil laufenden, zum Teil trödelnden Leuten in der lebhaften Vorhalle der *Euston Station* vorbei und zücke schließlich mein Telefon, um Finn anzurufen. Bevor ich jedoch dazu komme, entdecke ich ihn endlich. Er steht vor dem *WHSmith* und nimmt gerade sein Telefon ans Ohr. Im nächsten Moment klingelt meins mit seinem Anruf los.

Ich laufe die letzten Schritte und falle Finn von hinten um den Hals. Dazu muss ich ein bisschen hochhüpfen und mich an seinen Schultern festhalten.

»Mags! Hast du diesen schrecklichen Klingelton etwa immer noch nicht geändert?«

Er kitzelt mich, bis ich lachend von seinem Rücken rutsche, dreht sich um und deutet anklagend auf das noch immer dudelnde Handy in meiner Hand. Wie immer zeigt es mir Anrufe von Finn mit ›Gift of a Friend‹ von Demi Lovato an.

»Jedes Mal, wenn ich das Lied höre, stelle ich mir kleine Elfen vor«, beschwert sich Finn, was sicher an dem Disney-Film liegt, in dem der Song gespielt wird.

»Was hast du gegen Elfen?«

»Sehe ich aus wie Tinker Bell?«

»Wenn du die Haare offen trägst ...«

Kichernd weiche ich seinem nächsten Kitzelangriff aus. Finn hat seine dunkelblonden Haare wie immer zu einem Knoten am

Hinterkopf zusammengebunden. Ohne Haargummi reichen sie ihm bis in den Nacken. Er hat sie vor mittlerweile bestimmt sieben Jahren wachsen lassen, nachdem ich nach einem verunglückten Friseurbesuch mit in meinen Augen viel zu kurzen Haaren in meinem Zimmer saß und mich nicht mehr hinaustraute. Finn hat sofort die Chance für eine seiner berüchtigten Wetten gesehen, und wir haben um den *Gelat-a-more-Gigantic-Surprise*-Eisbecher gewettet, wer zuerst Schulterlänge erreicht. Am Ende haben wir uns den Eisbecher geteilt. Und während ich meine Haare noch bis über meine Schulterblätter hinab habe wachsen lassen, hat Finn sich mit dem Schulterlänge-Look angefreundet.

»Auch wenn der Tinker-Bell-Vergleich eine Frechheit ist ... Schön, dich zu sehen, Mags.« Finn nimmt mich richtig in den Arm und ich drücke ihn fest an mich.

»Und jetzt?«, frage ich, als er mich loslässt. »Wo willst du als Erstes hin?«

In seiner lässigen Finn-Art schiebt er die Hände in die Taschen seiner Shorts und zuckt die Schultern. »Rate mal.«

»*Gelat-a-more?*«

Grinsend nickt er. »Logisch.«

»Ganz in meinem Sinne.« Ich deute auf den Rucksack, der neben ihm steht. »Ich schätze, das ist alles, was du dabeihast?«

Sein Grinsen wird breiter. »Logisch«, wiederholt er nur.

Ich verdrehe die Augen, weil selbst meine Tasche voller ist als sein Rucksack und ich nicht dahinterkomme, wie er es trotzdem schafft, immer alles dabeizuhaben. Stattdessen machen wir uns auf den Weg in Richtung Curtain Road.

»Und?«, fragt mich Finn. »Ist irgendetwas Aufregendes vorgefallen, seit wir zuletzt telefoniert haben?«

»Nein, gar nichts.«

»Okay.« Er wirft mir einen Seitenblick zu. »Daraus schließe

ich, dass mal wieder volles Drama ausgebrochen ist. Was ist passiert?«

Bis wir bei unserem Lieblingseiscafé ankommen, habe ich Finn von meinem Zusammentreffen mit Jaden berichtet. Noch immer schüttelt er fassungslos den Kopf – über Jadens Hartnäckigkeit, aber ganz besonders über die Absurdität meines Aktionismus.

»Setzen wir uns rein?«, frage ich ihn. Da es entlang der Curtain Road nur schmale Gehwege gibt und das *Gelat-a-more* nicht mehr als zwei bereits voll besetzte Biertischgarnituren unter der Markise stehen hat, folgt Finn mir nach drinnen. Wenig später sucht er sich bereits einen Tisch aus, während ich an der Theke stehe, von einem Fuß auf den anderen trete und mich nicht entscheiden kann, welche Sorten ich probieren möchte. Antonio, der Eiscafébesitzer, hat schließlich Erbarmen, empfiehlt mir Pistazie und Feige und winkt mich weg, damit er den Nächsten bedienen kann. Ich geselle mich zu Finn, der sein Handy wegsteckt, als ich mich ihm gegenübersetze.

»Weißt du was, Mags? Ich finde es richtig gut, dass du aus dem Fenster geklettert und stecken geblieben bist und dich retten lassen musstest.«

»Was?« Halb belustigt, halb gekränkt mustere ich Finn.

»Wieso das denn?«

»Weißt du, woran mich das erinnert? An die verrückt chaotischen, vollkommen unüberlegten Maggie-Aktionen, die dich ausgemacht haben, bevor du nach Lukes Verschwinden komplett erstarrt bist.«

Entgeistert sehe ich ihn an. Nicht, weil ich nicht wüsste, worauf er anspielt. Eher, weil mir klar wird, dass er recht hat.

Bevor ich jedoch etwas antworten kann, serviert Antonio uns schwungvoll unsere Eisbecher und ich stelle entzückt fest, dass er meinen nicht nur mit Sahne, sondern auch – extra für mich – mit Zuckerherzstreuseln und einer Mokkabohne getoppt hat. Ich werfe Antonio eine Kusshand zu und tauche glücklich meinen Löffel ein.

»Ich weiß nicht, woran es liegt«, meint Finn schließlich, »aber irgendwie wirkst du anders. Lebendiger?« Forschend mustert er mich aus seinen grünbraunen Augen.

Lachend zeige ich ihm meine aufgeschürften Ellenbogen. »Bestimmt nicht. Ich habe mich im Interview in einen Roboter verwandelt und potenzielle Kundschaft vergrault, ich musste einen Liebesbrief schreiben, obwohl ich unter krankhaft ausgeprägtem Liebeskummer leide, und der Brief ist auch noch nach hinten losgegangen. Jetzt werde ich von einem kritiksüchtigen Podcaster gejagt, der sich von mir manipuliert fühlt und meinem Job die Berechtigung absprechen will. Trotzdem hält meine Chefin es anscheinend für eine gute Idee, wenn ich ihm ein Interview gebe. Wenn das *lebendig* ist, muss ich aufpassen, nicht daran zu sterben.« Kläglich ziehe ich die Schultern hoch. »Ich kann das mit den Liebesbriefen einfach nicht mehr.«

»Ach, Mags.« Finn schüttelt den Kopf. »Ich weiß, Luke hat dir eingeredet, du hättest irgendein zauberhaftes Talent. Aber ich glaube, du hast eine grandiose Beobachtungsgabe und viel Empathie. Und du bist geschickt im Umgang mit Worten. Das hat nichts mit Magie zu tun. Also kannst du das auch nicht verlieren.« Er legt mir in einer beschwichtigenden Geste eine Hand auf den Arm. »Bestimmt hast du alles so gewissenhaft wie immer gemacht und es war gar nicht deine Schuld, dass dieser Jaden seine Freundin verlassen hat. Mit Sicherheit hatten die vorher schon Probleme.«

Finns unerschütterliche Gelassenheit bringt mich zum Lächeln. »Siehst du? Und deshalb hast du ›Gift of a Friend‹ als Klingelton.«

Er hebt die Augenbrauen. »Du meinst, ich muss dir unterm

Tisch vors Schienbein treten und ›Reiß dich zusammen‹ sagen, wenn ich *James Bond* als Klingelton will?«
Scheinbar verärgert schüttele ich den Kopf. »In Wahrheit gehen meine Klingeltöne dich gar nichts an.« Finn wendet sich wieder seinem Eisbecher zu. »Zumindest passiert endlich wieder was in deinem Leben. Und ich glaube, das tut dir gut.«
»Es ist ja nicht so, als würde bei dir nichts passieren.« Ich deute mit meinem Eislöffel auf ihn, wie um ihn festzunageln. »Wie laufen deine Workshops? Wie geht es Kyra?«
»Genauso wie letztens, als du mich das am Telefon gefragt hast«, entgegnet Finn mit einem feinen Lächeln.
Ich muss lachen. Schließlich kenne ich Finn. Wenn ich aus ihm etwas rauskitzeln will, muss ich schon konkreter fragen. Und während ich ihn löchere und meinen Blick über die voll besetzten Tische wandern lasse – die terrakottafarbenen Fliesen des *Gelat-a-more*, die großformatigen Fotos von toskanischen Landschaften an den Wänden und die Leute, die an der Theke üppig beladene Eiswaffeln erstehen –, spüre ich, dass ich mich wirklich lebendig fühle. Antonio übertönt alles mit seinem durchdringenden Italienisch, das zumindest von seinen Gästen niemand versteht, mit dem er es aber trotzdem immer wieder versucht. Und plötzlich wird mir bewusst, dass sich der Hochsicherheitstrakt in mir gar nicht mehr so schwer anfühlt. Wohlfühlzeit mit meinem besten Freund – wahrscheinlich hat genau das mir in den letzten Wochen gefehlt.
Als wir das *Gelat-a-more* schließlich verlassen und Antonio uns seine unverständlichen Grüße auf Italienisch nachruft, fragt Finn: »Gehen wir zu Fuß nach Hause? Ich habe ehrlich gesagt noch ein Anliegen.«
Überrascht sehe ich ihn an. Wann hatte er mir gegenüber zuletzt ein Anliegen? »Klar, worum geht es?«

Finn vergräbt seine Hände tiefer in den Hosentaschen. »Kyra.«

»Okay.« Neugierig warte ich ab, was Finn zu sagen hat, während wir der Curtain Road in Richtung Old Street folgen. Der Verkehr ist hier dank der breit ausgebauten Radwege zwar dünner geworden, dröhnt aber noch immer in den Ohren. Die Sonne prallt hart auf die vereinzelt aufragenden Hochhäuser und den dunklen Asphalt, sodass sich die Wärme von oben und unten in den Straßen staut. Die auf sämtlichen Flächen zu findende farbenfrohe Graffitikunst und die vereinzelten Baumreihen verleihen Shoreditch jedoch das flippige Flair, für das der Stadtteil bekannt ist.

»Kyra würde dich gerne kennenlernen«, eröffnet Finn mir endlich.

Ich bin mir nicht sicher, warum er das so klingen lässt, als wäre es ein Problem. Fragend sehe ich ihn von der Seite an.

»Gerne, warum nicht?« Finn zögert. Die Hochhäuser rund um die *Old Street Underground Station* und entlang der *City Hall* drängen die Leute auf den Gehwegen zusammen, sodass ein ernsthaftes Gespräch schwierig ist. Plötzlich kriege ich richtig Lust auf einen Ausflug nach Hampstead Heath zu meinem Lieblingsplatz. »Spricht irgendetwas dagegen?«, hake ich schließlich nach.

»Ehrlich gesagt habe ich das Gefühl, das wird so eine Art Bewährungsprobe.«

»Bewährungsprobe? Für wen?«

Er hebt die Schultern. »Für uns – dich und mich.«

Verblüfft sehe ich ihn von der Seite an. »Inwiefern?« Er wirft mir einen bezeichnenden Blick zu und mir wird klar, worum es geht. »Oh.«

Eine Weile laufen wir schweigend nebeneinanderher Als wir nach schräg rechts in den Shepherdess Walk abbiegen, wird es schlagartig ruhiger. Wir lassen die Wolkenkratzer aus Glas und

Beton hinter uns. Die Straße ist stattdessen von endlosen zweistöckigen Reihenhäusern mit bunten Türen eingefasst.
»Du hast ihr gesagt, dass wir mal zusammen waren«, vermute ich.
Wieder hebt Finn die Schultern. »Ich dachte, ich muss ehrlich sein. Findest du das falsch?«
»Natürlich nicht.« Ich drücke seinen Arm. »Vielleicht misst es dem Ganzen nur mehr Bedeutung zu, als es im Nachhinein hatte.«
»Ich weiß. Aber ich wollte es ihr frühzeitig sagen, statt irgendwann später damit herauszurücken oder ihr erklären zu müssen, warum ich es nie erwähnt habe, wenn sie es zufällig mitbekommt.«
»Das verstehe ich.« Zwischen Luke und mir war das nie Thema gewesen. Nach Finn hat er mich kein einziges Mal gefragt, sondern ihn einfach in meinem Leben akzeptiert. Ich glaube, Luke hatte genug Selbstbewusstsein, um zu sehen, dass es jeder andere Mann schwer hätte, mit ihm mitzuhalten. Schließlich war er es gewöhnt, angehimmelt zu werden. Trotzdem gebe ich zu, dass die meisten Leute es zumindest merkwürdig finden, dass Finn und ich noch immer beste Freunde sind, obwohl wir mal ein Paar waren. Denn selbst wenn man sich im Guten trennt, gibt es dafür ja meist Gründe, die ausschließen, dass man sich weiterhin regelmäßig trifft. »Hat sie sehr verunsichert reagiert?« Unausweichlich steigt die Sorge in mir auf, Kyra könne ein Problem mit mir haben.
»Ich habe ihr gesagt, dass dieses Thema für uns abgehakt ist – vielleicht mehr, als wenn wir es nie miteinander versucht hätten.«
»Und dann?«
»Na ja, ich schätze, sie glaubt mir. Aber ob es wirklich in Ordnung für sie ist, weiß sie wahrscheinlich selbst noch nicht genau.«

»Deshalb also die Bewährungsprobe?«

Er nickt. »Wärst du denn auch unter dieser Prämisse bereit, sie zu treffen?«

»Logisch, ich freue mich, sie kennenzulernen.« Ich lächle ihn an, aber in Wirklichkeit bin ich schon wieder kurz davor, bis zehn zu zählen. Denn ich weiß genau, was passieren wird, wenn Finn und ich in Kyras Augen durchfallen. Selbst wenn es nicht seine Art wäre, den Kontakt zu mir komplett abzubrechen, würde er sich wahrscheinlich immer seltener melden. Und ob unsere Filmeabende noch wie bisher stattfinden könnten, wage ich auch zu bezweifeln.

»Mach dir keine Sorgen.« Finn zieht seine Hand aus der Hosentasche und legt mir den Arm um die Schultern. »Sie wird das schon verstehen.«

»Klar.« Ich stoße kameradschaftlich gegen ihn, denke aber, dass wir vielleicht damit aufhören sollten, einander so selbstverständlich zu berühren. Denn Kyra sieht ja nicht, dass dabei nichts kribbelt, dass dabei kein Wunsch nach mehr aufkommt und kein Gedanke an das, wozu harmlose Berührungen früher mal führen konnten. Das alles existiert zwischen uns nicht mehr.

Während Finn und ich den *Regent's Canal* über die *Packington Bridge* überqueren – einer kleinen schmucklosen Fußgängerbrücke –, blicke ich nachdenklich auf die von Entengrütze bedeckte Wasserfläche hinab. Auf dem schmalen Uferweg wagt ein Radfahrer ein riskantes Überholmanöver an ein paar Fußgängern vorbei. Gemächlich schlendern Finn und ich schließlich durch die modernen Wohnanlagen am Canalside Square – einem der Viertel, aus dem gut verdienende Paare die früheren eher einkommensschwachen Bewohnerinnen und Bewohner verdrängt haben. Erst auf der Essex Road wird der Verkehr wieder dichter. Ich atme auf, als wir wenig später in die von Bäumen gesäumte Straße einbiegen, in der Finn und ich aufgewachsen sind.

Vor der Tür zu Grandma Lawsons Haus bleiben wir stehen. Finn sieht mich ernst an. »Ich erkläre Kyra, warum du mir wichtig bist und dass es nichts mit ihr und mir zu tun hat. Damit wird sie klarkommen.«

»Bist du sicher?« Unruhig zupfe ich an meinem Kleid herum. Ich würde Finn ja gerne glauben, aber seine Worte klingen ehrlich gesagt, als müsse er sich selbst noch davon überzeugen.

Finn nickt entschlossen. »Du warst immer für mich da – als meine Mum starb, als mein Dad neu geheiratet hat und meine schrecklichen Stiefschwestern immer alles besser wussten, als das ganze Haus umgestaltet wurde und als ich Hannibal wegen Pennys Allergie zu euch geben musste. Mit dir konnte ich immer über alles reden.«

Perplex starre ich ihn an. »Aber du hast doch nie wirklich mit mir geredet – über deine Gefühle, meine ich.«

Grinsend hebt er die Schultern. »Das musste ich ja auch nicht. Auf rätselhafte Weise hast du immer gewusst, wie es mir geht. Und ob ich gerade eine Ablenkung oder eine Umarmung brauche.«

Fassungslos erwidere ich seinen Blick. »Ich dachte, du seist immer nur für mich da gewesen.«

Ungläubig lacht er auf. »Machst du Witze? Weil ich mich ein paarmal dazwischengeworfen habe, wenn Patrick und die anderen dich in der Grundschule geärgert haben?«

»Ehrlich gesagt wäre die ganze Schulzeit ohne dich die Hölle für mich gewesen.«

»Ach, Mags.« Er seufzt. »Ich kann das vielleicht nicht immer so zeigen, aber du bist mir wichtig. Und ich hoffe einfach, dass Kyra das versteht, ohne uns Gefühle anzudichten, die wir nicht haben – so wie Luke.«

Mit gerunzelter Stirn mustere ich ihn. »Wie meinst du das?«

Einen Moment lang starrt er mich an. »Ist das eine ernst gemeinte Frage?«

»Luke wusste doch, dass er von dir nichts zu befürchten hat.« Warum klingt mein Satz wie eine Frage?

»Also, ganz so klar scheint ihm das zumindest anfangs nicht gewesen zu sein. Da hatte er definitiv ein Problem mit mir.«

»Du denkst, Luke war eifersüchtig?«

»Mags! Ich weiß, dass er es war. Er hat es mir selbst gesagt.«

»Hat er?« Ich reiße die Augen auf. »Er hat mit dir darüber gesprochen?«

Finn zieht die Schultern hoch. »Weißt du noch, wie wir mit ein paar Kumpels von mir für ein Wochenende nach Brighton gefahren sind? Da war Luke erst seit zwei oder drei Monaten in London.«

Ich nicke. Es war ein aufregendes Wochenende gewesen – weil Luke es irgendwie schaffte, dass ich mich wieder fühlte wie in Kalifornien. Sogar in Gesellschaft von Finns Freunden, denen ich zuvor nie sonderlich viel hatte abgewinnen können.

»Die halbe Rückfahrt hast du gepennt. Luke und ich haben uns unterhalten. Dabei sagte er, er wisse genau, dass er dich nur haben kann, weil ich dich nicht wollte. Und dass er dankbar dafür sei. Aber manchmal bringe ihn der Gedanke um.«

Die Welt dreht sich plötzlich schneller um mich – die Bäume, die am Straßenrand parkenden Autos, der Backstein der georgianischen Häuserreihen, der leicht verhangene Sommerhimmel. Instinktiv suche ich Halt und kriege Finns Arm zu fassen.

»Das hat er gesagt?«

Finn mustert mich mit besorgter Miene. »Hat er nie mit dir darüber gesprochen?«

Stumm schüttele ich den Kopf. Ich atme zu flach. *Eins ...*

»Ich habe versucht ihm zu erklären, dass es so nicht ist. Dass wir immer Freunde waren und zusammengekommen sind, weil wir als Jugendliche ein paar Dinge miteinander verwechselt haben. Aber ehrlicherweise war ich mir nicht sicher, ob ihn das überzeugt hat.«

Die Welt dreht sich noch schneller. Jetzt hilft mir auch das Zählen nicht mehr. Luke hat sich Sorgen gemacht? Schlimmer! Er hat an meinen Gefühlen für ihn gezweifelt? Aber wie ist das möglich? Ich greife mit der zweiten Hand nach Finn. Wie konnte ich das so falsch einschätzen? Und wie konnte der selbstsichere, von sich überzeugte Luke mir das nicht sagen?

»Es tut mir so leid, Mags.« Finns Stimme ist leiser geworden, klingt ein wenig rau. »Als er abgehauen ist, hab ich mich ehrlich gesagt gefragt, ob das an mir gelegen haben könnte. Hat er wirklich nie was zu dir gesagt?«

Stumm schüttele ich den Kopf, presse die Lippen zusammen. Aber da sind sie schon: die Tränen. Sehr viele auf einmal. Das letzte Mal, dass ich wegen Luke einen Heulanfall hatte, ist lange her – Wochen, vielleicht sogar Monate. Aber jetzt überschwemmt mich der Kummer mit einer Wucht, gegen die ich wehrlos bin. Habe ich ihn so wenig gekannt? Hat er mir so wenig vertraut? Finn zieht mich an sich. Ich spüre mein Herz gegen seinen Brustkorb hämmern, vergrabe mein Gesicht an seiner Schulter und lasse meine Tränen sein T-Shirt durchnässen. Vielleicht heule ich ja auch gar nicht wegen Luke – oder zumindest nicht nur. Sondern auch, weil ich so dankbar bin, dass Finn da ist und mich hält. Er steht einfach mit mir auf der Straße, die Arme um mich geschlungen, und wartet mit mir zusammen ab, dass es vorbeigeht.

Oder nicht ganz. Denn als ich mich langsam beruhige, aber gerne noch eine Weile in seinem Arm stehen geblieben wäre, klirrt hinter uns etwas lautstark gegen Glas. Ich fahre herum und sehe noch, wie der silberne Knauf von Grandma Lawsons Spazierstock ein zweites Mal die Scheibe des Erkerfensters trifft, hinter dem ihr *Tea Room* liegt. Nur einen Moment später zerrt sie am Griff, bis das Fenster sich öffnet.

»Wollt ihr da draußen festwachsen? Wir Lawsons heulen nicht am helllichten Tag auf der Straße – und schon gar nicht so lange.«

»Hallo, Mrs Lawson, schön, Sie zu sehen.« Finn winkt ihr zu.

Sie gibt ein undeutliches Brummen von sich. »Kommt schon rein. Ich habe noch einen Rest *Strawberry and Cream Pie*. Oder hast du es eilig, nach Hause zu kommen, Junge?«

Sie weiß genau, dass Finn das nicht hat. Und so tauschen wir nur einen Blick, ehe wir gleichzeitig lossprinten. Denn Heulanfall hin oder her ... Den Rest *Strawberry and Cream Pie* werde ich nicht kampflos aufgeben.

Kapitel 6

Vierter Brief an Luke

Als du das erste Mal versucht hast mich zu küssen, saßen wir auf den Janss Steps – der langen, von einem grasbewachsenen Abhang eingefassten Treppe am Campus, die eine wunderbare Aussicht über die begrünte Parkanlage bietet. Ich habe das goldene Licht der untergehenden Sonne eingeatmet, die Silhouetten der Studierenden um uns herum vor dem Gegenlicht beobachtet, die friedliche Stimmung genossen – und deine elektrisierende Nähe, deinen Duft nach schwarzem Tee und Bergamotte. Aber dann – ganz kurz bevor deine Lippen meine berührten, als dein Atem mich traf – wurde mir klar, dass ich es beenden musste.

»Was hält dich davon ab, Maggie? Was?«, wolltest du wissen.

»Finn«, habe ich geantwortet.

»Es ist wahnsinnig schwer, gegen jemanden zu kämpfen, den man nicht mal kennt«, hast du gesagt.

Aber ich wollte überhaupt nicht, dass du gegen Finn kämpfst. Ich konnte ihm nicht für etwas wehtun, das in wenigen Wochen vorbei sein würde. Deshalb bin ich dir von da an wieder aus dem Weg gegangen, habe versucht mir den Schmerz nicht anmerken zu lassen, wollte mich von Finn trösten lassen, weil er mein Freund war – aber eben nicht mehr. Oder weniger.

Ihm entging nicht, dass etwas nicht mit mir stimmte. Und so erzählte ich ihm endlich von dir. Er hat lange nichts gesagt. Bis er es schließlich aussprach: »*Denkst du, das zwischen uns ist überhaupt Liebe, Mags? Nicht die zwischen Freunden, sondern die, die einen wahnsinnig macht vor Sehnsucht?*«

Luke, die Wahrheit ist, dass Finn und ich nicht das füreinander waren, was wir eine Weile geglaubt – oder vielleicht gehofft – hatten. Wahrscheinlich haben wir das beide geahnt und nicht zu sagen gewagt, weil wir Angst hatten, einander zu verlieren. Finn war vielleicht derjenige, der sich traute, es auszusprechen, aber das bedeutet nicht, dass es für mich weniger galt. Das war der einzige Grund, warum ich später, als du mich danach fragtest, sagte, er habe sich von mir getrennt.

Es tut mir so leid, Luke. Finn hat mir erzählt, dass du dachtest, ich sei nur mit dir zusammen gewesen, weil er mich nicht wollte. Ich kann nicht glauben, dass solche Gedanken in deiner Welt möglich waren. Mir wäre nie in den Sinn gekommen, dass du meine Freundschaft mit Finn als Bedrohung empfinden könntest. Glaub mir: Jeder Augenblick, den du diesen schrecklichen Eindruck hattest, tut mir leid. Es bricht mir das Herz, dass ich dir das Gefühl gegeben haben könnte, ich hätte dich nur geliebt, weil Finn nur eine Freundin in mir sah.

Aber was Finn und mich verbindet, sind die Jahre, in denen wir zusammen Hausaufgaben gemacht haben, ins Kino oder zum Eisessen gegangen sind. Ob ich ihn – als wir siebzehn waren – zum Schulball begleiten wollte, hat er mich bestimmt nur gefragt, weil er wusste, dass ich ohne ihn zu Hause geblieben wäre. Von dort führte uns ein Weg ungeschickter Manöver bis zu den ersten Küssen, den ersten Berührungen jenseits der Beiläufigkeit und schließlich ins Bett. Finn und ich waren vor allem neugierig, aber es passierte nichts wirklich Spektakuläres. Meine Zuneigung für ihn war wie ein Bratapfel an Weihnachten: warm und süß. Du hast es nie ausgesprochen, Luke, aber wolltest du von mir hören, dass Finn mir nichts mehr bedeutete, nachdem wir uns getrennt hatten? Hast du darauf gewartet, dass ich das sage? Aber das wäre gelogen gewesen. Denn Finn ist mein bester Freund und ich bin dankbar für jeden Tag, den ich ihn in meinem Leben habe. Ganz besonders jetzt. Nur mit der verzweifelten Intensität, mit der ich für dich gefühlt habe, kann nichts auf der Welt mithalten. Auch Finn nicht.

Die Wahrheit ist: Du warst alles für mich! Ich habe kaum gewagt, das zu denken, weil ich voller Angst war, dich wieder zu verlieren. Denn ... Du warst alles für mich, Luke. Und als du gegangen bist, musste ich von vorne anfangen. Ganz von vorne. Ich musste lernen zu atmen, ohne dass es wehtut. Ich musste lernen, von einem Ort zum anderen zu laufen, ohne jedes Detail, das ich sah, mit dir teilen zu wollen. Ich musste lernen, zu essen und zu trinken, weil es mir schmeckt – nicht, weil mich jemand dazu zwingt. Ich musste lernen, mich über Belanglosigkeiten zu unterhalten, weil mein persönliches Unglück nicht das Wichtigste auf der Welt ist. Ich musste lernen, so zu tun, als ginge es mir gut. Mich wirklich gut zu fühlen. Zu lachen. Witze zu machen. Und meinen Job zu erledigen. Auch wenn ich daran noch arbeiten muss, wie es aussieht ...

Es hat mich nicht umgebracht, dass du mich verlassen hast, Luke. Aber viel gefehlt hat nicht.

Am nächsten Morgen treffe ich nicht nur Grandma Lawson, sondern auch meinen Cousin Noah in der Küche an. Noah sitzt mit ordentlich zur Seite gekämmten hellbraunen Haaren in seinem kurzärmeligen blauen Hemd, marineblauen Hosen und fast ebenso geradem Rücken wie Grandma Lawson am Küchentisch, isst Porridge und trinkt einen dunkelgrünen Smoothie.

»Guten Morgen, Maggie«, begrüßt er mich. »Musst du gar nicht zur Arbeit?«

»Vielleicht fahre ich gleich kurz in die Agentur, aber ich bin nachher mit Finn verabredet. Wir wollen ins Freibad. Willst du mit?« Fragend sehe ich mich zu Noah um, während ich mir am Herd auch etwas vom Porridge in eine Schale fülle.

»Noah hat heute die Spätschicht im Blumenladen«, bemerkt Grandma Lawson hinter ihrer Zeitung hervor und ich seufze. Ich weiß, dass Noah es schwer hat, seinen Platz in der Welt zu finden. Er ist gerade zwanzig geworden und hat es bisher noch bei keiner Arbeitsstelle sonderlich lange ausgehalten. Denn wie schwer sich die Leute auch damit tun zu definieren, was normal ist ... Die meisten sind sich schnell einig, dass Noah es nicht ist. Ärztinnen und Therapeuten haben ihn bereits als auffällig, retardiert, hochbegabt und hochsensitiv bezeichnet. Noahs Persönlichkeit oszilliert irgendwo dazwischen. Mittlerweile arbeitet er allerdings recht erfolgreich im Blumenladen einer Bekannten von Grandma Lawson hier in Shoreditch. Die Arbeit mit den Pflanzen scheint ihm zu gefallen. Jedenfalls geht er zum ersten Mal in seinem Leben so sorgsam mit etwas um wie sonst nur mit seinen Tarotkarten. Das Deck sehe ich auch jetzt neben seiner Frühstücksschüssel liegen.

»Du weißt aber, dass du dich im Freibad vor Fußpilz schützen musst?«, fragt er mich, als ich am Tisch Platz nehme. »Und du musst Sonnencreme mit hohem Lichtschutzfaktor tragen. Der UV-Index ist derzeit sehr hoch.«

»Versprochen.« Beruhigend lächle ich ihm zu. Als wir Kinder waren, haben sich alle immer nur Gedanken um Noah gemacht. Meredith, die ständig zu irgendwelchen Arztterminen und Therapiesitzungen mit ihm fuhr, weil er sich selten so benahm wie andere Kinder seines Alters. Meine Mum, die fest davon überzeugt war, singen und tanzen würden ihm helfen, den Kontakt zu sich selbst zu finden. Und Grandma Lawson, die der Meinung war, der arme Junge müsse einfach mal in Ruhe gelassen werden.

Ich bin hinter diesen Sorgen um Noah unsichtbar gewesen. Manchmal habe ich ihm das sogar übel genommen, weil für meine Ängste und Bedenken nie Zeit war. Dabei – und das habe ich leider erst viel später begriffen – gab es genau einen, der mir zuhören wollte: Noah. Er hat eben seine eigene Art, einem Aufmerksamkeit zu schenken. Als ich vor einem Jahr wieder hierher in mein altes Zimmer gezogen bin, war jedenfalls er derjenige, der am meisten Anteil genommen hat. Immer wieder hat er mir die Karten gelegt, mir Fragen gestellt, mich reden lassen und mir hinterher seine Interpretationen präsentiert. Anfangs kam mir das absurd vor. Irgendwann habe ich aber gemerkt, dass Noah – abgesehen von seinen Glückskekssprüchen hin und wieder – oft kluge Dinge sagt. Nicht, weil er durch die Karten Zugang zu verborgenem Wissen hätte, sondern einfach, weil er ein guter Zuhörer ist, glaube ich. Und vielleicht, weil ihm die Karten helfen, seine Gedanken zu sortieren.

»Konntest du deinen unzufriedenen Kunden von gestern denn einschüchtern?« Grandma Lawsons raue Stimme reißt mich aus meinen Gedanken und ich muss unwillkürlich ein Lachen unterdrücken. Klar, dass sie mich nicht etwa fragt, ob ich ihn beschwichtigen konnte!

»Eher nicht.« In meinem Bauch kribbelt es, als ich unvermittelt das Gefühl habe, erneut aus dem Fenster zu fallen. Ich erinnere mich an das warme Schokoladenbraun von Jadens Augen und das Kribbeln hört nicht auf.

»Hast du Probleme?« Besorgt mustert Noah mich.

»Wann hat Maggie die nicht?«, kommt es trocken aus Grandma Lawsons Richtung. Fast zeitgleich klingelt mein Telefon. Schon wieder eine unbekannte Nummer! Das kann fast nichts Gutes bedeuten. Mit mulmigem Gefühl nehme ich den Anruf entgegen.

»Hallo?«

»Hi.«

Himmel! Fast lasse ich mein Telefon fallen. »Woher hast du meine Nummer?«

»Ich habe doch nicht mal gesagt, wer dran ist.«

»Ich habe deine Stimme erkannt.«

Kurz ist es still in der Leitung und ich schlage mir in stummer Verzweiflung eine Handfläche gegen die Stirn.

»Ich habe nur *Hi* gesagt.«

Tja, dieser perfekte Akkord seiner Stimme ist eben sogar durchs Telefon unverwechselbar.

»Richtig! Und du hast meine Frage nicht beantwortet: Woher hast du meine Nummer?«

»Emma war sehr hilfsbereit.«

Er hat Emma angerufen? Schon wieder? Gequält stöhne ich auf. »Hast du ihr erzählt, dass ich vor dir abgehauen bin?«

»Du meinst, dass du aus dem Fenster geklettert und stecken geblieben bist?«

Ich fürchte, Emma wird richtig sauer auf mich sein. Was macht das denn für einen Eindruck, wenn ihre Mitarbeiterinnen aus Fenstern klettern, um keine Interviews geben zu müssen? Aber ehrlich gesagt bin ich auch wütend auf Emma. Interviews gehören nun mal nicht zu meiner Jobbeschreibung.

»Du kannst Emma über mich erzählen, was du willst«, verkünde ich fest. »Interviews sind nicht mein Ding – schon gar nicht, wenn du von vornherein eine schlechte Meinung von mir hast.«

»Das kann man so nicht sagen. Ich habe nur Vorbehalte gegenüber deinem Job, die ich verifizieren möchte.« Den letzten Teil seines Satzes höre ich kaum noch, weil ich seinen Anruf entschlossen abbreche. Rasch speichere ich seinen Kontakt ab und weise ihm einen eigenen Klingelton zu – einfach damit ich vorbereitet bin, falls er mich erneut anruft.

»War das dein Kunde?« Grandma Lawson mustert mich neugierig von ihrem Sessel aus. Von irgendwo weit entfernt dringt ein dünner, kläglicher Laut zu uns. Vermutlich eine der Katzen, der schon wieder der Sinn nach leiblicher Verpflegung steht.

»Soll ich dir die Karten legen?« Eifrig blättert Noah sein Tarot-Deck auf. »Eigentlich stehen die Sterne in diesem Monat besonders gut für Zwillinge, wenn es um berufliche Fragen und Karrierepläne geht.«

Der Sound von Olly Murs' ›Troublemaker‹ dringt aus meinem Telefon. Jaden! Schon wieder! Das gibt es doch nicht. Entschlossen drücke ich ihn weg.

»Ich muss kurz telefonieren«, sage ich, während das entfernte Miauen nachdrücklicher wird. Nur einen Augenblick später meldet sich Thea.

»Du bist schon in der Agentur, oder?«, will ich wissen.

»Klar. Heute ist es sogar richtig voll bei uns. Ich musste deinen Schreibtisch verteidigen. Und Emma hat nach dir gefragt.«

Ich gebe ein genervtes Schnaufen von mir. »Dabei habe ich ihr gesagt, dass ich heute, wenn überhaupt, nur kurz arbeite. Ich bin nachmittags mit Finn verabredet. Und Jaden hat immer noch nicht aufgegeben.«

Thea seufzt. »Aber ist Weglaufen eine Lösung? Ich glaube, Emma will, dass du in seinen Podcast gehst, um dein Interview auszugleichen. Denk an den Job, den sie dir angeboten hat.«

»Der Podcast ist keine Option«, sage ich bestimmt. Was

den Job angeht, weiß ich ja nicht mal, ob ich ihn will oder ob ich mir nicht zumindest die Option offenhalten sollte, an die Uni zurückzukehren.»Emma kann mich nicht dazu zwingen. Briefe schreiben ist für mich zu persönlich. Ich will darüber nicht in einem Interview sprechen, das sich wildfremde Menschen anhören.«

»Ja, ich weiß.« Thea senkt die Stimme – vielleicht weil Emma in der Nähe ist. »Ich versuche Em das zu erklären. Wollen wir uns gegen Mittag im *Fix* zum Essen treffen? Dann berichte ich dir, was sie gesagt hat.«

»Du bist die Beste!«

Sie antwortet mit einem Lachen. »Wenn du mich das auch spüren lassen willst, könntest du mir mit meinem aktuellen Auftrag helfen. Es geht nur um eine Korrektur, aber es sind so viele Fehler im Text, dass ich dringend ein zweites Paar Augen brauche.«

»Na gut.« Das klingt nicht unbedingt nach der Art von Beschäftigung, die ich mir für den Vormittag erhofft hatte, aber Thea mit ihrer Rückendeckung und ihren Eistees hat jede Hilfe verdient. »Schick mir den Text per Mail.«

»Super! Du bist auch die Beste.« Thea küsst schmatzend den Lautsprecher und legt auf.

Noah verliert keine Zeit, als ich das Handy weglege. »Zieh eine Karte«, fordert er mich auf und hält mir den Stapel hin, aber ich zögere.

»Ich glaube, ich sollte mich lieber auf den Weg machen.« Mit ungutem Gefühl betrachte ich die von Sternen übersäten Rückseiten. In letzter Zeit waren die Karten wenig charmant zu mir. Zuletzt hat die *Fünf der Kelche* Noah verraten, meine Seele sei unter einem Eispanzer eingefroren.

»Wenigstens eine«, drängt Noah mich. »Deine Tageskarte.«

»Ich glaube ...« Grandma Lawson legt ihre Zeitung beiseite. »... jemand muss in den Ahorn klettern.«

Wieder dringt das lang gezogene Jammern an unser Ohr. »Hat Cleo nicht einfach Hunger?«, frage ich hoffnungsvoll. »Nein, dann klingt sie anders«, widerspricht Grandma Lawson. »So ruft sie nur, wenn sie sich verstiegen hat.« Seufzend stehe ich auf, denn mir ist klar, dass weder Grandma Lawson noch Noah in den Ahorn klettern werden. »Schon gut, ich gehe nachsehen.«
»Aber danach ziehst du deine Tageskarte«, ruft Noah mir hinterher und greift nach seinem schaurig grünen Smoothie.

Nachdem ich Cleo fluchend aus dem Ahorn gerettet habe, stolziert sie mit aufgerichtetem Schwanz davon und würdigt mich nicht mal eines Blickes. Ich bin überzeugt davon, dass sie nur immer wieder auf den verdammten Baum steigt, um sich über mich lustig zu machen. Da ich bei meinem Exkurs in den Garten festgestellt habe, dass heute ein ziemlich kühler Wind weht, schlüpfe ich in meinem Zimmer schnell noch in meinen magentafarbenen Pulli mit V-Ausschnitt. Die dunkelblaue Shorts, die ich trage, ist ohnehin das vielleicht einzige meiner Kleidungsstücke, zu dem er gut aussieht. Dann ziehe ich im Vorbeigehen eine Tageskarte aus Noahs Stapel, rufe Grandma Lawson einen Gruß zu und mache mich auf den Weg in meinen Lieblingscoffeeshop. Zwischendurch klingelt mein Telefon noch zweimal mit der Melodie von ›Troublemaker‹ los.

Als ich schließlich an einem der Fensterplätze im *Fix* sitze und einen Latte macchiato, ein *Pain au Chocolat* und meinen aufgeklappten Laptop um mich herum organisiert habe, um von Thea übersehene Fehler aufzuspüren, schickt Jaden mir eine Textnachricht: Du musst verdammt viel zu verbergen haben, Maggie Lawson ...

Genervt schalte ich mein Telefon auf lautlos und ignoriere alle weiteren eingehenden Textnachrichten, damit ich mich besser konzentrieren kann. Etwa eine Stunde später bin ich so in meine Arbeit vertieft, dass ich nur am Rande wahrnehme, wie sich jemand auf den Hocker neben mich setzt. Erst als die Person die Frechheit besitzt, die Hand nach meinem erst halb verspeisten *Pain au Chocolat* auszustrecken, blicke ich auf.

»Entschuldige, isst du das noch?«

Entrüstet blicke ich in Jadens schokoladenbraune Augen.

»Natürlich esse ich das noch. Was machst du hier?«

»Emma hat mir gesagt, ich solle hier nach dir suchen.«

Nicht zu fassen! Emma muss mitbekommen haben, wie Thea sich mit mir verabredet hat, und will den Podcast offenbar um jeden Preis durchsetzen. Düster starre ich Jaden an.

»Emma kannst du gerne ausfragen, aber nicht mich.«

Er schüttelt den Kopf. »Das hat sie angeboten, aber ich habe ihr gesagt, dass ich nur mit dir sprechen will, um einen persönlichen Bezug herzustellen.« Schon wieder zückt er meine Postkarte und legt sie neben meinen Laptop auf den Tisch. »Ich soll dir ausrichten, dass sie dein Honorar kürzt, wenn du nicht mit mir redest.«

Aus verengten Augen mustere ich ihn. Zuzutrauen wäre es Emma. »Das ist gelogen«, sage ich trotzdem.

Grinsend erwidert er meinen Blick. »Von der Fenstergeschichte habe ich ihr nichts erzählt. Also habe ich was gut bei dir.«

Ärgerlich schlage ich meinen Laptop zu, sobald ich merke, dass er versucht mein Dokument zu lesen.

»Lass doch mal sehen. Arbeitest du gerade an einem Auftrag? Versuchst du jemanden zu überzeugen, seinen Partner nicht zu verlassen, ihm einzureden, dass die Beziehung, der er seit Jahren zu entkommen versucht, nicht so toxisch ist, wie er glaubt?«

Unter erhobenen Augenbrauen mustere ich ihn. »Dir ist klar, dass du paranoid klingst, oder?«

»Weißt du, ich sehe das so: Wenn ich etwas von jemandem

will, sage ich es einfach. Wenn ich damit nicht weiterkomme, muss ich damit leben. Wozu brauche ich also dich?«

Ich hebe die Schultern. »Nicht jeder kann sich so gut ausdrücken wie du.«

Er nickt, aber ich lasse mich nicht in Sicherheit wiegen. »Dich braucht man nur, wenn eine Sache für sich genommen nicht genug ist. Wenn man Argumente braucht und jemanden, der sie in schöne Worte kleidet, weil sie sonst nicht überzeugend genug sind. Alice brauchte jemanden, der eine Falle baut. Du warst ihre Fallenstellerin.«

»Fallenstellerin?«

»Ich glaube, du hast sie ausgehorcht, hast analysiert, was sie dir über uns erzählt hat, hast dir Umstände überlegt, unter denen ich zustimmen könnte, etwas zu tun, was ich eigentlich nicht will. Du hast die Essenz dessen genommen und in Worte verpackt. So ist der Text entstanden. Habe ich recht? Bist du so vorgegangen?« Ich starre ihn an und er starrt zurück. »Worauf hast du Alice und mich runtergekocht? Und vor allem: Was genau hat sie dir über mich erzählt? Hast du Aufzeichnungen? Kann ich die sehen?«

Ich wende mich ab und bemerke, dass mein Handydisplay von einem eingehenden Anruf erleuchtet wird. »Ich sage es ja: Du bist paranoid. Ich lese gerade ein Term Paper Korrektur. So viel zum Thema toxische Beziehung.« Ich erblicke Jonathans Namen im Display und greife nach meinem Telefon. »Hi, Jonathan.«

Sein schwerer Atemzug lässt in mir schlagartig alles kalt werden. Ich ahne es, bevor er es ausspricht, halte mich an der Tischkante fest, spanne die Muskeln an und höre auf zu atmen.

»Es ist passiert.«

»Oh, Jonathan.«

»Sie ist friedlich eingeschlafen.« Seine Stimme bricht. Trotzdem bringt er noch hervor: »Ich war bei ihr.«

»Es tut mir so leid.«
»Fünfzig Jahre. Fast fünfzig Jahre.«
»Ich weiß.«
Ich presse die Lippen zusammen, als ich seinen Atem in den Lautsprechern vibrieren höre. Heiß schwemmen Tränen in mir auf, die ich nur mühsam zurückhalten kann. All die Tage, die Jonathan und ich zusammensaßen und in denen er mir von seinem Leben mit Freeda erzählt hat … Ich weiß, wie viel sie ihm bedeutet hat. Und deshalb weiß ich auch, wie groß sein Schmerz jetzt ist.
»Nach der Diagnose sagten uns die Ärzte, sie hätte noch ein halbes Jahr. Aber dann wurde es ein ganzes und dann noch eins.« Er stockt immer wieder zwischen seinen Worten. Jedes Mal verkrampfe ich mehr. »Irgendwie dachte ich, es würde immer so weitergehen.«
»Ich auch.«
»Danke, dass du uns begleitet hast, Maggie.«
»Ich muss mich bedanken, Jonathan. Danke, dass ich für euch schreiben durfte.«
»Würdest du …?« Ich höre ihn tief Luft holen. »Würdest du noch ein letztes Mal für Freeda und mich schreiben? Die Trauerrede?«
»Natürlich.«
»Bekommst du das allein hin? Ich … Ich kann einfach im Moment nicht denken.«
»Ich kümmere mich darum.«
»Danke, Maggie.« Er bricht das Gespräch ab und ich lege langsam mein Telefon zurück auf den Tisch. Dabei sehe ich, dass Thea mir mehrere Warnungen geschickt hat – erst weil Jaden in der Agentur aufgetaucht ist, dann weil Emma ihm meinen wahrscheinlichsten Aufenthaltsort verraten hat und er auf dem Weg zu mir war.
»Sollen Term Paper nicht eigentlich eine Eigenarbeit sein?«,

fragt Jaden neben mir. »Wenn du darin rumkorrigierst, ist das nicht auch Betrug? Ist Ghost Writing nicht grundsätzlich Betrug? Und Betrug ist doch immer toxisch.«

»Weißt du was?« Meine Stimme klingt in meinen eigenen Ohren tonlos. Die Muskeln in meinem Körper sind so angespannt, dass sie zittern. Ich springe auf, stopfe meine Habseligkeiten in meine Tasche. »Das einzig Toxische in meinem Leben bist im Moment du. Und das esse ich jetzt nicht mehr.« Ich schiebe ihm den Teller mit dem halben *Pain au Chocolat* zu und stürme aus dem Coffeeshop, ehe Jaden noch ein Wort sagen kann.

Draußen wische ich mir kurz über die Augen. Ich weiß, ich habe keinen Grund, über Freedas Tod die Fassung zu verlieren. Nur einmal bin ich ihr persönlich begegnet. Es war ein kurzer Besuch, weil sie sich gewünscht hatte, mich kennenzulernen. Was mich so emotional reagieren lässt, ist mein Wissen darüber, wie sehr Jonathan jetzt leidet.

Mehrmals atme ich tief durch. Lang gezogene Wolkenbänke ziehen über den Himmel. Was ich jetzt brauche, ist ein bisschen Abstand – und zwar von allem.

Ich nehme eine *Great Northern Line Train* nach Hause, um mein Fahrrad zu holen. In Gedanken versunken gehe ich bereits Anfänge für Jonathans Rede über Freeda durch. Ich bin voller Worte. Noah, der sich auf den Weg zur Arbeit macht, als ich mein Rad aus dem winzigen Unterstand neben dem Haus bugsiere, merkt sofort, dass ich aufgewühlt bin.

»Mach dir keine Sorgen, Mags. Du hast den *Stern* gezogen. Als Tageskarte ist das ein echter Glücksgriff. Dir wird heute noch etwas richtig Schönes passieren. Glaub mir! Der heutige Tag steht unter einem guten Stern – im wahrsten Sinne des Wortes.«

Hm, davon habe ich bisher noch nichts bemerkt. Aber vielleicht muss ich dem Ganzen nur eine Chance geben. »Ich fahre jetzt zu meinem *Happy Place* nach *Hampstead Heath*. Dann geht es mir bestimmt gleich besser.«

Noah nickt anerkennend, aber als ich mich auf meinem Fahrrad noch mal zu ihm umsehe, steht er noch an der Straße und sieht mir nach. Hoffentlich lenkt es ihn nicht zu sehr von der Arbeit ab, wenn er sich Gedanken um mich macht. Seufzend winke ich ihm zu, ehe ich um die nächste Ecke biege. Dann trete ich kräftig in die Pedale.

Mein Rad ist ein alter Drahtesel mit nur drei Gängen, den ich jedoch liebevoll in Form gebracht, himmelblau lackiert und mit Blumen am Lenker dekoriert habe. Ich würde ihn um keinen Preis gegen ein windschnittiges Zig-Gänge-Superbike eintauschen. Allerdings komme ich auf meiner Fahrt nach Norden trotz des heute eher kühlen Tages ganz schön ins Schwitzen. Ich folge der Holloway Road, bis ich mich durch ein Gewirr geschwungener schmaler Straßen zur *Heath* durchfädele. Das riesige von Wegen und Pfaden durchschnittene Wald-und-Wiesen-Gelände lädt zum Sonnen, Spaziergehen, Picknicken und sogar zum Baden ein. Als ich klein war, ist Grandma Lawson mit mir im *Ladies' Bathing Pond* schwimmen gegangen. Damals waren die Badeseen ein Geheimtipp. Heutzutage sind sie so überlaufen, dass ich sie meide – zumindest wenn ich auf der Suche nach Ruhe bin.

Mit dem Fahrrad darf ich die meisten der Wege nicht befahren. In westlicher Richtung führt jedoch eine für Räder zugelassene Route direkt zum *Viaduct Pond*. Da es Vormittag ist und ein Wochentag, begegne ich nur wenigen Spaziergängerinnen und ein paar Joggern, während ich unter den dicht stehenden üppigen Laubbäumen entlangradele. Die Strecke wird von einer Wiese im Sonnenlicht abgelöst, auf der vereinzelt Paare zusammensitzen und ein älterer Mann mit einem Kind Frisbee spielt. Dahinter taucht der Weg nochmals in ein lichtes Waldstück ein und öffnet sich gleich darauf auf das Viadukt, das dem kleinen See seinen Namen gibt. Die in hellem Pastellgrün schimmernde Wasserfläche ist von dichtem Buschwerk und Bäumen umgeben, die ihre Äste tief herabhängen lassen.

Da der *Viaduct Pond* weit von allen großen Eingängen des Parks entfernt liegt, wird es hier selten voll und ich liebe die friedliche Stimmung. Hinter der Brücke schließe ich mein Rad am Geländer unter den Bäumen an und folge dem schmalen Fußpfad unter die dichten Kronen. Blätter aus dem Vorjahr rascheln unter meinen Sandalen. Irgendwo streiten zwitschernd zwei Vögel und weiter entfernt höre ich Hunde bellen. Der Pfad senkt sich von der Höhe der Brücke abwärts zum Ufer, sodass ich den See einmal halb umrundet habe, bis ich meinen Lieblingsplatz am gegenüberliegenden Ufer der Brücke erreiche. Von hier hat man eine romantische Sicht auf die schlanken Bögen des Viadukts, das von der leicht unruhigen Wasserfläche gespiegelt wird. Ein paar Seerosen treiben darauf, die das Bild perfekt ergänzen.

Kurzerhand streife ich meine Schuhe ab, setze mich an die scharf abbrechende Uferkante und baumele mit den Füßen im Wasser. Einen Moment lang ist das angenehm, bis ich merke, dass der Wind dafür heute einfach zu frisch ist. Also winkle ich die Beine an, schreibe Thea eine kurze Nachricht, dass wir uns besser morgen zum Mittagessen treffen, weil ich erneut vor Jaden geflohen bin. Dann zücke ich mein Notizbuch.

Die Trauer in Jonathans Stimme ist mir in sämtliche Zellen gedrungen. Ich kann einfach nicht anders, als seinen Kummer zu teilen. Jetzt trage ich alles zusammen, was die Beziehung von ihm und Freeda ausgemacht hat, kreise meine Stichpunkte in bunten Farben ein, um sie zu sortieren. Auf den nächsten Seiten ordne ich, was zuerst nur wirre Gedanken waren.

Die Gefühle sind jedes Mal zuerst da. Mit meinen Worten lasse ich sie schließlich in die Welt treten – eine Welt, in der ich unsichtbar bin. Aber nur weil die Traurigkeit, die ich empfinde, nicht meine eigene ist, bedeutet es nicht, dass sie nicht echt ist.

Ich bin so in meine Arbeit vertieft, dass ich kaum die Spaziergängerinnen und Spaziergänger wahrnehme, die hin und wieder hinter mir vorbeigehen und zum Teil stehen bleiben, um Fotos zu machen. Erst als aus Richtung der Brücke laute Stimmen und das Quietschen von Fahrradbremsen erklingen, schrecke ich auf. Ein Hund bellt kurz und eine nun beschwichtigende Stimme ist zu hören. Auf der Brücke hat ein Radfahrer angehalten, um wohl die Leine seines Hundes von einem Fußgänger zu wickeln. Ein kurzer Blick auf mein Smartphone verrät, dass es schon fast Mittag ist. Wenn ich noch etwas essen will, bevor ich mich mit Finn treffe, muss ich bald aufbrechen. Meine Notizen will ich aber zuvor fertig bekommen.

Ehe ich mich jedoch erneut in meine Arbeit vertiefe, fällt mein Blick noch einmal auf die Brücke am gegenüberliegenden Seeufer. Der Radfahrer ruft eine Entschuldigung und fährt mit seinem Hund an der Leine weiter. Der blonde Fußgänger hebt sein Telefon an sein Ohr und verschwindet unter den Bäumen.

Jaden? Kann das sein? Oder spielt mir meine Fantasie Streiche? Bin ich auch schon paranoid? Schließlich kann Jaden unmöglich wissen, dass ich hier bin.

Bestimmt habe ich mich getäuscht, versuche ich mich zu beruhigen, aber der Gedanke, Jaden könnte plötzlich an meinem *Happy Place* auftauchen und hier auch noch die Stimmung vergiften, macht mich nervös. Ich lasse mein Notizbuch bei meiner Tasche liegen und laufe barfuß ein paar Meter den Weg zurück, den ich gekommen bin. Dort, wo der dichte Uferbewuchs beginnt und der Pfad in einer Kurve dem See folgt, linse ich vorsichtig an einem Weißdorn vorbei. Zur Hölle! Der Typ, der mit entschlossenen Schritten den Weg herunterkommt, ist mir bereits näher, als ich erwartet hatte. Und unfassbarerweise handelt es sich tatsächlich um Jaden. Was fällt ihm ein, mich hierher zu verfolgen? Dass ich kurz hin- und hergerissen bin, ob ich ihm entgegenstürmen und ihn anschreien oder meine Sachen schnappen und fliehen soll, kostet mich wertvolle Zeit. Denn als ich entscheide, gerade nicht in der Verfassung zu sein, irgendjemanden anzuschreien, ist Jaden mir schon so nah, dass ich hören kann, wie er am Telefon mit jemandem spricht.

Mein nächster Move ist kein ausgereifter Plan, eher ein Reflex. Ich husche über den Weg, schiebe mich ins dichte Unterholz und kauere mich zwischen die Zweige eines Busches mit stark belaubten eng stehenden Ästen, die sich mir in die Ohren bohren. Ich versuche sie beiseitezuschieben, gebe aber rasch auf, da ich bereits verstehen kann, was Jaden sagt.

»Alice, bitte hör auf, in diesem Ton mit mir zu reden. Immer wenn du mich anrufst, beschimpfst du mich, und ich weiß nicht, was du von mir willst.« Auf dem Pfad geht er direkt an mir vorbei. Vorsichtig biege ich die Zweige ein Stück auseinander, um zu sehen, was er macht. Während er offenbar Alice am Telefon zuhört, scannt er mit seinen Blicken die Umgebung. Derzeit ist aber außer einem Pärchen, das sich am anderen Ende des Uferwegs niedergelassen hat, niemand hier. Meine an der Abbruchkante zurückgelassene Tasche mitsamt meinen Schuhen entdeckt Jaden natürlich sofort. Jedenfalls geht er darauf zu, bleibt daneben stehen und sieht sich suchend um. Da er mich nicht entdeckt, setzt er sich mit dem Telefon am Ohr neben meine Tasche und blickt über den See. Zwischen den Blättern des Busches hindurch erkenne ich, wie er sich die Haare rauft.

»Alice! Noch mal: Es liegt nicht nur an der Karte. Ja, ich finde es daneben, dass du jemanden bezahlt hast, mich zu manipulieren. Dass du versucht hast, mich zu überrumpeln, damit ich den Moment verpasse, Stopp zu sagen. Das ist unfair. Aber dahinter steht doch etwas viel Größeres: Was ich will, ist offensichtlich nicht das, was du willst. Zusammenziehen hin oder her … Unsere Vorstellungen passen nicht zusammen. Und wenn du ehrlich bist, wussten wir das auch längst, oder? Du scheinst einfach geglaubt zu haben, irgendwann würde ich schon nachgeben.«

Wütend über mich selbst wende ich den Blick ab. Ich will weder Jaden belauschen noch meine Sachen bei ihm zurücklassen. Mit einer von beiden Optionen sitze ich jedoch hier fest. Jaden hat etwas an sich, das mich zu völlig unüberlegten Aktionen treibt, und dann zeigt sich, dass ich eben doch die Tochter meiner Mum bin, von der man genau das gewohnt ist.

»Was soll das jetzt? Ja, ich habe Maggie gefunden, und nein, sie will nicht mit mir reden. Aber ich werde schon noch rauskriegen, was ich wissen will. Oder verrätst du mir endlich, was du ihr über mich erzählt hast?«

Genervt verdrehe ich die Augen. Jaden scheint einfach besessen von der Vorstellung zu sein, ich könne Dinge über ihn wissen, mit denen er mir hilflos ausgeliefert ist. Da ich ohne meine Notizen auf keinen Fall verschwinden kann, überlege ich, mein Versteck im Busch aufzugeben. Wenn Jaden mich aus dem Unterholz kriechen sieht, wird er natürlich denken, ich hätte ein dringendes Bedürfnis gehabt, aber das kann mir egal sein.

»Okay, Alice, mir reicht es jetzt. Ruf mich wieder an, wenn du dich beruhigt hast. Aber solange jedes zweite Wort von dir eine Beschimpfung ist, höre ich nicht länger zu.«

Sein Gespräch ist offenbar beendet und seine Wut nicht zu übersehen. Jaden greift wahllos nach einem Stein neben sich und schleudert ihn weit über die Fläche des Sees. Da der Uferweg ziemlich aufgeräumt ist und der Stein ziemlich klein, ist der Effekt nicht sonderlich beeindruckend. Wahrscheinlich kann ich froh sein, dass er nicht als Nächstes nach einem meiner Schuhe greift.

Stattdessen steht Jaden wieder auf und dreht sich suchend um die eigene Achse.»Maggie? Wo bist du?« Vorsichtig lasse ich den Zweig los. Vor seinen Augen kann ich unmöglich aus diesem Busch klettern. Das wäre unglaublich peinlich.»Maggie, ich weiß, dass du hier bist. Diese Schuhe sind unverwechselbar.« Das ist leider wahr. Die mit den bunten Glassteinchen besetzten Riemen sind zumindest ungewöhnlich. Und auch meine Tasche mit ihrem auffälligen Muster dürfte er leicht zuordnen können.»Ich will mich bei dir entschuldigen.«

Und dafür ist er extra hierhergekommen? Vorsichtig luge ich nochmals zu Jaden hinüber. Er beugt sich gerade zu meiner Tasche, auf der – Himmel! – mein Notizbuch liegt, das all meine gebrainstormten Notizen auch über ihn enthält. Ich bin kurz davor, aus meinem Busch zu stürmen, aber es ist zu spät. Denn Jaden richtet sich schon wieder auf, tippt kurz auf seinem Telefon herum und im nächsten Moment dudelt in voller Lautstärke ›Troublemaker‹ aus meiner Shorts. Verdammt! Hastig strecke ich mein Bein, um das Smartphone aus der engen Tasche zu bekommen, und die Zweige des Busches, der mir bisher gute Deckung geboten hat, geraten in Aufruhr. Es ist, als würden sie Jaden hektisch zuwinken.

Kaum drücke ich den Anruf weg, biegt er über mir die Blätter auseinander und guckt mit einer Mischung aus Überraschung und Belustigung auf mich herab.

»Du hast mir ›Troublemaker‹ als Klingelton gegeben?«

Das war in der Tat etwas vorschnell. Denn in dem Song singt Olly Murs zwar von jemandem, der Ärger bedeutet und vor dem man schnellstmöglich die Flucht ergreifen sollte, der einen aber auch unbestreitbar anzieht und von dem es letztendlich kein Entkommen gibt. Natürlich fühle ich mich kein bisschen von Jaden angezogen. Nach Luke … Nun, ich glaube, nach allem, was Luke mit mir gemacht hat – im Guten wie im Schlechten –, ist so etwas wie sexuelle Anziehung einfach gestorben für mich. Aber das kann Jaden nicht wissen.

»Der Klingelton ist Zufall«, behaupte ich deshalb.

»Das ist glatt geflunkert, würde ich sagen.« Jadens unverschämtes Grinsen macht etwas Verrücktes mit meinem Herzen. Es hüpft schon wieder, statt zu schlagen wie ein normales Herz. Na schön, vielleicht kann ich zumindest zugeben, dass Jaden etwas Attraktives an sich hat: die Unzerbrechlichkeit von jemandem, der an sich glaubt.

»Warum sitzt du hier im Busch?« Das Funkeln in seinen Augen reißt mich aus meinen Gedanken.

»Die Antwort ist die gleiche wie die zur Frage, warum ich aus dem Fenster klettern wollte.«

»Du bist verrückt?«

»Ich mache, was ich will.«

»Du bist Pippi Langstrumpf.« Er sagt es mit voller Ernsthaftigkeit, als sei ihm eine Erkenntnis gekommen, die alles erklärt. Irgendwie bringt mich das fast zum Lachen – aber nur fast. Denn in diesem Moment klingelt schon wieder mein Telefon.

»Hi, hier ist Alice«, meldet sie sich, als ich den Anruf annehme.

»Hi.« Ich werfe Jaden einen irritierten Blick zu, während er mit verschränkten Armen auf mich hinunterblickt. »Wie geht es dir?«

»Jaden ist ein kompletter Vollidiot«, schleudert sie mir statt einer Antwort entgegen. »Der hat mich einfach so abserviert. Er redet nicht mal mehr mit mir.«

»Okay.« Ich fürchte, meiner Stimme ist der ungläubige Unterton anzuhören. Zumindest nach dem wenigen, das ich mitbekommen habe, hat Jaden sich nicht generell geweigert, mit Alice zu sprechen. Er wollte sich nur nicht beschimpfen lassen, was ich irgendwie verstehen kann. »Das tut mir leid.«

Alice gibt ein Schnauben von sich. »Jedenfalls ist er hinter dir her.«

»Ja, das habe ich mitbekommen.«

»Hast du?« Das scheint sie aus dem Konzept zu bringen. »Ich habe gehört, wie er zu seinem Kumpel gesagt hat, dass er dich heiß findet.«

»Bitte?« Vor Schreck verschlucke ich mich an meiner eigenen Frage.

»Ich wollte gestern noch mal mit ihm reden, aber ich konnte durch seine Zimmertür hören, dass sein Kumpel da war, und sie haben über eine Frau gesprochen.«

»Das muss ja nicht ich gewesen sein.«

»Es ging jedenfalls nicht um eine von Ryans Eroberungen. Der ist seit ein paar Monaten mit einer Geschichtsstudentin zusammen und sieht andere Frauen nicht mal mehr an.«

»Äh …« Ich versuche sie zu unterbrechen, weil ich nicht das Gefühl habe, dass mich das in irgendeiner Weise etwas angeht, aber ihr Redetempo ist zu hoch.

»Jaden hat was von einer Frau, einem Fenster und einem Hula-Hoop-Reifen erzählt. Ryan meinte, diese Frau sei ja wohl komplett verrückt, und Jaden sagte, er finde sie ziemlich heiß. Und ich glaube, ich habe deinen Namen gehört.«

Himmel und Hölle, ich dachte immer, Typen reden nicht miteinander, sondern gehen zusammen Squash spielen.

»Äh …«

»Ich kann einfach nicht fassen, dass Jaden plötzlich andere Frauen heiß findet, nachdem wir drei Jahre zusammen waren.«

»Weißt du, er steht gerade vor mir«, komme ich endlich dazwischen.

»Was? Ich habe eben mit ihm gesprochen und er hat nicht mal erwähnt, dass er mit dir unterwegs ist.«

»Moment, so ist das überhaupt nicht.«

»Gib ihn mir mal.«

Ehrlich gesagt nutze ich die Gelegenheit, Alice loszuwerden, nur zu gerne. Sofort strecke ich Jaden mein Telefon entgegen. »Für dich.«

»Für mich?« Überrascht greift er danach und hört einen Moment mit ungläubiger Miene zu. »Alice? Bist du irre?« Seine erhobene Stimme kann ich plötzlich nachvollziehen, denn anders als mit roher Gewalt ist Alice' Redestrom kaum beizukommen.

»Du hast was?« Sein Gesichtsausdruck wandelt sich zu so etwas wie Entsetzen, und als sein Blick auf mich fällt, steigt ihm eine leichte Röte in die Wangen. Irgendwie finde ich das ganz süß. Er wendet sich ab und bringt hastig ein paar Schritte Abstand zwischen uns, wie um ein Minimum an Privatsphäre herzustellen.

Nun, was mich angeht, muss es ihm nicht unangenehm sein, wenn ihm meine Unterkleidhosen – wohlgemerkt keine Radlerhosen – gefallen haben. Schließlich war ich diejenige im Fenster. Und dass er mich jetzt unter diesem verdammten Busch gefunden hat, wird sicher nicht dazu beitragen, das Urteil seines Kumpels Ryan über mich zu relativieren.

Ich versuche mich aus den Ästen zu befreien, aber ein Zweig ist eine Art Symbiose mit meinen Haaren eingegangen. Zunehmend ärgerlich zerre ich daran und krieche schließlich auf Händen und Füßen aus dem Busch hervor.

»Das ist kompletter Blödsinn!« Jaden steht am Seeufer und erntet missbilligende Blicke der beiden älteren Damen, die mit festem Schuhwerk den *Viaduct Pond* umrunden. Vorsichtig nähere ich mich meinen Sachen und damit auch Jaden. »Es heißt doch nichts, wenn ich mal eine andere Frau attraktiv finde. Und fremdgegangen bin ich schon gar nicht. Aber Fakt ist auch, dass wir jetzt nicht mehr zusammen sind.«

Irgendwie lassen seine Worte mein Herz schneller schlagen. Ob er mich wirklich heiß findet?

»Du hast mir doch selber ständig vorgeschwärmt, wie gut aussehend Ryan sei.«

Ich bücke mich zu meinem Notizbuch und verstaue es in meiner Tasche. Ich glaube nicht, dass ich nach dieser Geschichte noch die friedliche Stimmung hier werde genießen können.

»Warum hätte ich deshalb eifersüchtig werden sollen? Man wird nun mal nicht blind, nur weil man mit jemandem zusammen ist.« Ich zwänge meine Füße in meine Sandalen, während Jaden einen Moment zuhört. »Alice, bitte lass uns später reden«, sagt er dann. »Es bringt nichts, wenn wir uns am Telefon anschreien. Ich rufe dich heute Abend von zu Hause aus an.« Er legt so schnell auf, dass Alice bestimmt nicht widersprechen konnte.

»Bitte«, sage ich vorsichtig, »bitte wirf es nicht ins Wasser.«

»Was?« Sichtlich gestresst dreht Jaden sich zu mir um – seine Augen dunkel wie Zartbitterschokolade.

»Mein Telefon.« Ich deute darauf. »Vorhin hast du einen Stein in den See geschleudert und ich würde gerne verhindern, dass mein Telefon vom gleichen Schicksal ereilt wird.«

Ein Lachen erhellt seine Miene und ich bin irgendwie fasziniert davon, wie schnell seine schlechte Laune verfliegt.

»Entschuldige, das war ziemlich daneben.« Er gibt mir mein Telefon zurück und ich kann nicht anders, als ihm zuzulächeln.

»Trennungen sind nie leicht.« Wem sage ich das? Unschlüssig, ob ich noch einen aufmunternden Satz hinterherschieben soll, bleibe ich stehen.

»Alice meinte, sie habe mich gestern mit Ryan reden hören und dass sie dir davon erzählt hat.«

»Ja.« Angesichts seines zögerlichen Tonfalls muss ich mir ein Grinsen verkneifen. Irgendwie fühlt es sich ziemlich gut an, dass er mal der Verlegene von uns beiden ist.

»Es tut mir leid. Ich habe nichts Anmaßendes über dich gesagt. Nur dass mir dein Lächeln gefällt. Und dass du eine faszinierende Augenfarbe hast.«
»Das war alles?« Ich kann nicht anders, als ihn ein bisschen aufzuziehen.
»Und eine gute Figur – trotz all dem Eis.«
Kurz blicke ich an mir hinab und schaffe es nicht, mein Lächeln zu verbergen. »Also gefällt dir so ziemlich alles an mir?«
Er lacht auf und ich kann nicht fassen, dass ich mich plötzlich so gut fühle. In mir ist auch im frischen Sommerwind auf einmal alles warm und offen.
»Zumindest habe ich schon weniger attraktive Menschen getroffen.« Ich weiß nicht, was plötzlich mit der Sonne los ist. Sie scheint ihre Strahlen in einem ganz bestimmten Winkel in Jadens Augen fliegen zu lassen. Denn seine eigentlich dunkle Iris explodiert in einen facettenreichen Bernsteinton. »Im Moment hast du da allerdings was.«

Er deutet auf einen Punkt knapp über meiner Schulter und ich taste hastig danach – mit einer Vorahnung, worum es sich handeln könnte. Im nächsten Moment berühren meine Fingerkuppen die raue Struktur der Blätter, die sich mit meinen Haaren verknotet haben. Ich ziehe daran, reiße aber nur Pflanzenteile ab.

»Warte, ich helfe dir.«

Im nächsten Moment ist Jaden mir überraschend nah. Und da ist er wieder: Sein kühler, frischer Duft steigt mir zu Kopf. Schlagartig bekomme ich Lust auf Zitroneneis am Strand. Das Gefühl wird nur vom Ziepen in meinen Haaren geschmälert.

»Au!«

Sein Lächeln aus nächster Nähe ist zu viel für mich. Mein Herz fühlt sich an wie ein Luftballon, der zu weit aufgepustet wurde.

»Du hast es schon geschafft. Sag mir Bescheid, wenn du das nächste Mal gerettet werden musst.«

Seine Fingerkuppen streifen meine Wange – ganz sacht und mit Sicherheit völlig zufällig. Unwillkürlich halte ich die Luft an, mache einen Schritt rückwärts. Höchste Zeit für mehr Abstand.

»Danke, aber bevor du in meinem Leben aufgetaucht bist, musste ich nie gerettet werden. Also halte dich einfach von mir fern. Damit hilfst du mir am meisten.«

»Ich will immer noch wissen, was Alice dir über mich erzählt hat. Außerdem habe ich ja – wie du weißt – einen Job beim Radio. Ich konnte den Producer überzeugen, eine Story über Briefe im Zeitalter der Digitalisierung zu machen.« Zufrieden grinst er mich an. »Während der Sommerzeit sind die meisten Medien offen für Themenvorschläge.«

Sofort spüre ich alles in mir, das eben noch durchlässig war, zuschlagen wie eine Tür im Windstoß. Mit verengten Augen stemme ich die Arme in die Hüften. »Ach ja? Was für eine Story denn?«

»Pass auf. Vorschlag: Du kommst zu mir in den Podcast. Und wenn das gut läuft, interviewe ich dich im Morgenradio mit Mike Benson. Da erzielen wir sehr gute Reichweiten, das hören die Leute beim Frühstück, auf dem Weg zur Arbeit oder im Büro. Das ist gute Publicity für euch.«

»Nein.«

»Glaub mir, meine persönliche Betroffenheit dient nur als Aufhänger. Ansonsten unterhalten wir uns über Briefkultur und die verlorene Kunst des Briefeschreibens. Wir ordnen eure Arbeit in einen gesellschaftlichen Kontext ein.«

Ich hebe die Augenbrauen. »Auf wertschätzende oder vernichtende Weise?«

»Das kommt ganz darauf an, was du mir erzählst.«

»Gar nichts. Du bist mir umsonst hierhergefolgt.«

»Nicht ganz. Ich bin dir auch hierhergefolgt, weil ich mich bei dir entschuldigen will.«

Ich mustere ihn unter erhobenen Augenbrauen. »Wofür genau?«

»Anscheinend habe ich vorhin im Coffeeshop zu spät mitbekommen, dass dieser Anruf dich ernsthaft mitgenommen hat. Ich hätte nicht so unsensibel sein dürfen. Das tut mir leid.«

Ungläubig schüttele ich den Kopf. »Das wolltest du mir sagen?«

Irritiert runzelt er die Stirn. »Ja. Was ist so merkwürdig daran? Ich hatte nicht die Absicht, deine Gefühle zu verletzen.«

Ich gebe ein Schnauben von mir. »Du willst mich vernichten, aber dabei meine Gefühle nicht verletzen? Wenn du meine Gefühle nicht verletzen willst, gibt es nur einen Weg: Lass mich endlich in Ruhe.«

»Das kann ich nicht.«

»Wieso?«

»Weil du meine Gefühle verletzt hast.«

Sprachlos erwidere ich seinen Blick, aber seine Miene bleibt ernst.

»Das ist doch verrückt«, bringe ich endlich hervor.

Schon wieder klingelt mein Telefon. Ich ziehe es aus der Hosentasche, werfe einen Blick aufs Display und verdrehe genervt die Augen. Das darf nicht wahr sein! Natürlich tut es mir leid, dass Alice unter der Trennung leidet. Und der Gedanke, ich könne irgendeine Form von Mitschuld daran tragen, verursacht mir Gewissensbisse. Aber sie kann mich nicht in den Streit zwischen sich und Jaden ziehen.

»Alice«, melde ich mich in einem höflichen, aber leicht kühlen – und deshalb, wie ich hoffe, distanzierten – Ton. »Was kann ich für dich tun?«

»Du kannst dich von Jaden fernhalten, wenn du schon so fragst.«

»Ist sie das schon wieder?« Ungläubig beobachtet Jaden mich. Freudlos lache ich auf. »Was glaubst du, was ich die ganze Zeit versuche?«

»Was sagt sie?« Jaden steht mit in die Seiten gestemmten Armen so dicht vor mir, als versuche er Alice' Stimme aus den Lautsprechern zu verstehen. Ich weiche ein Stück zurück. »Ich habe ihn noch nicht aufgegeben, klar? Ich will nicht, dass du mir jetzt in die Quere kommst.«

»Also, jetzt reicht es mir!« Wütend starre ich Jaden an, was vielleicht ungerecht ist, weil ich eigentlich Alice damit meine. »Gib sie mir mal.« Er versucht nach dem Telefon zu greifen, aber ich wehre ihn ab. »Hör auf, Lügengeschichten über mich zu verbreiten«, ruft er in die vage Richtung meines Telefons.

»Ist das Jaden?«, fragt Alice. »Sag ihm, das ist ein Gespräch unter Frauen.«

»Das hier ist überhaupt kein Gespräch.« Die Schärfe in meiner Stimme überrumpelt mich selbst. »Ich bin nicht Teil eurer Probleme. Kapiert das endlich.« Jaden versucht schon wieder, nach meinem Telefon zu greifen. Und da ... Also, ganz ehrlich, es fühlt sich an, als berührten meine Hände nur ganz leicht seinen Brustkorb. Umso verdutzter bin ich, als er so schlagartig aus meinem Blickfeld verschwindet, als hätte ich ihn weggezaubert. Nur einen Wimpernschlag später trifft er platschend im *Viaduct Pond* auf und ich sehe noch das Wasser über ihm zusammenschlagen. Ach, du Schreck!

Prustend taucht er nur einen Moment später wieder auf. »Oh shit, ist das kalt!«

»Das ist gerade dein größtes Problem?« Kurzerhand drücke ich Alice' Anruf weg und ignoriere mein Telefon, als es kurz darauf wieder zu klingeln beginnt. »Hier ist Baden verboten.«

»Was du nicht sagst.« Jaden reibt sich Seewasser aus den

Augen. Ein einziger kräftiger Schwimmstoß bringt ihn ans Ufer. Da es lange keinen größeren Regen gab, ist der Wasserstand recht niedrig, sodass er seine Arme zur Abbruchkante strecken muss. Auffordernd sieht er mich an, während er mir eine Hand hinhält.

Sofort weiche ich einen Schritt zurück. »Du glaubst nicht im Ernst, dass ich darauf reinfalle?«

»Keine Tricks. Versprochen!«

Fast – aber nur fast – hätte ich ihm meine Hand gegeben. Doch unter seinem am Körper klebenden hellblauen T-Shirt sind ausgeprägte Oberarmmuskeln zu sehen. Ich meine, der Typ ist Surfer! Ich schüttele den Kopf.

»Sorry, aber ich erkenne eine Flunkerei, wenn ich sie sehe.«

Jaden murmelt einen Fluch, muss sich aber gar nicht so anstellen. Er schafft es ohne Anstrengung, sich ans Ufer zu stemmen, und steht im nächsten Moment klatschnass vor mir. Wasser läuft in Strömen aus seiner Kleidung, trieft ihm aus den Haaren, tropft von seinen Wimpern und rinnt bis über seinen Hals hinab.

Fluchend blickt er an sich runter. »Shit, ich bin komplett nass.«

Plötzlich muss ich lachen. »Ist das neu für dich nach einem Bad?« Er wirft mir einen düsteren Blick zu und schlingt die Arme um seinen Oberkörper. Plötzlich wird mir klar, dass der Wind, der sich auf meiner Haut lediglich kühl anfühlt, für ihn ziemlich unangenehm sein muss. Unpassenderweise brennt die Sonne heute nicht so auf uns herab wie gestern. Und ... Oh! Noch etwas wird mir klar: Sein helles T-Shirt ist quasi durchsichtig geworden. Himmel, ich sollte weggucken. »Warum bist du denn ins Wasser gesprungen?«

»Was? Du hast mich reingeschubst.«

»Gar nicht wahr!« Etwas zu heftig schüttele ich den Kopf. Er hebt nur die Augenbrauen. »Jedenfalls nicht absichtlich.«

»Du hast mich nicht absichtlich in den See geschubst?«

»Du solltest erst mal die nassen Sachen ausziehen«, versuche ich das Thema zu wechseln. Ehrlich gesagt habe ich keine Ahnung, wie er in diesem durchnässten Zustand nach Hause kommen will. Als Student an der *City University* mit einer Wohnung in der Nähe vom Campus wäre er zu Fuß mindestens eine Stunde unterwegs. Falls er es wagt, mit den durchweichten Klamotten die *Tube* zu benutzen, kann er wahrscheinlich eine halbe Stunde sparen. Aber auch dann wird es in seinem triefenden Zustand ein ungemütlicher Weg bis zur nächsten Haltestelle. Ein Bus würde ihn so unter Garantie nicht mitnehmen. Und ein Taxi bestimmt auch nicht. Meine Gedanken fangen an zu rasen. Denn die Wahrheit ist: Vielleicht fühle ich mich ein ganz klein wenig schuldig.

»Los, zieh dich aus!«

»Bitte?« Er war gerade dabei, seine Haare zur Seite zu streichen, damit ihm das Seewasser nicht mehr ins Gesicht läuft, und sieht bei meinen Worten überrascht auf.

»Zieh dich aus.«

»Komplett?«

»Na ja, vielleicht wenigstens das T-Shirt.« Da er die Arme schon wieder um seinen Oberkörper geschlungen hat, greife ich nach dem Saum seines Hemdes und ziehe probehalber daran.

Irritiert mustert er mich. »Was machst du da?«

»Ich helfe dir, die nassen Sachen auszuziehen.« Als sich mein Blick in seinem verfängt, wird mir schlagartig klar, dass ich genau das vielleicht nicht tun sollte. Das facettenreiche Braun setzt sich in unbestimmte Tiefe fort, der ich nicht sofort wieder entkomme.

»Ich kann mir vorstellen, was los wäre, wenn ich dir so an die Wäsche gehen würde«, bemerkt Jaden, hebt aber gehorsam die Arme und damit ist es eindeutig zu spät, um noch zurückzuweichen. Ich zerre ihm das nasse T-Shirt vom Körper.

»Ich würde auch nicht in nassen Klamotten hier rumstehen«, behaupte ich. »Außerdem hast du nichts von mir zu befürchten.«

Ohne T-Shirt ist deutlich zu sehen, dass der Blick durch sein nasses Hemd nicht zu viel versprochen hat. Die Wölbungen seiner Muskeln, die ich mir keineswegs genauer ansehe, lassen auf regelmäßigen Sport schließen.

»Und jetzt? Durchs Ausziehen ist mir nicht wärmer geworden.« Wassertropfen rinnen über seinen Oberkörper abwärts. Irgendwie ist es faszinierend, ihnen dabei zuzusehen. »Dir? Ist dir wärmer geworden?« Mein Blick schnellt in sein Gesicht und sein unverschämtes Grinsen lässt mich erröten – jedenfalls merke ich, dass meine Wangen heiß werden. »Muss ich mich doch vor dir in Acht nehmen?« Jaden schlingt erneut die Arme um seinen Oberkörper.

»Ich überlege nur, wie wir dich nach Hause bekommen«, erkläre ich sachlich. »Hast du Wechselklamotten dabei?«

Er breitet die Arme aus. »Wie alt sehe ich aus? Drei?«

Nein, das tut er nicht. Genau genommen sieht er aus, als befinde er sich in seinen besten Mannesjahren.

Er bückt sich und zerrt sich seine Turnschuhe von den Füßen. Während er sich von den durchweichten Socken befreit, um sie auszuwringen, ziehe ich mir seufzend meinen Pulli aus und halte ihn Jaden hin. Als sein Blick darauf fällt, weiten sich seine Augen.

»Du glaubst nicht wirklich, dass ich den anziehe, oder?«

»Wieso? Der ist immerhin trocken.«

»Vor allem ist der pink. Und zu klein.«

»Das ist Magenta.«

»Wenn ich den anziehe, sehe ich aus wie ein Riesenbaby.«

Ich verdrehe die Augen und fange kurzerhand an, Jadens

nassen Oberkörper mit meinem Pullover abzutrocknen, als wäre er ein Handtuch. Jaden lässt es willig geschehen und mustert mich grinsend, sodass ich mich nach kurzer Zeit frage, ob mein Vorgehen möglicherweise zu forsch ist.

»Das ist eindeutig«, verkündet er, als ich innehalte. »So sieht ein schlechtes Gewissen aus. Du hast mich also wirklich absichtlich geschubst.«

»Es war ein Handgemenge.« Ärgerlich knülle ich meinen Pullover in seine Arme, damit er sich selber weiter abtrocknen kann, und drehe mich um.

»Hey, hau nicht wieder ab.«

Jaden kommt mir nach, als ich auf dem Uferweg in die Richtung laufe, in der ich mein Fahrrad abgestellt habe, bleibt nach wenigen Metern jedoch fluchend stehen, weil er seine nassen Klamotten wohl nicht zurücklassen will.

Er holt mich erst wieder mit quatschenden Schuhen an den Füßen ein, als ich schon bei meinem Fahrrad bin und die schwere Kette löse.

»Nimmst du mich mit?«

Ich sehe ihn an und muss lachen. Mit seinen dunklen Augen, den tropfenden Haaren, die er sich mit meinem Pullover trocknet, und den nassen Klamotten in der anderen Hand gibt er einen so mitleiderregenden Anblick ab, dass ich schon ein Herz aus Stein haben müsste, um ihn abzuweisen.

»Na gut.« Ich schiebe mein Fahrrad auf den Weg und steige auf. »Aber nur bis zur nächsten Bushaltestelle.«

»Danke.« Mit einem erleichterten Lächeln nimmt er auf dem Gepäckträger Platz und schlingt seinen freien Arm um mich.

Zu meiner Überraschung bringt das mein Blut ziemlich in Schwung, obwohl ich bisher nicht mal in die Pedale getreten bin. Mein Start ist äußerst torkelig und endet beinah auf der gegenüberliegenden Straßenseite vor einem Baum.

»Kannst du überhaupt Fahrrad fahren?«

Ich muss über Jadens misstrauischen Tonfall lachen. »Mindestens so gut, wie du schwimmen kannst. Heb deine Füße hoch, sonst kommen wir nicht vorwärts.«

»Wenn ich die Füße hochhebe, fallen wir um.«

»Quatsch! Ich muss nur Geschwindigkeit aufnehmen.«

»Werd bloß nicht zu schnell«, neckt mich Jaden, als ich auf halbem Weg über die Brücke noch immer schlingernd versuche, unser Gleichgewicht zu halten.

Diesmal verberge ich mein Lachen vor ihm. »Hör auf zu meckern. Oder willst du laufen?«

»Nein, bitte nicht wieder anhalten!«, ruft er besorgt, als ich nicht weitertrete. »Ich bin froh, dass wir den Start überlebt haben.«

Letztendlich muss ich zugeben, dass ich das auch bin. Denn als wir endlich mehr Tempo bekommen, wird es tatsächlich einfacher, uns auszubalancieren. Und da Jaden mir versichert, dass es von meinem Zuhause aus nicht weit zu seiner WG sei und ich gerade so gut in Fahrt bin, bringe ich ihn schließlich seinen Anweisungen folgend bis zur Brownswood Road nahe Finsbury Park, wo er wohnt. Zwischendurch bereue ich das allerdings. Wir sind fast eine halbe Stunde lang unterwegs und ich fürchte jeden Moment wegen Verkehrsbehinderung von der Polizei angehalten zu werden. Umso erleichterter bin ich, als Jaden mir endlich sagt, ich könne anhalten. Vor uns präsentiert eine ebenso lange Reihenhausanlage ihre auf den ersten Blick schmucken georgianischen Eingänge wie in der Cross Street, in der Grandma Lawsons Haus steht. Diese hier sind auf den zweiten Blick allerdings heruntergekommener. Von den Fensterrahmen blättert der Lack und von den Wänden der Putz. Nichtsdestotrotz halte ich das hier für ziemlich schicken Wohnraum.

»Mit wie vielen Leuten wohnst du hier?«, kann ich mir

nicht zu fragen verkneifen, als Jaden von meinem Fahrrad steigt.

»Wir sind acht. Das heißt, ein Zimmer wird gerade frei, falls du Interesse hast.« Na gut, mit so vielen Leuten dürfte selbst dieses Haus ziemlich überfüllt sein. »Zu acht können wir uns die Miete leisten, aber ich brauche meinen Job beim Radio, wenn du verstehst, was ich meine. Und dort ist die Konkurrenz irre. Man muss ständig mit guten Ideen aufwarten, wenn man weiterkommen will.« Er fährt sich mit einer Hand durch die nassen Haare. »Vielen Dank fürs Herbringen.«

Ich werfe ihm ein Lächeln zu. »Immerhin konnte ich dich auch mal retten.«

»Ich nehme an, das war der Grund, warum du mich in den See gestoßen hast.«

Warum plustert sich mein Herz so auf, wenn sein Grinsen doch so unverschämt ist? Okay, der Typ ist attraktiv, daran kann ich nichts ändern. Weil er mich heiß findet, muss mir auch nicht gleich schwindelig werden. Schließlich bedeutet das nicht, dass wir uns als Nächstes die Kleider vom Leib reißen. Obwohl ... Streng genommen habe ich genau das bei ihm schon getan.

»Vielleicht solltest du dich erst mal auf die Trennung von deiner Ex-Freundin konzentrieren statt auf dein berufliches Weiterkommen.«

»Ich nehme an, das soll ein erneuter Hinweis darauf sein, dass ich dich in Ruhe lassen soll. Aber das mit dem Vernichten habe ich nie gesagt. Das ist Alice' O-Ton. Ja, ich war wütend und wollte wissen, wer hinter der Postkarte steckt. Aber ganz abgesehen davon glaube ich, dass eure Arbeit ein spannendes Thema sein kann. Und deshalb bin ich bereit, vollkommen offen an diese Sache heranzugehen. Also ...« Fragend sieht er mich an. »Überlegst du es dir noch mal?«

Ich schüttele den Kopf. »Tut mir leid. Ich kann das nicht. In diesem Fernsehinterview neulich wurden mir vollkommen harmlose Fragen gestellt und ich habe mich trotzdem wie eine Idiotin benommen.«

»Aber warum? Du bist doch eigentlich total klug und empathisch und redegewandt. Abgesehen davon, dass du verrückt bist, natürlich.«

Ich will die Augen verdrehen, aber irgendwie bringt er mich zum Lachen. »Weißt du was? Ich gehe jetzt.« Ich stelle meinen Fuß wieder aufs Pedal, halte aber doch noch mal inne. »Das heißt ... Wie genau hast du mich eigentlich draußen in Hampstead Heath gefunden? Ohne Fahrrad kannst du mir ja nicht einfach gefolgt sein.«

Er merkt wohl meinem starren Blick an, dass ich ihn nicht um eine Antwort herumkommen lassen werde. »Ich bin dir bis zu deinem Haus nachgegangen. Eigentlich habe ich versucht dich einzuholen, um mich zu entschuldigen. In der *Tube* habe ich dich verloren, aber in Essex Road habe ich dich auf dem Bahnsteig gesehen und es noch rausgeschafft. Dann hab ich dich entdeckt, als du aufs Rad gestiegen bist. Ich habe dir zugerufen, aber du warst schon zu weit weg. Da war so ein junger Typ, der wusste, wo du hinfährst.« Fragend sieht Jaden mich an. »Dein Bruder oder so?«

Sofort steigt neue Wut in mir auf. Nicht auf Noah! Klar, er könnte mir einen creepigen Stalker hinterhergeschickt haben, aber Noah macht sich um solche Dinge keine Gedanken. Und Jaden konnte natürlich nicht wissen, dass Noah nicht denkt wie durchschnittliche Menschen. Deshalb presse ich die Lippen zusammen und sage nur:

»Noah ist besonders. Es ist nicht fair, ihn da mit reinzuziehen.«

»Besonders?«

Ich wende mich ab. »Hab ein schönes Leben, Jaden.«

Ich trete in die Pedale, aber er hält mein Rad am Gepäckträger fest.

»Das meinst du doch nicht ernst, oder? Ich fand es eigentlich ganz lustig mit dir am See. Verrückt. Aber lustig.« Kopfschüttelnd versuche ich mein Schmunzeln vor ihm zu verbergen. »Jaden, hast du es immer noch nicht kapiert? Ich gehe nicht in deinen Podcast. Und wenn du mir noch einmal in die Quere kommst ...« Ich löse seine Finger vom Gepäckträger, ignoriere die kurze Verwirrung, als ich seine Hand einen Augenblick – wirklich nur einen Wimpernschlag – länger in meiner halte, als nötig gewesen wäre. Dann sehe ich ihm fest in die Augen. »Wenn du mir noch mal in die Quere kommst, schubse ich doller.«

Kapitel 7

Den Nachmittag mit Finn im Freibad, dem *London Fields Lido*, zu verbringen war keine gute Idee, weil es mir dort schwerfiel, Jaden zu vergessen. Zwar hatte sich der Wind gelegt und die Sonne ist im Laufe des Nachmittags doch noch kräftiger geworden, aber trotzdem war ich nur einmal kurz im Wasser. Ich konnte einfach nicht vergessen, wie Jaden selbst in seinem durchnässten Zustand seinen Humor nicht verlor, wie er mich herausforderte, wie er errötete, als er zugab, dass ich ihm gefalle. Himmel, ich sollte mir wirklich nicht so viel darauf einbilden. Im Nachhinein kann ich sowieso nicht mehr glauben, dass ich Jaden tatsächlich das Shirt heruntergerissen habe und ihn auch noch trocken reiben wollte. Für die frühere Maggie wäre so etwas undenkbar gewesen. Ihre Impulsivität wurde meistens auf halber Strecke durch ihre Schüchternheit ausgebremst. Aber dass Luke mich selbstbewusster und weniger gehemmt hat werden lassen, führt dazu, dass die Impulsivität öfter zum Vorschein kommt.

Als Finn und ich mit noch wirren Haaren auf unseren Rädern vor Grandma Lawsons Haus halten, habe ich noch immer den ›Timber‹-Sound von Pitbull und Kesha im Ohr. Im Lido wurde der Song im Verlauf des Nachmittags mehrmals gespielt. Luke hätte mich garantiert sofort zum Tanzen überredet – und ich hätte mich lachend darauf eingelassen. Mit Finn habe ich stattdessen über den Fantasy-Roman diskutiert, den er zuletzt gelesen hat. Jetzt versuche ich ihn zu überreden, später den neuen Jennifer-Lawrence-Film im Kino zu schauen, während er auf Marvel besteht. Wir kommen allerdings nicht dazu, eine Entscheidung zu treffen.

Oben auf der Treppe öffnet sich die Haustür und Tante Meredith winkt zu uns heraus. »Mags! Gut, dass du da bist!« Mit wippendem honigblondem Pferdeschwanz und in ihrem Feierabend-Look – bestehend aus einer ausgewaschenen Latzhose und weißem Tanktop – kommt sie uns die Stufen hinab entgegen. Die Latzhose stellt einen krassen Kontrast zu den eleganten Kostümen dar, die sie tagsüber zu ihrer Arbeit als Hochzeitsplanerin trägt. Normalerweise führt ihr Klamottenwechsel am Feierabend dazu, dass sie den Stress, den die meisten Brautpaare mit sich bringen, einfach abschüttelt. Heute gestikuliert sie jedoch hektisch, ihre Wangen sind gerötet und ihre Augen geweitet. Das kann eigentlich nur eins bedeuten. »Mags, deine Mum ist da!« Natürlich! »Sie hatte spontan Zeit vorbeizukommen. Und jetzt will sie sich ein Hochzeitsgeschenk für Charlotte und Nelson überlegen. Noah und sie übertreffen sich mit den unpassendsten Ideen. Du musst sie bremsen.«

Ich gebe ein gequältes Schnauben von mir. »Hat Mum jemals auf mich gehört?«

»Bitte, Mags.« Flehend verschränkt Tante Meredith ihre Hände ineinander. Sie ist die jüngere von Grandma Lawsons Töchtern und hat zumindest früher an die Existenz der einzig wahren Liebe geglaubt. Ohne sich von alldem abschrecken zu lassen, was in den Beziehungen der anderen Lawson-Mitglieder schieflief, wurde sie erst Event-Managerin und dann Hochzeitsplanerin. Als ihre eigene Beziehung über den Herausforderungen, die Noahs Erziehung mit sich brachte, zerbrach und sie in Grandma Lawsons Haus zog, gab sie zu, einem Irrglauben angehangen zu haben. Trotzdem blieb sie Hochzeitsplanerin. Denn zum einen verdient sie gut damit, und zum anderen findet sie, auch Paare haben wenigstens einen schönen Tag in ihrem Leben verdient. Zumindest hat sie das früher behauptet. Ich glaube, mittlerweile hat sich ihre Einstellung irgendwo in der Mitte beider Extreme eingependelt.

»Du bist die einzig Vernünftige in dieser Familie.« Noch immer sieht Tante Meredith mich bittend an.

Finn lacht los. »Ist sie nicht. Hat sie dir etwa nicht erzählt, wie –?«

Mein Ellenbogen, der gegen seine Rippenbögen kracht, bringt ihn zum Schweigen. Aber Meredith interessiert sich gerade sowieso nicht für Finn.

»Alle sitzen im Garten und haben schreckliche Einfälle, die uns als Gäste bei dieser Hochzeit vollkommen lächerlich machen werden.«

»Also ...« Ich tausche einen zögernden Blick mit Finn. »Eigentlich wollten wir ins Kino. Finn ist nur noch bis morgen hier.«

»Du kannst mitessen.« Meredith wendet sich schlagartig ihm zu. »Meine Mum hat Lasagne gemacht.«

Finns Augen leuchten auf. »Da bin ich dabei.«

Ha! Das war ja klar. Finn ist schwer überzeugt von Grandma Lawsons selbst gekochten Mahlzeiten. Bei ihm zu Hause werden in der Regel Fertigessen oder Lieferdienste bemüht.

»Na gut, wir bringen nur die Räder weg.«

»Danke, danke, danke!« Meredith wirft mir eine Kusshand zu und verschwindet wieder nach drinnen.

Seufzend bugsiere ich mein Rad zurück in den Unterstand und warte anschließend auf Finn, der seins nach Hause bringt.

»Warum seid ihr eigentlich alle auf Charlottes Hochzeit eingeladen?«, will er wissen, als ich die Haustür aufschließe. »Ich dachte, du hattest seit Jahren kaum Kontakt zu ihr. Und früher mochtest du sie nicht mal sonderlich, oder?«

»Das kann man so nicht sagen.«

Hinter mir höre ich Finn lachen. »Doch, kann man. Du hast

immer gejammert, Charlotte könne alles besser als du, sehe hübscher aus und habe ungerechterweise auch noch den nettesten Freund der Welt. Heiratet sie übrigens den?«
»Nein, aber seinen Bruder.«
»Aha.« Finn folgt mir durch den Flur und den kleinen Wohnraum dahinter. Ich höre bereits Mums ausgelassenes Lachen aus dem Garten. »Verstehen tue ich das nicht, aber perfekter geht es ja wohl nicht.«
»Wieso?« Misstrauisch sehe ich mich zu Finn um. Grinsend vergräbt er die Hände in seinen Hosentaschen. »Na, der Bruder wird doch sicher auch auf der Hochzeit sein. Vielleicht ist er ja noch genauso nett wie früher.«
Ich verdrehe die Augen. »Selbst wenn. Wie du genau weißt, interessiert mich das nicht.«

Tatsächlich hat Liam meinem Teenager-Ich ein bisschen Herzklopfen gemacht. Dabei bin ich ihm nur begegnet, wenn er Charlotte bei uns abgeholt hat, was selten genug vorkam. Denn aus dem noblen South Kensington ist es ein weiter Weg zu uns. Nicht so weit allerdings wie zu dem Vorort, in dem Charlottes Familie lebt. Die hat sich finanziell völlig verausgabt, um Charlotte den Besuch einer Privatschule mit gutem Ruf und besten Vernetzungen zu ermöglichen. Meredith ist die beste Freundin von Charlottes Mum und hat dafür gesorgt, dass Charlotte kostenlos bei uns unterkam, sooft sie wollte. Doch trotz dieser gemeinsamen Zeit hatten wir uns nie viel zu sagen. Charlotte war nur auf ihr schulisches Weiterkommen konzentriert, was ich an ihrer Stelle auch gewesen wäre. Um dennoch mit ihr ins Gespräch zu kommen, war ich viel zu schüchtern. Zu Weihnachten und zu unseren Geburtstagen schickt sie zwar Karten, aber ansonsten beschränkt sich der Kontakt vor allem auf Meredith.

Finn knufft mich in die Seite. »Hast du eigentlich dein Kleiderproblem gelöst oder muss ich mit weiteren Panikattacken zum Thema Was-soll-ich-nur-anziehen rechnen, wenn die Hochzeit jetzt näher rückt?«

Nur scheinbar verärgert knuffe ich ihn zurück. »Merri war mit mir einkaufen und ich habe ein kleines Schwarzes gefunden, das all meine Probleme löst.«

»Ein Glück«, seufzt Finn mit übertriebener Erleichterung. »Auch wenn das deiner Mum sicher nicht gefallen wird.« Damit hat er vermutlich recht.

Die anderen haben den Tisch aus dem Wintergarten in den Schatten des verästelten Ahorns gestellt und Mum sticht farblich zwischen Grandma Lawsons schlichtem Schwarz und Noahs ordentlichem Schuljungen-Look heraus. Meredith ist nicht zu sehen.

»Maggie!« Mum springt aus ihrem Gartenstuhl auf und kommt mir entgegengelaufen. Es ist mir ein Rätsel, wie sie es auf ihren Plateauschuhen so schnell schafft, bei mir zu sein. Im nächsten Augenblick hüllt sie mich in ihre intensive Parfumwolke und dann in eine feste Umarmung. »Wir haben uns ja ewig nicht gesehen.«

Sacht befreie ich mich aus ihrem Griff und versuche unauffällig ein bisschen Abstand zwischen uns zu bringen, damit ihre Stimme mir nicht ganz so schrill ins Ohr dringt.

»Wie läuft denn der ›Midsummer Night's Dream‹?«, will ich wissen.

»Phänomenal! Hast du die neuesten Reviews nicht gelesen?« Sofort zückt Mum ihr Telefon. Es ist riesig und sie trägt es stets griffbereit an einer langen Goldkette über ihrer Schulter. »Warte, ich zeige dir Fotos.«

Es tut mir wirklich leid, aber irgendwie ist Mum schon nach einem kurzen Moment zu viel für mich: das knallige Rot ihres Jumpsuits, das Glitzern ihrer riesigen Ohrringe, der Orangenduft ihrer hellblond gefärbten Haare. Neben ihr komme ich mir doch wieder blass und langweilig vor.

»Hallo, Florence«, grüßt Finn sie, obwohl er bisher vollständig von ihr ignoriert wurde.

»Ach, du bist ja auch hier.« Meine Mum blickt von ihrem Telefon auf und wirft ohne Umschweife ihre Arme um Finn. »Ich dachte, Maggie hätte gesagt, du machst zurzeit ein Praktikum irgendwo in ... War das nicht Deutschland?«

»Bletchley Park.«

»Ach ja.« So wie Mum es ausspricht, klingt es nach einer Frage.

»Das Essen kommt«, ruft Meredith, die in diesem Moment mit einer riesigen Auflaufform aus dem Wintergarten tritt.

»Ein Glück! Ich sterbe vor Hunger.« Mum wirbelt in Richtung des Tisches. »Ihr müsst unbedingt in die Show kommen.« Sie strahlt Finn und mich an, während sie sich wieder auf ihren Platz zwischen Grandma Lawson und Noah fallen lässt. »Sagt mir, wann, dann hinterlege ich Karten für euch.«

Während Finn sich höflich bedankt, tauschen wir einen Blick und ich sehe seinem Lächeln an, dass er weiß, was ich denke. Als ich klein war, hat meine Mum mir oft gefehlt. Denn wir haben zwar zusammen in Grandma Lawsons Haus gewohnt, aber es hat sich eher nach WG als nach Familie angefühlt. Ich glaube, sie hat mich nie richtig gesehen. Aber mit Finn an meiner Seite und spätestens seit Luke ist mir klar geworden, dass ich nicht auf sie angewiesen bin. Und seitdem fällt es mir leichter zu akzeptieren, dass sie eben ist, wie sie ist. Und dass ihr Enthusiasmus – auch für mich – Enthusiasmus ist, selbst wenn ich nicht so richtig etwas damit anfangen kann.

Meredith lässt demonstrativ die schwere Auflaufform über dem vollgestellten Tisch schweben.

»Ich hole noch einen Teller für Finn.« Ich will schon aufstehen, aber Noah kommt mir zuvor.

»Ich gehe schon. Ich will eh mein eigenes Essen holen.«

Während wir uns in die Schlacht um die größte Portion Lasagne stürzen, verschwindet Noah im Haus und kehrt wenig später mit einer Kristallschüssel zurück. Darin befindet sich ein Rote-Bete-Salat mit Walnüssen, den er bescheiden auf seinem Teller arrangiert.

»Also ...« Sobald wir die ersten Bissen vertilgt haben, kommt Mum zurück zur Sache. »Wollen wir jetzt noch mal über das Geschenk abstimmen?«

Meredith gibt einen undeutlichen Laut von sich und wirft mir einen auffordernden Blick zu.

»Meint ihr nicht, dem Brautpaar wäre es am liebsten, wenn wir uns etwas von der Liste aussuchen, die online gestellt wurde?«, sage ich pflichtschuldig – ohne große Hoffnung, Erfolg mit diesem Einwand zu haben.

Mum blickt von ihrer Lasagne hoch und pustet die Wangen auf. »Also Maggie! Wie unkreativ ist das denn? Noah hatte so schöne Ideen.«

Noah, der mit akkuraten Bewegungen seine Rote Bete schneidet, blickt auf. Sacht schüttele ich den Kopf in seine Richtung. Fragend legt er den Kopf schief, versteht aber meine Geste und schweigt.

»Wir haben die Liste ja aber nicht zum Spaß erstellt«, wirft Meredith ein – bestimmt nicht zum ersten Mal. »Charlottes Mum ist meine beste Freundin und ihr ist es wichtig, dass der Abend unfallfrei über die Bühne geht.«

Meine Mum runzelt die Stirn. »Was hat das mit unserem Geschenk zu tun?«

»Ausgefallenes ist einfach nicht erwünscht«, erklärt Meredith ungeduldig. »Du hast keine Ahnung von den Kreisen, in die Charlotte da einheiratet. Ein selbst gebastelter Traumfänger würde völlig aus der Reihe fallen.«

Meine Mum gibt ein Schnaufen von sich. Ich vermute, dass der Traumfänger Noahs Idee war und sie ein Fan davon ist. »Diese Spießigkeit geht mir gegen den Strich«, verkündet sie.

»Ich könnte ja auch etwas singen. Was haltet ihr von ›Can you Feel the Love Tonight‹? Oder ›Love Is an Open Door‹ aus ›Frozen‹?«

»Ist das dein Ernst?« Entgeistert starrt Meredith sie an, aber ich habe keinen Zweifel, dass es Mums voller Ernst ist. »Flo! Du kannst auf einer Black-Tie-High-Society-Hochzeit keine Disney-Love-Songs singen.«

»Wieso nicht?« Mum nimmt einen Schluck aus ihrem Glas, verzieht aber im nächsten Moment angewidert das Gesicht. »Was ist das denn?«

Kichernd stelle ich fest, dass sie im Durcheinander auf dem Tisch Noahs Glas erwischt hat.

»Das ist Möhrensaft mit einem Schuss Limette«, erklärt er hilfsbereit. »Gut für den Teint.«

»Echt?« Sofort ist Mums Neugier geweckt. »Hast du noch mehr davon?«

Noah steht bereitwillig auf, um ihr ebenfalls ein Glas zu holen. Als er zurückkommt, streiten Mum und Meredith immer noch darüber, ob Musical-Songs eine gute Idee sind.

»Außerdem haben Charlotte und Nelson bereits Nelsons jüngeren Bruder Matt als Sänger engagiert«, erklärt Meredith schließlich.

»Wunderbar!« Mum schlägt die Hände zusammen. »Vielleicht singt er ein Duett mit mir.«

»Warum musst du dich eigentlich so zwanghaft in den Mittelpunkt stellen?« Merediths Ton wird schärfer. »Die Hochzeit ist der Tag des Brautpaars. Und Charlotte und Nelson haben sich für eine stilvolle Musikauswahl entschieden. Klassische Stücke und getragene Popballaden.« Ärgerlich gestikuliert sie in meine Richtung. »Erklär du ihr, dass Disney nicht dazu passt.«

Hilflos hebe ich die Schultern. »Merri hat recht, Mum. Drama und Effekthascherei wissen Charlotte und Nelson sicher nicht zu schätzen.«

Mum seufzt frustriert. Ehe sie jedoch protestieren kann, hebt Grandma Lawson den Kopf. »Ich habe übrigens Nachtisch gemacht. Will den mal jemand holen?«

Das verschiebt den Fokus der Aufmerksamkeit sofort. Während Meredith in die Küche geht, räume ich das Geschirr zusammen.

»Gut, dass ich so viel zu essen gemacht habe«, bemerkt Grandma Lawson. »Wolltet ihr nicht eigentlich heute im Kino sein?«

»Stimmt.« Mit einem Schmunzeln blicke ich zu Noah. »Nach dem *Stern* von heute Morgen habe ich mir eigentlich mehr vom Tag erwartet. Aber dann ist mir Merri dazwischengekommen.«

»Ich lege dir die Karten.« Sofort zückt Noah sein Tarot-Deck. »Dann können wir den *Stern* besser einordnen.«

Automatisch ziehe ich eine Karte, als er mir den Stapel über den Tisch hinweg hinhält. Noah legt sie verdeckt vor sich und bildet mit den anderen vier, die ich auswähle, einen Kreis darum. Dann wendet er die am oberen Rand.

»Diese Karte sagt dir, wo du stehst.« Seine Augen werden riesig. »Das gibt es nicht. Es ist der *Stern*! Schon wieder der *Stern*! Er zeigt dir die Stärke und Widerstandsfähigkeit deiner Seele, Mags. Du darfst dich nicht mehr abschotten, sondern du musst das Eis in deiner Seele schmelzen.« Er greift nach der nächsten Karte. »Tatsächlich! *Die Zehn der Stäbe.*« Noah tippt nachdenklich darauf. »Diese Karte erklärt dir deine Aufgabe. Und die *Zehn der Stäbe* ist eine sehr energievolle Karte. Bring dein inneres Begehren mit deiner Umwelt in Einklang. Entscheide weise, wann es Sinn ergibt, Energie aufzubringen, und wann du besser nachgibst.«

»Hm ... Mags und nachgeben?« Finn wirft mir einen zweifelnden Blick zu.

»Was soll das denn heißen?«, verlange ich zu wissen, während Mum mit skeptischer Miene am Möhrensaft nippt – offenbar hin- und hergerissen zwischen dem Geschmack und dem Entschluss, ihrem Teint etwas Gutes zu tun.

»Bei dir geht es doch immer um alles oder nichts«, erwidert Finn grinsend. »War jemals irgendwas im Einklang bei dir?«

Mit Luke, will ich wie automatisiert antworten. Aber wahrscheinlich stimmt das nicht, denn dann wäre er ja nicht gegangen.

»Noah, räum bitte die Karten zur Seite.« Meredith kehrt mit dem Nachtisch zurück.

Entschlossen blickt Noah auf. »Ich bin mitten in einer Interpretation. Das muss fließen. Und Schokolade …« Missbilligend beäugt er die Schüssel mit Mousse au Chocolat, die Meredith in die Tischmitte stellt. »Schokolade verstopft sowieso nur den Darm.«

»Willst du deinen Nachtisch nicht?« Meine Mum lässt Schälchen und Löffel herumgehen.

Noah hebt das Kinn. »Doch, ich habe mir getrocknete Cranberrys besorgt. Die sind gut für die Blase.«

Rufe des Neids bleiben aus.

»Gib mir nicht so viel, Merri«, sagt meine Mum zu ihrer Schwester, die riesige Portionen verteilt. »Ich mache Diät. Na, also, ein bisschen mehr darf es schon sein. Ich nehme mir lieber selbst.«

Nach einem kurzen Gerangel sind alle am Tisch mit Mousse au Chocolat versorgt. Zumindest für einen Moment kehrt zufriedene Stille ein, während alle essen und Noah konzentriert an seiner Unterlippe nagt.

»Bitte kauft einfach ein paar Handtücher oder ein Teeservice für das Hochzeitspaar – von der Liste«, kommt Meredith zur Geschenkedebatte zurück, als alle Schälchen ausgekratzt sind und wir uns die Bäuche halten. »Alles andere wird nicht gut beim Brautpaar oder der Familie ankommen. Dadurch fällt ihr sofort als Leute auf, die nicht wissen, wie man sich benimmt.«

»Was soll das denn heißen?«, fährt meine Mum auf. »Du tust so, als wären wir in der Gosse groß geworden.«

»Was soll eigentlich der ganze Firlefanz?« Grandma Lawsons schnarrende Stimme bringt alle anderen zum Verstummen. »Nehmt einen Umschlag, steckt etwas Geld hinein und damit hat sich das. So macht man das ja wohl heutzutage. Ich kaufe doch keine überteuerten Nachttischlampen oder potthässliche Sofakissen und schleppe die bei diesem Wetter durch die Gegend.«

Meredith lacht auf, wobei sie ein wenig hysterisch klingt.

»Charlotte fängt gerade als Headhunterin an und heiratet einen Schönheitschirurgen an einer Privatklinik, die ihm mal gehören wird. Was sollen die mit Geld?«

Grandma Lawson hebt ihre knochigen Schultern. »Dann können sie sich das Zeug von der Liste ja auch selbst kaufen.«

»In dem Fall können wir doch auch spenden«, schlage ich vor. »In ihrem Namen.«

Meredith wirft mir einen verzweifelten Blick zu. »Könnt ihr euch nicht einmal wie normale Hochzeitsgäste benehmen?«

Finn fängt an zu lachen.

»Was ist so witzig?«, will Mum wissen.

»Ich habe noch nie jemanden so lange über ein Hochzeitsgeschenk diskutieren hören.«

»Welcher Vorschlag gefällt dir denn am besten?«, verlangt Mum zu wissen. Meredith funkelt ihn an, fordert ihn stumm auf, das Richtige zu sagen.

»Ich weiß nicht ... Wie wäre es mit einem Glasschuh als Symbol für die perfekte Braut? Ich stelle ihn mir mit Blüten gefüllt vor.« Ich fange an zu kichern, weil Finns ironische Art mich immer zum Lachen bringt. »Ihr könntet ihn mit Glückspennys bekleben.«

»Nicht hilfreich.« Meredith ist sichtlich verärgert. Mum hingegen zeigt sich beeindruckt. »Guter Vorschlag! Das ist ja richtig kreativ.«

Ich atme die warme Luft ein und gebe auf. Mum und Meredith werden sich auf keinen Fall einigen. Irgendwann wird Grandma Lawson ihr Machtwort sprechen und wahrscheinlich werden wir am Ende doch Umschläge mit Geld auf den Geschenketisch legen. Für einen Moment versuche ich meine Familie auszublenden. Stattdessen konzentriere ich mich auf das raue Gras unter meinen bloßen Füßen. Die Wärme der untergegangenen Sonne liegt noch in der Luft. Die Dunkelheit lauert jedoch schon in den langen Schatten im Garten. Auf der Zunge schmecke ich noch die Süße der Schokolade. Und die lässt mich schon wieder an Jaden denken. Bestimmt hat er, zu Hause angekommen, erst mal geduscht. Oh! Nicht an Jaden unter der Dusche denken … Ob er seinem Kumpel Ryan erzählt hat, ich hätte ihn in den See geschubst und wäre ihm hinterher an die Wäsche gegangen? Himmel! Manchmal bin ich wirklich genau wie der Rest meiner Familie: im Grunde harmlos, aber eindeutig etwas daneben.

Ich stehe auf. Es wird Zeit für ein paar Windlichter und eine Flasche Wein. Auf dem Weg nach drinnen summe ich die Melodie von ›Timber‹ und frage mich – ganz nebenbei –, ob Jaden wohl tanzen kann.

Kapitel 8

Fünfter Brief an Luke

Als ich dir sagte, dass Finn und ich uns getrennt hatten, hast du gezögert. Ich habe einen Schritt auf dich zugemacht. Du hast mich an dich gezogen – ganz sacht. Es hat sich ungewohnt angefühlt – und wunderbar. Unfassbar nah. Aufregend. Erregend. Himmel, ich habe niemals zuvor etwas so sehr gewollt wie dich, Luke. Ich hatte nicht mal gewusst, wie sich das anfühlt, jemanden zu wollen. Heiß, drängend, sehnsüchtig.

Der Rest ging von selbst. Dein Studentenzimmer, die Küsse, die Berührungen, die Hände unter meiner Kleidung, das Ausziehen. Ich habe nichts gedacht und keine Worte gesucht. Du hast mich mit dem Streicheln deiner Finger zum Stöhnen gebracht und ich sah, wie deine Augen dunkler wurden vor Verlangen. Und dann – als du dich in mir bewegt hast und ich deinen Blick nicht loslassen konnte ... Das war das unfassbar beste Gefühl. Das zwischen uns hat mich zerrissen und neu erschaffen. Zum ersten Mal in meinem Leben schrieb ich keine Geschichte. Ich war die Geschichte. Und ich wusste von Anfang an, wie sie enden würde: mit meiner Heimkehr nach London. Ich denke, deshalb fiel es mir so leicht, in deinen Augen eine bessere Version von mir zu sein.

Dass du mich geliebt hast, hat mich selbstbewusst,

schön und stark sein lassen. Du hast mich mit zum Surfen genommen, zum Klettern, zum Wandern, zum Tauchen und zum Paragliding. Wir fuhren Fahrrad, Kajak und Jetski. Wir gingen in Konzerte und ins Kino. Für dich war die Hauptsache, jeden Tag – jeden Tag und jeden Tag – etwas Neues zu erleben.

An einem unserer letzten Abende saßen wir kurz nach Sonnenuntergang an deinem Lieblingsstrand und ließen den Pazifik auf uns zurollen. »Was muss ich tun, damit du bleibst?«, hast du mich gefragt.

Ach Luke, du hast mich vielleicht über mein Heimweh hinweggetragen – nach den Straßen, in denen ich aufgewachsen bin, nach den Kuchen meiner Grandma, Finn und den Freundschaften, die ich zaghaft an der Uni geschlossen hatte, den ruhigen Parks, den überfüllten Tubes, sogar der bunten Theaterwelt meiner Mum. Aber ich glaube, mein Heimweh nach dem Hintergrund – das ließ sich irgendwann nicht mehr verdrängen. Die Monate unter der Sonne Kaliforniens erschienen mir wie ein Kinofilm, in dem der Spannungsbogen zwar nie nachließ, von dem mir aber langsam bewusst wurde, dass er nicht mein richtiges Leben war.

Denn ich bin von Natur aus scheu – keine Hauptfigur. Du hast mich dazu gebracht, ins Rampenlicht meines Lebens zu treten. Du hast mir gezeigt, wie aufregend und schön das sein kann. Aber auf Dauer hat es mich ausgelaugt. Mit der Zeit sehnte ich mich zurück nach der Stille, nach der Ruhe, die nichts von mir verlangt – außer dass ich atme. Manchmal war alles zu viel.

Dieses Gefühl habe ich in mir verschlossen – in der Hoffnung, dass es irgendwann nicht mehr wahr sein würde. Aber in meinen Augen hattest du so viel mehr Möglichkeiten als ich. Ich habe versucht nie nachzulas-

sen, perfekt für dich zu sein. Doch die ständige Euphorie ließ mich müde werden. Als wir Abschied nahmen, hielten wir einander im Arm, unser Herzschlag am Körper des anderen. Ich konnte nicht atmen, nichts sagen, nichts denken. Aber insgeheim war mir klar, dass du mich früher oder später abgehängt hättest. Ich konnte nicht mit dir mithalten, Luke. Ich wollte sein wie du. Und du hast alle Voraussetzungen dafür in mir geweckt. Aber du warst immer schneller als ich. Während ich einen Moment genoss, hast du schon überlegt, wohin wir als Nächstes gehen sollten.
Ich musste zu Atem kommen.
Und deshalb, als ich im Flugzeug mein Gepäck verstaute, redete ich mir ein, es sei nicht das Ende der Welt – nur das Ende unserer Geschichte.
Zur Hölle! Heute wünschte ich, es wäre das verdammte Ende unserer Geschichte gewesen.

Nach meinem Frühstück am nächsten Tag setze ich mich mit meinen Notizen an den Esstisch. Ich muss zugeben, dass sich mein Kopf ein bisschen schwer anfühlt. Ich bin mir nicht sicher, ob es am Wein vom Vorabend liegt oder an dem Brief an Luke, den ich noch geschrieben habe, nachdem Finn sich mitten in der Nacht verabschiedet hatte. Obwohl ich erst gegen zwei im Bett war, bin ich früh aufgestanden, um Jonathans Trauerrede an Freeda zu beenden. Grandma Lawson raschelt in ihrem Schaukelstuhl mit der Zeitung, Noah brütet neben mir am Tisch über seinen Karten – immer noch denen, die ich gestern gezogen habe und die ihm offenbar Rätsel aufgeben. Meredith poltert im ersten Stock durchs Haus. Zu später Stunde hat sie Charlottes Hochzeit zum Albtraum ihres Lebens erklärt und sich in halb betrunkenem Zustand über die Anweisungen bezüglich der Tischordnung ausgelassen. Auf der Suche nach ihrem Schlüssel hetzt sie jetzt durchs Haus und ruft Noah hin und wieder zu, er solle sich beeilen, damit sie ihn bei der Arbeit abliefern kann. Die riesige Wanduhr tickt auf neun Uhr zu. Dann klingelt es.

»Wer stört um diese Uhrzeit?« Grandma Lawson möchte zu keiner Uhrzeit gestört werden und ich weiß nicht, was an kurz vor neun besonders schlimm sein soll.

»Wer steht denn draußen, Grammie?«, will Noah wissen.

Grandma Lawson lehnt sich zum Fenster. »Junger Typ. Blond. Sportlich.«

»Finn?« Überrascht blicke ich auf.

Grandma Lawson wirft mir einen scharfen Blick zu. »So tüddelig bin ich noch nicht. Zumal ich gar nicht zählen kann, wie viele *Lemon Meringues* der mir schon weggefuttert hat. Sein Gesicht erkenne ich auch noch, nachdem ich zu viel Wein getrunken habe.«

Aha! Anscheinend bin ich nicht die Einzige mit schwerem Kopf. Trotzdem werde ich langsam nervös. »Sieht der Typ aus wie ein Surfer?«

»Surfer? Du meinst diese Leute mit Brettern in den Wellen am Strand? Jedenfalls trägt er keine Badehose.«

Ich stehe auf, um über Grandma Lawsons Schulter durchs Erkerfenster nach links zu spähen, und schrecke in genau dem Moment zurück, in dem Jaden erneut klingelt. Himmel, hat er mich gesehen?

»Macht jemand auf?«, schreit Meredith von irgendwo aus dem ersten Stock.

»Nein!«, schreie ich zurück. Ärgerlich gehe ich zum Tisch zurück. »Das ist Jaden Carter und ich will nicht mit ihm reden.«

Grandma Lawson runzelt die Stirn. »Was ist denn das für ein Unsinn?«

»Ich habe ihm eine Postkarte geschrieben, um ihn zum Zusammenziehen zu überreden.«

»Also einen Koffer scheint er nicht dabeizuhaben«, unterbricht Grandma Lawson mich und bringt mich mit ihrem Kommentar zum Lachen.
»Koffer oder nicht. Ich habe ihm gesagt, dass er mich in Ruhe lassen soll. Gestern habe ich ihn sogar in den *Viaduct Pond* geschubst und jetzt taucht er schon wieder auf.«
»Vielleicht hast du ihn nicht lange genug unter Wasser festgehalten.«
Ungläubig sehe ich Grandma Lawson an und bin froh, ein belustigtes Funkeln in ihren Augen zu entdecken.
»Verdammt, macht jetzt mal endlich jemand auf!«, ruft Meredith uns zu, als es schon wieder klingelt. »Wenn ich nicht gleich meinen Schlüssel finde, reiße ich hier die Wände ein.«
»Wenn du nicht gehst, kümmere ich mich wohl besser darum«, beschließt Grandma Lawson, stemmt sich mithilfe ihres Spazierstocks aus ihrem Sessel hoch und marschiert auf ihren Sneakern zur Haustür. Kurz überlege ich, mich ihr noch in den Weg zu werfen, aber vielleicht ist es gar keine schlechte Idee, wenn Jaden ihre Bekanntschaft macht.

Gleich darauf höre ich zwar undeutlich seine Stimme, verstehe aber nicht, was er sagt. Nur dass Grandma Lawson ihn in scharfem Ton unterbricht. Ich kann mir bestens vorstellen, wie sie mit dem silbernen Knauf ihres Spazierstocks vor seinem Gesicht herumfuchtelt.

»Hör sofort auf, hier herumzuklingeln. Das stört!« Jaden erwidert etwas, aber Grandma Lawson verkündet: »Junge Männer sind schon oft genug durch diese Tür ein und aus gegangen und ich kann dir sagen, was sie meistens im Gepäck hatten: Unglück! Ich bin zu alt, um mir diesen Zirkus länger anzutun. Also verschwinde von meinem Grundstück.« Sie knallt die Tür wieder zu und kommt gleich darauf zurück in den Wohnraum. »Das dürfte erledigt sein.« Damit lässt sie sich zurück in ihren Schaukelstuhl sinken.

»Hättest du nicht etwas höflicher sein können?« Noah ist von ihrer Performance alles andere als angetan. Besorgt blickt er auf die Karten, die er vor sich auf dem Tisch ausgebreitet hat. »Schlechte Stimmungen stören die Harmonie und dann komme ich nicht in den Flow.«
»Das war mein höflich«, erklärt Grandma Lawson und ruft quer durchs Haus: »Merri! Dein Schlüssel hängt in der Diele am Schlüsselbrett!«
Erleichtert stelle ich beim Blick durchs Fenster fest, dass sie Eindruck bei Jaden hinterlassen zu haben scheint. Denn er kehrt zur Straße zurück, blickt noch einmal kurz in Richtung Haus und entfernt sich dann über den Gehweg.
»Wieso hing der denn am Schlüsselbrett?« Mit geröteten Wangen und ihrem Schlüssel in der Hand taucht Meredith in der Tür auf. »Da lasse ich ihn nie.«
Ich blicke auf mein Handy, das mir vibrierend den Eingang einer Nachricht anzeigt.

Alles okay bei dir? Oder sitzt du in einem Käfig fest? Anscheinend wirst du von einer alten Hexe gefangen gehalten. Kleiner Lifehack: Wenn sie deinen Finger fühlen will, reich ihr einen deiner Stifte durchs Gitter.

Wider Willen muss ich grinsen. Ich will es überhaupt nicht, aber irgendwie schafft Jaden es, mir gute Laune zu machen. Gestern Mittag schon. Himmel!
»Ach so.« Noah blickt von seinen Karten auf. »Deinen Schlüssel habe ich ans Schlüsselbrett gehängt. Er lag in der Obstschale.«
»Und das konntest du mir nicht früher sagen?« Ärgerlich stopft Meredith den Schlüssel in ihre elegante Kunstledertasche, die mit den goldfarbenen Ringen und Riemen ein ziemlicher Hingucker ist. Zum Glück sehen die Brautpaare, die ihr vertrauen sollen, nicht, welches Chaos darin herrscht.
»Ich habe gar nicht mitbekommen, dass du den Schlüssel

suchst«, verteidigt sich Noah. »Am Schlüsselbrett guckt man doch außerdem zuerst.«

Meredith seufzt theatralisch. »Wer war das denn eben an der Tür?«

Rasch winke ich ab. »Niemand.«

Meredith hebt ihre Augenbrauen in meine Richtung. »Der Niemand, den du als Plus-One mit zu Charlottes Hochzeit bringen willst? Du hast mir gestern gesagt, dass du nicht an den Single-Tisch willst, aber wer ist denn nun dein Date?«

Ich presse die Lippen zusammen. Ganz ursprünglich hatte ich vorgehabt, Finn zu überreden, mich zu begleiten. Angesichts der Kyra-Situation ist das aber wohl keine Option. Nur klingt der Single-Tisch nach wie vor nicht nach etwas, woran ich sitzen möchte. Eher nach Leuten, die krampfhaft nach Gesprächsthemen suchen, bis die ersten Alkoholrunden dafür sorgen, dass ihnen auffällt, wie gut sie in ihren schicken Garderoben aussehen.

»Müssten wir nicht eigentlich alle an den Single-Tisch?«, frage ich.

Meredith lacht auf. »Schön wär's, aber der ist nur für unter Fünfunddreißigjährige gedacht. Da triffst du nämlich in der Regel die nettesten und aufgeschlossensten Leute.«

Ich gebe ein skeptisches Brummen von mir.

»Mach es mir bitte nicht noch schwerer, Mags«, jammert Meredith. »Verdammt, ich bin zu spät. Auf die Füße, Noah, wir müssen rennen.« Ehe sie aus der Tür stürmt, ruft sie mir noch zu. »Überleg dir was. Bis heute Abend. Zur Hölle!«, hören wir sie aus der Diele rufen. »Noah, komm endlich. Wenn diese Hochzeit vorbei ist, wird das, was von mir übrig ist, drei Wochen Urlaub in der Südsee brauchen.«

»Soll ich dir die Karten legen?« Noah hat sein Tarot-Set zusammengeräumt und folgt ihr. »Du wirkst total gestresst, Mum.«

»Ich bin gestresst, wenn meine Kunden gestresst sind, denn eigentlich ist es mein Job, Stress von ihnen fernzuhalten.«

»Ich könnte Charlotte die Karten legen.« Die Haustür klappt hinter den beiden zu und schlagartig wird es ruhig im Haus.

Grandma Lawson raschelt mit ihrer Zeitung, ich zücke meinen Stift und konzentriere mich endlich wieder auf die Trauerrede – auf Jonathan und Freeda und ihren Abschied voneinander. Es ist fast Mittag, als ich meinen Text zum letzten Mal Korrektur lese und ihn Jonathan per Mail schicke – mit der Bitte, mir eine Rückmeldung zu geben, was ich verändern soll.

Ein Blick auf mein Handy zeigt mir, dass ich in der Zwischenzeit zwei Nachrichten von Jaden bekommen habe: Ich habe verstanden, dass du nicht in meinen Podcast kommen willst, aber ich will dir einen Vorschlag machen. Und etwas später: Bitte, Maggie, das ist wichtig für mich. Bist du in der Agentur?

Ich gebe ein unzufriedenes Schnaufen von mir.

»Na, was ist los, Maggie?« Grandma Lawson hat sich in der Zwischenzeit um ihre Rosen gekümmert und einen Kuchen gebacken. Jetzt ist sie zurück in ihrem Schaukelstuhl, um sich zu erholen.

»Jaden lässt einfach nicht locker. Er ist besessen davon, mit mir zu reden.«

»Dann tu es doch einfach. Was hält dich davon ab?«

Ich zucke mit den Schultern. »Anfangs dachte ich, er wäre kritiksüchtig und gemein. Zuletzt wirkte er eher humorvoll und interessiert. Irgendwie mag ich ihn fast. Und ich glaube, er mich auch. Aber welcher Wahrnehmung soll ich trauen?«

»Jaja, mit dem Vertrauen ist es bei dir nicht weit her.« Unter lautem Geraschel legt Grandma Lawson ihre Zeitung beiseite. »Und ich weiß, wie es ist, ohne das durchs Leben zu gehen: wahnsinnig anstrengend. Du kleiner Teufel, das wagst du nicht!«, schimpft sie im nächsten Moment. Erschrocken zucke

ich zusammen, stelle aber fest, dass sie nicht mich, sondern den schwarzen Kater Loki meint, der Meredith vor mittlerweile fast zwei Jahren zugelaufen ist. Er ist in der Küche auf die Anrichte gesprungen und nähert sich dem *Peach & Cream Cheese Pie*, der dort auskühlt. Grandma Lawson zückt ihren Spazierstock.
»Wie meinst du das?« Mit gerunzelter Stirn sehe ich zu, wie Kater Loki sich setzt und ein Blickduell mit ihr ausficht.
»Es ist ganz einfach«, erklärt Grandma Lawson, als Loki beschließt, ein Ablenkungsmanöver zu starten. Er verlässt die Arbeitsplatte und stakst auf Grandma Lawsons Schaukelstuhl zu. »Du kannst nicht mal raus auf die Straße treten, ohne anderen zu vertrauen. Du musst davon ausgehen, dass die Autofahrer in ihren Fahrbahnen bleiben, damit du nicht unter die Räder kommst, dass die Hundebesitzerin die Leine kurz hält, damit ihr Dackel dir nicht ins Bein beißt, und dass dir in der *Tube* niemand an die Wäsche geht. Das ist die Grundlage. Ohne die lebst du in ständiger Angst. Und die hat die Tendenz, immer stärker zu werden, wenn du nichts gegen sie unternimmst. Bis du dich irgendwann kaum noch traust, das Haus zu verlassen.« Ich will etwas einwerfen, aber Grandma Lawson bremst mich mit erhobener Hand. »Wenn du alles hinterfragst, was Menschen dir sagen, wenn du bei jedem Wort überlegst, ob es ehrlich gemeint ist, wenn du bei jedem kleinen Glück, das dir passiert, vermutest, gleich werde es dir jemand wegnehmen, ist es das Gleiche: Du lebst in ständiger Angst, bist ununterbrochen in Abwehrhaltung. Diesen Alarmzustand hält niemand ewig durch.«
»Und du meinst, so ist das bei mir?«
»Ist es nicht das, was dich so gut in deinem Job macht?« Grandma Lawson folgt Loki mit Blicken, während er hinter der Gardine verschwindet – bestimmt nur, bis ihre Aufmerksamkeit nachlässt und er einen neuen Angriff auf den Kuchen starten kann. »Du hörst den Menschen zu, beobachtest sie, nimmst jede ihrer Reaktionen wahr, gleichst die Informatio-

nen miteinander ab, um zu verstehen, wie sie ticken. All die subtilen Hinweise, die den meisten entgehen, werden dir bewusst. Dann haben die Leute das Gefühl, du könntest ihnen in die Seele blicken. Aber eigentlich hast du nur Angst. Du analysierst die anderen doch nur, um dich selbst zu schützen, weil du sie so besser einschätzen kannst.« Entgeistert sehe ich Grandma Lawson an. Mein Herz macht ein paar Extraschläge, während ich versuche zu begreifen, dass ihre Schlussfolgerung alles andere als zauberhaft klingt. Gar nicht nach Maggie-Magie. Genau deshalb könnte sie wahr sein.

»Aber ...« Hilflos schüttele ich den Kopf. »Vielleicht hast du recht, Grammie. Aber seit Luke mich verlassen hat, fällt es mir einfach ...«

»Unsinn, mein Mädchen«, unterbricht sie mich. Loki hakt seine Krallen in den unteren Saum der Gardine. »Du warst schon als Kind misstrauisch. Das ist ja auch kein Wunder. Deine Eltern haben dir nicht gerade ein verlässliches Zuhause geboten. Und ich, die das an ihrer Stelle hätte tun sollen, bin selbst ein unerträglich misstrauischer Mensch.« Alles in mir, was eben noch Verletztheit war, schlägt innerhalb eines Herzschlags in neue Überraschung um. »Du musst gar nicht so gucken«, brummt Grandma Lawson. »Ich war nie gut darin, Menschen im Vorhinein etwas zu geben, von dem sich erst später zeigen wird, ob sie es verdient haben. Darum geht es beim Vertrauen aber.« Sie ignoriert, dass Loki lange Fäden aus dem Vorhang zieht, und lehnt sich mir auf ihren Stock gestützt entgegen. »Vertrauen ist immer ein Vorschuss. Aber wenn du es in dir hast, der Welt ein bisschen mehr davon zu geben, wird es dir das Leben auf Dauer leichter statt schwerer machen – trotz der ein oder anderen Enttäuschung, die das mit sich bringt.«

Ich kann sie nur anstarren. Ihre Worte treffen mich in meinem Kern – mitten in meinem Gefühlstresor, in dem ich alles verschließe, was ich nicht wahrhaben will.

»Sei ein bisschen mutiger als ich, Maggie«, sagt Grandma Lawson leise, ehe sie sich mühsam erhebt, um ihren *Peach & Cream Cheese Pie* in Sicherheit zu bringen. Dabei habe ich sie mit ihrer Geschichte und ihrem Lebensmotto immer für die mutigste Person gehalten, die ich kenne. Allerdings wird auch sie so nicht geboren worden sein. Und ihre Kopf-hoch-Brust-raus-Bauch-rein-Devise ist vielleicht nichts anderes als ein Schutzschild.

Nachdenklich mache ich mich auf den Weg, um Finn abzuholen und ihn zum Bahnhof zu begleiten. Ich bin traurig, dass er nach Milton Keynes zurückfährt. Die letzten Tage haben mir vor Augen geführt, wie dieser Sommer auch sein könnte. Und die Aussicht, dass er nächstes Mal mit Kyra wiederkehren wird, die unserer Freundschaft womöglich einen Riegel vorschieben könnte, verursacht mir ein bedrücktes Gefühl. Dem Zug mit Finn an Bord blicke ich noch nach, bis er aus der *Euston Station* gerollt ist.

Kurz bin ich ratlos, was ich jetzt tun soll. Obwohl ich dringend mit Emma sprechen müsste, ist es wohl keine wirkliche Option, in die Agentur zu fahren. Schließlich hat Jaden immer noch nicht aufgegeben und wird – angesichts seiner Hartnäckigkeit – heute bestimmt noch dort nach mir suchen. Kurz überlege ich, Kris einen Besuch in ihrem Laden abzustatten, als mir einfällt, dass ich längst bei ihrem Dad vorbeischauen wollte. Also nutze ich die Gelegenheit und sitze fünf Minuten später in einem Zug der *West Midlands* nach Watford.

Wenn ich für Kris' Dad tatsächlich die Memoiren schreiben könnte, wäre das ein großer Auftrag. Dann würde Emma sich vielleicht überzeugen lassen, dass ich keine Zeit für Jaden habe, und ihm Agenturverbot erteilen.

Das Haus von Kris' Schwester Kate liegt in einer ruhigen Straße. Die meisten Häuschen hier sehen klein, grau und einfach aus. An einem sonnigen Sommertag wie heute ist es aber durchaus nett hier – mit den Birken und Ahornen entlang des Gehwegs. Kates Haus tut sich mit einer kleinen Veranda, weißen Fensterläden und sauberem Backstein hervor. Eine riesige Zeder an der Straße spendet Schatten.

Früher hätte ich mich wahrscheinlich nicht getraut, tatsächlich unangekündigt hier aufzutauchen und einfach zu klingeln. Das Leben mit Luke hat mir jedoch gezeigt, dass eigentlich nie etwas Schlimmes passiert, wenn man aufgeschlossen und nett zu anderen Menschen ist.

Kate öffnet mir mit ausgestreckter Hand und dem offensichtlichen Vorhaben, die Tür im nächsten Moment wieder zuzuschlagen. Denn erst, als sie wohl realisiert, dass ich keine Paketbotin bin, erscheint sie vollständig im Eingang und sieht mich fragend an.

»Hi, ich bin Maggie. Kris schickt mich. Es geht um die Memoiren eures Vaters?«

»Oh ja. Kris hat mir von dir erzählt. Das ist ja eine Überraschung!« Kates Miene hellt sich auf. Sie sieht Kris ähnlich, trägt ihre dunklen Haare jedoch in einem ordentlichen Bob statt einer wuscheligen Kurzhaarfrisur. Obwohl sie im Homeoffice arbeitet, ist sie in einen eleganten Businessanzug gekleidet. Ihre flauschigen pinkfarbenen Puschen stehen in lustigem Kontrast dazu.

»Tut mir leid. Kris meinte, ich könne einfach vorbeikommen.«

»Natürlich! Dad sitzt eh den ganzen Tag in seinem Zimmer und schmollt.«

Kate bittet mich herein und ich streife in der engen Diele die Sandaletten von meinen Füßen. Kate hat es sichtlich eilig, zurück zur Arbeit zu kommen, denn sie ist zwar freundlich, scheucht mich aber, ohne mir etwas zu trinken anzubieten, die Treppe hoch und nimmt sich auch keine Zeit, mir zu erklären, worum es ihr bei dem möglichen Auftrag geht. Vielleicht denkt sie auch, Kris habe mir schon alles gesagt.

»Klopf einfach an.«

Zu meiner Überraschung lässt Kate mich mit diesen Worten im Flur stehen, nachdem sie mir die Tür zum Zimmer ihres Vaters gezeigt hat. Die gedämpften Geräusche eines Fernsehprogramms dringen in den Flur. Ich klopfe an die Tür, warte, klopfe nochmals, klopfe schließlich lauter und öffne vorsichtig die Tür, als ich glaube neben dem Geplapper aus dem Fernseher ein Brummen wahrzunehmen.

Ein unangenehmer Geruch schlägt mir entgegen: nach altem Mann, muffiger Bettwäsche und einem Bedürfnis nach mehr Körperpflege. Im Zimmer ist es so dunkel, dass ich mich verwundert frage, ob ich Kates und Kris' Dad beim Mittagsschlaf störe. Die Vorhänge sind geschlossen und nur eine Nachttischlampe sorgt für schwache Helligkeit. In einem riesigen Ohrensessel sitzt ein Mann mit Blick auf den Fernseher, der in eine Regalwand linker Hand integriert ist. Der Mann trägt ein kariertes Hemd, eine mit Hosenträgern gesicherte Cordhose und eine kantige Brille. Im Zwielicht zwischen Nachttischlampe und dem bläulichen Fernseher wirken seine Wangen eingefallen, sein graues Haar schütter, seine Augenbrauen dafür umso wulstiger. Seine kräftige gebogene Nase und seine tief in den Bart hinabgezogenen Mundwinkel verleihen ihm einen ausgesprochenen Griesgram-Look.

»Wer bist du denn?«

»Hallo.« Unschlüssig bleibe ich im Türrahmen stehen. »Ich bin eine Freundin von Kris. Sie und Kate dachten, wir könnten uns mal unterhalten.«

»Wozu?« Verständnislos mustert er mich.

Ich deute auf den Fernseher. »Wollen Sie den vielleicht kurz leiser stellen?«

»Nein, das will ich nicht.« Heftig schüttelt er den Kopf. »Ich will die Nachrichten sehen.«

»Darf ich mitgucken?«

»Bitte?«

»Ich könnte mich eine Weile zu Ihnen setzen und dann reden wir einfach später.«

Immer noch sieht er mich vollkommen verständnislos an. Aber da er nicht widerspricht, schließe ich sacht die Tür hinter mir und sehe mich genauer im Raum um. Neben dem Bett lehnt ein Klappstuhl an der Wand, den ich mir heranziehe und neben dem Ohrensessel aufstelle. Dann setze ich mich und richte meinen Blick auf den Fernseher, während der Mann mich ungläubig mustert.

Ich komme mir albern vor, hier mit einem wildfremden alten Mann im dunklen Zimmer zu sitzen und die *BBC-Afternoon-News* zu schauen, aber irgendwie fällt mir nichts Besseres ein. Als er schließlich wieder auf den Fernseher blickt, beobachte ich ihn unauffällig von der Seite. Eine Ähnlichkeit mit Kris ist nicht leicht auszumachen – abgesehen vielleicht von der Kantigkeit, die mich an sie erinnert.

Er schnauft einige Male schwer, während eine Politikerin interviewt wird.

»Also«, schimpft er irgendwann los, »das geht so nicht. Ich kann nicht anständig fluchen, wenn du hier neben mir hockst.«

»Fluchen stört mich nicht.«

»Wer bist du denn überhaupt?«

Ich deute auf den Fernseher, von dem aus das Moderatorenteam uns anschreit. Endlich stellt er den Ton ab.

»Sie dürfen mich Maggie nennen.«

»Und wozu soll das gut sein?«

»Sie wollten doch wissen, wer ich bin.«

»Ja, aber warum bist du hier? Und warum sollen wir uns unterhalten?«

Ich hebe die Schultern. »Ich hatte gehofft, das können Sie mir sagen.«

»Wieso ich?«

»Ihre Töchter finden es eine schöne Idee, wenn Sie mir etwas aus Ihrem Leben erzählen und ich das aufschreibe.«

Er sieht ehrlich entrüstet aus. »Wo kommen wir denn da hin?«

»Ihre Töchter denken, Sie hätten vielleicht Lust, Ihre Memoiren zu schreiben.«

»Nein.«

Das war eindeutig. Ich seufze. »Haben die beiden denn gar nicht mit Ihnen darüber geredet?«

»Nein.«

»Na gut, darf ich wenigstens die Fenster aufmachen?«

»Auf keinen Fall! Draußen ist es laut und hell und das hier ist die einzige Zeit des Jahres, zu der Ruhe herrscht. Die Bälger sind in der Ferienfreizeit. Aber die ist bald zu Ende. Dann geht hier die Welt unter.«

Ich nehme an, er spricht von seinen Enkelkindern. Sehr liebenswürdig! Hier stehen alle Zeichen auf Rückzug. Kris hätte mich warnen können, dass ihr Dad zur ruppigen Sorte gehört, statt mich ihm unvorbereitet in die Arme zu treiben. Allerdings bin ich durch Grandma Lawson abgehärtet und werde mich von dem alten Kerl nicht so leicht verscheuchen lassen.

»Wir können uns ja auch was anderes überlegen. Vielleicht fällt Ihnen etwas ein, das Sie Ihren Töchtern gerne sagen würden, und dann schreiben wir ihnen einen Brief.« Ich mache einen Move, der für mich vollkommen selbstverständlich ist, sich dem alten Mann gegenüber jedoch als strategischer Fehler erweist: Ich ziehe mein Notizbuch hervor.

»Pack das weg«, fährt er mich an. »Hier wird nichts geschrieben, ohne dass ich es sage. Im Frühjahr habe ich mich im Pub mit ein paar Journalisten unterhalten. Die haben höflich gefragt, ob sie mich zitieren dürfen. Ich kenne meine Rechte!« Seine Rechte? Himmel! Der alte Mann sieht so böse aus, wie er in seinem riesigen Ohrensessel kauert und mich unter seinen struppigen Brauen anfunkelt, dass ich unbehaglich auf dem Klappstuhl herumrutsche. »Also, was willst du jetzt von mir?«, verlangt er zu wissen.

»Ich will gar nichts von Ihnen außer einen Auftrag.« Gut, dass Jaden das nicht hört! Aber der alte Kerl hat es wirklich geschafft, mich gegen sich aufzubringen. Mit einer ungeduldigen Handbewegung gestikuliere ich durch den Raum. »Ich sitze hier in Ihrem dunklen Zimmer, weil Ihre Töchter mich darum gebeten haben. Sie haben vielleicht keine Lust, mit mir zu reden. Aber nach nur zehn Minuten habe ich auch keine Lust mehr, mit Ihnen zu reden. Ich könnte stattdessen draußen in einem Café sitzen und Eis essen.«

Der alte Mann starrt mich aus verengten Augen an – in seinen Ohrensessel gedrückt, als versuche er möglichst weit von mir abzurücken.

»Eis«, sagte er endlich, »habe ich schon ewig nicht mehr gegessen.«

Ich warte, aber eine weitere Unverschämtheit bleibt aus.

»Vorschlag: Ich gehe jetzt, kaufe uns Eis und dann versuchen wir das Ganze noch mal von vorne.«

Ich bin erleichtert, der muffigen Höhle seines Zimmers zu entkommen. Zumal sich die Luft in Watford etwas kühler anfühlt als mitten in London. Tief sauge ich sie ein. Trotz des frischen Windes ist der Himmel nahezu wolkenlos und die Sonne kräftig genug, um den Jogger, der mir entgegenkommt, heftig schwitzen zu lassen. Ich gehe den Weg zurück zur Bahnstation, weil ich dort einen Lidl gesehen habe, komme jedoch auf dem Weg an einer *Milkshake Bar* vorbei, die jetzt im Sommer auch Eis verkauft. Ich lasse mir zwei Becher zubereiten und in einen Karton stellen, den der Verkäufer mit *Crushed Ice* auffüllt. Kaum zwanzig Minuten nachdem ich gegangen bin, klopfe ich erneut an die Zimmertür von Kris' Dad, öffne sie aber nur einen Spalt – für den Fall, dass er seinen Latschen nach mir schleudert.

»Hi«, rufe ich betont fröhlich ins Zimmer, »Lust auf Eiscreme?«

Diesmal stellt er seinen Fernseher sofort leise. »Welche Sorten?«

»Kaffee und Vanille.« Mit angehaltenem Atem warte ich auf seine Reaktion.

»Komm rein.« Erleichtert betrete ich das Zimmer, das sich immer noch im zwielichtigen Zustand von zuvor befindet. Immerhin sieht der alte Mann nicht mehr ganz so zornig aus. Ich reiche ihm seinen Eisbecher und einen Holzlöffel und nehme wieder auf dem Klappstuhl Platz.

Er taucht seinen Löffel ins Eis. »Meine Tochter kauft mir grundsätzlich Walnuss. Das mochte ich früher, aber daran beiße ich mir die Kronen aus.«

»Haben Sie Kate schon mal darauf hingewiesen?«

»Kate hört mir nicht zu. Die hat andere Sachen im Kopf. Gesund kochen, zum Beispiel. Oder mein Haus umbauen.« Er macht eine Geste mit der Hand durchs Zimmer. »Dieser Raum ist mir geblieben. Der Rest ist einer feindlichen Übernahme durch gestresste Eltern und unerzogene Kinder zum Opfer gefallen.«

Ich muss grinsen, während ich mein Eis löffle. »Das war früher Ihr Haus?«

»Das ist immer noch mein Haus. Noch bin ich ja nicht tot. Zu sagen habe ich aber trotzdem nichts mehr. Die Zeder draußen musste ich mit meinem Leben verteidigen.« Er deutet mit seinem Holzlöffel auf mich. »Was hast du für Sorten?«

»Himbeere und Lakritz.«

»Lakritz? Was ist denn das für ein Quatsch?«

»Wollen Sie probieren?«

»Nein.«

Er verstummt und wir essen für eine Weile schweigend unser Eis. Lakritz halte ich für eine gute Wahl. Ich habe eher Probleme mit der Himbeere. Denn ehrlich gesagt erinnert die mich mit jedem einzelnen Löffel an Jaden. Die Lakritze entspricht wahrscheinlich dem Bild, das Alice von ihm gezeichnet hat: ein bisschen süß, vor allem aber scharf und salzig. Aber in meinen Augen ist Jaden eher wie Schokolade, Himbeere und Minze. Eine Mischung herber Süße, spritziger Säure und berauschender Frische. So fühlt es sich an, nah vor Jaden zu stehen – so nah, dass er mein Herz mit seinen dunklen Augen zum Schmelzen bringt, dass ich seinen Duft nach Wind und Zitrone einatme und mich frage, wie es sich anfühlen würde, ihn zu berühren. Himmel, sogar das weiß ich schon. Die Erinnerung an Jaden ohne T-Shirt löst ein unruhiges Kribbeln in meinen Nervenbahnen aus. Denn Jaden ohne T-Shirt ist ziemlich ... Ehrlich gesagt wie Kris' Mojito-Tee: ziemlich heiß.

Oh Schreck! Was ist bitte gerade in meinem Kopf passiert? Noch ein Löffel Himbeereis und ich sehe hilflos zu, wie neue Erinnerungen in mir auftauchen: Jadens Gesicht irgendwo gegen meine Brüste gedrückt, weil ich aus einem Fenster auf ihn runtergefallen bin. Seine Fingerkuppe, die meine Wange entlangstreicht. Das Spiel seiner Muskeln, als er die Arme nach oben reckt, damit ich ihm sein nasses T-Shirt über den Kopf ziehen kann. Zur Hölle, das hätte ich nicht tun sollen. Wassertropfen rinnen auf seiner nackten Haut abwärts. Die Tropfen folgen den Tälern und Wölbungen seiner ... Die Tropfen ... Okay, und noch mal. Und noch mal. Ich bin in einer Endlosschleife gefangen.

»Wie heißen Sie denn eigentlich?«, platzt es in dem verzweifelten Versuch aus mir heraus, von meinem Gedankenkarussell abzuspringen. Gleichzeitig entreiße ich dem alten Mann den Becher, den er noch auskratzt, und entsorge den Müll im angrenzenden Bad.

»Peter Bale. Du kannst mich Mr Bale nennen.«
»Wollen Sie ein Spiel spielen?«, schlage ich vor und warte seine Antwort gar nicht ab. Ich kann mir ja denken, wie sie lautet. »Sie schließen die Augen. Ich sage ein Wort und Sie antworten, so schnell Sie können, mit der ersten Assoziation, die Ihnen einfällt.«

Skeptisch hebt Mr Bale seine buschigen Augenbrauen. »In meinem Alter geht nichts mehr schnell.«

»Ich werde nicht die Zeit stoppen.«

Er seufzt tief, als sei ich eine schreckliche Krankheit, die ihn befallen hat. »Also schön. Aber nur weil du mir Eis gekauft hast.«

Ich muss grinsen. »Dann los. Augen zu.«

Gehorsam schließt Mr Bale die Augen und faltet die Hände in seinem Schoß.

»Licht«, sage ich, weil es offensichtlich in seinem düsteren Leben fehlt.

»Sonne.« Sonne, ha! Nicht etwa Nachttischlampe – die bisher einzige Lichtquelle in seinem Zimmer. Zumindest gedanklich hat Mr Bale also noch Zugang zur Welt außerhalb seiner vier Wände.

»Fehler.«

»College.« Da er die Augen brav geschlossen hält, kritzele ich schnell eine Notiz in mein Heft.

»Duft.«

»Der Kirschkuchen meiner Mum im Backofen.« Ich glaube, er kommt richtig in Fahrt. Seine Antworten erfolgen Schlag auf Schlag.

»Nähe.«

»Familie.«

»Kopf.«

»Zahl.«

»Bauch.«

»Entscheidungen.« Irgendwie bin ich fast gerührt, weil Mr Bale sich wirklich Mühe gibt.

»Herz.«

Jetzt schweigt er. Aufmerksam beobachte ich ihn, während sich sein Zögern in die Länge zieht.

»Meine Kinder«, sagt er endlich.

Ich tippe mit der Spitze meines Stiftes auf die aufgeschlagene Seite in meinem Notizbuch.

»Das zählt nicht.«

Mr Bale öffnete die Augen und mustert mich. »Und warum nicht?«

»Erstens haben Sie schon Familie gesagt.« Herausfordernd erwidere ich seinen Blick. »Und zweitens haben Sie zu lange überlegt. Ich bin mir sicher, Ihre Kinder waren nicht Ihre erste Assoziation.«

Mr Bale knurrt verärgert. »Was interessieren dich überhaupt meine Assoziationen? Ich habe Kinder gesagt und ich entscheide, ob das zählt oder nicht.«

»Gut, dann schreibe ich eben: *Mr Bale verbirgt eine Herzensangelegenheit.*« Ich lasse meinen Stift übers Papier gleiten und ziehe den Kopf ein – für den Fall, dass nun doch ein Latschen geflogen kommt.

Als ich aufblicke, starrt Mr Bale mich aus verengten Augen an. »Du bist frech. Meine Antwort würde meine Kinder verletzen. Daher sehe ich keinen Grund, sie auszusprechen.«

Ich halte inne. »Haben Sie sich mal überlegt, dass Ihre Kinder mich vielleicht genau deshalb zu Ihnen geschickt haben? Weil ich jemand bin, den Sie nicht schonen müssen? Ich muss ja nichts aufschreiben. Wenn Sie nur ein bisschen reden wollen, höre ich einfach zu.«

Mr Bale verschränkt die Arme vor der Brust und starrt vor sich hin wie ein Schuljunge, der sich weigert, mit seiner Strafarbeit zu beginnen.

»Hm«, brummt er endlich. »Also schön, du gibst ja doch keine Ruhe. Dein Buch da machst du aber zu.«
Gehorsam klappe ich die Seiten zusammen.
»Herz«, wiederhole ich.
»Meine Frau«, antwortete Mr Bale undeutlich.
Verblüfft mustere ich ihn. »Warum glauben Sie, es würde Ihre Kinder kränken, wenn Sie bei Herz an Ihre Frau denken?«
»Nicht meine Frau«, korrigiert er mich ungehalten. »*Eine* Frau.«
»Eine Frau? Welche konkret?«
»Ha! So weit kommt es noch.« Mr Bale schüttelt den Kopf.
»Na gut, dann öffnen wir wenigstens die Fenster.« Ehe er mich bremsen kann, springe ich vom Stuhl, reiße erst die Vorhänge zur Seite und stoße dann ein Fenster weit auf. Erleichtert atme ich die hereinflutende Sommerluft ein.
»Was fällt dir ein?« Mr Bale stemmt sich wütend halb in seinem Sessel auf.
»Sehen Sie.« Ich deute aus dem Fenster in den Garten. Unten auf der Terrasse spielt der Wind im gelb-weiß gestreiften Stoff eines Sonnenschirms, der sich drastisch vom satten Grün des englischen Rasens abzeichnet. Helligkeit, Farben und das Lachen spielender Kinder dringen ins Zimmer. »Jemand, der bei Licht an Sonne denkt, sollte daran erinnert werden, wie sich ihre Strahlen auf der Haut anfühlen.«
»Ach! Und wenn ich eine Sonnenallergie habe?« Unter zusammengezogenen Brauen starrt er mich an.
Besorgt mustere ich ihn. Erst jetzt wird mir bewusst, wie übergriffig mein Vorstoß war. »Haben Sie denn eine?«
Er gibt ein Schnauben von sich. »Ich werde schon nicht vor deinen Augen zu Staub zerfallen.«
Erleichtert lächle ich ihn an. »Wenn das so ist und wenn Sie mir nichts von dieser Herzensangelegenheit erzählen wollen,

die Sie verbergen, verraten Sie mir wenigstens, warum das College ein Fehler für Sie war.«

Brummend fährt er sich mit der Hand in den Nacken, während ich mich wieder setze. »Ach, das College war nichts für mich. Meiner Mum zuliebe habe ich es eine Weile versucht, aber das waren alles Schnösel da. Einer meiner Kumpels durfte sich regelmäßig das Auto von seinem Dad borgen – einen *Humber Sceptre* in Karibikblau. Mit Vierzylinder-Reihenmotor und Teleskopstoßdämpfern. Ich fühlte mich wie ein König, wenn wir damit durch die Gegend fuhren. Also bin ich Autoschlosser geworden. Ein dummer Kopf bin ich aber nicht, falls du das jetzt denkst. Bis vor Kurzem habe ich jeden Tag das *Crossword Puzzle* in der ›Times‹ gelöst. Hast du das schon mal versucht?« Er sieht mich aus blassblauen Augen an. Das Tageslicht offenbart alle Falten und Runzeln in seinem Gesicht. Trotzdem wirkt er lebhafter als zuvor in seiner düsteren Bude.

Schmunzelnd schüttele ich den Kopf. »Warum haben Sie denn aufgehört mit den *Crossword Puzzles*?«

Mr Bale zuckt mit den Schultern. »Keine Lust mehr.«

»Warum?«

Wieder entweicht ihm ein Knurrlaut. »Seitdem ich krank war, fällt es mir schwer, den Stift zu halten.«

»Was war das denn für eine Krankheit?«

»Ich hatte so ein …« Er klopft sich mit der rechten Faust auf die Herzgegend. »Die Pumpe hat's nicht mehr richtig gemacht. Die haben mir einen Stent gesetzt. Alles kein Drama. Aber die Lungenentzündung, die ich danach bekam, hat mich aus den Latschen gekippt.«

»Wie lange ist das her?«

»Knapp drei Monate.« Mr Bale seufzt unzufrieden. »Früher bin ich mindestens dreimal die Woche in die *City* gefahren und habe mich in den Pub gesetzt. Aber seit ich diese Herzstolpereien hatte und meine Tochter mich ins Krankenhaus geschleppt hat, ist es aus damit. Die Ärzte haben ihr einen Vortrag über gesunde Ernährung gehalten und jetzt stellt Kate mir zum Frühstück Haferschleim vor die Nase. Zum Mittagessen bekomme ich Salat. Sehe ich aus wie ein Karnickel? Wahrscheinlich! Denn mir wachsen schon Hasenzähne. Und abends soll ich keine Kohlehydrate mehr zu mir nehmen. Weißt du, wann ich zuletzt einen *Pork Pie* gegessen habe? Oder ein *Ham Sandwich*, wie früher im Pub? Stattdessen wird mir Grünkohl mit Tofu und Sesam vorgesetzt. Ich sage dir was, da kommen mir die Tränen!«

Ich brauche meine ganze Selbstbeherrschung, um nicht zu lachen, und mustere ihn interessiert. »Was genau hindert Sie daran aufzustehen, rauszugehen und in den Pub zu fahren?«

Mr Bale starrt düster auf seine im Schoß gefalteten Hände. »Seit der verdammten Lungenentzündung bin ich so schnell außer Puste.«

»Wenn Kate nicht genug Zeit hat, mit Ihnen in den Pub zu fahren, könnten Sie nicht Kris fragen? Die macht das bestimmt.«

Freundlos lacht Mr Bale auf. »Ich glaube, Kris hat ein schlechtes Gewissen, weil Kate sich um meine Arzttermine kümmert und mir das Essen kocht. Wenn sie mich besucht, führt sie sich jedenfalls schlimmer auf als ihre Schwester. Na ja, seit meine Frau gestorben ist, nehmen sich die beiden eigentlich nicht viel.«

Das überrascht mich. Ehrlich gesagt hätte ich Kris nicht so eingeschätzt. »Es tut mir leid, dass Ihre Frau gestorben ist. Waren Sie lange verheiratet?«

»Klar. Wir kannten uns ewig. Sie war die Tochter eines Geschäftspartners meines Dads. Geheiratet habe ich sie mit Ende zwanzig.«

»Und die andere Frau?«, kann ich mir nicht verkneifen zu fragen.

»Aha!« Mr Bale gluckst vor sich hin. »Dachte ich mir, dass du eigentlich auf die hinauswolltest.«

»Und? Erzählen Sie mir von ihr?« »Hoffnungsvoll sehe ich ihn an.

Er erwidert meinen Blick und brummt schließlich. »Weißt du was? Das tue ich ein andermal. Für heute habe ich genug.«

»Dann wollen Sie also, dass ich wiederkomme?«

»Nur wenn du Eis mitbringst.«

Ich stehe auf und greife nach meiner Tasche. »Nächstes Mal zahlen Sie aber.«

Ich glaube den Hauch eines Lächelns über sein kantiges Gesicht huschen zu sehen. »Jaja.«

»Und …« Ich öffne die Tür, werfe ihm aber noch einen Blick zu. »Sie könnten ja mal duschen, bis ich wiederkomme. Und ein frisches Hemd anziehen.«

»Ha! Wenn mir der Wind weiter so hier reinpfeift, werde ich von ganz allein gelüftet.«

Grinsend trete ich auf den Flur hinaus. Ob diese Theorie aufgeht, wird sich zeigen. Auf dem Weg zur Haustür werfe ich noch einen Blick in Kates Arbeitszimmer, wo sie mit starr auf ihren Monitor gehefteten Blick an ihrem Schreibtisch sitzt. »Kate?«

»Was?« Sie blickt so entsetzt auf, als hielte sie mich für eine Einbrecherin.

»Dein Dad hätte gerne das *Crossword Puzzle*. Aus der Zeitung«, füge ich angesichts ihres verständnislosen Blicks hinzu.

Sie runzelt die Stirn. »Das wollte er seit Wochen nicht haben. Er behauptet, er könne den Stift nicht mehr halten.«

Mit einem Lächeln hebe ich die Schultern. »Dann muss er sich eben anstrengen.«

»Okay.« Kate weiß ganz offensichtlich nicht, was sie davon halten soll. Aber in meinen Augen ist es höchste Zeit für Mr Bale, sich mal wieder einer Herausforderung zu stellen.

Kapitel 9

Sechster Brief an Luke

Nach Kalifornien – nach dir – war zu Hause nicht länger die Höhle der scheuen London-Maggie, sondern die neue Welt der Kalifornien-Maggie. Gut, ich war eine ruhigere Variante der Kalifornien-Maggie. Aber ich zog nicht mehr den Kopf ein, wenn jemand mit seiner Lautstärke den Raum dominierte. Ich versteckte mich nicht mehr in den hintersten Ecken – weder zu Hause noch im Seminar, im Café oder am Theater. Ich konnte sogar entspannt über meine Texte diskutieren. Deinetwegen, Luke. Ich war die Maggie, die von dir geliebt worden war. Ich war die Maggie, die in deinen Zeichnungen perfekt war. Das wusste niemand, aber es reichte, dass ich es wusste.

Es war ein regnerischer Sommer in London. Ich stand im Garten – noch braun gebrannt von der Sonne Kaliforniens, barfuß im feuchten Gras – und erzählte Finn über den Zaun hinweg, dass ich die Hitze vermisste. Zwischen uns hatte sich seit meiner Rückkehr das Gefühl eingestellt, dass wir einander nichts zu verzeihen, nur jede Menge zu verdanken hatten. Dass es keinen Grund gab, einander nicht mehr in die Augen zu sehen. Dass alles, was uns als Freunde ausgemacht hatte, noch da war.

Dann rief Meredith mir zu, es sei Besuch für mich gekommen. Ich drehte mich um.

Du warst gekommen, Luke. Dein gebräunter California-Glow, dein Lächeln mit allen Grübchen, das klare Blaugrün deiner Augen – alles hier, in London, in Grandma Lawsons Garten. Als ich dir in die Arme flog, meine Beine um deine Hüften schlang, als ich mein Gesicht in deiner Halsbeuge vergrub, als die Tränen schon längst liefen, hatte ich es eigentlich noch nicht verstanden. Als du an diesem Abend in meinem Bett lagst, während wir in den nächsten Tagen durch Shoreditch spazierten, hatte ich es nicht verstanden. Du wolltest für deinen Master ans University College wechseln. Ich war so überwältigt, dass ich nicht sprechen konnte, mein Brustkorb so eng, dass ich kein Wort hervorbrachte.

Wenige Tage später stießen wir bei unseren Streifzügen durch Shoreditch auf Emmas Agentur. Du meintest, ein Job, bei dem es ums Briefeschreiben ging, sei perfekt für mich. Und irgendwie schien es zu funktionieren. Von meinem Verdienst und mit deinem Job als Research Assistant konnten wir uns ein Zimmer in Shoreditch leisten. Aber selbst da begriff ich es noch nicht ganz. Du warst mutiger als ich, und schneller. Meine Mum war hingerissen von dir, von Maggie-mit-Luke, von unserer Geschichte. Aber mittlerweile denke ich, dass es vielleicht mehr deine Geschichte als meine war. Luke, der aus Liebe einen Kontinent und einen Ozean überquerte. Was hat sich hinter den Kulissen abgespielt? Was stand im Drehbuch, das ich nie gelesen habe? Regie hast jedenfalls du geführt.

Ich hatte keine Ahnung, dass du glaubtest, du seist nur meine zweite Wahl. Denn die Wahrheit ist: Ich war deine Wahl! Das war alles, was zählte. Und deshalb versuchte ich, mit dir mitzuhalten. Wir reisten viel – meistens mit deiner Familie. In London kanntest du bald mehr Leute als ich. Wir waren wie im Rausch. Immer atemlos. Und meine Kräfte ließen nach. Ich brauchte eine Pause, um *mich selbst zu hören. Denn die Stimme in mir sagte, dass du mich irgendwann ansehen und verstehen würdest, dass du alle Rekorde knacken könntest – ohne mich. War das nur die frühere Maggie, die sich in mir regte? Oder steckte mehr dahinter?*

Weißt du noch, wie wir mit deiner Familie Urlaub auf Hawaii gemacht haben – dort, wo du schon als Kind oft die Ferien verbracht hast? Wir haben gecampt, sind gewandert, schnorcheln gegangen. Du hast versucht mir surfen beizubringen. Als ich es schaffte, meine Wellen in gerader Linie zum Strand zu stehen, war ich euphorisch, aber auch erschöpft. Der Wind wurde stärker, die Wellen höher. Aber du meintest, ich hätte einen Lauf. Du wolltest unbedingt noch ein letztes Mal rauspaddeln. Du hast keine Ruhe gegeben, bis ich dir folgte. Am Ende geriet ich in den Sog einer zu großen Welle. Ich erinnere mich an die Panik, an diesen kurzen Moment, in dem ich dachte, ich würde sterben. An die Schmerzen, als mich die Strömung über den Grund riss. Du hattest Schuldgefühle, das weiß ich. Und ich habe versucht sie dir zu nehmen. Ich war selbst schuld. Meine Unfähigkeit, in deiner Gegenwart meine Grenzen zu akzeptieren, war schuld.

Nach meinem Unfall bin ich ein paar Tage lang mit deiner Mom am Zeltplatz geblieben. Sie hoffte, dass du irgendwann ein bisschen zur Ruhe kommen würdest. Aber Ruhe gab es in deinem Leben nicht. Ruhe, meintest du, würden wir haben, wenn wir tot sind.

Ich weiß noch, wie ich auf dem Flug zurück versuchte meine Ängste in Worte zu fassen. »*Warum wird dir alles so schnell langweilig, nur ich nicht?*«

»*Weil alles, was ich tue, mit dir besser ist*«, *hast du gesagt.* »*Zum Beispiel Sonnenuntergänge anschauen. Oder die Kronen der Bäume im Wind. Oder bunte Regen-*

schirme entlang der Themse. *Ohne dich sehe ich all das überhaupt nicht. Du machst mich darauf aufmerksam.«*

Deine Lippen landeten auf meinen und du hast mich über mich hinauswachsen lassen.

In Kalifornien waren wir Du und Ich, die nicht genug voneinander kriegen konnten. In London wurden wir Wir. Ich löste mich auf in dir. Wir haben so im Moment gelebt, dass ich es selbst nicht merkte – höchstens ahnte. Ich wollte dich lieben, Luke, mit allem, was ich hatte. Ich wollte dich glücklich machen.

Und deshalb sagte ich Ja, als du vorgeschlagen hast, deine Familie hierher nach London einzuladen, damit sie meine Familie kennenlernen sollte. Mir schien es eine zu weite Reise zu sein und ich verstand nicht, warum es dir so wichtig war. Warum so plötzlich? Warum sofort? Aber ich sagte Ja. Du hast dich mit so viel Eifer an die Vorbereitungen gemacht, hast dich in Pläne und Listen vertieft und bist dabei immer ... Ich weiß nicht, wie ich es anders sagen soll: Du bist immer stiller geworden, nervöser, noch rastloser als sonst.

Und obwohl du auf einmal so anders warst, hatte ich nicht die geringste Ahnung, dass dieses Fest nie stattfinden würde.

Ich lege meinen Füller weg, lasse die letzte beschriebene Seite aber noch auf meinem Schreibtisch liegen, um der Tinte Zeit zum Trocknen zu geben. Die Luft im Zimmer ist stickig. Vielleicht durch die Kraft der Sonne, die herumgewandert ist und ihr Licht gegen die Scheiben wirft – ein sicheres Zeichen, dass es Abend geworden ist. Vielleicht liegt es aber auch an den aufgewühlten Emotionen. Mein Besuch bei Mr Bale am Nachmittag fühlt sich viel länger her an. Denn jetzt ist die Armada von Fragezeichen zurück. Und ich habe das Gefühl, alles, was das Schreiben der Briefe in mir aufwirbelt, erstickt mich jetzt – all die Probleme, die ich vielleicht gefühlt, aber nie verstanden habe, während ich mit Luke zusammen war. Trotzdem muss ich das hier zu Ende bringen. Für mich! Mit Finn zurück in Bletchley und Thea noch in der Agentur bei ihren Korrekturen habe ich ohnehin wenig Alternativen.

Rasch beuge ich mich über den Schreibtisch und schiebe die Fenster bis ganz nach oben, um mehr Luft ins Zimmer zu lassen. Zusätzlich öffne ich die gegenüberliegende Tür, um die verdichteten Emotionen mit Sauerstoff zu verdünnen und den Abendwind hereinzulocken mit seinem Geruch nach Hitze, den Rosen unten im Garten und gemähtem Rasen. Sogar Hannibal zuckt mit den Ohren, streckt sich, rollt sich in meinem Lesesessel auf den Rücken und miaut, damit ich ihm den Bauch kraule. Behutsam hebe ich ihn hoch und nehme ihn auf den Schoß, damit ich ihn gleichzeitig kraulen und meine E-Mails lesen kann. Hannibal wirft mir einen vernichtenden Blick zu und stolziert sofort zu meinem Sessel zurück, von dem ich annehme, dass er ihn mittlerweile als sein Eigentum betrachtet.

Während ich mein E-Mail-Programm öffne und dem Hupkonzert von irgendwo draußen lausche, verankern mich die vertrauten Geräusche im Hier und Jetzt. Dann fällt mein Blick auf Jonathans Namen in meinem Posteingang. Er hat mir bereits geantwortet:

Liebe Maggie,

ich muss dir danken. Beinah hätte ich »wir« geschrieben. Ich bin es noch nicht gewöhnt, allein zu sein. Und wie soll ich mich daran gewöhnen, wenn ich es gar nicht will?
  Wie du immer sagst: Das Schreiben ist dein Job. Ich weiß! Aber trotzdem danke ich dir. Denn was du für uns getan hast, hat uns so viel bedeutet. Du hast eine beson-

dere Gabe und du hast sie benutzt, um Freeda und mir Freude zu machen. Ein Teil von ihr ist mir in deinen Worten geblieben.
Du musst an der Trauerrede nichts ändern. Sie ist perfekt, wie sie ist. Man bekommt ja immer gesagt, dass die Verstorbenen in unseren Herzen bei uns bleiben. Du lässt mich das fühlen. Ich werde die Briefe lesen, wenn ich Freeda am meisten vermisse. Ich kann dir gar nicht sagen, wie wertvoll das ist. Danke, Maggie.

Dein Jonathan

Die aufsteigenden Tränen blinzle ich weg. Ehrlich gesagt werde ich Jonathan auch vermissen. Obwohl er mich nicht darum gebeten hat, öffne ich die Datei mit der Trauerrede und greife nach Briefpapier und Kalligrafie-Feder. Den Brief an Luke falte ich zusammen und schiebe ihn in einen Umschlag. Bevor ich den zur Post bringe, werde ich die Rede für Jonathan abschreiben – einfach so, damit er sie mit den Briefen zusammen aufbewahren kann. Doch noch während ich das erste Wort zeichne, nehme ich Stimmen aus der Küche wahr.

»Du musst das verstehen. Maggie macht eine harte Zeit durch. Sie wurde sehr verletzt und jetzt hat sie Angst, anderen zu vertrauen.« Das ist Noahs Stimme.

»Wenn sie gar nicht da ist, sollte ich vielleicht lieber draußen warten.« Zur Hölle! Das ist Jadens Stimme. Ich springe von meinem Schreibtisch auf.

Und ich höre Grandma Lawson lachen. »Das ist immer noch mein Haus.«

Genau! Warum wirft sie ihn nicht raus? Mein Blick fliegt zur Uhranzeige meines Laptops. Es ist kurz nach halb sieben. Noah kann gerade erst von der Arbeit nach Hause gekommen sein.

»Was genau willst du denn von Maggie?«, höre ich Grandma Lawson fragen.

»Ursprünglich hatte ich gehofft, dass sie in meinen Podcast kommen würde«, antwortet Jaden. »Das will sie nicht. Ich finde das zwar schade, akzeptiere es aber. Nur habe ich auch einige ganz persönliche Fragen. Es ist mir wichtig, mit Maggie darüber zu reden. Und deshalb will ich ihr einen Vorschlag machen.«

Einen Moment lang ist es still und ich husche zu meiner offen stehenden Zimmertür. Als Erstes blicke ich in zwei leuchtende Katzenaugen. Loki kommt mir mit steil aufgerichtetem Schwanz entgegen. Rasch trete ich auf den Flur und schließe meine Tür hinter mir, damit er Hannibal nicht ärgert oder mein Bettzeug zerreißt.

»Ich hole uns erst mal ein Stück Kuchen«, sagt Grandma Lawson. »Dann höre ich mir an, was das für ein Vorschlag ist.«

Warum bitte ist sie Jaden gegenüber so nachgiebig?

»Zieh eine Karte«, höre ich Noah sagen und stöhne frustriert auf. Ohne einen weiteren Gedanken, ohne einen Plan, nur mit der Energie der Empörung in meinen Adern stürme ich die Treppe hinunter und tauche einen Augenblick später im Türrahmen zum Esszimmer auf.

»Maggie!« Noah verschluckt sich an der graugrünlichen Masse, die er gerade durch einen dicken Strohhalm schlürft. »Wir wussten gar nicht, dass du zu Hause bist.«

Weil ich mehrere Dinge gleichzeitig sagen will, bringe ich kein Wort heraus. Kein *Was machst du hier, Jaden?* Kein *Wie kannst du mir das antun, Noah?* Kein *Ich fasse nicht, dass du ihm Kuchen gibst, Grammie.* Stattdessen versuche ich die Situation zu erfassen. Noah hockt am Kopfende des Tisches, Jaden neben ihm. Seine sonnenblonden Haare wirken windzerzaust. In der Hand hält er eine Tarotkarte, die er gerade aus Noahs Stapel gezogen haben muss. Seine dunklen Augen fixieren mich. Er lächelt mich an – zurückhaltender als sonst, wodurch es entschuldigend wirkt. Grandma Lawson stellt gerade ihren morgens gebackenen und offensichtlich erfolgreich gegen Loki verteidigten *Peach & Cream Cheese Pie* auf den Tisch.

»Möchtest du auch?« Noah hebt sein Glas in meine Richtung. »Pürierte Avocado mit Apfelsaft und Orange. Reich an Vitaminen, Eisen und Folsäure.«

»Was?« Ich schüttele den Kopf. »Moment! Bin ich in eine falsche Realität geraten? Oder habe ich Halluzinationen?«

Ich greife nach dem nächstbesten Gegenstand in Reichweite – einem Kugelschreiber auf der Zeitung, die Grandma Lawson auf dem Esstisch abgelegt haben muss – und werfe ihn in Jadens Richtung. Er prallt von seiner Schulter ab.

»Hey!«

»Mags!« Noah sieht mich entgeistert an.

»Ich wollte feststellen, ob er echt ist.« Ich stemme beide Arme in die Hüften. »Ihr könnt ihn auch sehen, oder? Und ihr erinnert euch bestimmt, dass ich heute Morgen sagte, ich wolle nicht mit ihm reden, oder nicht?«

»Vielleicht ist alles nur ein Missverständnis.« Noah starrt auf die Karte, die er Jaden aus der Hand nimmt. »Ich habe ihn hier vor dem Haus getroffen und wusste nicht, dass du da bist. Sonst hätte ich dich gerufen. Sieh nur.« Aufgeregt wedelt er mit der Tarotkarte herum. »Er hat den *Ritter der Schwerter* gezogen. Guck mal, wie er von links nach rechts durchs Bild reitet – mitten in dein Unterbewusstes.«

»Da hat er aber nichts zu suchen.« Wütend stürme ich zum Tisch, stütze mich mit beiden Händen darauf ab und funkele Jaden an. »Ich hatte dir gesagt, du sollst Noah aus dem Spiel lassen. Das ist Foul Play.«

Jaden hebt beide Hände. »Es tut mir leid, Maggie. Das war

nicht meine Absicht. Ich habe heute zweimal in der Agentur nach dir gefragt, weil ich dir einen Vorschlag machen will. Ich weiß, dass du nicht in den Podcast kommst. Ich werde dich nicht weiter drängen. Es geht um etwas rein Persönliches.«

»Willst du nicht erst mal ein Stück Kuchen?«, schlägt Grandma Lawson mir vor. »Oder einen Beruhigungstee?«

»Ich empfehle eine Mischung aus Baldrian, Passionsblume und Melisse«, ruft Noah eifrig. »Kann ich sofort frisch aufbrühen.«

Eins, zwei, drei ...

»Los, Maggie, setz dich hin«, fordert Grandma Lawson mich auf. *Vier, fünf ...* »Dem Kuchen kannst du doch sowieso nicht widerstehen.«

Ich starre auf die wundervoll dekorierte, abgeflämmte Baiserdecke. *Sechs ...* Demonstrativ bleibe ich mit verschränkten Armen stehen.

»Sei nicht stur«, sagt der sturste Mensch der Welt. Grandma Lawson zückt das Kuchenmesser und schneidet den *Peach & Cream Cheese Pie* an.

»Lass sie doch.« Immerhin Noah scheint endlich zu spüren, dass ich mit dieser Situation ernsthaft überfordert bin. Schuldbewusst sieht er mich an. *Sieben ...*

Ungerührt mustert Grandma Lawson mich. »Willst du jetzt ein Stück Kuchen, Maggie, oder nicht?«

Acht ... Sie balanciert eine Portion auf einem Tortenheber über den Tisch und platziert sie sacht auf Jadens Teller – ein ziemlich gemeiner Move von ihr. *Neun ...*

»Na?«

»*Zehn*«, platzt es aus mir heraus.

Grandma Lawson schnaubt missbilligend. »Zehn Stück Kuchen? Das ist selbst für deine Verhältnisse übertrieben.«

»Nein.« Ärgerlich winke ich ab. »Das meinte ich nicht. Ich will jetzt keinen Kuchen.«

»Du solltest auch keinen essen«, wendet Noah sich an Jaden. »Weißt du, wie viel Fett und Zucker da drin sind? Raffinierter Zucker schwächt unser Immunsystem und öffnet dadurch Bakterien, Viren, Pilzen und Parasiten sämtliche Tore. Vielleicht gehst du also besser.« Was für andere vermutlich wie einer von Noahs willkürlichen Stimmungswechseln aussieht, ist ein für mich offensichtlicher Versuch, mir zu helfen. Das tut Noah nämlich immer, wenn er begreift, dass es mir ernst mit etwas ist. Dabei weiß ich, dass ich es bin, die Noah schützen sollte. Streit und schlechte Stimmung hängen ihm oft lange nach. Wenn ich ihn in meine Auseinandersetzung mit Jaden hineinziehe, wird es am Ende dazu führen, dass Noah die halbe Nacht über seinen Karten brütet und morgen seine Arbeit vernachlässigt. Also muss ich Jaden schnellstmöglich aus unserem Esszimmer verbannen.

»Das ist letzten Endes Pfirsichkuchen«, bemerkt Grandma Lawson ärgerlich. »Da sind auch Vitamine drin.«

»Ich lasse mich nicht abschrecken.« Jaden zückt seine Gabel.

»Hier wird kein Kuchen gegessen«, rufe ich und fürchte, ich klinge ein bisschen wie Mr Bale. »Wir klären das unter vier Augen.« Mit verschränkten Armen stehe ich vor dem Tisch und starre Jaden an, bis er seine Kuchengabel wieder sinken lässt. Sehr zögerlich, was ich ihm nicht verdenken kann. Schließlich duftet der *Peach & Cream Cheese Pie* himmlisch süß und fruchtig. Trotzdem ist die Aussicht, mit mir zu reden, wohl eine größere Verlockung, denn Jaden erhebt sich.

»Lass ihn doch ein Stück Kuchen essen, Maggie.« Missbilligend schüttelt Grandma Lawson den Kopf. »Das ist immer noch mein Kuchen. Ich entscheide, wer den essen darf.«

»Du kannst ihm ja ein Stück aufheben, wenn dir so viel daran liegt.« Grimmig beobachte ich Jaden, der dicht an mir vorbei zur Tür geht. Sein Duft nach Wind über dem Meer lässt mich schon wieder ganz leicht im Kopf werden.«Geh schon mal vor«, sage ich.»Treppe hoch und dann das Zimmer geradeaus.«

»Das ist aber keine Falle, oder?« Ich sehe ihn schmunzeln, als er sich auf der Treppe noch mal zu mir umsieht.»Habe ich mich geirrt bezüglich der Hexe in diesem Haus?«

Ich schaffe es geradeso, nicht zu grinsen, und konzentriere mich rasch wieder auf Grandma Lawson.»Du kannst mir doch nicht so in den Rücken fallen.«

Sie sticht ihre Gabel durch die Baiserdecke ihres Kuchens und ich fange fast an zu sabbern.»Wenn jemand derart hartnäckig ist, hat er sehr wahrscheinlich einen triftigen Grund. Niemand lässt sich immer wieder abweisen, der nicht ein echtes Anliegen hat.«

»Aber das ist doch nicht mein Problem.« Okay, das klang mal wieder ziemlich abgebrüht – nach Heuschrecken-Maggie.

Grandma Lawson mustert mich unter hochgezogenen Augenbrauen.»Gerade du müsstest wissen, wie grausam es ist, jemandem die Kommunikation zu verweigern.«

Das sitzt!»Er will nicht, dass ich ihm zuhöre, er will beim Radio weiterkommen«, bringe ich hervor, ohne mir selbst zu glauben.

»Bist du dir sicher?« Nachdenklich betrachtet Noah den *Ritter der Schwerter*, den er immer noch in der Hand hält.»Er hat diese Karte ja nicht zufällig gezogen.« Vorsichtig erwidert er meinen Blick.»Wenn Misstrauen zum Prinzip wird, verstellt es dir den Blick auf die Realität.«

»Und auf dich selbst.« Grandma Lawson hebt ihre Kuchengabel, dann dreht sie sich zu Noah um.»Das war ein außergewöhnlich kluger Satz von dir, mein Junge.«

Noah lächelt mich an.»Der *Ritter der Schwerter* sucht die Wahrheit. Glaub mir.« Er zeigt mir die Karte, aber das weit vorausgestreckte Schwert des Ritters sieht mir eher danach aus, als wolle der Ritter die Wahrheit aufspießen und grausam ermorden.

»Du willst nicht interviewt werden, das ist in Ordnung«, wendet Grandma Lawson sich wieder an mich. »Aber mit ihm reden kannst du doch wohl.«

Ich weiß längst, dass sie recht hat. Denn auch wenn Jaden mit seinen provokanten Fragen anfangs den Eindruck erweckt hat, er habe tatsächlich eine persönliche Abneigung gegen mich und wolle mich fertigmachen – wie Alice das ausgedrückt hat –, ahne ich, dass es Jaden darum nicht geht. Egal, wie aufgebracht ich zwischendurch war ... Spätestens am See hat sich etwas zwischen uns geändert. Dass Jaden Carter wie Mojito-Tee ist, meine ich damit nicht. Sondern dass sich die feindselige Stimmung verflüchtigt hat.

»Ich will nicht mit ihm reden«, sage ich langsam, »weil das Briefeschreiben für mich untrennbar mit Luke verbunden ist. Und Luke ...«

»Ach, mein Mädchen.« Grandma Lawson tut etwas absolut Unerwartetes. Sie steht auf, kommt auf mich zu und nimmt mich in den Arm. Da ich mich kaum erinnern kann, wann sie das zuletzt gemacht hat, weiß ich im ersten Moment gar nicht, wie ich reagieren soll. Sie fühlt sich schmal an in meinem Arm, aber auch sehr gerade. Unbeugsam und deshalb stark und tröstlich. »Manche Enttäuschungen bleiben für immer, Maggie«, sagt sie leise, während ich ihren Seifenduft nach Muskatellersalbei einatme. »Die werden eben nicht von der Zeit geheilt, die graben sich immer tiefer in unser Herz.«

»Lässt mich das alles denn niemals los?«

Grandma Lawson schüttelt den Kopf, nimmt wieder Abstand, hält mich aber noch an den Armen fest. »Das wird es nicht. *Du* musst es loslassen.« Mit ihrer warmen, runzeligen Hand tätschelt sie meine Wange. »Also Kopf hoch, Brust raus und Bauch rein. Verstanden?«

Ich nicke mit einem zaghaften Lächeln. »Ich bin trotzdem noch verärgert, weil ihr ihn reingelassen habt.«
Ein verschmitztes Lächeln fliegt über Grandma Lawsons Gesicht. »Ich schätze, das wird sich durch ein Stück Kuchen wieder in Ordnung bringen lassen. Oder?«
»Wahrscheinlich schon.« Ich hole tief Luft und wende mich der Treppe zu. »Aber zuerst kläre ich jetzt mit Jaden, was er von mir hören will.«

Offenbar war Jaden sich nicht sicher, ob er die Tür zu meinem Zimmer offen stehen lassen oder schließen sollte, denn sie ist nur angelehnt. Loki hat die Gelegenheit genutzt: Er liegt auf meinem Bett, hat seine Krallen tief in meinem Bettzeug verhakt und starrt mich herausfordernd an. Hannibal ist in mein Bücherregal geflüchtet, von wo aus er Loki hin und wieder zornig anfaucht.

Etwas ballt sich dunkel und heiß in meinem Bauch zusammen, als ich Jaden vor meinem Schreibtisch sitzen sehe – ein Stück weggerollt von Papier und Feder, die bereitliegen, weil ich die Trauerrede hatte abschreiben wollen. Mein Blick fliegt zu meinem Computermonitor, auf dem das Dokument noch immer geöffnet ist.

»Hast du das etwa gelesen?« Meine Stimme ist sofort zu laut, sofort panisch. Die Hitze verhindert, dass ich klar denken kann.

»Maggie, ich habe nur ...«

»Hast du das abfotografiert?« Ich stürme auf ihn zu, dränge mich an ihm vorbei und klappe meinen Laptop zu. »Hast du das irgendwo gespeichert?«

»Was? Nein, ich habe es nur überflogen und ...«

Mit neuer Wut starre ich ihn an. »Du kannst doch nicht einfach die Briefe von anderen lesen. Es gibt ein Briefgeheimnis.«

»Moment, ich wollte das nicht. Ich habe hier gesessen und auf dich gewartet und das Dokument war offen.«

»Ja, aber doch nicht, damit du es liest, sondern weil ich daran gearbeitet habe, als du ungefragt hier aufgetaucht bist.«

Vor lauter Aufregung gestikuliere ich so mit den Armen, dass Loki irritiert innehält, mein Bettzeug zu zerreißen, und mich wachsam mustert. »Ich kann nicht fassen, dass du das getan hast.«

»Stopp, kann ich bitte auch was sagen?« Jaden steht auf. Ich muss einen Schritt zurückweichen, wenn ich nicht will, dass wir gegeneinandergedrückt werden.

»Nein! Im Grunde will ich nicht, dass du irgendetwas sagst oder mich irgendetwas fragst. Ich will nicht, dass du gegen meinen Willen in mein Leben marschierst und meine Briefe liest. Ich will nicht, dass ich Angst haben muss, dass du irgendetwas davon verwendest.« Misstrauisch blicke ich zu meiner Tasche, die unter dem Schreibtisch liegt. Rasch bücke ich mich danach. »Warst du auch an meinem Notizbuch? Bist du meine Aufzeichnungen durchgegangen?«

»Nein, natürlich nicht! Himmel, Maggie, kannst du dich nicht für einen Moment hinsetzen und mir zuhören?«

»Versprich mir, dass du nichts von meinen Sachen abfotografiert hast.«

»Maggie, Stopp! Bitte, hör mir zu.« Meine Wangen kribbeln, als er Anstalten macht, nach meinem Arm zu greifen, mich dann aber doch nicht berührt. »Es tut mir leid, okay? Ich wusste, dass ich den Text nicht lesen sollte, und ich habe es trotzdem getan. Das war falsch. Entschuldigung. Aber es war nicht mein Plan und ich habe auch nichts gespeichert.«

Die Erleichterung, die sich anbahnt, erscheint mir verfrüht. Würde er es denn zugeben, wenn er irgendetwas dokumentiert hätte?

»Okay?« Jaden mustert mich besorgt, als könnte ich jederzeit wieder ausrasten. »Verdammt.« Er tritt einen Schritt zurück. »Ich bin wirklich nur gekommen, um dir einen Vorschlag zu machen. Aber du bist eine emotionale Bombe. Können wir uns …? Ich wage kaum zu fragen, aber können wir uns kurz hinsetzen?«

Noch immer aufgewühlt, mittlerweile aber kooperationsbereit lasse ich mich auf der äußersten Kante meines Bettes nieder. Loki macht einen Buckel und versucht mich mit seinem starren Blick so zu verängstigen, dass ich die Flucht ergreife.

»Okay.« Erleichtert nimmt Jaden wieder auf meinem Schreibtischstuhl Platz. »Noch mal, Maggie, es tut mir leid, dass ich diesen Abschiedsbrief gelesen habe.«

»Trauerrede«, korrigiere ich ihn.

»Ja, genau. Auch wenn ich durchaus der Meinung bin, dass eure Datensicherheit zu wünschen übrig lässt …«

»Was?«

»… war das nicht in Ordnung von mir. Trotzdem hat mir das etwas gezeigt: Ich glaube dir, dass du dein Herzblut in deine Arbeit steckst. Und dass du Menschen damit helfen und sie sogar glücklich machen oder sie trösten kannst. Ich glaube dir, dass du ihnen zuhörst – vielleicht genauer, als die meisten anderen das tun –, und deshalb auf besondere Weise zu ihnen sprechen kannst.«

»Nur bei dir hat es nicht funktioniert.« Irgendwie fühle ich mich benommen – entwaffnet von seiner Offenheit.

»Doch.« Jaden hält meinen Blick fest. »Es hat funktioniert. Ich habe die Karte Hunderte Male gelesen und ich bin mir nicht sicher, ob du weißt, wie perfekt deine Worte sind – auf fast nüchterne Weise emotional. Ich hätte nie gedacht, dass Alice so mit mir sprechen kann. Ich hätte nie gedacht, dass sie versteht, wie ich mich fühle. Es war, als würde sie mich besser kennen als ich mich selbst. Also erschien es mir plötzlich richtig, ihr den Gefallen zu tun und mit ihr zusammenzuziehen.« Er gestikuliert in Richtung meines Schreibtischs, als wäre er der von Alice. »Dann habe ich deine Rechnung gefunden. *Vie-*

len Dank für Ihren Auftrag. Mal wieder auf der Suche nach den richtigen Worten? Sie erhalten zehn Prozent Rabatt auf Ihre nächste Bestellung.«

Kurz schließe ich die Augen. Das steht unter jeder Rechnung für unsere Erstkundinnen und -kunden, aber ich kann mir vorstellen, wie das auf ihn gewirkt haben muss: nach Geschäftemacherei auf Kosten seiner Gefühle.

Jaden fährt sich mit den Fingern durch die Haare.»In dem Moment ist mir klar geworden, dass die Person, die mich besser kennt als ich selbst, nicht Alice ist, sondern jemand, von dem ich gar nicht wusste, dass es sie gibt. Seitdem kann ich an nichts anderes denken als an dich.« Seine Worte jagen einen Impuls durch mein Herz – ein Gefühl wie ein Sturm in meinen Adern. Entgeistert starre ich ihn an.»Also, ich meine ...« Sein Lächeln ist verlegen.»... an die Person, die den Brief geschrieben hat.« Langsam nicke ich, realisiere, dass ich meine Finger ähnlich wie Loki seine Krallen, in meinem Bettlaken vergraben habe, und lasse den Bezug los.»Ich verstehe einfach nicht, warum ich so leicht zu manipulieren war. Ich habe an mir selbst gezweifelt. Und an Alice. Ich habe mich von ihr hintergangen gefühlt, weil sie meine Entscheidung nicht akzeptiert hat.«

Ich verstehe sogar, was er meint. Zugegeben: Ich habe mir die Worte zurechtgelegt, damit er Ja sagt. Das Ziel war nie, ihn glücklich zu machen, sondern Alice.

»Ich habe eure Agentur gegoogelt und diesen Fernsehbeitrag über euch gefunden«, erzählt er weiter und ich schlage unwillkürlich meine Hände vors Gesicht.»Ehrlich gesagt dachte ich, ihr seid oberflächlich freundlich und scheinbar zugewandt, aber in Wirklichkeit nur am Verdienst interessiert.« Ich blicke hoch, als Jaden aufsteht. Zu meiner Überraschung kommt er zu mir und setzt sich neben mich aufs Bett. Etwas zu nah. Wir berühren uns fast. Seine Körperwärme erreicht meine bloßen

Arme. »Dann habe ich dich kennengelernt.« Er sieht mich von der Seite an und etwas in mir beginnt zu schmelzen – vielleicht ist es das Eis in meiner Seele. »Du bist ganz anders als im Fernsehen. Du bist vollkommen wahnsinnig und warmherzig und lustig. Und wahrscheinlich der emotionalste Mensch, dem ich je begegnet bin. Kein Wunder, dass du so mit anderen mitfühlst.« Ich bin verloren – in einem Gefühl so warm und süß wie Schokolade. »Ich will dich nicht fertigmachen, Maggie. Ich will dir zuhören.«

Ich hole Luft und höre meinen eigenen Atem beben. *Du musst es loslassen, Maggie.* Ganz plötzlich … Oder nein, das ist falsch. Eigentlich ist es nicht plötzlich. Mich überkommt nur plötzlich die Erkenntnis, dass es vielleicht wirklich möglich wäre, dass ich tatsächlich loslassen könnte, wenn ich mich trauen würde.

»Warum ist dir das so wichtig, Jaden? Ich meine, warum ist dir so wichtig, was ich über dich weiß und was ich über dich denke?«

»Noah hat gesagt, du hättest Angst, anderen zu vertrauen. Aber ich glaube, dass ich viel mehr Angst habe als du.« Sein Blick ist intensiv und ich brenne im Zentrum seiner Aufmerksamkeit. Es fühlt sich gefährlich an. Es fühlt sich schön an. Es fühlt sich nach ganz viel Nähe an, nach fliehen und bleiben. Verwirrend. »Ich habe Angst, dass Alice dir Dinge über mich gesagt hat, die man falsch verstehen könnte, die mir irgendwann schaden werden.« Er senkt den Kopf, aber das Gefühl von Intensität und Hitze bleibt. »Ich war früher … anders.«

Schlagartig wird mir etwas klar: die gestohlenen Fahrräder, die gefälschten Ausweise, das *Bridge Jumping*, das einen selbst, aber eben auch andere gefährdet. Und auf der anderen Seite Jadens Wunsch, sich als Moderator durchzusetzen. Von der Öffentlichkeit werden einem solche Fehler nicht leicht verziehen. Und der irre Konkurrenzdruck, den er erwähnt hat, führt wahrscheinlich dazu, dass einem so was zum Verhängnis werden kann, auch wenn man gut ist. Aber was denkt Jaden sich? Dass ich ihn irgendwann in ein paar Jahren im Fernsehen erkenne und eine Möglichkeit sehe, eine Story über ihn gewinnbringend an die Medien zu verkaufen? Ich erinnere mich an das scheußliche Interview. Ja, wahrscheinlich hat er mich gesehen und genau das gedacht.

»Ich darf ...« Kurz muss ich Luft holen und fange dann noch mal neu an. »Ich darf bestimmen, wo wie uns treffen und wann ich genug habe. Und wenn du irgendetwas von dem, was ich sage, aufzeichnest ...« Mir wird klar, dass ich nichts in der Hand hätte, um zu verhindern, dass er es benutzt. Ich wäre vollkommen machtlos und so rede ich nicht weiter.

Etwas blitzt in seinen Augen auf – ein karamellfarbenes Schimmern, ein unwiderstehlicher Goldton. »Auch wenn es dir schwerfällt, bitte gib mir eine Chance. Bitte schenk mir ein bisschen Vertrauen. Ich verspreche dir, ich werde nicht wieder von dem Podcast anfangen.«

Ich glaube es selbst fast nicht, aber ich nicke. »Du kannst mich morgen gegen zehn abholen. Wir gehen spazieren. Es macht mich nervös, wenn ich dir gegenübersitzen muss, während du mir Fragen stellst.«

»Okay«, sagt er sofort.

Irgendwie unschlüssig bleiben wir beide sitzen. Keiner von uns bewegt sich. Ich spüre, wie sich die Härchen an meinen Armen aufstellen, während er mir so nah ist, dass er mich fast – geradeso nicht – berührt. Als wolle irgendetwas in mir zu ihm, als strecke sich mein Körper nach ihm aus.

Himmel! Zu hastig springe ich auf die Füße.

»Bis morgen«, sage ich steif, als er sich langsamer erhebt.

»Bis morgen.« An der Tür dreht er sich noch mal um. »Und Danke. Ich freue mich.«

Ich nicke nur, aber als er die Treppe hinunterläuft, als ich ihn kurz mit Grandma Lawson reden höre, die ihm ein Stück Kuchen mitgibt, als ich in der Zimmermitte stehen bleibe, nachdem die Haustür hinter ihm zugeklappt ist, spüre ich etwas in meinen Nervenfasern kribbeln, mein Herz kitzeln und meine Sinne reizen. Wie kann es sein, dass ich nach dem ganzen Gefühls- und Gedankenchaos, der ganzen Verwirrtheit, dem Durcheinander von Wut und Verständnis, der ganzen Armee von Fragezeichen in meinem Kopf vor allem eins feststelle?

Ich freue mich auch auf morgen.

Kapitel 10

Siebter Brief an Luke

Ich wollte so sehr, dass du glücklich bist, Luke, dass es mir nicht mehr wichtig erschien, ob ich selbst glücklich war. Vielleicht fällt es mir deshalb so schwer zu akzeptieren, dass du mich nicht mehr wolltest? Unter mir öffnete sich ein Abgrund, in dem mir nicht klar war, wie Glücklichsein überhaupt funktioniert.

Himmel, das klingt so erbärmlich. Aber ich werde unsere Geschichte zu Ende erzählen – erbärmlich oder nicht, unbegreiflich und schmerzhaft oder nicht. Es bleibt ja nicht mehr viel. Eigentlich nur noch dieser eine Tag.

Deine Familie sollte an einem Freitag Anfang Juni anreisen. Die ganze Woche davor war hektisch gewesen. Wir haben unsere Wohnung und Grandma Lawsons Haus hergerichtet, um deine Familie unterzubringen. Wir haben Unmengen von Essen eingekauft, den Garten mit Lampions und Fackeln geschmückt und Playlists zusammengestellt. Ich weiß noch, wie meine Grandma uns kopfschüttelnd beobachtet hat.

»Du betreibst einen Aufwand, Junge. Man könnte meinen, du hast vor, mir meine Maggie wegzuheiraten, statt uns mit deiner Familie bekannt zu machen.«

Ich wusste, wie wichtig dir das alles war, und habe versucht sie davon abzuhalten, uns zu ärgern. »Zum Heiraten sind wir ja wohl zu jung.«

»*Du weißt nicht, wie alt ich war, als ich geheiratet habe*«, sagte sie.
»*Zum Glück haben sich die Zeiten geändert.*« *Ich erinnere mich noch gut an diesen Satz von mir, weil du mich so merkwürdig angesehen hast. Aber dann hast du gelacht, hast mich in deinen Armen gefangen und gekitzelt.* »*Wie alt muss man zum Heiraten denn sein?*«
Lachend habe ich mich von dir durch den Garten jagen lassen, bis du mich wieder geschnappt und von den Füßen gerissen hast. Später habe ich kaum daran zurückgedacht, weil dein Verschwinden alles andere so dramatisch überlagert hat, dass in den Schatten nichts zu sehen war außer das. Aber jetzt bin ich mit der Taschenlampe auf Spurensuche und frage mich, warum du nach meinem Spruch einen Moment lang so ... so resigniert gewirkt hast. Entzaubert?

Vielleicht mache ich das Ganze bedeutsamer, als es war, aber plötzlich frage ich mich, ob du es in diesem Moment entschieden hast. Zu gehen, meine ich. War das der Moment? Aber warum hast du nichts gesagt?

Als wir an dem Abend nach Hause kamen, wollte ich einfach nur noch duschen und Take-away auf dem Sofa essen. Ich war erschöpft vom Tag. Du hingegen warst unruhig, bekamst einen Anruf von deinen Eltern, weil ein Problem mit ihren Sitzplätzen im Flugzeug bestand. Du hast dich für eine Weile in die Warteschleife der Airline gehängt. Ich weiß gar nicht mehr, was ich tat – nur dass sich deine Nervosität auf mich übertrug, eine unergründliche Anspannung, die sich nicht mehr abschütteln ließ. Ich glaube, ich habe mit Finn telefoniert, als du plötzlich wieder hereingeplatzt bist. Du sagtest, du wolltest direkt zum entsprechenden Schalter nach Heathrow fahren, um das Problem mit den Sitzplätzen vor Ort zu klären.

»*Du willst jetzt noch mal los?*« *Ich bin dir zur Wohnungstür gefolgt.*

»*Du wirst gar nicht merken, dass ich weg bin.*« *Du hast unter mir auf der Treppe im Hausflur gestanden und zu mir hochgeblickt.* Deine Augen lösten dieses unfassbar schöne, strudelnde Wasserfallgefühl in meinem Bauch aus. »Ich liebe dich«, hast du gesagt. Und ich habe dir zum Abschied eine Kusshand zugeworfen. Du bist die Treppen runtergelaufen. Ich bin zurück in die Wohnung gegangen. Dann habe ich mich mit meinem Buch aufs Sofa gesetzt. Nach zwei Stunden habe ich mich gefragt, wie lange du noch brauchen würdest. Nach drei Stunden habe ich überlegt dich anzurufen, stellte mir aber vor, dass du wahrscheinlich gleich zu Hause sein würdest. Irgendwann bin ich eingeschlafen. Als ich aufwachte, warst du seit fünf Stunden fort.

Ich weiß nicht, warum meine Panik sofort so überwältigend war. Ich rief dich an, aber es klingelte nicht mal. Völlig sinnlos rannte ich auf die Straße, lief den Gehweg auf und ab, konnte mich nicht entscheiden, was ich tun sollte, konnte nicht mal überlegen, wo du sein könntest oder wie ich dich finden sollte. Ich versuchte nur immer wieder, dich anzurufen, schrieb dir über sämtliche verfügbare Messenger-Dienste Nachrichten und bekam keine Antwort. Irgendwie wusste ich sofort, dass etwas Furchtbares passiert war.

Nur dass ich damit falschlag.

Während ich schließlich zu Grandma Lawsons Haus rannte, Meredith und sie wach klingelte und sie mir halfen, die Krankenhäuser abzutelefonieren, weil ich so hysterisch war, hast du im Flugzeug gesessen – auf dem Weg von Heathrow nach Los Angeles. Während ich verzweifelt alles versuchte, um dich zu finden, hast du *irgendwo über den Wolken die Augen zugemacht und dich mit einer Geschwindigkeit von um die tausend km/h von mir entfernt. Ich wollte die Polizei überreden, nach dir zu suchen, ich habe deine Londoner Freunde abtelefoniert, bin nach Heathrow gefahren, habe wie eine Irre überall nach dir gefragt. Nur in den Passagierlisten nachsehen zu lassen ... Auf die Idee bin ich nicht gekommen.*

Ich habe es erst am nächsten Tag kapiert: Du hast die Flüge deiner Familie storniert und dir dafür ein Ticket gekauft. Du bist an Bord einer Maschine gegangen und abgehauen. Ich erfuhr davon, als ich meinen ganzen Mut zusammennahm und deine Mom anrief, um ihr zu sagen, dass ich dich nicht erreichen konnte.

Aber deine Mom wusste, wo du warst: auf dem Weg vom Los Angeles International Airport nach Hause zu ihr. Sie war selbst noch völlig verblüfft von deinem Anruf. Ob wir uns gestritten hätten, wollte sie wissen.

Weißt du, was ich erst sehr viel später begriffen habe, Luke? Du bist mit deinem Reisepass nach Heathrow aufgebrochen. Hattest du das alles geplant?

Noch jetzt – während ich das schreibe – bekomme ich keine Luft. Ich kriege keine Luft, wenn ich daran denke, wie ich gewartet habe, dass du mich anrufst, um mir alles zu erklären. Wie du es nicht getan hast. Wie deine Mom mich bitten musste, dir deine Zeugnisse zu schicken. Wie sie mir sagen musste, du wolltest nicht, dass wir miteinander sprechen. Ich kriege keine Luft, wenn ich an die Wochen zwischen deinen und meinen Sachen in unserer Wohnung denke. An die Hoffnung bei jedem Geräusch. Ich kann nicht atmen, wenn ich an unser altes Leben denke, das mir noch vor Augen stand, das aber gleichzeitig unerreichbar war.

Du bist aus unserem Leben geflüchtet, Luke, als hinge deins davon ab, mich nie wieder zu sehen.
Du hast mich an den tiefsten Punkt fallen lassen, an den ein Mensch fallen kann, glaube ich. Und es hat mich so viel Kraft gekostet, von diesem Punkt zurückzukehren. Himmel, Luke! Ich habe dich so vermisst.
Und irgendetwas in mir vermisst dich immer noch. So sehr, dass ich nach wie vor in Emmas Briefagentur arbeite, statt mir meinen Traum zu erfüllen und meinen Master in Drehbuchschreiben zu machen. Weil ich dir beim Briefeschreiben nah bin – auf einer unbewussten, tröstlichen Ebene.
Ich habe immer noch Angst, wieder zu fallen, Luke. Etwas hat sich jedoch geändert: Ich will dich nicht länger vermissen. Ich will frei sein fürs Glücklichsein, für neue Abenteuer. Ich will frei sein für neue Erinnerungen.
Ja, und hier endet sie: die Geschichte von Luke und Maggie. Von Maggie und Luke. Du merkst es selbst, oder? Es ist ein mieses Ende!

Die Luft ist warm, obwohl es noch früh ist. Es wird wieder einer dieser heißen Londoner Sommertage, wie wir in diesem Jahr schon viele hatten. Manchen sind sie zu stickig, aber mich macht die Hitze abenteuerlustig.

Ich sitze auf den Stufen vor Grandma Lawsons Haus und warte. Heute früh habe ich es nicht lange im Bett ausgehalten. Die Aussicht, Jaden zu treffen, hat mich aufgewühlt. Ebenso der Gedanke ans Loslassen und der Drang, *meine* Geschichte zu schreiben. Also bin ich aufgestanden und habe einen weiteren Brief an Luke zu Papier gebracht. Jetzt stecken zwei in meiner Tasche.

Um halb zehn habe ich im *Student Office* der Uni angerufen, um einen Termin mit meiner Studienberaterin zu vereinbaren.

Und da mein Kopf noch immer voller Gedanken ist, mein Bauch voller Gefühle und weil sich mein Herz anfühlt wie ein zu stark aufgepusteter Luftballon, sitze ich seit zwanzig vor zehn auf der Treppe und versuche einfach nur zu atmen.
Warum bin ich so aufgeregt? Und fühlt sich das gut oder schlecht an? Meine Hände habe ich fest zwischen meinen Knien eingeklemmt, um nicht ständig nervös mit den Steinchen und Gräsern in den Zwischenräumen der Stufen zu spielen.
Ich will Luke nicht mehr vermissen. Ich habe es satt. Und irgendwie bin ich wütend, ohne genau zu wissen, warum. Ist das ein Fortschritt oder werde ich verrückt?, schreibe ich schließlich an Finn.
Nur kurze Zeit später kommt seine Antwort: FORTSCHRITT! Wut ist besser als Verzweiflung. Sobald ich wieder da bin, sollten wir endlich ins Gelupo fahren, um deine Gedanken zu ordnen.
Er bringt mich zum Lachen. So viel Eis kann ich derzeit gar nicht essen. Gleich treffe ich mich mit Jaden. Er hat mich überredet, ihm seine Fragen zu beantworten. Vielleicht muss ich ihm von Luke erzählen.
Finn schickt mir ein Emoji mit aufgerissenen Augen. Bitte versuch, nicht wieder wie eine Androidin zu wirken.
Nicht zum ersten Mal wünschte ich, es gäbe ein Emoji, das ernsthaft beleidigt aussieht. Danke, ich bin nervös genug.
Tut mir leid, Mags. Aber wenn du es schaffst, einfach du zu sein, wird er dich lieben.
Okay, das wäre vielleicht etwas übertrieben. Aber bestimmt hat Finn es nett gemeint und dafür hat er eindeutig ein Herz verdient. Ich schicke es zusammen mit dem gerührten Emoji. Da die drei hüpfenden Punkte anzeigen, dass Finn schreibt, warte ich, bis seine Nachricht im Bildschirm erscheint: Übrigens komme ich wahrscheinlich schon am Wochenende mit Kyra nach Hause. Passt dir das?
Am Samstag ist ja die Hochzeit, aber Sonntag ist bisher nur dafür reserviert, mich davon zu erholen, schreibe ich zurück.

Ein bisschen mulmig ist mir ehrlich gesagt schon bei dem Gedanken, Finns Freundin zu treffen – einfach weil ich Sorge habe, Kyra könne mehr in Finn und mich interpretieren, als da ist. So wie Luke es wahrscheinlich getan hat. Dann lass uns Sonntagnachmittag anpeilen, damit du davor Zeit hast, deinen Rausch auszuschlafen, **schlägt Finn vor.** Übrigens: Kyra ist Avril-Lavigne-Fan und schau mal, was ich in ihrer Playlist entdeckt habe. Es dauert eine Weile, bis Finn mir den Link zu einem Musikstück geschickt hat. Gib dich nicht mit so einem Happy End zufrieden, Mags. Es gibt mehr für dich, da bin ich sicher!

Als ich den Link anklicke, dringt die zuerst verzweifelte, dann aber sehr wütende Stimme von Avril Lavigne mit ›My Happy Ending‹ aus meinen Lautsprechern. *So viel zu meinem Happy End*, singt sie. *Du warst alles für mich, aber du hast mir nur was vorgemacht.*

Ach, Finn! Mir steigen fast Tränen in die Augen und ich schicke Finn ein weinendes Emoji. Aber auch einen gespannten Bizeps, weil ich mich im Moment sehr danach fühle. Und außerdem bekommt er das Elfen-Emoji, weil Finn mein *Gift of a Friend* ist.

»Hi.« Ich zucke zusammen, als Jadens Schatten auf mich fällt. Hastig bringe ich Avril Lavigne zum Schweigen. »Konntest du es nicht abwarten, mich zu sehen, oder warum sitzt du hier draußen?«

Sein Grinsen lässt mein Herz schlagartig weit werden. Überrascht stelle ich fest, dass sich ein warmes Gefühl in mir ausbreitet – als hätte ich zu heißen Kakao getrunken. Ich bin noch immer aufgeregt, aber gerade fühlt es sich definitiv gut an. Nach Abenteuer. Ich erwidere sein Lächeln und blinzle gegen das Sonnenlicht zu ihm auf. »Ich wollte dir nur keine Gelegenheit geben, noch mal in meinen Sachen zu wühlen.«

»Autsch!« Jaden verzieht das Gesicht. »Vielleicht habe ich das verdient, aber es tut trotzdem weh.«

»Es war nur eine Flunkerei – nicht der wahre Grund, warum ich hier draußen sitze.« Ich komme auf die Füße und streiche mein locker fallendes Shirt glatt, das ich zu bunt gemusterten Shorts trage. Jaden steht auf der Stufe unter mir, sodass ich ihm direkt in die Augen blicke. Das Sonnenlicht entlockt dem dunklen Braun Myriaden Bernsteinfacetten. Einen Moment lang – ich hoffe, es ist ein kurzer – verliere ich mich in dem Versuch, in den Schlieren, Sprenkeln und Tupfen ein Muster zu finden. Doch als ich meinen Blick endlich losreiße, ist mir bewusst, dass der Moment nicht kurz genug war. Plötzlich habe ich keine Ahnung mehr, wohin ich schauen soll, was ich sagen soll, was denken. Oder warum ich überhaupt hier draußen stehe.

»Also, wollen wir los?«, frage ich schließlich.

Jaden deutet auf seine Füße. »Klar. Ich habe extra Turnschuhe angezogen, damit du nicht so leicht abhauen kannst.«

Ich muss lachen. »Ich sehe, du hast dich vorbereitet.«

»Wohin gehen wir denn?« Jaden folgt mir die Stufen hinab zur Straße.

»Das entscheidest du.« Ich drehe mich zu ihm um. »An meinem Lieblingsplatz in London bist du ja schon baden gegangen. Also kannst du mir was über dich verraten: Wo ist dein Lieblingsort?«

»Weißt du nicht schon alles über mich?«

Fragend lege ich den Kopf schief. »Tue ich das?«

Jaden scheint kurz nachzudenken, denn sein Blick wird weicher. »Lass uns von der *Essex Road Station* ins Zentrum fahren«, sagt er schließlich statt einer Antwort.

»Okay.« Wir setzen uns die Straße hinunter in Bewegung. Im ersten Moment fühlt es sich merkwürdig an, neben Jaden herzulaufen, statt davonzurennen. Nach nur wenigen Schritten stelle ich allerdings fest, dass es gar nicht schlimm ist, sondern merkwürdig gut. Ich bin noch immer ein bisschen nervös – mit Bauchkribbeln, Herzstolpern und elektrisierten Nerven. Aber selbst das fühlt sich gut an. Mutig.

Der lebhafte Verkehr auf der Essex Road verbietet es allerdings, zu genau darüber nachzudenken. Autos schieben sich auf den engen Fahrbahnen aneinander vorbei. Zwischen den drei- bis viergeschossigen Häuserreihen mit Läden und Coffeeshops ist die Hitze drückend. Trotzdem fühle ich mich beschwingt wie von einer sachten Sommerbrise am Meer.

»Warum bist du eigentlich hier?«, frage ich aus einem unüberlegten Impuls heraus, bleibe kurz an einem Postkasten stehen und werfe ganz nebenbei meine Briefe an Luke ein. »Müsste jemand wie du bei diesem Wetter nicht beim Surfen am Meer sein?«

Ich will schon weitergehen, stelle aber fest, dass Jaden keine Anstalten macht, sich wieder in Bewegung zu setzen. Da ist er wieder: der Zartbitter-Look in seinen Augen.

»Siehst du? Das ist genau, was ich meine. Das ist so verdammt irritierend.« Fragend sehe ich ihn an. »Dass Surfen mein Hobby ist, habe ich dir nie erzählt. Du dürftest das nicht über mich wissen.«

Ups. Das stimmt. Ich versuche ihn mit einem Lächeln zu beschwichtigen. »Wenn du nicht möchtest, dass andere vom Surfen wissen, solltest du vielleicht nicht so oft T-Shirts mit den Logos irgendwelcher Surf-Cups tragen.« Ich erwidere seinen starren Blick mit schief gelegtem Kopf, bis er lächelt.

»Gut, du hast recht. Die sind ein Give-away. Und das Surfen ist sowieso nicht das Unangenehmste, das du über mich weißt.«

Er setzt sich wieder in Bewegung und ich beschließe, so offen wie möglich mit der Situation umzugehen. »Was ist dir denn unangenehm? Deine Vorliebe für Senf? Isst du Senf wirklich zu allem?«

Er wirft mir ein Grinsen zu. »Dazu stehe ich.«

»Aber zu Banane? Ernsthaft?«
»Ist ein Geheimtipp. Solltest du mal probieren. Das geht sogar als Auflauf mit Kochschinken dazu.«
Ungläubig starre ich ihn an, aber er bleibt ernst.
»Senf zu Erdbeeren?«
Er lacht. »Klar, dass du gleich ins Extreme gehst. Erdbeeren schmecken mir ohne Senf, aber er schadet auch nicht – schmeckt halt zu allem.«
»Du würdest also wirklich Senf zu Spaghetti bolognese essen? Oder zu Mousse au Chocolat?«
Er hebt die Schultern. »Würde ich. Senf macht nichts schlechter, aber vieles besser.«
»Also, wenn dir dieses Lebensmotto nicht unangenehm ist, was ist es dann? Dass du nur eine Sorte Socken kaufst, damit du einfach alle in eine Schublade werfen kannst?« Wir betreten die *Essex Road Station* und Jaden checkt mit seinem Smartphone ein. Ich habe bereits meine uralte geliebte Oyster Card in der Hand – personalisiert mit den britischen Farben und den Worten: *We'll get you there.* »Dass du Popsongs unter der Dusche singst? Oder dass du Angst vor Spinnen hast?«
Der Fahrstuhl quietscht unheilvoll, als er mit uns in die Tiefe sinkt.
»Die Sache mit den Socken ist nicht unangenehm, sondern praktisch. Die mit den Spinnen ...« Er wiegt seinen Kopf. »Die ist mir ein bisschen unangenehm. Die mit dem Singen unter der Dusche sehr. Nicht weil ich der Einzige bin, der das tut, sondern weil es im Gegenteil schon fast ein Klischee ist. Siehst du?«
Fragend erwidere ich seinen Blick. »Was?«
»Findest du es nicht komisch, wie gut du mich kennst? Mein Lieblingsplatz ist wahrscheinlich mein letztes Geheimnis, das ich noch habe.«
»Wer weiß.« Ich hebe die Schultern. »Ich kenne dich nicht

wirklich. Ich weiß, wie Alice dich sieht. Und sie hat mir nur erzählt, was ich wissen musste, um die Karte zu schreiben.«
»Dass ich Angst vor Spinnen habe? Wie wir uns kennengelernt haben, was gut lief und was schlecht, all meine Stärken und Schwächen? Wie viel genau musstest du denn wissen?«
Also ... Na gut ... Ich seufze. »Sie hat mir schon sehr viel erzählt, das stimmt. Aber deinen Lieblingsort in London hat sie mir nicht verraten.«
»Weil sie den nicht kennt.« Jadens Augen sind schon wieder dunkler geworden. Er strebt aus der Kabine, sobald sich die Fahrstuhltüren öffnen. Ich muss laufen, um mit ihm Schritt zu halten. Es ist heiß in den Gängen der *Essex Road Station*, die jetzt, außerhalb der Rushhour, ziemlich verlassen sind. Der muffige Wind am Fuß der Treppe zu den Gleisen wirbelt mir die Haare durcheinander. Die digitale Anzeige kündigt die nächste Bahn in vier Minuten an.
»Du musst mir deinen Lieblingsplatz nicht zeigen, Jaden. Nicht wenn du ihn als dein letztes Geheimnis betrachtest. Ich beantworte dir deine Fragen trotzdem.«
Jadens schiefes Grinsen lässt mein Herz stolpern und ich wende den Blick ab, um in den dunklen U-Bahn-Tunnel zu spähen. Meistens hört man das metallische Sirren der herannahenden *Tube* allerdings, bevor man die Lichter entdeckt.
»Mein Lieblingsort ist eigentlich kein Geheimnis. Es hat mich nur noch nie jemand danach gefragt.«
»Okay.« Ich verknote meine Hände miteinander. »Apropos danach gefragt: Du hast keine Recording-App auf deinem Telefon laufen, oder?«
»Was?«
»Na ja, damit du mich später in deinen Podcast einspielen kannst oder so.«
Er lacht auf, zieht aber sein Smartphone aus der Tasche, entsperrt es und zeigt mir, dass keine Apps aktiv sind.

»Keine Diktiergeräte?«, hake ich nach.

Er breitet die Arme aus. »Willst du mich durchsuchen?« Obwohl ich rot werde, hebe ich die Augenbrauen. »Denkst du, ich würde davor zurückschrecken? Ich habe dich schließlich schon mal ausgezogen – also fast.« Sein Lächeln wird so weit, als würde es nie enden. »Das habe ich nicht vergessen.«

Himmel! Ich starre auf seinen Brustkorb, versuche nicht daran zu denken, wie er unter seinem eisblauen Shirt aussieht, blinzle, weil ich es eben doch tue. »Äh ... Nein danke, ich will dich nicht durchsuchen.«

Immer noch grinsend lässt er die Arme wieder sinken. »Gut, dann kommt jetzt meine erste richtige Frage: Wie bist du auf die Idee gekommen, Briefe zu schreiben – für Geld?«

Mittlerweile haben wir auf der Plattform Gesellschaft von zwei weiteren Fahrgästen bekommen, aber als kurz darauf ein Zug der *Great Northern Line* einfährt, finden wir uns fast allein im Wagen wieder. Zögernd setze ich mich Jaden gegenüber in eine Bank und weiche immer noch seinem fragenden Blick aus. »Das ist nicht so leicht zu beantworten.«

»Wieso?«

»Weil es eine lange Geschichte ist. Und ich weiß nicht, wo ich anfangen soll.«

»Warum kannst du denn so gut mit Worten umgehen?« Jaden bricht seine Frage mühelos in kompaktere Bröckchen herunter. »Ist Schreiben dein Hobby? Hast du studiert? Irgendwas mit Literatur oder so?«

»Ich habe einen Bachelor in Kreativem Schreiben.«

»Und warum hast du dich für das Studium entschieden?« Ich ziehe die Schultern hoch. »Ich war früher sehr still. Das Schreiben war meine Möglichkeit, mich auszudrücken.«

»Willst du Schriftstellerin werden?«

»Drehbuchautorin«, sage ich leise.

Forschend mustert er mich – mit neuem Interesse irgendwie.
»Warum Drehbuch?«
»Meine Mum ist Musical- und Theaterdarstellerin. Früher hat sie mich oft mit zu den Proben genommen, also ist mir das Theater vertraut. Und zu laut. Ich liebe Geschichten, aber ich liebe sie leise – in meinem Kopf. Ich mochte immer die Vorstellung, sie zwischen Gesten und Dialogen entstehen zu lassen. Ich habe schon in der Schule Stücke für den Theaterkurs geschrieben.« Ich merke, dass ich meinen Blick gedankenversunken im Dunkel der Scheibe verloren habe, und stelle ihn wieder auf Jaden scharf. »Im Prinzip geht es doch bei jeder Kunstform darum: Du entwickelst etwas, aber zum Leben erwacht es erst in den Augen der anderen. Das fasziniert mich. Ich dachte immer, dass ich – wenn ich ein Drehbuch schreibe – direkt beobachten kann, wie meine Worte zu Bildern werden.«

»Warum sprichst du in der Vergangenheitsform?« Jaden beobachtet mich, als wolle er mich bis in den letzten Winkel meines Bewusstseins ergründen.

Unbehaglich ziehe ich die Schultern noch höher. »Ich will schon weiterstudieren. Aber das alles fühlt sich gerade völlig fern von mir an. Als hätte ich das Drehbuchschreiben gewollt, aber das Drehbuchschreiben mich nicht.«

Jaden hebt die Augenbrauen. »Wie kommst du darauf?«

Ich beiße mir auf die Unterlippe. »Na ja, ich habe mir durchs Briefeschreiben mein Studium finanziert, aber eigentlich war es alles zu viel. Zu viele Gedanken, zu viele Gefühle, zu viele Worte in meinem Kopf. Und dann ...« Dann hat Luke mich verlassen. Zur Hölle! »... dann musste ich mich entscheiden. Ich habe zwar den Studienplatz für Drehbuchschreiben bekommen, aber ich pausiere gerade, um erst mal Geld zu verdienen.«

Winzige nachdenkliche Fältchen haben sich in Jadens Augenwinkeln gebildet – als wüsste er, dass ich ein zentrales Detail auslasse. »Aber warum? Oh, wir müssen umsteigen.«

Erleichtert springe ich auf, gehe zur Tür, halte mich fest, bis der Wagen zum Stillstand gekommen ist, und werfe Jaden über die Schulter ein schiefes Lächeln zu. »Wahrscheinlich bin ich im Briefeschreiben viel besser, als ich es im Drehbuchschreiben je sein könnte.«

»Hast du das Drehbuchschreiben abgesehen von den Theaterstücken in der Schule denn ausprobiert?« Er folgt mir auf den Bahnsteig der *Old Street Station*, auf dem es geschäftiger zugeht als in *Essex Road*. Ich schlängele mich durch die einsteigenden Fahrgäste, bis mir auffällt, dass ich keine Ahnung habe, wohin wir unterwegs sind, und mich einen Schritt hinter Jaden zurückfallen lasse.

»Ich habe einen Grundkurs fürs Theater gemacht und einen für Film an der UCLA.«

Jaden gerät leicht aus der Richtung – ich glaube, weil er versucht mich anzusehen – und prallt gegen eine an der schmucklosen Tunnelwand befestigte Metallbank. »Oh Shit!«

»Was machst du denn? Hast du dir wehgetan?« Besorgt ergreife ich seinen Arm, aber er grinst schon wieder.

»Du hättest mich vorwarnen können.«

»Dass da plötzlich aus dem Nichts eine Bank auftaucht? Ich dachte, du hättest die gesehen.«

Mit einem verlegenen Lächeln richtet er sich auf und fährt sich mit der Hand durch die Haare. »Du hast mich abgelenkt.« Sein Blick fällt auf meine Hand, die immer noch seinen Arm berührt. »Hast du Angst, dass ich umfalle? Mein Schienbein fühlt sich zwar an wie doppelt gebrochen, aber ich glaube, ich kann noch stehen.«

Ertappt lasse ich meine Hand sinken und ignoriere die Hitze, die mir zu Kopf steigt. »Sehr tapfer.«

»Wenn du an der UCLA einen Kurs im Drehbuchschreiben

belegt hast, musst du ziemlich gut sein. Wie konntest du das aufgeben?«

Seufzend schüttele ich den Kopf. »Ich hatte Glück, den Platz zu bekommen. Bei den Szenen, die ich zur Bewerbung eingereicht habe, hat einfach alles gestimmt. Klassischer Flow-Effekt. So was ist mir danach nie wieder gelungen – außer mit den Briefen.«

»Weißt du, woran mich das erinnert?« Ich folge Jaden in den Verbindungsgang zwischen den Gleisen und dann eine Treppe aufwärts. »Mike hatte neulich eine Psychologin in der Sendung. Es ging um Probleme am Arbeitsplatz – unter anderem um das Phänomen, dass die meisten nicht bereit sind, Fehler zuzugeben, sondern sie lieber bei anderen suchen.«

»Und was meinte die Psychologin dazu?«

»Dass Fingerpointing auf eine gesunde Einstellung des Gehirns zurückzuführen ist: Erfolge begründet man mit dem eigenen Können, Missgeschicke mit äußeren Umständen. Das ist ein Schutzmechanismus fürs Selbstvertrauen.«

»Das klingt, als wäre es mit der Einstellung schwierig, sich weiterzuentwickeln. Aber gut ...« Ich zucke mit den Schultern. »Was hat das mit mir zu tun?«

»Nichts.« Jaden wirft mir über die Schulter ein Grinsen zu. »Anscheinend gibt es nämlich Leute, die Fehler immer bei sich selbst suchen, ihre Erfolge aber auf etwas anderes als ihr Können zurückführen – zum Beispiel Hilfsmittel oder eben Glück.«

»Aha.« Ich muss zugeben, das wiederum klingt nicht wirklich gesund. »Und du meinst, das mache ich?«

»Sag du es mir.«

Tue ich das? Vielleicht. Es fällt mir schwer, darüber nachzudenken, während wir durch die Gänge zur *Northern Line* eilen und jeder Gedanke von den Tunnelwänden auf mich zurückgeworfen wird. »Wahrscheinlich«, gebe ich schließlich zu. »Als Alice mir sagte, dass du wegen meiner Karte ausgerastet bist, dachte ich jedenfalls sofort, ich hätte alles falsch gemacht, statt auf die Idee zu kommen, dass du einfach völlig irre bist.«

Er knufft mich in die Seite, und erst als ich lachend ausweiche, wird mir klar, wie wenig das hier mit der feindseligen Befragung zu tun hat, die ich ursprünglich von ihm erwartet habe.

Wir rennen ein paar Schritte bis zur Plattform, um die gerade in die Haltestelle brausende *Tube* zu erwischen, und schaffen es in einen der Wagen, ehe sich die Türen schließen. Obwohl noch Plätze frei sind, bleiben wir an einer Haltestange stehen.

»Also ...« Jaden mustert mich neugierig. »Warum hast du deinen Master nicht mal angefangen? Warum schreibst du stattdessen Briefe?«

Die Anspannung ist so schlagartig da, dass ich befürchte, Jaden müsse sie in mein Gesicht springen sehen. Es fühlt sich an, als hätten sämtliche Zellen in meinem Körper zugemacht und würden nun so eine Art Kettenhemd bilden, das mich schwer und unnachgiebig umschließt. Doch diesmal will ich den Reflex überwinden. Vielleicht weil ich durch meine Briefe an Luke bereit dazu bin. Oder weil Grandma Lawson recht hat: *Du musst es loslassen.*

Also halte ich mein Gesicht in den warmen muffigen Wind, der durch die offenen *Tube*-Fenster schlägt, atme tief ein und sage laut und deutlich über dem Klappern der Bahn: »Luke. Luke hat mich dazu gebracht, mit dem Briefeschreiben anzufangen.«

Ein schneller Blick in Jadens Gesicht verrät mir, dass er mich noch immer ansieht. Er hört mir zu, wartet einfach. Ich wage einen zweiten längeren Blick in seine Augen.

»Wer ist Luke?«, erkundigt er sich schließlich.

»Luke ist …« Obwohl ich das Kettenhemd sprengen möchte, gelingt es mir noch immer nicht, ohne zugeschnürten Brustkorb über ihn zu reden, und irgendwie nervt mich das langsam. Ich muss doch in der Lage sein, es in Worte zu fassen – zumindest das. »Luke war mein Freund. Das klingt, als wäre er tot. Das ist er nicht. Aber er hat mich ziemlich plötzlich verlassen.« Okay, das war etwas verworren, aber hey! Ich habe es ausgesprochen. Und ich habe nicht das Gefühl, heulen zu müssen. Im Gegenteil! Gerade fühlt sich diese ganze Geschichte mit Luke ziemlich weit weg an. »Luke war der Erste, der mich auf die Idee gebracht hat, dass meine Briefe etwas Besonderes sind«, fahre ich mutiger fort. »Ich meine, natürlich wusste ich, dass es mir mehr Spaß macht als anderen, Briefe zu schreiben. Ich habe mir unfassbar viel Mühe mit den Karten gegeben, die ich aus dem Urlaub oder zu Geburtstagen verschickt habe. Andere haben mich damit aufgezogen, wie lange ich daran saß. Aber ich fand es schön, Zitate, Weisheiten oder Sprüche einzubauen, kleine Geschichten daraus zu machen.« Nachdenklich betrachte ich mich selbst im Spiegel der Scheibe. »Ich dachte, es ist einfach eine kleine Schrulligkeit von mir. Aber Luke hat etwas darin gesehen.«

»Was genau?«

»Ein besonderes Talent.« Wieder wage ich einen schnellen Blick in Jadens Gesicht, und als er mir zulächelt und sich dieses wunderbar warme, süße Gefühl in mir ausbreitet, das sonst nur ein Schluck heiße Schokolade verursachen kann, lächle ich einfach zurück. »Luke kommt aus Kalifornien, und als er herkam, schrieb ich seiner Familie Briefe, um mich vorzustellen und von unserem Leben hier zu erzählen. Bis dahin kannte ich sie nur aus Lukes Erzählungen, begegnet bin ich ihnen erst später. Aber er meinte, ich hätte für jeden den richtigen Ton getroffen.«

»Dann ist er auf die Idee gekommen, dass du mit dem Briefe

schreiben Geld verdienen kannst?«, hakt Jaden schließlich nach, während sich die *Tube* kurz vor *Bank* in die Kurve legt.

»Na ja …« Zögernd lasse ich meinen Blick über sein Gesicht fliegen, aber da ist nichts Lauerndes in seiner Miene, keine Anspannung in seinen Zügen. Er wartet nicht, dass ich doch zugebe, Gefühle anderer finanziell auszuschlachten. Ich erkenne nur Neugier in seinem Blick. »Luke hat Emmas Agentur in Shoreditch entdeckt und war begeistert. Er fand, es sei der perfekte Job für mich. Emma hat damals vor allem Hilfe bei Korrespondenz mit Behörden und Korrektorate angeboten. Aber Luke hat sie überredet, mir zu erzählen, was sie ihrem Mann schon immer sagen wollte. Ich habe mich mit ihr unterhalten, ihrem Mann einen Brief geschrieben und dann sind wir gegangen.«

Noch im Nachhinein muss ich über Emmas verwundertes Gesicht lächeln. Die Situation war wirklich merkwürdig. Ich glaube, sie hat sich nur darauf eingelassen, weil Luke sie mit seinem Enthusiasmus so gnadenlos überrollt hat.

»Einen Tag später bot Emma mir an, für sie zu arbeiten. Anfangs habe ich vor allem Korrektorate gemacht. Aber es kamen erste Anfragen für Briefe über die Website. Durch Empfehlungen wurden es mehr, und als Emma Werbung zu schalten begann, schrieb ich bald nur noch Briefe und Reden.«

Jaden bedeutet mir, dass wir aussteigen müssen. »Aber warum gibst du darüber deinen Traum vom Drehbuch auf?«

»Ich habe ihn nicht aufgegeben. Nur aufgeschoben, denke ich.« Rasch folge ich ihm aus der Bahn. *Bank Station* ist überfüllt, stickig und streckt sich in einem unübersichtlichen Netz von Gängen und Tunneln ins Unbekannte. Ich kann nur hoffen, dass Jaden weiß, wohin er will. »Nachdem Luke mich verlassen hatte, ging es mir eine Weile nicht so gut. Ich hatte erst mal genug damit zu tun, meinen Lebensunterhalt zu verdienen.«

Jaden wirft mir einen aufmerksamen Blick zu, und ich kann mir denken, wie das klingt: als wäre ich nicht ernst zu nehmen, wenn ein bisschen Liebeskummer mich so aus dem Gleichgewicht bringt.

»Sieh lieber nach vorne«, sage ich mit einem Grinsen. »Nur falls hier noch mehr Bänke aus dem Nichts auftauchen.«

Er lacht. »Guter Hinweis.«

Eine Weile laufe ich schweigend neben ihm her durch die endlosen Gänge – zusammen mit einem ganzen Trupp von Leuten, die dem Tageslicht entgegenstreben.

»Er ist von einem Tag auf den anderen verschwunden«, höre ich mich sagen, ohne dass ich es laut aussprechen wollte, ohne dass ich weiß, warum ich es tue. Hat der Hochsicherheitstrakt in mir ein Leck? Bekommt das Kettenhemd erste Risse? Ist das vielleicht Loslassen? »Eines Abends wollte er noch mal kurz weg, und als mir auffiel, wie lange er fort war, saß er schon im Flugzeug nach Los Angeles.« Überrascht sieht Jaden mich an und ich glaube, ich starre genauso überrascht zurück. Trotzdem kann ich nicht aufhören zu reden. »Er war einfach so weg aus meinem Leben.«

»Er ist abgehauen, ohne dir zu sagen, warum?« Die Fassungslosigkeit ist Jadens Stimme anzuhören, aber ich blicke geradeaus – entlang der glatten Tunnelwände bis zur nächsten Kurve, bis zur nächsten Treppe.

»Es hat mich ziemlich zerstört«, höre ich mich sagen. »Deshalb habe ich es nicht geschafft, gleichzeitig zu studieren und Geld zu verdienen.«

»Das tut mir leid.« Jaden kommt mir auf der Rolltreppe nach oben so nah, dass ich seinen Geruch einatme. Sofort fühlt sich mein Kopf klarer an, als wäre ich in der überhitzten Untergrundstation unvermittelt in eine Meeresbrise geraten.

»Die Geburtstagskarte an dich ... Das war der erste Liebesbrief, den ich geschrieben habe, seit Lukes *Ghosting*.«

Irgendwie bleiben wir am Kopf der Rolltreppe einfach stehen. Die Nachdrängelnden schlängeln sich um uns herum, schieben uns an den Rand, aber ich bin in einem Spiegelkabinett goldbrauner Facetten gefangen, die sogar im kalten Licht des Tunnels in Jadens dunklen Augen funkeln. Und irgendwie – auf zauberhafte Weise – fühle ich mich gut.

»Ich bin nicht aus dem Fenster geklettert, weil ich verrückt bin.« Dieser Punkt ist mir wichtig. Jaden soll nicht die Version von mir sehen, die mit einem Zweig in den Haaren aus einem Busch gekrochen kommt und ihn in den See schubst, sondern die mit der faszinierenden Augenfarbe, die ihn mit ihren Worten berührt hat. Und zwar weil ... Ja, weil ich immer mehr die Version von ihm sehe, die mich abenteuerlustig werden lässt, die etwas Sensibles und Verständnisvolles durchschimmern lässt – die Version, die nach Himbeere, Minze und Schokolade schmeckt. »Ich bin aus dem Fenster geklettert, weil ich Angst hatte. Ich dachte, ich sei noch nicht so weit, über Luke zu reden. Und diese Geschichte lässt sich nun mal nicht ohne ihn erzählen.«

»Verstehe. Aber ...« Neugierig mustert er mich – als wäre ich ein Land voller Geheimnisse, voller unerforschter Winkel. »Was ist passiert zwischen dem Fenster und jetzt? Warum kannst du jetzt darüber reden?«

Du bist mir passiert. Ich glaube die Schokolade seiner Augen auf meiner Zunge zu schmecken. *Du bist mir passiert.* Vielleicht stimmt das gar nicht. Vielleicht bin ich mir vor allem selbst passiert – in diesem Interview, das mich dazu gebracht hat, Luke zu schreiben. Trotzdem fühlt es sich an, als habe es auch mit Jaden zu tun, dass ich nicht mehr nur das Gefühl habe, loslassen zu müssen, sondern dass ich es auch will.

»Er ist schon vor einer Weile aus unserem Leben verschwunden«, sage ich. »Jetzt muss *ich* aus unserem Leben verschwinden. Als du am See mit Alice gestritten hast, ist mir das aufgefallen: Du bist gegangen und sie muss es noch tun. Am Ende müssen beide gehen.«

Meine Wangen kribbeln unter seinem intensiven Blick. Mein Herz schwillt an. Himbeere, Minze und Schokolade. Ich glaube zu wissen, was er denkt, als er mich weiter ansieht, ohne etwas zu sagen. Ich senke den Blick.

»Ich weiß, es ist eine demütigende Geschichte. Ich wünschte, ich könnte sie ganz anders erzählen. Dass Luke mich geghostet hat und ich mir dachte: Fuck it, jetzt erst recht! Ich reise erst mal um die Welt und dann mache ich meinen Master und mal sehen, wer als Nächstes für mich den Ozean überquert. Aber so war es nun mal nicht.«

»Im Gegenteil.« Überrascht blicke ich zu ihm auf. »Wie soll eine Geschichte, in der jemand vom tiefsten Punkt zurückgekehrt, demütigend sein? Das ist doch eher eine Heldinnengeschichte.«

Ganz unwillkürlich, ganz unverhofft bringt er mich zum Lächeln. »Ich wünschte einfach, es hätte mich nicht so kaputt gemacht, verlassen worden zu sein. Ich wäre gern stärker gewesen.«

»Weißt du, was mein bester Freund vor ein paar Wochen zu mir gesagt hat?«

»Hm?«

»Dass er mich liebt.«

»Ja?« Ich bin mir nicht sicher, was ich mit der Information anfangen soll. »Das freut mich für dich?«

»Also ... Er meinte es auf eine freundschaftliche Weise und das war mir auch klar«, erklärt Jaden. »Aber Ryan ist nicht gerade offensiv mit seinen Gefühlen. Weil ich ihn kenne, seit wir Kinder sind, ahne ich meistens, ob er gut drauf ist oder schlecht. Aber er hat eine Menge mitgemacht und kaum jemals durchscheinen lassen, wie es ihm dabei geht.«

»Du meinst, im Gegensatz zu mir?«

Jaden schüttelt den Kopf. »Nein. Also, ich meine, ja, wahrscheinlich im Gegensatz zu dir, aber darauf wollte ich nicht hinaus. Ryan hat Jamie kennengelernt und jetzt bringt er Ordnung in den ganzen Mist, den er mit sich herumträgt. Und weißt du, wie?« Er zuckt mit den Schultern. »Indem er zugibt, wie er sich wirklich fühlt. Und sie hält es mit ihm aus. Er meinte, es sei das Schwierigste, Schmerzhafteste und Beste, was er je getan hat.«

Ich runzele die Stirn. Irgendwie bin ich mir immer noch nicht sicher, was Jaden mir sagen will. »Warum?«

»Weil er keine Angst mehr haben muss, an Dingen zu rühren, die er nicht wahrhaben will. Aber Ryan meinte, noch nie in seinem Leben habe ihn etwas so viel Mut gekostet. Und das sagt mir vor allem eins.« Ich weiß nicht, was passiert ist. Sind wir noch näher zusammengerückt oder bilde ich mir das ein? Die vorbeieilenden Menschen, die beigefarbenen Fliesen an den Wänden, der muffige Wind … All die Eindrücke der Station sind zu einem unbedeutenden Hintergrund zusammengeschmolzen. Jaden fesselt mich mit den beruhigenden Farben von Karamell und Schokolade, mit seinen intensiven Worten und mit diesem Gefühl von Weite, das mich selbst in dem engen Gang irgendwo unter der Erde glauben lässt, ganz woanders zu sein – irgendwo, wo es genau richtig ist. »Du musst ziemlich stark sein, wenn du so ehrlich darüber sprichst, wie du dich gefühlt hast.«

Plötzlich will ich Jaden um den Hals fallen. Ich will ihm nah sein, damit er fühlt, wie seine Worte mein Herz schlagen lassen.

Der Impuls ist da. Ich glaube, ich bin schon in der Bewegung auf ihn zu, als ich mich bremse.

Ich stehe hier vor Jaden Carter. Jaden Carter, der mich vernichten wollte – wenn auch nur Alice' Behauptung zufolge …

Vielleicht tut er gerade genau das, was er mir unterstellt hat getan zu haben: Er manipuliert mich, damit ich doch noch in seinen Podcast komme.

»Danke«, sage ich am Ende nur und trete einen Schritt zurück.

Kapitel 11

Als wir die *Tube Station* endlich hinter uns lassen, empfangen uns Hitze und die Sonne, die grell von den hellen Fassaden der neoklassizistischen Gebäude reflektiert wird. Auffallend viele Leute sind in Anzügen und Kostümen unterwegs. Wir sind im Finanzdistrikt der Stadt gelandet und Jaden sieht mit seinem lässigen Freizeitlook kein bisschen so aus, als passe er hierher.

»Hier in der Gegend ist dein Lieblingsplatz?«

Er lacht, denn wahrscheinlich deutet er meinen Blick richtig und weiß, was ich denke. »Warte es ab. Es geht da lang.« Er führt mich abseits der Hauptverkehrswege durch eine Reihe schmaler Gassen. Zwischen den hoch aufragenden Fassaden der Geschäftsgebäude und Hotels ist die Stadt ruhiger.

»Du meintest vorhin, dass Luke dich bewundert hat, weil du dich so gut in andere Leute hineinversetzen kannst«, meint Jaden, als wir gerade in einen besonders schmalen Durchgang einbiegen. Wir müssen hintereinandergehen, wenn wir nicht mit den Schultern zusammenstoßen wollen. »Aber kannst du das besser als andere?«

Unschlüssig, was ich antworten soll, blicke ich in den Spalt blauen Himmels, der sich über unseren Köpfen zwischen den sich nahezu berührenden Dächern spannt. »Ich weiß es nicht«, sage ich schließlich. »Luke hat es für eine besondere Gabe gehalten. Mein bester Freund Finn meint, ich hätte einfach viel Empathie. Meine Grandma glaubt, mein mangelndes Vertrauen in die Welt sei schuld daran, dass ich andere so genau analysiere. Aber vielleicht könnten mehr Menschen das Gleiche, wenn sie es versuchen würden.«

»Und was genau passiert, wenn du Informationen gesammelt hast und anfängst einen Brief zu schreiben?« Jaden sieht mich so forschend an, dass ich mich wie von einem Scheinwerfer gestreift fühle.

Während wir die stark befahrene Gracechurch Street überqueren und in die Fenchurch Street einbiegen, nehme ich mir Zeit, um über seine Frage nachzudenken.

»Ist dein Lieblingsplatz etwa der *Sky Garden*?«, platzt es jedoch aus mir heraus, als ich die gleißende Glasfassade des gewaltigen Komplexes vor uns aufragen sehe. »Ist der nicht ziemlich touristisch?«

Jaden grinst mich an. »Dürfen Lieblingsplätze nicht touristisch sein?«

»Doch.« Zögernd lasse ich meinen Blick an dem Skyscraper emporwandern. »Es scheint einfach nicht so gut zu dir zu passen.«

Jaden zieht die Augenbrauen hoch. »Inwiefern?«

Wachsam erwidere ich seinen Blick. »Ich dachte, du magst es eher abgeschieden. Also ... Das habe ich mir zumindest zusammengereimt.«

»Wieso?«

Ich schweige einen Moment, versuche mich zu erinnern. »Alice meinte zum Beispiel, dass du Urlaube grundsätzlich selbst planst, statt pauschal zu buchen. Sie hat gesagt, was gut genug für andere sei, sei noch lange nicht gut genug für dich.« Da ich ihn noch immer aufmerksam im Blick behalte, entgeht mir die steile Falte nicht, die sich über seiner Nasenwurzel bildet. Hastig füge ich hinzu: »Sie hat es als Witz gemeint.«

»Sie fand immer, ich könne mir den Aufwand sparen, aber darum geht es mir nicht.«

»Dir geht es um den Ausgleich, richtig?« Wir drängen uns auf dem schmalen Gehweg zusammen, um uns entgegenkommende Passanten durchzulassen. »Du liebst es, unter Leuten zu sein, und du bist gut darin, mit jedem über alles zu reden. Außerdem strebst du einen Job an, in dem es laut und trubelig zugeht. Aber am Wochenende fährst du gerne raus aus London – ans Meer oder in die South Downs, oft alleine. Ich habe mir vorgestellt, dass du das tust, um dich auf dich selbst zu besinnen, wenn du dich die ganze Woche nur für andere interessiert hast.« Jaden hat mittlerweile den Kopf gesenkt und blickt beim Gehen auf seine Füße. Seinem Profil ist nicht zu entnehmen, ob ich recht habe. Die Unsicherheit lässt meine Stimme leiser werden. »Unter dieser Annahme bist du niemand, dem die Touristenorte nicht gut genug sind. Du bist jemand, der Erlebnisse haben will, die nur ihm gehören, weil er im Alltag alles teilen muss.« Ich stocke, warte auf eine Reaktion, aber es kommt keine. Stumm geht Jaden weiter neben mir her. »Müssen wir nicht hier rein?«, frage ich auf Höhe des Eingangs zum *Sky Garden*.

Jaden sieht nur flüchtig auf. »Du hast doch längst festgestellt, dass es kein Lieblingsplatz wäre, der zu mir passt.«

Ich wiederhole seine Worte im Kopf. Er hat sie frei von Bitterkeit gesagt. Trotzdem fühle ich mich verunsichert. »Tut mir leid, Jaden. Das war übergriffig. Ich wollte dir nicht zu nahe treten.«

Wieder sagt er nichts dazu. Mit einem unbehaglichen Gefühl folge ich ihm in eine Straße seitlich des *Sky Garden*. Mehrere wortlose Meter weiter bleibt er abrupt stehen und starrt mich an – nicht wütend, eher verwundert.

»Wie kannst du mir nicht zu nahe treten, wenn du mich besser verstehst als die Frau, mit der ich jahrelang zusammen war? Wenn du besser in Worte fassen kannst, wie ich mich fühle, als ich selbst es kann?« Er schüttelt den Kopf. »Wie ist das möglich?«

»Vielleicht höre ich einfach besser zu«, sage ich leise. »Die Informationen, die ich zusammentrage, sind wie eine Ansammlung von Bausteinen für mich. Die kann ich aufeinandersetzen und dann ergeben sie einen Turm, aber einen ziemlich wackligen. Die Bausteine sind nicht die ganze Geschichte.« Ich suche in seinem Gesicht nach Verständnis, fühle mich fast entblößt im Fokus seines Blicks und merke trotzdem, dass es mir nicht unangenehm ist, darüber zu reden. Im Gegenteil. Luke wollte das nie so genau wissen. Jetzt stelle ich fest, dass ich erstaunlich viel dazu sagen kann, wenn jemand wirklich interessiert daran ist. »Ich sehe mir die Bausteine an und ergänze sie durch Annahmen, die mir logisch erscheinen. Dadurch verbinde ich alle Informationen zu einer Geschichte. Irgendwann ist es nicht mehr schwierig, hier oder dort etwas hinzuzufügen. Es ist wie ein fehlendes Puzzleteil, keine große Lücke mehr. Ich liege damit nicht immer richtig. Schließlich folgen Menschen nicht den Regeln von Character-Building und handeln oft irrational. Aber je mehr Informationen ich habe, desto öfter liege ich richtig.«

Jaden nickt langsam. »Und über mich hattest du viele Informationen?«

»Ja. Alice hatte jede Menge vorbereitet.« Ich beiße mir auf die Lippe, hoffe, dass Jaden meine Bemühungen, offen damit umzugehen, zu schätzen weiß. Ich sehe jedoch, wie seine Augen dunkler werden, und ahne, wie sich das für ihn anhören muss. »Es tut mir leid. Ich verstehe, dass es ein merkwürdiges Gefühl sein muss, dass Alice mit mir über dich gesprochen hat, ohne dass du Einfluss darauf hattest.«

»Es ist vor allem ein merkwürdiges Gefühl, dass du so genau voraussagen kannst, was für eine Art von Lieblingsplatz ich habe.«

»Wenn es dich beruhigt: Ich habe keine Ahnung, wohin du mich führst.«

»Es ist nicht mehr weit.« Jaden deutet mit ausgestrecktem Arm die Straße hinunter. »Gleich sind wir da und dann wirst du sehen, was ich meine.«

Wir überqueren die Eastcheap und biegen wenige Schritte weiter vor einem *Pret* in eine schmale kopfsteingepflasterte Gasse ein. Mit jedem Schritt, den wir uns von der Hauptstraße entfernen, wird es ruhiger. Vor uns taucht ein schmiedeeiserner Zaun auf, durch den ich das üppige Grün von Büschen und Bäumen sehe.

»Ist das einer dieser kleinen versteckten Parks?«, frage ich sofort entzückt.

Jaden wiegt den Kopf. »So ähnlich. *St-Dunstan-in-the-East.* Hast du schon davon gehört?«

»Die Kirche, die im Zweiten Weltkrieg zerstört wurde?«

»Sie haben sie als Mahnmal stehen lassen.«

»Ich wusste nicht genau, wo sie liegt. Ruinen machen mich irgendwie traurig.«

Jaden wirft mir einen überraschten Blick zu. »Ich dachte, du magst Geschichten. Erzählen nicht auch Ruinen Geschichten?«

Ich muss lächeln. »Schon, aber es sind Geschichten über Vergänglichkeit und Zerfall.«

»Ich finde, diese Ruine erzählt eine andere Geschichte.« Er führt mich durch ein offen stehendes Tor in eine Art kleinen Park, in dem sich die Luft frischer anfühlt. Ich liebe, wie sich das Grün der Baumkronen vor dem Sommerhimmelblau abzeichnet, wie eine leichte Brise in ihren Blättern spielt. Das Sonnenlicht filtert durch die lichten Kronen. Das dichte Buschwerk entlang des Zauns strömt Verdunstungskühle aus. Über einen unebenen Plattenweg folge ich Jaden um eine von Efeu überwucherte Mauer.

»Wie oft kommst du hierher?«, will ich wissen. »Von dir aus ist es doch ein recht weiter Weg.«

»Ich habe mal ein Praktikum in der Nähe gemacht. Dabei

habe ich *St Dunstan* entdeckt und war täglich zur Mittagspause hier. Seitdem komme ich nur selten her. Aber wenn ich freihabe und zu beschäftigt für einen größeren Ausflug bin, ist es der perfekte Ort. Vor allem mittags wird es zwar oft voll, weil dann viele hier ihre Pause verbringen. Aber heute sind wir etwas vor der Zeit.«

Wir betreten die Kirche über ein paar Stufen durch einen Eingang ohne Tür. Ein bisschen fühlt es sich an wie eine Reise durchs Wurmloch. Mit einem Schritt gehen wir in eine Kirche hinein, mit dem nächsten stehen wir in einem Garten. Die Mauern mit ihren schlanken Spitzbogenfenstern ragen um uns herum auf, aber das Dach fehlt. Lediglich der gotische Turm erhebt sich noch in den blauen Himmel. Der Garten ist bis ins Innere der Kirche vorgedrungen. Rankpflanzen bedecken die Wände und wiegen sich vor den Fensteröffnungen in der hin und wieder leise durch die Gänge streichenden Brise. Schauer zarter pinker Blüten bieten hier und dort Farbkleckse zwischen den Schattierungen von Grün und Grau. Tief atme ich ein. Selbst an einem heißen Tag wie heute rieche ich die Feuchtigkeit zwischen Pflanzen und Steinen.

Obwohl vereinzelt Leute mit Schirmmützen, Rucksäcken und gezückten Handykameras unterwegs sind, fühle ich mich plötzlich abgeschnitten vom Rest der Welt.

»Außerhalb des Kirchengebäudes stehen jede Menge Bänke. Vielleicht setzen wir uns kurz«, schlägt Jaden vor.

Der Innenhof sieht fast aus wie ein tropischer Garten. Die üppig überwucherten Mauern werden von Beeten mit Blauregen, Farnen, Rhododendren und sogar Palmen ergänzt – außerdem jeder Menge Buschwerk, das ich nicht benennen kann. In einem Halbkreis stehen ein paar Bänke, auf denen vereinzelt Leute sitzen. Einige gut gekleidete junge Männer haben sich zu einem frühen Lunch um ein paar Mauerreste weiter entfernt gruppiert. Ein Mädchen sitzt in einer anderen Ecke auf einem

Rasenstück und liest ein Buch. Eine Frau lässt sich vor den Weinranken fotografieren, die in Mengen über die gewaltigen Mauern herabfallen. Obwohl das unbestimmte Dröhnen des Verkehrs im Hintergrund zu hören ist, klingt mir vor allem das Zwitschern der Vögel in den Ohren. Ich habe schon mehrere Rotkehlchen entdeckt und die Gruppe junger Männer wird von einer ganzen Schar Finken belagert, die sich um jeden herabfallenden Krümel streiten.

»Himmel, ist das schön hier!«, entfährt es mir.

Ich höre Jaden lachen. »Gar nicht traurig?«

Langsam drehe ich mich im Kreis. »Melancholisch finde ich die Atmosphäre schon. Bei mir kommt irgendwie Endzeitstimmung auf, wenn ich sehe, wie sich die Natur die Ruinen zu eigen macht. Die Leute fühlen sich völlig *out of place* an.« Ich sehe zu Jaden und bin überrascht, wie nah er mir ist. Oder bilde ich mir das nur ein? Da ist doch mindestens eine Schrittlänge Abstand zwischen uns, oder? Warum fühlt es sich so an, als könne ich seinen Duft schmecken, als könne ich seine Wärme einatmen, seine Nähe riechen, seinen Herzschlag fühlen? Das Sonnenlicht entlockt seinen Haaren einen hellen Goldglanz und bricht das Braun seiner Augen in schimmernden Bernstein. Sein Lächeln lässt mein Herz weit werden. Es spricht so viel Übermut aus ihm, als würde er sich gleich ein Surfbrett unter den Arm klemmen und in die Wellen stürzen.

Unwillkürlich schüttele ich den Kopf. Dieser Ort sieht von außen wie eine Kirche aus, um innen ein verwunschener Garten zu sein. Hier gelten andere Gesetze. Hier ist eine Schrittlänge Abstand plötzlich keine Schrittlänge mehr. An diesem Ort kann ich mitten in London stehen und Meeresluft einatmen.

»Was ist?« Jaden mustert mich neugierig.

»Du hast gemeint, die Ruinen würde eine andere Geschichte als von Zerfall erzählen«, erinnere ich ihn. »Welche Geschichte erzählen sie dir?«

Er lässt seinen Blick über die bewachsenen Mauern gleiten. »Eine Geschichte davon, was abseits von uns Menschen passiert. Mir ist klar, dass der Garten und die Ruinen gepflegt werden. Aber ich komme hierher und werde daran erinnert, dass die Natur uns nicht braucht, um etwas zu erschaffen. Das erzählt mir dieser Ort.«

Wie gelingt es dem Garten bloß, nicht nur Geschichten zu erzählen, sondern mir auch das Gefühl zu geben, Jaden komme mir immer näher, obwohl keiner von uns beiden sich bewegt?

»Dieser Ort ist zauberhaft«, sage ich und lasse meinen Blick erneut rundum auf Wanderschaft gehen. »Es ist friedlich. Und ein bisschen unheimlich.«

Jaden mustert mich mit schief gelegtem Kopf. »Endzeitlich, melancholisch und schön? Friedlich und unheimlich? Wie kannst du das alles gleichzeitig empfinden?«

»Siehst du?« Ich hebe einen Zeigefinger, wie um an den Punkt unseres Gesprächs zu verweisen, der mir schlagartig einfällt. »Ich sagte doch, Menschen folgen oft nicht den Regeln von Character-Building. Wir sind selten völlig logisch, sondern komplex und widersprüchlich und manchmal fühlen wir Dinge, die sich eigentlich gegenseitig ausschließen sollten.«

»Und doch hast du mich offenbar voll und ganz durchschaut.« Stumm erwidere ich seinen Blick, weiß nicht, was ich darauf sagen soll. Er zögert kurz und winkt mir dann, ihm zu folgen. »Komm, ich zeige dir meinen Lieblingslieblingsplatz.«

Ich weiß gar nicht, warum es mich so verrückt glücklich macht, dass Jaden einen Lieblingslieblingsplatz hat. Ich mag, dass es solche Begriffe in seinem Wortschatz gibt.

Über das unebene Pflaster folge ich ihm um die Ruine herum. Hier empfängt uns der Schatten einiger weit verästelter Bäume. Riesige Weinpflanzen haben das Mauerwerk überwuchert und lassen ihre Zweige vor meterhohen Spitzbogenfenstern herabhängen. Das durchfallende Sonnenlicht bringt die Grünschattierungen der Kletterpflanzen zum Leuchten. Eine Gruppe junger japanisch sprechender Leute klettert in den Fenstern herum, posiert und fotografiert. Wir sehen ihnen zu, bis sie weiterziehen, und für einen kurzen Moment stehen wir ganz allein vor den überwucherten Fenstern.

»Das sieht aus wie in einem Wordsworth-Gedicht«, sage ich leise.

»Jetzt im Sommer ist es am schönsten«, erklärt Jaden – auch seine Stimme gedämpft, wahrscheinlich weil wir Eindringlinge sind. »Der Ort strahlt so viel Ruhe aus. Wenn ich mich hierhersetze, merke ich immer, wie ich selbst ruhig werde. Alle Erlebnisse, die sich in der Hektik des Tages angehäuft haben, erscheinen plötzlich in einem anderen Licht. Dann kann ich sie für mich einordnen und mir klar darüber werden, was mir wichtig ist.«

Ich spüre, wie er den Blick von den Mauern auf mich richtet, fühle ihn wie eine Berührung auf meiner Haut, ein Streicheln auf meinem Gesicht, sacht und warm und ... Ich ringe nach Luft, sehe aber weiter geradeaus. ... elektrisierend. Ich weiß nicht, ob ich das empfinden will. Noch nicht. Himmel!

»Verstehst du jetzt, warum ich mich so von dir durchschaut fühle? Du wusstest, dass mein Lieblingsplatz kein überlaufener Ort mit grandioser Aussicht im oberen Dezibelbereich ist. Sondern ein stiller Ort – einer, an dem ich Ausgleich finde. Ich bin nicht nur eine Geschichte für dich, sondern ein offenes Buch.«

Langsam schüttele ich den Kopf. »Das bist du nicht.« Wieder atme ich tief ein. Dann sehe ich ihn an und alles in mir zerfließt zu Karamell und Schokolade. »Vielleicht warst du eine Geschichte in meinem Kopf.« Auch meine Stimme ist leise. Sie muss nicht laut sein. Es ist so ruhig hier und der Ort so zauberhaft, dass ich vielleicht gar nichts sagen müsste und Jaden mich trotzdem hören würde. »Aber jetzt ... Jetzt wirst du wahr.«

Kapitel 12

Noch immer bin ich benommen – von der Intensität dieses Ortes und von der Nähe, die zwischen Jaden und mir entstanden ist, die ich nicht mal im Ansatz verstehe und die sich gleichzeitig falsch und unwiderstehlich anfühlt. Ich will das noch ein Weilchen länger fühlen – nur noch einen Moment. Und einen Augenblick. Ich will ihm noch ein bisschen näherkommen – nur noch eine Handbreit, einen Herzschlag, einen Atemzug. Dabei können wir uns eigentlich nicht sehr viel näherkommen. Wir haben uns auf eine gemauerte Erhöhung gesetzt, die das gesamte Kirchenschiff wie ein Podest umläuft. Über uns wiegt sich die Krone eines Baumes im trägen Sommerwind und lässt Sonnenlichtflecken über uns hinweghuschen. Jaden sitzt so dicht neben mir, dass sich die Härchen auf meinen Armen aufrichten. Beinah berührt er mich. Ich könnte wegrutschen und ich bin mir sicher, er würde sofort mehr Abstand halten. Aber ich tue es nicht. Ich sitze hier und fühle, wie dieser Zug von ihm zu mir jede einzelne Zelle meines Körpers erreicht, wie etwas in mir in Bewegung gerät, wie es in seine Richtung strömt – als wäre ich Hochdruck und er Tiefdruck.

»Was meinst du? Warum werden heute überhaupt noch Briefe geschrieben?« Jadens Worte sind perfekte Akkorde, die in mir nachschwingen.

Nachdenklich lege ich den Kopf zurück und blicke in die Krone des Baums über uns. Irgendwo gefangen zwischen *Ich will das* und *Ich will das nicht* fällt es mir gerade schwer, mich auf seine Frage zu konzentrieren. Vielleicht gibt es auch einfach zu viele Möglichkeiten, sie zu beantworten.

»Versteh mich nicht falsch, aber ich habe Briefeschreiben für etwas gehalten, das nur noch von einem kleinen Prozentsatz an Achtzigjährigen betrieben wird, der sich weigert, es mit einem Laptop zu versuchen«, höre ich Jaden neben mir sagen.

Jetzt sehe ich ihn doch an, ziehe ein Bein unter und wende mich ihm halb zu. Ich liebe das Blitzen in seinen dunklen Augen. Ich liebe die Unbeschwertheit, die er ausstrahlt.

»Guck doch mal auf deine Social-Media-Seiten«, schlage ich vor. »Zähl durch, wie viele Leute dir zu deinem Geburtstag *Herzlichen Glückwunsch* geschrieben haben, und überleg mal, von wie vielen du sicher hättest sagen können, dass sie an dem Tag an dich gedacht haben und nicht nur kurz vom Algorithmus an dich erinnert wurden.« Jaden wiegt den Kopf. »Dann überleg mal, was du an Geschenken bekommen hast und was davon du wirklich brauchtest.«

»Ryan muss demnächst für ein Interview nach München und will mich mitnehmen – zum Surfen auf dem Eisbach. Das brauche ich nach der langen Pause sehr dringend.«

Irritiert runzle ich die Stirn. »Surfen? In München, Deutschland? Liegt das nicht in den Bergen?«

Immer wenn ich glaube, es wäre nicht möglich, wird Jadens Grinsen noch breiter. »Fast. Der Eisbach ist ein Fluss mit einer stehenden Welle, auf der man quasi endlos surfen kann. Ich wollte das immer ausprobieren und Ryan sorgt dafür, dass ich die Möglichkeit bekomme.«

»Okay, das ist ziemlich cool«, gebe ich zu.

Er nickt. »Aber ich weiß, was du meinst. Ansonsten habe ich einiges bekommen, für das ich nicht mal Platz in meinem Zimmer habe. Das kann ich nur weiterverschenken, verkaufen oder wegschmeißen.«

»Viele Dinge werden einfach Kram in unserem Leben. Die meisten von uns brauchen ja nicht wirklich etwas. Und genau da kommen Briefe ins Spiel.«

»Inwiefern?«

»Briefe sind das, was die meisten von uns brauchen – weil sie Wertschätzung ausdrücken, Zuneigung und Liebe. Sie können uns glücklich machen. Sie können eine Freundschaft stärker machen oder eine Beziehung neu erfinden. Denn beim Schreiben sind wir allein, ganz bei uns. So fällt es uns leichter, die weniger sichtbaren Seiten in uns ans Licht zu lassen. Briefe wachsen Wort für Wort mit jedem Tintenschwung, den wir zu Papier bringen, bis sich jeder Gedanke und jedes Gefühl am richtigen Ort befinden. Die geschriebenen Worte sind mehr als die ersten Impulse, die uns in den Sinn kommen und auf die wir dann festgenagelt werden, obwohl wir sie gar nicht so meinten. Briefe sind eine bedächtige und behutsame Form von Kommunikation – zeitintensiv und wortbewusst und bedeutungsvoll. Und all das, was in Briefen steckt, verbindet sich mit der äußeren Ästhetik von Tinte auf Papier: die geraden Kanten und Linien mit den Schwüngen und Tupfen einer persönlichen Handschrift oder einer sorgsamen Kalligrafie. Wahrhaftigkeit und Kunst – das steckt beides in einem echten Brief. Und spätestens jetzt wird klar, dass er eigentlich das beste Geschenk ist, das man jemandem machen kann. Das ist ...« Ich stocke in meinem Redestrom auf der Suche nach dem passenden Wort und verfange mich in dem Gefühl von Jaden an meiner Seite, dem ich mir schlagartig wieder bewusst werde. Wie kann er mir so unfassbar nah sein, ohne mich tatsächlich zu berühren? Und wie kann sich das so unglaublich aufregend, so verwirrend schön und so ernüchternd falsch anfühlen? Wie kann das ...? Es ist die Magie dieses Ortes. Dieser Ort macht, dass ich zu viel auf einmal fühle. Zu viel auf einmal will.« ... »zauberhaft«, bringe ich hervor. »Das ist zauberhaft.«

Eben hat noch mein Enthusiasmus auf meiner Haut gekribbelt. Eben hat noch meine Faszination meinen Puls beschleunigt. Jetzt sind es Nervosität und etwas, das sich verdächtig nach Verlangen anfühlt. Himmel! Jaden ist mir so nah, als wolle er ... Ich werde kurzatmig, muss schlucken, verliere mich im Kaleidoskop bernsteinfarbener Facetten, zu dem Jadens Augen zusammengeschmolzen sind. Und es ist, als reagiere er auf meine Unfähigkeit zu atmen, auf meinen rasenden Herzschlag. Seine Pupillen weiten sich. Im Kaleidoskop wird es dunkel. Ich schmecke seinen Atem auf meinen Lippen. Himmel!

Scharf ziehe ich die Luft ein – und weiche zurück. Einen irren Moment lang habe ich das Gefühl, als würde ich keine Luft kriegen, und ringe nach Atem. »Wolltest du mich etwa küssen?«

Erst Jadens ungläubiges Auflachen macht mir klar, dass ich den Gedanken laut ausgesprochen habe, und ich spüre erneut Hitze in meine Wangen schießen. Aber wenn ich die Frage nun schon gestellt habe, kann Jaden sie mir wenigstens auch beantworten. Ich rutsche vom Sockel, auf dem wir sitzen, verschränke die Arme vor der Brust und starre ihn herausfordernd an.

Mit einer verlegenen Geste streicht er sich die Haare zurück. Ein leises Rosa färbt seine Wangen. »Vielleicht wollte ich das. Ich weiß nicht genau, was passiert ist. Du hast mich völlig in den Bann gezogen. Ich glaube, ich habe noch nie jemanden so begeistert von irgendetwas erzählen hören wie dich vom Briefeschreiben.« Beschwichtigend hebt er die Hände. »Tut mir leid.«

Unwillkürlich mache ich noch einen Schritt rückwärts. »Du hättest wenigstens fragen können.«

Jaden mustert mich unter erhobenen Augenbrauen. »Und was hättest du geantwortet?«

Ja, Maggie, was hättest du Jaden bitte geantwortet, wenn er dich gefragt hätte, ob er dich küssen darf? Keine Ahnung, ehrlich gesagt. Und das ist ein Wunder! Denn eigentlich dachte ich, dass ich nie wieder über so etwas nachdenken würde – zumindest nicht so bald. Schließlich bin ich Gefangene meiner Luke-Erinnerungen. Oder? Werden die vielleicht gerade sehr klein im Bannkreis von Jadens Nähe? Verglühen sie nicht geradezu, sobald ich in Jadens Gravitationsfeld gerate?

Zögernd mustere ich ihn. Fast bin ich neugierig, es auszuprobieren, fast bin ich versucht, es einfach zu tun, stelle mir unwillkürlich vor, wie meine Lippen seine berühren, und mir stockt erneut der Atem. Wie würde sich das anfühlen? Eins ist wohl klar: So wie mit Luke werde ich ohne Luke nie wieder fühlen. Aber die Maggie-ohne-Luke ist ja auch nicht die Maggie-mit-Luke. Vielleicht findet die unvollkommene Maggie, die ich eigentlich bin, ganz andere Dinge schön.

Verdammt! Einen kurzen Moment lang presse ich die Hände auf meine Ohren, um meine überdrehte innere Stimme zum Schweigen zu bringen, aber ich höre sie im Hintergrund weiterquatschen.

»Okay, Maggie, es tut mir leid. Das war daneben.« Jaden rutscht auf der Mauer ein Stück zur Seite, wie um mir mehr Raum zu geben, beobachtet mich besorgt. Ihm scheint nicht zu entgehen, wie aufgewühlt ich bin. »Du hast mir ja gesagt, dass du … dass du noch an deinem Ex-Freund hängst. Ich bin mir nicht sicher, was über mich gekommen ist. Also vielleicht …« Er macht eine fast unsichere Geste zu dem Platz neben sich, auf dem ich eben noch saß.»Vielleicht setzt du dich wieder und wir vergessen das Ganze?«

Vergessen klingt ziemlich gut. Vergessen klingt nach der einzigen Option, das Chaos widerstreitender Gefühle in mir zum Schweigen zu bringen. Ich atme tief durch und setze mich an dieselbe Stelle von eben – nur dass Jaden sich jetzt mindes-

tens einen halben Meter weiter links von mir befindet. Aber ist das besser?
Ich versuche ein Lächeln in seine Richtung. »Frag einfach das nächste Mal, wenn du dich in den Bann gezogen fühlst, bevor du irgendetwas unternimmst, klar?«
»Klar.« Jadens dunkle Augen blitzen. »Obwohl ich mich nicht erinnern kann, dass du mich gefragt hättest, bevor du mir den Brief geschrieben hast.«
»Das ist ja auch etwas völlig anderes.«
»Ist es das? In einem Fall nähert man sich körperlich, im anderen emotional.«
»Das war aber nicht ich«, widerspreche ich. »Das war Alice. Ich habe nur für sie formuliert.«
Mit schief gelegtem Kopf mustert Jaden mich. »Bist du dir sicher?«
Ich bin froh über den Sicherheitsabstand zwischen uns. Denn irgendetwas flirrt da immer noch. Wie soll ich den Kuss, der gar nicht stattgefunden hat und der nie mehr als ein Gedanke war, vergessen, solange es sich anfühlt, als fließe etwas in mir unaufhaltsam zu ihm? War ich vielleicht ein bisschen zu offen bei der Beantwortung seiner Fragen? Hätte ich wirklich so in die persönlichen Details gehen müssen? Typisch Alles-oder-nichts-Maggie! Ich habe es ja noch nie geschafft, irgendetwas zu tun, ohne dabei *all in* zu sein. Aber neben allem, was an diesem zauberhaften Ort passiert, gibt es auch ein Störgeräusch in meinem Kopf, ein Gefühl, dass es falsch ist. Und ich fürchte, das liegt an Luke. Denn irgendwo – sehr tief in mir – bin ich wohl noch immer Maggie-mit-Luke. Und Maggie-mit-Luke kann nicht in einem verwunschenen Garten sitzen und einen anderen küssen. Denn in einem kranken – oder einfach nur sehr verletzten und verwirrten – Teil von mir fühlt sich allein die Vorstellung verboten an, gleichzeitig aber auch irre gut.

»Ehrlich gesagt glaube ich nicht, dass du nur in Worte gefasst hast, was Alice sagen wollte«, meint Jaden. »Du hast mir selbst erzählt, dass du auf Social Media und im Internet nach mir gesucht hast, um weitere Informationen zu sammeln.«
»Das stimmt.«
»Was du formuliert hast, klang in Worten nach etwas, das Alice hätte sagen können. Aber wann immer sie mich aufs Zusammenziehen angesprochen hat, ist sie anders vorgegangen. Da hat sie Forderungen gestellt, sich mehr Verbindlichkeit gewünscht, mir vorgehalten, dass ihre Freundinnen zum Teil schon verheiratet sind. Mich infrage gestellt, weil ich nichts davon wissen wollte.«
»Warum eigentlich nicht?« Neugierig mustere ich ihn. »Das habe ich mich die ganze Zeit gefragt. Warum warst du so lange mit Alice zusammen, aber nie bereit, den nächsten Schritt zu gehen?«
»Schön, dass du mich nicht zu hundert Prozent durchschaut hast.« Jadens Lächeln geht in ein Seufzen über. »Wer weiß, wenn Alice mehr Geduld gehabt hätte, wäre ich vielleicht irgendwann mit ihr zusammengezogen – nach meinem Abschluss, wenn wir uns gemeinsam ein Zimmer näher am Zentrum hätten leisten können. Aber Alice wollte nicht warten. Und das ist in Ordnung. Ich glaube, dass sie insgeheim etwas anderes wollte als ich. Wobei ... Was heißt insgeheim? Wir haben uns schon zweimal getrennt deshalb.«
»Ihr wart getrennt?« Überrascht schüttele ich den Kopf. »Das hat sie mir nicht erzählt.«
»Sie wollte ständig Pläne machen: heiraten, Haus kaufen, Kinder kriegen. Mir ist derzeit das Wichtigste im Leben, den Job zu ergattern, den ich will, und meine Hobbys nicht zu vernachlässigen.«
»Und trotzdem seid ihr wieder zusammengekommen?«

»Beide Male meinte Alice, es sei ihr wichtiger, *dass* wir zusammen sind, als *wie*.« Seufzend schüttelt Jaden den Kopf. »Ich hätte mich nicht wieder darauf einlassen sollen, aber es war ja nicht so, dass ich nicht gerne mit ihr zusammen war. Alice ist lustig und hat immer alles mitgemacht. Klar, sie ist auch temperamentvoll, aber so schnell sie sich aufregt, regt sie sich auch wieder ab. In den Urlauben hatten wir den größten Spaß zusammen. Wir waren einfach richtig gute Freunde und eben noch etwas mehr – aus meiner Sicht.«

»Warum hast du dann überhaupt Ja gesagt, als du die Karte bekommen hast?«

Jaden stemmt die Füße gegen die Mauer und sieht nachdenklich in die Ferne. »Jedes Wort auf dieser Karte hat etwas in mir angesprochen, das mir wichtig ist. Ich habe es ja schon gesagt: Ich hatte plötzlich das Gefühl, dass Alice mich auf eine Weise versteht, die ich ihr niemals zugetraut habe. Aber das hat sie gar nicht. Das hast du.«

Sein Blick trifft mich überwältigend wie ein Schwall heißer Schokolade. Ich spüre die Hitze bis in meine Fingerkuppen und Zehen, ein Kribbeln in jeder meiner Zellen. Es ist zu intensiv und gleichzeitig will ich mehr davon. Und auch nicht. Kann das hier noch verwirrender werden?

»Ich glaube, dass du dir nicht überlegt hast, wie du ausdrücken kannst, was Alice mir sagen wollte.« Jadens Stimme ist leiser geworden. Mir rauscht das Blut in den Ohren. »Ich glaube, dass du dir überlegt hast, wie du mich dazu bringen kannst, Ja zu sagen.« Er stockt und ich stocke mit ihm, starre auf meine Füße hinab, die ein Stück über dem Boden baumeln. Die winzigen Glassteinchen in den Riemen werfen bunte Reflexe auf meine Haut. »Habe ich recht?«

Tief atme ich ein, schließe kurz die Augen und sehe ihn an. »Vielleicht. Und das tut mir leid. Denn es bedeutet, dass ich einen furchtbar schlechten Job gemacht habe.« Seine Augen weiten sich überrascht, aber ich fahre fort.»Meine Aufgabe ist es, die richtigen Worte zu finden. Und ich glaube, dass ich genau das normalerweise tue. Aber in deinem Fall war alles schwieriger. Ich hatte das Interview versaut, Emma hat mich unter Druck gesetzt, und es war mein erster Liebesbrief seit Lukes Verschwinden. Ich wollte es besonders gut machen und bin übers Ziel hinausgeschossen. Ich glaube, ich verstehe langsam, warum du dich manipuliert gefühlt hast. Aber das wollte ich nicht.«

Jaden nickt langsam.»Danke. Ich habe ehrlich gesagt nicht damit gerechnet, dass du das sagen würdest.«

»Ich habe mich ja auch ziemlich gewehrt, überhaupt mit dir zu sprechen. Am Anfang fand ich verletzend, wie du über meine Arbeit gesprochen hast. Ich hatte das Gefühl, mich davor schützen zu müssen, dass mir deinetwegen das Briefeschreiben auch noch kaputt gemacht wird, nachdem alles andere in meinem Leben schon kaputtgegangen ist.« Mit einem zaghaften Lächeln sehe ich ihn an.»Sind wir denn jetzt fertig damit, unsere Fehler einzusehen?«

»Ich weiß nicht.« Jaden wiegt den Kopf.»Sollten wir noch mal über die Sache am See sprechen?«

»Du meinst, als Alice und du euch durch mein Telefon gestritten habt?«

»Ja, gut, das war peinlich. Aber du hättest mich trotzdem nicht ins Wasser schubsen dürfen.«

»Du bist gestolpert.«

»Nein.«

»Abgerutscht?«

»Nein.«

»Du hättest mir gar nicht folgen dürfen.«

»Am Ende kannst du dich nicht rausreden.«

»Immerhin habe ich dich nach Hause gefahren.«

»Das war das Mindeste. Eigentlich habe ich noch eine richtige Entschädigung verdient. Was hältst du davon, mich zum Essen einzuladen?«

Ungläubig lache ich auf, stelle dabei aber zwei Dinge fest: Erstens hat sich das Gelände rund um die alte Kirche ziemlich gefüllt. Überall sitzen Leute allein oder in kleinen Grüppchen, um ihre Mittagspause im Grünen zu verbringen. Ehrlich gesagt habe ich nicht mal gemerkt, wie die Zeit vergangen ist, aber ein kurzer Blick auf mein Handy verrät mir, dass es bereits fast ein Uhr ist. Und zweitens – das ist noch viel überraschender – hätte ich gar nichts dagegen, noch ein bisschen mehr Zeit mit Jaden zu verbringen.

»In Ordnung«, sage ich also.

»Echt?« Er sieht mich so überrascht an, dass ich schon wieder lachen muss.

Ich hebe einen Zeigefinger. »Denk aber nicht, das sei ein Schuldeingeständnis. Ich tue das aus Gründen der Kulanz.«

Jadens Grinsen bringt mein Herz zum Hüpfen. »Alles klar. Was steht noch im Kleingedruckten?«

Ich lasse mich von der Umfriedung rutschen und sehe ihn auffordernd an, damit er mir folgt. »Wer liest schon das Kleingedruckte?«

Kapitel 13

Da wir uns in der Nähe der *Tower Bridge* befinden und ich in der Gegend nur einen Pub kenne, in dem ich ein paarmal mit Verwandtenbesuch von außerhalb eingekehrt bin, führe ich Jaden zur *St Katherine Docks Marina*. Direkt unterhalb der berühmtesten Brücke Londons führen ein paar schmale Straßen und Fußgängerbrücken zwischen hoch aufragenden Büro- und Wohngebäudekomplexen hindurch in einen ruhigen Jachthafen. Insbesondere an einem heißen Tag wie heute steigt ein leicht modriger Geruch vom Wasser auf, aber auch eine gewisse Kühle. Im Kontrast zur vom Pflaster und Mauerwerk abstrahlenden Hitze fühlt sich das wunderbar an. Das *Dickens Inn* ist der größte und traditionellste Pub unter den zahlreichen Bars, die sich um die Marina angesiedelt haben. Wir wandern an den blütenweißen Schiffen mit ihren herrschaftlichen Namen wie *Victory* oder *Determination* entlang und überqueren den kleinen Platz, an dem das *Dickens Inn* liegt – ein mehrgeschossiger Bau aus Backstein und dunklem Holz mit bunt bepflanzten Balkonen. Wir setzen uns an einen der weiß lackierten Picknicktische auf die Terrasse und bestellen *Fish & Chips*.

Ich liebe die Kulisse aus Stimmen, Hintergrundmusik aus den Lautsprechern und dem dumpfen Geräusch der Bootsfender, wenn die Schiffe von der sachten Wasserbewegung aneinandergedrückt werden. Ich genieße es, noch ein bisschen mehr Zeit mit Jaden zu verbringen. Denn irgendwie bin ich auf eine geradezu übermütige Weise neugierig auf ihn.

Während ›Have a Little Faith In Me‹ von Mandy Moore aus den Lautsprechern dringt, mustere ich ihn über meinen eisgekühlten *Firefly Peach & Green Tea*. Jaden hat sich auf der Bank quer gesetzt und entspannt mit dem Rücken gegen die Mauer gelehnt. Sein Unterarm liegt auf der Tischplatte. Selbst seine Fingerspitzen ruhen einfach auf dem Holz. Kein Pulen an einem Astloch, kein Herumspielen mit einem Bierdeckel, kein Wippen mit den Knien – alles an ihm wirkt so in sich ruhend, als habe er vor, für den Rest des Tages in genau dieser Position zu verharren.

»Du hast mich gefragt, warum ich Briefe schreibe. Aber wie ist das bei dir? Warum willst du unbedingt zum Radio?«

Statt sofort zu antworten, legt Jaden den Kopf zurück und blickt zu dem Sonnenschirm über uns auf. Durch den Stoff wird das Sonnenlicht in winzige blitzende Punkte gespalten. Aufmerksam beobachte ich, wie Jadens Lippen schmaler werden, seine Augen dunkler, wie er tief Luft holt. »Ehrlich gesagt ist das auch eine lange Geschichte und ich weiß nicht, welche Teile Alice dir vielleicht schon erzählt hat. Es hat einiges damit zu tun, wo ich herkomme.«

»Alice hat mir erzählt, dass du in Bromley aufgewachsen bist und aus einfachen Verhältnissen stammst«, sage ich vorsichtig, als er verstummt.

»Einfache Verhältnisse. Was für ein bescheuerter Euphemismus!« Er zieht sein Telefon aus der Tasche, als es klingelt, drückt den Anruf aber weg und legt das Smartphone mit dem Display nach unten auf die Tischplatte. »Mein Dad war arbeitslos und ein Säufer. Der hat mich verdroschen, wenn ihm danach war. Und meine Mum war fast nie zu Hause, weil sie das Geld verdient hat.« Bestürzt sehe ich ihn an. Mit einem schiefen Lächeln zuckt er mit den Schultern. »Ich habe immer dafür gesorgt, dass wir genug Alk im Haus hatten. Wenn der Alte einigermaßen besoffen war, konnte ich ihm leicht entwischen.«

Entsetzt schüttele ich den Kopf. »Aber wie …?« Ich bringe das nicht zusammen: einen kleinen Jungen, der vor seinem prügelnden Vater flieht, und Jaden – den humorvollen, lässigen Typen, der genauso diszipliniert wie abenteuerlustig ist. Fragend sieht er mich an, wartet darauf, dass ich ausspreche, was mir durch den Kopf geht. »Wie konntest du trotzdem so werden?« Ich mache eine vage Geste in seine Richtung. »Du wirkst so unbeschwert.«

Jaden senkt den Blick auf die Tischplatte. »Ich denke, das habe ich Ryan zu verdanken.«

»Dein Freund, der dir gesagt hat, dass er dich liebt?«

Er nickt. »Ich wusste das längst, weißt du? Wir sind quasi zusammen groß geworden. Er ist derjenige, der aus einfachen Verhältnissen stammte, aber seine Eltern haben sich zumindest Mühe gegeben. Ich weiß, ihm fällt es schwer, das zu sehen, aber für mich war das offensichtlich. Als Jugendliche sind wir zusammen vor unseren Eltern abgehauen, haben jede Menge Blödsinn gemacht. Vor allem Ryans Bruder saß uns dabei aber ständig im Nacken. Er hat sogar die Ferienfreizeiten für uns organisiert. Da haben wir Surfen gelernt. Nur dass ich im Gegensatz zu Ryan nie davon losgekommen bin. Im Nachhinein muss man sagen, dass wir seinem Bruder ziemlich viel zu verdanken haben. Als Kinder haben wir das nur nicht kapiert. Zumal er seinen Eltern anfangs einreden wollte, ich sei kein guter Umgang für Ryan. Als er merkte, dass Ryan mich nicht in den Wind schießen würde, hat er eben versucht, uns beide davon abzuhalten, Blödsinn zu machen.«

»Das habt ihr aber trotzdem, oder? Blödsinn gemacht?«

Er mustert mich mit einem abschätzenden Blick. »Also hat Alice dir davon erzählt?« Zögernd nicke ich. Jaden gibt einen frustrierten Laut von sich und reibt sich mit einer Hand übers Gesicht. »Ehrlich gesagt war das einer der Hauptgründe, warum es mir so wichtig war, mit dir zu reden.«

Überrascht hebe ich die Augenbrauen.»Weil du als Jugendlicher Fahrräder geklaut und dich mit gefälschten Ausweisen in Clubs geschlichen hast?«
»Ja.«
Nachdenklich erwidere ich seinen Blick.»Na ja, das ist nicht cool, aber du warst ein Kind, oder nicht?«
Jaden verzieht das Gesicht.»Jugendlicher. Stell dir vor, ich schaffe es in einigen Jahren als Moderator in meine eigene Radio- oder Fernsehshow. Und dann kommt jemand um die Ecke, der Dinge über mich weiß, die ich längst bereue.«
»Meinst du, das wäre so schlimm?«
»Meinst du nicht? Leute kriegen doch wegen viel geringerer Vergehen die übelsten Shitstorms ab. Wenn man in der Öffentlichkeit steht, hat man eine Vorbildfunktion. Das könnte meiner Karriere total schaden, wenn ich die nicht mehr erfüllen kann. Ich meine, ich habe nichts wirklich Schlimmes verbrochen, war in keiner Gang oder so. Ich hatte nur einfach keinen Bock, mich immer an die Regeln zu halten. Aber ich sehe schon vor mir, wie es heißt: *Jetzt kommen sie ans Licht: die schmutzigen Geheimnisse von Jaden Carter.*«
Ich muss schmunzeln.»Du hast zu viel *Yellow Press* gelesen.«
Er zuckt mit den Schultern.»Bei denen habe ich ja auch mein erstes Praktikum gemacht.«
»Echt?«
»Ja, aber ich habe schnell gemerkt, dass Schreiben nicht so mein Ding ist. Das Recherchieren ja, das Argumentieren, das Diskutieren, aber nicht das Schreiben.«
»Wie bist du dann auf die Idee gekommen?«
»Durch Ryan. Sein Bruder hat ihn nie mit der Schule in Ruhe gelassen und Ryan hat den Blödsinn immer rechtzeitig sein gelassen, um zu lernen. Ich habe meistens nur von ihm abgeschrieben. Aber wenn er diese Zusatzkurse in der Schule

besucht hat – Rhetorik und so –, bin ich oft mitgegangen. Ich hatte ja keinen Grund, zu Hause zu sein. In der Berufsberatung haben sie Ryan gesagt, er solle es mit Praktika bei der Zeitung versuchen, weil er besonders in Politik und Literatur und so gut war. Am Ende hat er tatsächlich ein Journalismus-Studium angefangen und ein Stipendium vom ›Guardian‹ gekriegt. Mittlerweile hat er einen festen Job als Politik-Journalist bei ›Past & Present‹.«

»Und du?«

»Ich habe mich nach der Schule ins Partyleben gestürzt, mir mit irgendwelchen Jobs das Geld zusammengespart, bis ich mir die nächste Ski- oder Surffreizeit leisten konnte. Da habe ich Alice kennengelernt.«

Unser Essen wird serviert und ich greife verzückt nach den ersten Pommes, während ich mit der anderen Hand Zitronenspritzer auf der knusprigen Panade vom Fisch verteile.

»Hat Ryan dich dazu gebracht, auch ein Studium anzufangen?«

Jaden wirft mir ein Lächeln zu, während er hungrig nach Messer und Gabel greift. »Nicht ganz. Ich habe anderen gegenüber oft Witze gemacht, nicht halb so klug wie Ryan zu sein, bis er mir sagte, ich solle aufhören, so einen Quatsch zu erzählen, das sei nämlich das einzig Dumme an mir.«

Ich muss lachen. »Hatte er denn recht?«

»Zumindest habe ich realisiert, dass Ryan tatsächlich dabei war, es zu schaffen, einen Job zu kriegen und ein echtes Gehalt zu verdienen – nicht nur Trinkgelder. Wir haben unser ganzes Leben lang alles zusammen gemacht und plötzlich fühlte es sich an, als hänge er mich ab. Also hat mich der Ehrgeiz gepackt und ich habe mich nach einer festen Arbeit umgesehen. Ryan hat mir über einen Bekannten einen Job als Technischer Assistent beim Radio besorgt.« Er isst einen Moment lang schweigend, ehe er mich erneut ansieht. »Ich habe Mike Benson kennengelernt, der eine politische Morgensendung moderiert. Wir sind immer wieder ins Gespräch gekommen und er hat sich echt für meine Meinung interessiert. Und je mehr er mir zugehört hat, desto genauer habe ich mich über politische Fragen informiert, damit ich auch was zu sagen habe. Irgendwie merkte ich da recht schnell, dass ich mich für die Inhalte deutlich mehr interessiere als für die Technik. Also bin ich auf die Idee zu meinem Podcast gekommen. Ich war fast überrascht, als ich feststellte, dass er funktionierte. Mike hat meinen Diskussionsstil und meine Interviewtechniken gelobt. Er hat mir Tipps gegeben, bis ich mich getraut habe, ans College zu gehen, um *Broadcast Journalism* zu studieren. Er meinte, damit hätte ich eine Chance, es wirklich beim Radio zu schaffen. Immerhin habe ich kurze Zeit später meinen Job als Produktionsassistent seiner Sendung bekommen.« Er hebt die Schultern. »Mittlerweile ist mein Podcast so erfolgreich, dass ich oft Ideen für Mikes Sendung einbringen kann – ein paarmal durfte ich sogar eigene Gäste einladen. Jetzt brauche ich nur noch meinen Abschluss.«

»Was gefällt dir denn so beim Radio?«

Jaden lässt die Eiswürfel in seinem Glas klirren, ehe er einen Schluck trinkt. »Viele Medien sind extrem am Bild orientiert. Über Bilder wird Aufmerksamkeit erregt. Aber das Radio benutzt und kreiert Sound-Welten. Dadurch kann es uns nahezu überallhin begleiten – beim Aufstehen und Frühstücken, beim Autofahren, bei der Arbeit, beim Spazierengehen. Ich liebe, wie vielseitig Radio ist, weil es Entertainment mit Informationen und Diskurs verbindet. Wir bringen die Leute morgens in Stimmung für den Tag und begleiten sie abends in den Feierabend. Und wir versuchen interaktiv zu sein. Leute können uns anrufen, Sprachnachrichten schicken, an Umfragen teilnehmen. Das macht Radio so lebendig.«

Seine Begeisterung bringt mich zum Lächeln. »Ich glaube,

ich werde wieder öfter Radio hören.« Nachdenklich greife ich nach meinem Glas und lasse die kühle, fruchtige Mischung von Pfirsich und grünem Tee über meine Zunge laufen. »Aber ehrlich gesagt verstehe ich noch immer nicht, woher du den Mut nimmst, dich der Öffentlichkeit und ihren Meinungen auszusetzen. Und dass du dir zugetraut hast, doch noch zur Uni zu gehen.«

Jaden zuckt mit den Schultern. »Meine Eltern haben beide studiert. Die hatten einfach nur jede Menge Pech. Mein Dad hatte Spielschulden, meine Mum verdient als Bibliothekarin nicht viel. Vor allem nicht, wenn mein Dad alles versäuft. Aber dumm waren die beide nicht.«

Erschrocken schüttele ich den Kopf. »Das wollte ich damit nicht sagen. Ich meine eher, dass du dich immer wieder der Möglichkeit aussetzt zu scheitern. Das finde ich mutig. Mir fällt das schwer. Und je länger ich weg von der Uni bin, desto schwerer wird es.«

Jaden hat seinen Teller geleert und schiebt ihn von sich. Ich weiß gar nicht, wie er so schnell essen konnte, obwohl er fast die ganze Zeit geredet hat. Außerdem sieht er irgendwie noch immer hungrig aus – so gierig, wie er auf meinen Teller äugt. Unwillkürlich esse ich schneller.

»Deine Grandma meinte doch, du seist so gut in deinem Job, weil du anderen misstraust, oder?« Mit dem Mund voller Pommes nicke ich nur. »In meinen Augen musst du eigentlich nur eins lernen: dir selbst zu vertrauen. Du musst dein Bestes geben, aber damit klarkommen, wenn es nicht reicht. Du musst kapieren, dass du jedem Mist den Rücken kehren kannst, der dir nicht guttut. Und du musst darauf vertrauen, dass du mehr bist als die eine Sache, an der du gerade hängst und an der du vielleicht gerade scheiterst.«

Mitten in der Bewegung halte ich inne. Ich höre Jadens Worte und spüre, wie sie in mir eine ganze Kette von Dominos anstoßen. Die Gewissheit ist längst da, während ich innerlich noch von einem Gedanken zum nächsten springe: Er hat recht. Mein Problem ist nicht, dass ich niemandem vertraue. Es besteht darin, dass ich mir selbst nicht vertraue. Ich traue mir nicht zu, etwas zustande zu bringen, das andere als gut bewerten – außer es geht ums Briefeschreiben. Denn dabei hat Luke an mich geglaubt. Und seine Meinung hat für mich immer mehr gezählt als meine eigene. Ich traue mir nicht zu, mit Enttäuschungen klarzukommen oder mit Zurückweisungen. Ich glaube nicht daran, dass mir im richtigen Moment eine schlagfertige Antwort einfallen wird oder dass ich es aushalte, wenn nicht.

Langsam hebe ich den Kopf, um Jaden anzusehen, senke aber rasch wieder den Blick, ehe ich den Halt verliere – in diesem warmen facettenreichen Labyrinth seiner Augen.

»Tut mir leid«, höre ich ihn sagen – seine Stimme sanft wie ein Streicheln über die Saiten einer Gitarre. »Ich wollte nicht übergriffig sein.«

»Das warst du nicht.« Meine Finger berühren das kalte Glas meines Getränks und ich nehme einen Schluck. »Geh ruhig ran«, füge ich mit Blick auf sein erneut klingelndes Telefon hinzu.

Seufzend greift er danach und meldet sich mit einem kurzen: »Hi.«

Während Jaden eine Weile schweigt, um zuzuhören, greife ich gedankenverloren nach einer weiteren Pommes. Ich sollte dringend anfangen mir selbst zu vertrauen. Dann ist der Rest der Welt vielleicht gar nicht mehr so wichtig.

»Moment, kannst du kurz dranbleiben?« Jaden hält eine Hand aufs Mikrofon seines Telefons und sieht mich an. »Das ist Ryan. Seine Freundin und er wollen heute Abend zum *Screen on the Canal* am Granary Square und er fragt, ob ich mitkommen will.«

»Okay.« Fragend sehe ich ihn an. »Das ist doch noch eine Weile hin. Und wir sind ja gleich fertig mit Essen – also lass dich von mir nicht abhalten. Oder hast du noch so viele Fragen?«
Ein Lächeln fliegt über sein Gesicht. »Eigentlich nur eine: Hast du Lust mitzukommen?«
Ich verschlucke mich fast am Pommes. »Äh ...«
»Du kannst ruhig Nein sagen. Es war ein spontaner Gedanke. Fühl dich nicht unter Druck gesetzt.«
Ich liebe es, dass Jaden mich gefragt hat. Ich liebe es, dass er mich dabeihaben will und dass er sich selbst vertraut. Denn das bedeutet, er wird damit klarkommen, wenn ich ablehne. Und natürlich sollte ich das. Es spricht zu viel dagegen: dass mein Herz noch bei Luke ist, zum Beispiel. Dass ich überhaupt an mein Herz denke, wenn Jaden mich fragt, ob ich mit ihm und seinen Freunden ins Kino will. Dass es vielleicht auch Alice gegenüber nicht fair wäre – zumindest aus ihrer Perspektive. Dass ich besser aufhören sollte, Zeit mit Jaden zu verbringen, weil das hier immer weiter in etwas kippt, das ich nicht mehr kontrollieren kann.

Ich glaube, das ist keine gute Idee.

»Ich komme gerne mit.« Okay, ich habe anscheinend zwei Gedanken gleichzeitig gedacht, aber nur einen ausgesprochen – ausgerechnet den unvernünftigen, unlogischen, verrückten Gedanken, von dem ich überhaupt nicht weiß, woher er kam.

Na gut, ich weiß es doch. Er kam aus diesem innersten tiefsten Punkt in mir, an dem meine Gefühle entstehen – roh, ungeformt, sehr ursprünglich. Gerade strömt von diesem Punkt der Wunsch in jede meiner Zellen, mehr Zeit mit Jaden zu verbringen – unabhängig von allem, was dafür- oder dagegenspricht. Jadens Lächeln, das mein Herz hüpfen lässt, gehört übrigens definitiv zu den Gründen, die dafürsprechen.

»Besorg genug zu essen«, sagt er in sein Telefon. »Ich bringe jemanden mit. ... Nein, nicht was du denkst. ... Nein, wir sehen uns heute Abend.«

Grinsend beendet er das Gespräch und wirft einen Blick auf die Uhr im Display. »Es ist bald drei. Wir treffen Jamie und Ryan um sechs am Granary Square, damit wir noch Plätze kriegen. Die beiden besorgen das Essen.«

»Sollten wir nicht auch was kaufen?«

Grinsend schüttelt er den Kopf. »Ich habe das aufgegeben. Ryan hat mit Jamie irgendein Streetfood-Battle laufen, das ich noch nicht verstanden habe. Jedenfalls habe ich bisher maximal vier Punkte von den beiden bekommen. Das Essen überlassen wir also ihnen.«

»Oh!« Schlagartig fällt mir etwas ein. »Wenn wir Zeit haben, können wir über Soho fahren und Eis essen. Dort soll es eins der besten Cafés Londons geben.«

»Du meinst, die Zeit zwischen unserem Mittagessen und dem Abendessen in drei Stunden verbringen wir damit, noch mehr zu essen?«

»Machst du etwa schlapp?«

Lachend schüttelt Jaden den Kopf. »Keineswegs. Das ist genau nach meinem Geschmack.«

Kapitel 14

»Du meintest vorhin, dass du mit mir sprechen wolltest, um herauszufinden, wie viel Alice mir über deine Vergangenheit erzählt hat«, erinnere ich mich, als Jaden und ich am Piccadilly Circus von der *Tube* zurück ans Tageslicht kommen. »Was fängst du denn jetzt mit der Information an, dass ich von deinen Aktionen als Jugendlicher weiß?«

An den Stufen zur *Shaftesbury Memorial Fountain* bleiben wir stehen. Die schwarze Bronze der Anteros-Statue auf dem Brunnen zeichnet sich scharf vor dem blauen Himmel ab. Die Figur ist elegant auf einem Fuß balancierend abgebildet, den Pfeil hat der Gott der erwiderten und Rächer der unerwiderten Liebe bereits abgeschossen. Für mich markiert dieser Ort das heimliche Zentrum Londons – die Reklametafeln mit ihren wechselnden Bildern und Slogans auf der anderen Straßenseite stehen im Kontrast zu den herrschaftlichen historistischen Straßenzügen, die vom Piccadilly Circus aus in sämtliche Richtungen führen. Vor allem Touristen und Besucherinnen des nahe gelegenen West End strömen um die *Fountain*. Einige sitzen auch auf den Stufen, machen eine Pause oder warten auf Freunde oder ein Date. Der dröhnende Lärm des über den Platz brausenden Verkehrs wird nur noch vom Song ›Heat Waves‹ von Glass Animals übertönt. Die Musik dringt aus einem tragbaren Lautsprecher, den eine Gruppe Frauen in rosafarbenen Tutus mit angeschnallten Feenflügeln und glitzernden Stirnbändern dabeihat. Eine von ihnen – eine zierliche Brünette Anfang vierzig – trägt einen Brautschleier.

»Ehrlich gesagt hatte ich ja gehofft, Alice hätte wenigstens diesen Teil von mir aus ihrer Erzählung ausgespart. Sie weiß, dass ich mir deshalb Sorgen mache«, meint Jaden schließlich. »Hätte ich gemerkt, dass du nichts darüber weißt, wäre ich beruhigt gewesen. Aber da du ...« Er verstummt mitten im Satz.
»Was?«, hake ich nach. »Machst du dir ernsthaft Sorgen, dass ich nur auf deinen Durchbruch warte, um der *Yellow Press* Informationen über dich zu verkaufen? Und warum ich? Warum nicht Alice? Sie ist schließlich ganz schön sauer auf dich.«
Jaden wiegt den Kopf. »Alice und ich kennen uns schon so lange. Ich glaube nicht, dass sie mich ernsthaft in Schwierigkeiten bringen würde. Aber klar: je mehr davon wissen, desto größer die Gefahr. Ich weiß, ich bin deshalb vielleicht etwas paranoid.« Die Musik aus dem Lautsprecher wird endlich leiser gedreht, während eine der Frauen lautstark einen Zettel vorliest. Die anderen klammern sich kichernd aneinander.
»Wahrscheinlich sollte ich mir mal eine Strategie zurechtlegen, wie ich reagiere, falls ich irgendwann damit konfrontiert werde«, meint Jaden.

Ich bemerke, wie sich die Frauen in Tutus umsehen. Ihre Blicke schweifen über die Leute auf den Stufen zur *Fountain*. Wahrscheinlich sollten wir lieber weitergehen, ehe sie auf die Idee kommen, uns Kondome verkaufen zu wollen.

»Ich weiß nicht, Jaden ...« Ich will mehr sagen, komme jedoch nicht dazu, denn die Gruppe hält jetzt direkt auf uns zu. Jaden folgt meinem Blick und sieht der dunkelhaarigen Frau mit Schleier ins Gesicht, die in diesem Moment vor ihm stehen bleibt. Ihre Wangen haben einen fast grellen Pinkton angenommen.

»Eigentlich dachte ich, für so etwas wäre ich zu alt, aber meine Freundinnen sind anderer Ansicht.« Die Frauen hinter ihr brechen in überdrehtes Gelächter aus, das aber ansteckend ist. Die Frau lächelt Jaden verlegen an und zupft an ihrem Schleier.

»Ich werde heiraten, wie man sieht. Und ich soll für ein Video an ein paar ikonischen Plätzen den am besten aussehenden Mann zum Tanzen auffordern. Du bist meine Nummer eins hier.« Rasch sieht sie an Jaden vorbei zu mir. »Nichts für ungut.«

»Oh, keine Sorge.« Grinsend verschränke ich die Arme vor der Brust. »Ich erhebe keinen Anspruch auf diesen Mann. Er gehört ganz dir.«

»Was?« Jaden wirft mir einen entsetzten Blick zu und bringt mich noch mehr zum Lachen. »Moment mal.«

»Wir wollen einen Film zusammenschneiden«, erklärt eine Frau mit kurzen wasserstoffblonden Haaren, ehe er zu Wort kommt, und zückt ihre Handykamera. »Du musst nur mit Betty tanzen und am Ende soll sie dich stehen lassen. Wir wollen das auf der Hochzeit spielen – zusammen mit den Sequenzen von den anderen Sehenswürdigkeiten. Als Beweis, dass Bettys Zukünftiger der Einzige ist, den sie will. Danach startet der Hochzeitstanz.«

»Ich soll mit dir tanzen?« Jaden sieht immer noch entsetzt aus. »Hier? Jetzt?«

»Bitte, bitte, bitte.« Sämtliche Frauen der Gruppe strecken ihm kichernd ihre gefalteten Hände entgegen.

»Komm schon.« Ich knuffe ihn in die Seite. »Ich kaufe dir ein Eis zur Belohnung.«

Jaden gibt einen gequälten Laut von sich. »Ich wusste, dass mich das Kompliment vom Anfang teuer zu stehen kommen würde. Aber na gut. Was genau muss ich machen?«

Die Frauen jubeln los. Ich stelle mich etwas abseits auf die Stufen zur *Fountain*, um einen guten Blick auf das Geschehen zu haben. Das besteht hauptsächlich darin, dass eine der Frauen den Lautsprecher in ihrer Hand voll aufdreht, während die Blonde Jaden und der Bride-to-be noch ein paar Dinge erklärt. Dann dröhnt die fetzige Melodie von ›Walking on Sunshine‹ über den Piccadilly Circus. Jaden hält der Frau eine Hand hin, und obwohl ihre pinken Wangen und ihre zuerst gehemmten Bewegungen verraten, dass sie von Natur aus eher zurückhaltend ist, lässt Jaden sie mehrmals im Kreis drehen, bis sie sich kichernd an ihn klammert und sie ein paar Discofoxschritte hinbekommen. Sofort bildet sich eine Menschengruppe um die beiden – Leute, die zusehen, im Takt klatschen oder sich ein bisschen zur Musik mitbewegen. Anfangs lache ich – vor allem über Jadens Art, mit Enthusiasmus zu überspielen, dass er nur ein paar rudimentäre Tanzschritte kennt. Die Junggesellinnen-Runde ist jedenfalls begeistert von der Performance und jubelt ihm zu.

Ich kann gar nicht anders, als mich von der allgemeinen Begeisterung anstecken zu lassen, und tanze ebenfalls mit. Bei jedem Refrain von ›Walking on Sunshine‹ hüpfe ich auf Zehenspitzen über die Stufen zum Memorial – leichtfüßig, als könnte ich wirklich über Sonnenlicht laufen. Das Lied zaubert so viel ausgelassene Sommerstimmung mitten auf den Piccadilly Circus, dass sie sich in meinem ganzen Körper ausbreitet. Und als ich den Blick in den wolkenlos blauen Himmel richte, breite ich schließlich die Arme aus und drehe mich im Kreis, bis ich atemlos und schwindelig bin. Ich sehe mich zu Jaden um und stelle fest, dass er die zukünftige Braut losgelassen hat und mich ansieht. Sein Lächeln ist so weit, als würde es niemals enden, und ich liebe die Zuversicht, die er damit in mir weckt. Ohne nachzudenken, laufe ich die Stufen zu ihm hinunter, ergreife seine Hand und lasse ihn unter meinem Arm hindurchdrehen. Ich muss mich auf Zehenspitzen stellen, er sich ein bisschen bücken und ich atme seinen Duft nach Sommerwind am Meer und Zitronensorbet ein. Ich bin immer noch schwindelig – ich glaube, einfach vor Glück.

Die Frauengruppe zeigt Jaden hochgereckte Daumen und ruft uns Grüße zum Abschied zu. Wir wünschen der Braut alles Gute und ich grinse Jaden an.

»Cool, dass du dich darauf eingelassen hast.«
»Wir werden sehen, ob ich das noch zu bereuen habe, falls sie einen sehr eifersüchtigen Mann heiratet.«
Ich hebe die Schultern. »In dem Fall solltest du versuchen, noch so viel Eis wie möglich zu essen, bevor er dich ausfindig macht.«
»Ich weiß nicht, ob ich Eis als das Wichtigste in meinem Leben ansehe.«
»Was sonst?« Ich warte seine Antwort nicht ab, sondern ziehe ihn mit mir zu einer Ampel, die gerade auf Grün gesprungen ist.
»Dass diese Frage von einer Frau kommt, die in zwei Monaten zwölf Liter Eis isst, wundert mich nicht«, höre ich ihn hinter mir sagen und lache. Wir reihen uns in den Strom der Passantinnen und Passanten ein, die über die Gehwege der Shaftesbury Avenue schlendern. Es ist nicht weit bis zum *Gelupo*, von dem Finn mir erzählt hat. Ich führe Jaden über die Great Windmill zur Archer Street. Im belebten Soho mit den unzähligen Bars, Restaurants und Clubs ist selbst in den etwas abseits gelegenen *Back Alleys* einiges los. Die Sonne steht schon zu tief, um es zwischen den hohen Gebäuden noch bis zum Boden zu schaffen. Tatsächlich bin ich nach all den Stunden im grellen Licht froh über den Schatten.
Am Ende der Straße finden wir schließlich das *Gelupo* hinter einer hellblauen Fassade mit einer Holzbank vor dem Schaufenster.
»Setz dich«, schlage ich Jaden vor. »Ich hole dir dein Eis.«
»Okay.« Er lässt sich auf der Bank nieder und streckt die Beine aus. Mit einem Lächeln über die Schulter verschwinde ich im Laden. Ich weiß genau, welche Sorten ich will.
Drinnen muss ich kurz anstehen. Auf den Tischen und Stühlen in hellem Blau, Grün und Rosa sitzen Leute über Eisbechern. Aus den Lautsprechern im Laden dringt italienische

Popmusik, aber mein Herz ist noch so voll von dem befreiten, leichten Gefühl, das ›Walking on Sunshine‹ in mir ausgelöst hat, dass ich sie kaum höre. Auch als ich mit den Eiswaffeln zurück zu Jaden auf die Straße trete, fühle ich mich beschwingt.

Mit großen Augen sieht er mich an. »Das ist eine riesige Portion.«

»Das ist die perfekte Mischung.« Ich setze mich neben ihn. »Schokolade ist die Basis – ein Mix aus süß und herb, der glücklich macht. Himbeere ist sauer und fruchtig und macht alle Sinne wach. Minze ist frisch und prickelnd und sorgt für die Ecken und Kanten im Geschmack.«

»Okay, ich schätze, du bist die Expertin.«

»Senf gab es leider nicht.« Grinsend lasse ich mich neben ihn auf der Bank nieder.

»Ja, der fehlt in den meisten Eisdielen.«

Eine Weile essen wir schweigend, was für meinen Teil daran liegt, dass ich den Geschmack von Schokolade, Himbeere und Minze auf meiner Zunge habe und nur an eins denken kann: daran, dass ein Kuss von Jaden genauso schmecken müsste.

Mittlerweile will ich – abgesehen von Eis – vor allem eins, nämlich herausfinden, ob ich recht habe.

»Weißt du was?« Ich sehe Jaden von der Seite an und bemerke ein winziges Muttermal auf seiner Wange. Ich kann mich gerade noch beherrschen, die Hand auszustrecken und es zu berühren. Keine Ahnung, woher dieser verrückte Impuls kommt. Vielleicht eine Übersprunghandlung, weil Küssen nicht wirklich zur Debatte steht und ich ihm trotzdem nah sein will.

»Hm?« Jaden erwidert meinen Blick.

»Ich glaube, du erzählst deine Geschichte falsch. Deine Vergangenheit ist nichts, wofür du dich schämen musst, sondern etwas, worauf du stolz sein kannst. Du bist längst ein Vorbild, weil du miese Startbedingungen hattest, aber am Ende denen gefolgt bist, die dir geholfen haben, etwas aus deinem Leben zu machen. Du bist ein Vorbild, weil du Ziele hast. Und Mut. Und Selbstvertrauen. Wenn du das so siehst, musst du keine Angst vor dem Mist haben, den irgendjemand irgendwann über dich in die Welt setzen könnte.«

Stumm sieht Jaden mich an. Himbeereis rinnt an seiner Waffel abwärts über seine Finger und tropft zwischen uns auf die Bank, aber er scheint es nicht zu bemerken.

»Wahrscheinlich hast du recht«, sagt er endlich. »Ich denke einfach nicht besonders gern über meine Kindheit nach.«

Ich nicke, denn das verstehe ich. »Nur werden wir oft genug gegen unseren Willen mit unseren Ängsten konfrontiert und dann – ohne dass wir es wollen – bleiben wir im Fenster stecken oder schubsen jemanden in den See.«

Das Lächeln, das um seine Lippen spielt, schlägt Wellen in meinem Blut. »Ich weiß, was du meinst. Dann werden die Probleme noch größer.«

»Irgendwie schon. Dein Eis läuft weg.« Ich deute auf die Himbeereispfütze, die sich zwischen uns gebildet hat, und Jaden widmet sich hastig seiner Eiswaffel. Ich schiebe bereits das letzte Stück in meinen Mund.

»Wahrscheinlich sollten wir uns besser auf den Weg machen.« Jaden erhebt sich. »Nicht, dass wir noch den Anfang vom Film verpassen.«

»Oh ja.« Sofort springe ich auf. »Ich hasse verpasste Anfänge mindestens so wie offene Enden. Geschichten sollte man weder vorne noch hinten etwas abschneiden.«

»Ja, das klingt nach grausamer Verstümmelung.« Die feine Ironie in seinem Ton bringt mich zum Lachen, aber eigentlich meine ich todernst, was ich gesagt habe. So ein offenes Ende kann einen verfolgen, bis man nicht aufhören kann, daran zu denken – nicht mal an einem Sommertag im Herzen Londons vor einem Eiscafé, wenn gerade eigentlich alles perfekt ist.

Kapitel 15

Obwohl die Sonne mittlerweile tief steht, hält sich die Hitze in den Straßen, als Jaden und ich an der *Tube Station King's Cross St Pancras* heraufkommen. Ich war schon ein paarmal am Granary Square – vor allem wegen *Word on the Water*, einem in einen Buchladen verwandeltes Kanalboot, in dem man stundenlang stöbern kann. Auf den Stufen, die vom Granary Square zum *Regent's Canal* hinabführen, werden im Sommer nicht nur ein künstlicher Grasteppich, sondern auch zahlreiche bunte Sitzkissen aufgebaut. Es gibt einen Foodtruck und einen Bildschirm an der gegenüberliegenden Kanalseite, auf dem den ganzen Tag Filme laufen. Zur letzten Vorstellung wird heute ›Skyfall‹ präsentiert.

Ich bin aufgeregt, Jadens Freund kennenzulernen. Schließlich hat Jaden ihm erzählt, ich sei verrückt. Beim Gehen berühren sich hin und wieder unsere Arme. Mein Körper will diese kleine Lücke schließen, die noch zwischen uns bleibt. Ich spüre ein Ziehen – ein Strömen von mir zu ihm. Ich wünschte, da wäre nicht dieser Geist in meinem Kopf – Luke, der mich heimsucht, der mich zurückschrecken lässt, wenn Jaden mir nahekommt.

Wir folgen der Straße zwischen den Bahnhöfen hindurch – der modernistisch-minimalistischen *King's Cross Station* und der aufregenderen viktorianisch-gotischen *St Pancras Station* mit ihren Rundbögen, Türmchen und zweifarbigen Details. Am Ende der Straße werden zwei absenkbare Poller heruntergefahren, um ein Instandhaltungsfahrzeug durchzulassen, und ich ziehe Jaden aufgeregt am Arm.

»Ernsthaft?« Grinsend sieht er mich an.
»Los!«, rufe ich und renne bereits. Ein paar Typen aus einer Gruppe junger Leute johlen uns zu, als wir an ihnen vorbei auf die abgesenkten Poller zustürmen. Der Servicewagen nimmt die Straße entlang Fahrt auf und ich beschleunige nochmals meine Schritte. Gerade rechtzeitig erreiche ich den Metallkreis im Boden. In dem Moment, in dem meine Füße Platz darauf finden, hebt er sich, um die Durchfahrt wieder zu versperren, und lässt mich aufwärtsschweben. Lachend breite ich die Arme aus, um das Gleichgewicht zu halten.

Hinter uns klatschen ein paar. Ein Mädel aus der Gruppe hat geistesgegenwärtig einen Song auf ihrem Handy gestartet und den Ton voll aufgedreht. Trotzdem höre ich nicht sofort, welches Lied sie spielen lässt. Ich höre sowieso fast nichts, weil mir das Blut in den Ohren rauscht wie ein Sturm. Jaden grinst mich vom zweiten Poller aus an. Kaum sind die Säulen komplett ausgefahren, hält er mir eine Hand zum Einschlagen hin. Ich muss mich leicht vorlehnen, um ihn zu erreichen, und quietsche ausgelassen, als ich fast das Gleichgewicht verliere.

»Du bist verrückt.« Jaden springt vom Poller. »Zumindest hast du verrückte Einfälle.«

Grinsend hebe ich die Schultern. »Meine sind jedenfalls legal.«

Lachend hält er mir eine Hand hin, um mir runterzuhelfen, und ich liebe, dass er sich nicht so leicht verletzen lässt. Außerdem erkenne ich plötzlich den Song, der in meinem Rücken über das Handy gespielt wird: ›You Raise Me Up‹ von Westlife. Kichernd ergreife ich Jadens Hand. Ich bin mir nicht ganz sicher, was dann passiert. Eigentlich wollte ich zu Boden springen, aber irgendwie komme ich nie unten an. Jadens Arme schlingen sich fest um meinen Körper. Mein Gesicht ist nur einen Gedanken weit von seinem entfernt. Er dreht sich einmal halb mit mir im Kreis. Ich glaube sein Herz gegen meinen

Bauch schlagen zu spüren, fühle meins darauf antworten. Ich halte die Luft an und atme trotzdem seinen Duft nach Freiheit und Licht ein. Himmel! Er dreht sich noch ein Stück weiter und die Welt fährt Karussell um uns. Da ist nur noch ein Gedanke – ein Gedanke, der meine Lippen von seinen trennt. Und ich will das. Ich will ...

Ich bin stark, wenn du da bist, denn auf deinen Schultern bin ich mehr, als ich ohne dich je sein könnte – darum geht es in ›You Raise Me Up‹. Genau das ist es, was Luke mit mir gemacht hat. Er hat mehr aus mir herausgeholt, als ich je war. Er hat mich aus der Reserve gelockt. Er hat mich frei gemacht. Und stark. Aber als er ging, bin ich in mich zusammengefallen. Wenn du nur stark bist, weil ein anderer dich hält, dann heißt das vor allem eins: dass du sehr zerbrechlich bist. Und deshalb ...

Ich spüre, wie ich mich in Jadens Armen versteife. Ich nehme wahr, dass er die Veränderung so rasch bemerkt wie ich. Das dunkle Zartbitter seiner Augen changiert in helleres Karamell. Er lässt mich los. Eng an seinem Körper rutsche ich abwärts. Mir stockt der Atem, aber ich zwinge mich, tief einzuatmen und einen Schritt rückwärts zu machen. Bevor ich mich wieder auf irgendetwas einlasse, muss ich verstehen, wer ich eigentlich bin.

»Sollen wir ...?« Jaden streicht sich mit einer Hand die Haare zurück. »Sollen wir nachsehen, ob Jamie und Ryan schon da sind? Bestimmt können sie uns die Plätze nicht ewig frei halten.«

Ich nicke stumm, versuche – genau wie er – so zu tun, als sei nichts passiert. Bereits von der Brücke, die über den Kanal auf den Granary Square führt, können wir die Stufen sehen, die als Tribüne dienen. Der weite Platz dahinter ist von Bars, Restaurants und jeder Menge Wasserfontänen gesäumt, zwischen denen bei der Hitze Kinder, Hunde und zum Teil Erwachsene herumspringen, um sich abzukühlen. Jaden entdeckt seine Freunde und greift mit blitzenden Augen nach der Wasserflasche, die ich gerade ansetzen will.

»Kann ich mir die kurz ausleihen? Sorry, aber ich kann mir die Gelegenheit nicht entgehen lassen.« Ich muss lachen, als er sich meine Flasche schnappt und losläuft.

»Du bist kein bisschen weniger verrückt als ich«, rufe ich ihm nach. »Das ist dir hoffentlich klar.«

Kurz dreht er sich zu mir um. »Du bist ansteckend. Das ist alles.«

Mit etwas Abstand folge ich ihm, während er zwischen den Leuten, die bereits auf den Stufen sitzen, abwärtsläuft. Über einem athletisch gebauten Typen mit dichten, dunklen Haaren, der neben einer Frau mit geflochtenem Zopf über der Schulter sitzt, schüttet er den gesamten Rest meiner Wasserflasche aus. Das muss Ryan sein. Ich lache vor mich hin, als Ryan – noch bevor er seinen Freund entdeckt haben kann – ruft: »Verflucht, Jade! Das wirst du bereuen.«

Er springt auf und Jaden wirbelt zur sofortigen Flucht herum. Während beide die Stufen wieder aufwärtsstürmen und die Frau neben Ryan ihnen irritiert nachblickt, bahne ich mir einen Weg zu ihr durch.

»Hi«, sage ich, während ich mich neben sie setze. »Ich bin mit Jaden hier.«

Überrascht dreht sie sich zu mir um. »Oh hi.« Trotz ihres offensichtlichen Erstaunens lächelt sie und ... Wow! Ich habe selten jemanden mit einem so hinreißenden Lächeln gesehen. Sie ist insgesamt hübsch mit ihren üppigen schwarzen Haaren, hohen Wangenknochen und waldseegrünen Augen. Aber ihr Lächeln lässt sie mit den Grübchen und dem sanften Schwung ihrer Lippen nahbar und liebenswert wirken. »Du bist ja gar nicht Alice.«

Ich muss lachen. »Stimmt, ich bin Maggie.«

»Sorry.« Rasch reicht sie mir eine Hand. »Ich heiße Jamie. Manchmal rede ich schneller, als ich denke. Ryan hatte mir gesagt, Jaden bringe Alice mit, und er hat sich schon gefragt, warum er ihr wohl diesmal verziehen hat. Sorry.« Sie schlägt sich eine Hand vor den Mund und mustert mich aus erschrocken geweiteten Augen. »Weißt du überhaupt, wer Alice ist?«

Grinsend winke ich ab. »Keine Sorge. Jaden und ich sind uns nur wegen Alice begegnet. Und außerdem sind wir …« Ähm … okay. Was sind wir eigentlich? Nicht verliebt, ist wahrscheinlich die entscheidende Information für Jamie, obwohl ich mir nicht ganz sicher bin, ob das stimmt. »Wir kennen uns erst seit ein paar Tagen«, formuliere ich den Satz schließlich um.

»Okay.« Jamie nimmt meine Antwort sofort hin und lächelt erneut. »Ich freue mich auf jeden Fall, dass du mitgekommen bist. Ehrlich gesagt bin ich immer ein bisschen überfordert, wenn Ryan und Jaden zusammentreffen. Das wird meistens wild, was nicht unbedingt mein Stil ist.«

»Das sehe ich.« Rasch deute ich in die vage Richtung, in der Ryan und Jaden verschwunden sind. »Also, dass es wild wird, meine ich.«

»Immerhin kannst du dir schon mal was zu essen aussuchen, bevor dir jemand das Beste wegschnappt.« Jamie deutet auf mehrere Schalen und Pappbecher, die zwischen Ryans Platz und ihrem arrangiert sind. »Wir haben Sandwiches, levantinische Salate und Nudelboxen.«

Jaden hat ganz offensichtlich nicht übertrieben, was ihre Begeisterung für Streetfood angeht, denn Jamie erklärt mir detailreich die Vorzüge der verschiedenen Gerichte. Ich habe mir gerade zwei gesichert, als Jaden und Ryan zurückkommen – beide ziemlich durchnässt. Wahrscheinlich sind daran die Wasserfontänen auf dem Granary Square schuld. Mittlerweile müssen sie sich durch die dichte Menschentraube drängen, die sich auf den Stufen eingefunden hat. Die ersten Leute haben sich schon Plätze etwas abseits auf der Brücke gesucht.

»Hi, Jamie.« Jaden beugt sich über mich, um sie in den Arm zu nehmen, aber wir schieben ihn mit vereinten Kräften von uns.

»Du bist klatschnass«, beschwert Jamie sich kichernd.

»Das kenne ich schlimmer. Hier.« Jaden überreicht mir meine leere Wasserflasche und eine neue, die er bei dem Kiosk oben an den Stufen gekauft haben muss.

»Hi, ich bin Ryan.« Sein Freund gibt mir an Jamie vorbei die Hand und ich stelle fest, dass er ziemlich attraktiv ist – auf eine düstere, fast etwas zerstörerische Weise: dunkle Haare, schwarze Augen und ein Dreitagebart, der ihm einen verwegenen Look verleiht. Mit seinem Lächeln scheint er zudem sparsam umzugehen. Außer er schaut zu Jamie, bemerke ich, als sein Blick kurz zu ihr fliegt. Aber selbst ohne Lächeln sieht er mit seinen geraden, nachdenklich wirkenden Gesichtszügen gut aus. Da liegt irgendetwas in seinem Blick, von dem ich wette, dass Luke es gerne zeichnen würde. Zur Hölle, kann er bitte aufhören, ungebeten in meinen Gedanken aufzutauchen?

»Hi, ich bin Maggie.«

Ryan hebt die Augenbrauen. »Etwa *die* Maggie?«

Grinsend schüttele ich den Kopf. »Nein, einfach nur Maggie.«

Jamie lacht und in Ryans Miene blitzt tatsächlich so etwas wie ein Lächeln auf. »Sorry. Du siehst überhaupt nicht so verrückt aus, wie Jaden behauptet hat. Ich dachte mir schon, dass er total übertrieben hat.«

Amüsiert sehe ich Jaden an, der ärgerlich in Ryans Richtung den Kopf schüttelt. »Hat er nicht, ehrlich gesagt.«

»Hat er nicht?« Ryans Blick fliegt neugierig zwischen uns hin und her.

»Nein. Es war übrigens ein verdammt kleines Fenster, nur dass wir uns da nicht missverstehen.«

»Natürlich.« Das erste richtige Lächeln huscht über Ryans Gesicht und für einen kurzen Moment bin ich mir nicht sicher, ob seine Augen vielleicht eher blau als schwarz sind.

»Moment mal, ich komme nicht mit. Was für ein Fenster?« Irritiert sieht Jamie mich an.

»Das ist eine ziemlich lange Geschichte«, meint Jaden, ehe ich antworten kann. »Habt ihr erst mal was zu essen für mich?«

Ich bin mir nicht sicher, ob er mich vielleicht davor bewahren will, ins Detail gehen zu müssen, denn besonders groß kann sein Hunger nach dem ganzen Eis kaum sein. Aber Jamie wirkt wie jemand, der über mein Missgeschick lachen kann, ohne mich zu verurteilen. Sie mustert mich neugierig – nicht auf eine lauernde Weise, sondern offen und interessiert. Und Jaden, der über mich und Jamie hinwegturnt, um zum Essen zu gelangen, wirkt nicht wie jemand, der sich leicht beeinflussen ließe, wenn ihm später gesagt wird, ich sei nicht ernst zu nehmen. Also wickle ich mein erstes Sandwich aus und erzähle Jamie in groben Zügen, wie Jaden und ich uns kennengelernt haben.

»Klingt, als hätte er dich ziemlich unter Druck gesetzt«, bemerkt sie schließlich.

Ich nicke nachdenklich. Es ist zwar eng und zu laut auf den Stufen, aber irgendwie genieße ich die Atmosphäre dennoch. Von irgendwoher dröhnt ›Fascination‹ von Alphabeat zu uns und der schnelle Rhythmus bringt meine Füße zum Wippen. Der Song passt zu diesem Tag. Er passt zu meinen Gefühlen für Jaden. Ich fange seinen Blick auf, nehme das Blitzen in seinen dunklen Augen wahr und bin zum hundertsten Mal fasziniert.

»Wenn du mich fragst, hat Jaden mich unter Druck gesetzt. Aber er würde die Geschichte etwas anders erzählen.«

»Du meinst, es ist alles eine Frage der Perspektive? Damit

kenne ich mich aus.« Jamie rollt geschickt Nudeln aus einer Box auf ihre Holzgabel. »Wenn man meiner Mum glaubt, ist mein Leben komplett versaut. Meine Verlobung ist geplatzt. Ich habe ein aussichtsloses Berufsziel, lebe in einer chaotischen WG und habe einen neuen Freund, der keinen prestigeträchtigen Job und nicht mal ein stilvolles Hobby hat. Und der sich keine Mühe gibt, ihr zu gefallen.«

»Oh.« Ehrlich betroffen sehe ich sie an. »Das tut mir leid.«

Sie lächelt mich an. »Mir tut es auch leid, dass sie das so sieht. Denn ich erzähle meine Geschichte ganz anders. Ich fühle mich zum ersten Mal in meinem Leben, als würde ich nicht nur tun, *was* ich will, sondern auch *wie* ich es will. Ich werde den abwechslungsreichsten Job haben, den ich mir vorstellen kann, und bis dahin in einer liebenswerten WG leben. Außerdem habe ich einen Freund, der mich dazu bringt, im Rosengarten spazieren zu gehen. Und mitten unter der Woche ins Kino. Aus meiner Sicht könnte er nichts Besseres für mich tun.«

Irgendwie rührt es mich, wie sie von Ryan spricht. »Deine ist eine richtig schöne Geschichte. Mir gefällt sie besser, wie du sie erzählst.«

Ihr hinreißendes Lächeln wird breiter. »Und darauf kommt es an, oder? Wie man seine eigene Geschichte erzählt ...«

Stimmt, darauf kommt es an. Ihre Worte hängen mir nach, während die Gespräche um uns her verstummen, weil auf dem Bildschirm der Vorspann von ›Skyfall‹ läuft und der Sound des Titelsongs über uns hinwegdröhnt.

Wie man seine eigene Geschichte erzählt ... Damit sollte ich endlich anfangen. Ich kann nichts daran ändern, dass Luke mich verlassen hat, aber wie ich damit umgehe, wie ich die Details gestalte, habe ich in der Hand. Vielleicht sollte ich – bevor ich mein Studium fortführe – wenigstens anfangen, das Drehbuch für mein eigenes Leben zu schreiben.

Kapitel 16

Ich liebe diesen Tag. Während des Films geht die Sonne unter und der Himmel changiert in immer dunklere Blautöne. Die Leinwand beschallt uns mit der geballten Action und der schaurig schönen Düsterkeit von ›Skyfall‹, aber ich muss zugeben, dass nichts mich so gefangen nimmt wie Jaden, der irgendwann wieder den Platz mit Jamie tauscht. Weil sich die Zuschauenden so dicht auf den Treppenstufen drängen, werde ich gegen ihn gedrückt, jede seiner Regungen ist mir bewusst. Ich spüre ihn wie Wind im Gesicht und ich … Ich versuche mit aller Kraft, nicht an Luke zu denken.

»Und? Wie hat dir dein erster James-Bond-Film gefallen?«, will Ryan von Jamie wissen, als wir während des Abspanns aufstehen und die Essensverpackungen einsammeln. Die Zuschauenden verteilen sich langsam über den Platz hinter uns und entlang des *Regent's Canal Towpath*.

»Dein erster James-Bond-Film?« Entsetzt sieht Jaden Jamie an und sie lacht auf.

»Ja, mein erster.«

»Jamie ist in einer Höhle groß geworden«, erklärt Ryan mit spöttischem Blick in ihre Richtung. »Sie hat viel nachzuholen.«

»Er hat mir gut gefallen«, erklärt sie. »Vielleicht war er ein winziges bisschen langatmig. Es ist total spät geworden. Aber kein Vergleich mit ›Herr der Ringe‹.«

»Ich dachte, du bist Fan.« Jaden deutet auf die Kette, die Jamie um den Hals trägt und an der ein Ring befestigt ist. Erst jetzt fällt mir auf, dass er tatsächlich mit der Inschrift aus ›Herr der Ringe‹ versehen ist.

Sie schüttelt jedoch den Kopf und zupft mit einem feinen Lächeln an der Kette. »Der soll mich nur an was erinnern.«

»Du musst die Bücher lesen«, schlage ich ihr vor. »Tolkien braucht zehn Seiten, um einen einzigen Baum zu beschreiben. In Gedanken fleht man ihn an, damit aufzuhören, und man kann sich richtig vorstellen, wie er an seinem Schreibtisch sitzt, einen angrinst und denkt: *Weißt du was? Ich werde ihn noch etwas genauer beschreiben.* Ich liebe das.«

Jamie wirft mir einen Blick zu und lacht. »Das klingt schrecklich. Es kommt auf meine Liste mit Dingen, die ich unbedingt tun sollte.«

»Ich habe die Bücher zu Hause«, meint Ryan. »Du kannst gleich heute Abend anfangen.«

»Heute Abend gehe ich nur noch ins Bett. Morgen muss ich ganz früh in die Bibliothek.«

»Kann es sein, dass du immer ganz früh in die Bibliothek musst?«, erkundigt sich Jaden.

»Ja, muss sie«, erwidert Ryan. »Ins Bett gehen ist für mich auch in Ordnung.«

Jamie knufft ihn in die Seite. »So war das nicht gemeint.«

Irgendwie liebe ich es, die beiden zu beobachten. Sie wirken nicht unbedingt wie frisch Verliebte, eher wie zwei Leute, die sich ewig kennen und einander tief vertrauen. Ich sehne mich danach, so jemanden in meinem Leben zu haben. Bisher dachte ich, dass ich diesen Jemand gefunden und nur wieder verloren habe. Aber kann das stimmen?

»Kommst du trotzdem mit zu mir? Es sind nur zwanzig Minuten zu Fuß und wir müssen keine großen Straßen überqueren.«

»Was soll das denn heißen?« Empört sieht Jamie Ryan an.

»Nichts.« Unschuldig hebt er beide Hände. »Nur dass du

heute Morgen wieder fast überfahren wurdest und ich dich nicht so schnell verlieren will.«

Da ist ein kurzer Moment zwischen den beiden, den ich nicht ganz verstehe – ein atemloser Augenblick, ein Aufflackern von etwas Dunklem und Drängendem. Doch dann schüttelt Jamie den Kopf. »Ich hatte eindeutig Vorfahrt.«

»Diese Einstellung hilft dir nicht gegen ein Auto«, beharrt Ryan und wendet sich Jaden und mir zu. »Wir sehen uns.« Jaden und er umarmen sich kurz auf diese merkwürdige Weise, wie nur Männer es tun, wobei sie ihre Brustkörbe kurz aneinanderstoßen. Mir gibt Ryan die Hand. Jamie hingegen nimmt mich in den Arm und sagt:

»Hat mich gefreut, dich kennenzulernen. Ich fände es schön, dich wiederzusehen.«

»Danke, geht mir auch so«, sage ich und meine es ernst. Jamie und ich scheinen ziemlich verschieden zu sein, aber irgendwie hat sie etwas unaufdringlich Nettes an sich.

»Moment! Bist du wieder trocken?« Jamie weicht hastig einen Schritt zurück, als Jaden sie ebenfalls an sich ziehen will.

»Versprochen.« Er breitet die Arme aus und Jamie lässt sich an ihn ziehen, nachdem sie kurz seine Kleidung betastet hat. Sie winkt mir noch einmal zu, dann laufen Ryan und sie die Stufen hinab, um dem Weg am Kanal entlang zu folgen.

»Wie fandest du denn eigentlich die Rote-Bete-Gnocchi mit Pesto?«, hören wir sie noch fragen. Als die beiden schon in den Schatten am Kanal verschwinden, diskutieren sie noch immer über irgendwelche Punkte auf einer Skala.

Wir entsorgen die Essensverpackungen in einem überfüllten Mülleimer neben dem Foodtruck oben an den Stufen. Der Platz wird von Laternen in goldenes Licht getaucht. Aus den Bars und Restaurants ringsum klingen vereinzelt Musik und Gelächter. Mittlerweile ist es jedoch viel leerer und stiller geworden. Einige Meter entfernt sprudelt Wasser aus den Fontänen, die in mehreren gewaltigen Rechtecken angeordnet und ebenerdig in den Boden eingelassen sind. Jeder einzelne Strahl wird von einer Lampe zum Leuchten gebracht. Das Wasser wirkt wie schäumendes Silber, das mal kurz über dem Pflaster aus den Düsen plätschert, mal hoch aufschießt, mal in durchlaufenden Intervallen tanzt. Ein paar Leute spazieren an den Wasserspielen entlang, manche bleiben zum Filmen stehen. Der Himmel über uns ist in ein helles Schwarz übergegangen. Ich wünschte, es wären Sterne zu sehen, aber das ist über London selten der Fall. Ich weiß, es ist an der Zeit, nach Hause zu fahren, aber irgendwie fällt es mir schwer, den ersten Schritt zu tun.

»Ehrlich gesagt ...« Jaden stockt – einen kurzen Moment nur, aber mein Herz stockt mit ihm. »Irgendwie war das heute der beste Tag, den ich seit Langem hatte.« Ich wage es nicht, ihn anzusehen, denn auch so zerfließt mein Herz wie flüssige Schokolade. Jaden spricht aus, was ich nicht mal zu denken wage. »Ich weiß, ich habe dir versprochen, nicht wieder davon anzufangen. Aber am liebsten würde ich dich doch überreden, in meinen Podcast zu kommen – einfach, um dich wiederzusehen.«

Und aus dem gleichen Grund würde ich am liebsten zustimmen. Aber kann ich Jaden überhaupt wiedersehen, solange sich jedes Sehnen nach seiner Nähe, jeder Gedanke an seine Berührungen, jedes Tagträumen von ihm wie Betrug anfühlen?

»Sollen wir vielleicht auch zu Fuß gehen? Von hier aus dürfte es doch nur eine halbe Stunde bis zu dir sein.«

»Ja«, höre ich mich sagen, »das klingt gut.« Dabei weiß ich genau, dass man es nicht aufhalten kann: Jeder Tag geht irgendwann zu Ende – und jede Geschichte.

Wir schlendern über den Granary Square. Ich genieße den leisen Sprühnebel der Fontänen auf meiner Haut, während wir dicht an ihnen vorbeilaufen.

»Als du Jamie vorhin erzählt hast, wie wir uns kennengelernt haben ...«

»Hm?« Fragend sehe ich Jaden an, als er nicht weiterspricht.

»Du hast ihr bestimmt gesagt, dass ich ungünstig gestolpert sei, als ich in den See gefallen bin, oder?«

»Wie kommst du darauf?«

»So werde ich die Geschichte später auch erzählen.«

»Was meinst du?«

Zu spät sehe ich das Grinsen in seinem Gesicht. Seine Hand berührt meine Schulter und der Druck ist nicht mal sonderlich fest. Ich habe jedoch nicht mit seinem Angriff gerechnet und taumele mitten zwischen die Wasserfontänen. Erschrocken quietsche ich auf, dabei sprudeln sie mir gerade nur bis zu den Knien. Sofort sind meine Schuhe durchnässt.

»Hey!«, protestiere ich. »Ich habe dich zum Essen eingeladen – und zum Eis. Ich dachte, wir sind quitt.«

»Die Gelegenheit war zu gut.« Mit vor der Brust verschränkten Armen grinst Jaden mich an.

Ich überlege gerade, wie effektiv es wäre, Jaden mit dem Wasser aus den Düsen nass zu spritzen, als die Fontänen rundherum hoch aufspritzen. Mein Aufschrei mischt sich mit Jadens Lachen. Nach dem langen Tag in der Hitze ist das Wasser ein Schock, aber irgendwie ein guter. Der sprudelnde prickelnde Druck auf meiner Haut belebt mich. Leuchtende Tropfen sprühen in den dunklen Himmel. Ich wische mir die an meinem Gesicht klebenden Haare zurück und sehe Jaden an. Er verschwimmt hinter dem sprühenden Wasser, das um mich tanzt.

Ich muss daran denken, wie er mir die Hand hingestreckt hat, nachdem er in den See gefallen war. Mir ist noch immer nicht klar, ob er wollte, dass ich ihm raushelfe, oder ob er mich reingezogen hätte. Aber als ich ihm jetzt die Hand hinhalte, weiß ich, was ich will: Er soll mir nah sein. Und ich glaube, er weiß es auch.

Einen kurzen Moment lang zögert er, dann legt er seine Hand in meine. Langsam gehe ich rückwärts, ziehe ihn mit mir tiefer zwischen die Fontänen, bis das Rauschen aus den Leitungen das Einzige ist, was wir hören. Ich bleibe stehen und Jaden schließt den Abstand zwischen uns. Das Wasser ist kalt auf meiner Haut, Jadens Körper fest. Ich spüre das rasche Heben und Senken seines Brustkorbs an meinem. Mein Blut schießt glühend in jeden Winkel meines Körpers. Ich halte mich an ihm fest, während sich die Welt um uns dreht, während die Wassertropfen um uns fliegen, während mein Herz mehr möchte als mein Verstand.

Jaden kommt mir noch näher – langsam, zögernd. Ich wette, er weiß nicht, wie weit ich gehen will, und gibt mir Zeit zurückzuweichen. Seine Hände halten meine ganz sacht, sodass ich sie ihm jederzeit entziehen könnte. Aber gerade bin ich in reiner Erwartung – in zitternder, ungeduldiger, hibbeliger Erwartung seines Kusses. Sein Gesicht ist nur noch einen rasenden Herzschlag von meinem entfernt. Wasser fließt über unsere Körper, bildet Sprühnebel auf unseren Gesichtern, auf unseren Lippen. Fast berühren sie sich. Fast. Himmel, Jaden!

Er verharrt nur einen Millimeter von meinem Mund entfernt. Beinah glaube ich die Bewegung seiner Lippen auf meinen zu spüren, als er fragt:

»Darf ich?«

Seine Worte lösen einen Schauer aus, der wie ein Feuerwerk durch meine Nervenfasern fließt. Die Welt dreht sich schneller.

»Ja.« Meine Antwort ist nur ein Flüstern und gleichzeitig mehr. Meine Antwort verändert alles. Ich schließe die Augen, schmecke seinen Atem, fühle nicht nur seinen Kuss, spüre, nicht nur, wie er meine Lippen berührt, nicht nur meine Zungenspitze, sondern meine Haut überall, sämtliche Zellen meines Körpers gleichzeitig. Er bringt alles in mir zum Leuchten. Er bringt alles in mir zum Glühen. Und dann, als seine Zunge ihren Weg in meinen Mund findet, als sie sich sacht Millimeter um Millimeter vortastet, mich atemlos macht und süchtig, bringt er etwas tief in mir zum Brennen.

Ich erzittere in seinem Arm, will nicht, dass er jemals wieder damit aufhört, mich so zu küssen – so forschend, so versunken, so wunderbar sanft. So sanft, dass ich jede einzelne Empfindung, die er in mir auslöst, wahrnehme und sie sich alle zusammen in mir akkumulieren zu einer ganzen Symphonie. Himmel!

Das Wasser auf meinem Gesicht ist kalt. Erst als etwas heiß dazwischenrinnt, realisiere ich die Tränen in meinen Augen. Erst jetzt begreife ich, dass sich in das Verlangen tief in mir Verzweiflung geschlichen hat. Wie kann sich etwas so unfassbar richtig und gleichzeitig so verboten falsch anfühlen? Wie?

Ich löse mich von Jaden, schiebe ihn sacht von mir. Im Schein der Lampen im Boden sehe ich, dass er sich mit der Zunge über die Lippen fährt, die Stirn runzelt. Besorgt sieht er mich an.

»Maggie?«

Ich schüttele den Kopf. »Ich muss nach Hause.«

»Maggie!« Er setzt mir nach, als ich mich abwende, aber ich renne fast.

»Ich muss nach Hause. Ich muss einen Brief schreiben – einen letzten.«

Kapitel 17

Neunter Brief an Luke

Unsere Geschichte ist zu Ende erzählt. Was gibt es noch zu sagen, Luke? Dass es mir leidtut, auf jeden Fall. Weil ich dir nie einen Liebesbrief geschrieben habe. Dabei ... Wenn jemand auf der Welt einen verdient hätte, dann du. Denn ich kann mir nicht vorstellen, dass jemals jemand so in einen anderen Menschen verliebt war wie ich in dich. Ich dachte immer, du kennst mich, du wüsstest alles über mich und Worte seien überflüssig, könnten dem zwischen uns nie gerecht werden, es höchstens kleiner machen. Aber ich glaube, das stimmt nicht. Wir hätten reden müssen. Wir hätten uns schreiben müssen. Wer weiß: Vielleicht hätten Briefe uns retten können. Denn haben wir uns überhaupt gekannt? Wir haben uns gefühlt. Wir haben uns geschmeckt, gefeiert, geliebt, haben uns ausgekostet und ausgelebt und eingeatmet. Aber gekannt ...

Das Problem ist, dass ich geliebt habe, wie du mich gesehen hast. Aber ich glaube, in Wirklichkeit bin ich ein bisschen anders. Mein Gesicht weniger voll, mein Kinn weniger rund. Du erinnerst dich? Und wahrscheinlich bist du auch ein bisschen anders, als ich dachte. Sonst wäre dein Verschwinden nicht so aus dem Nichts für mich gekommen.

Das tut mir leid.

Und gleichzeitig macht mich das wütend.

Vielleicht hast du nach all den Briefen, die ich dir geschrieben habe, verstanden, wie viel du in mir kaputt gemacht hast. Du hast dich von mir getrennt, aber mir die Chance genommen, mich von dir zu trennen, meinem Herzen die Chance, für etwas anderes zu schlagen als für dich. Aber ich bin jetzt am Ende unserer Geschichte angekommen. Und auch wenn ich sie noch immer nicht ganz verstehe, kann ich sie, glaube ich, akzeptieren.

Und deshalb werde ich jetzt etwas tun, von dem ich mir wünschte, dass ich es viel früher hätte tun können. Es ist höchste Zeit. Ich will frei sein. Ich will wieder leben. Ich kann nicht zulassen, dass du mich weiter daran hinderst, Maggie-ohne-Luke zu sein, ich zu sein. Denn ich bin vielleicht nicht so schnell oder hungrig oder actionsüchtig wie du. Aber ich bin lebensfroh. Ich bin lustig und mutig. Ich fühle so intensiv, dass ich auch die feinen Nuancen wahrnehme. Die ganz großen Abenteuer brauche ich nicht. Heute ist mir klar geworden, dass ich auch im Kleinen große Abenteuer erleben kann. Heute hat sich angefühlt wie auf Sonnenlicht tanzen.

Ich will mehr Tage wie diesen. Ich will mehr als das.

Und deshalb, Luke, mache ich Schluss mit dir. Nach all den Tränen, die ich um dich und um uns geweint habe, nach all meinen Erinnerungen an das unfassbar Gute zwischen uns und auch an das, was schmerzhaft war und immer noch ist, nach all meinen Träumen und Albträumen, nach all meinen Briefen, die ich endlich an dich geschrieben habe, Luke ...

... lasse ich dich los.

Etwas trifft mit Wucht meine Zimmertür und ich sitze mit rasendem Puls aufrecht im Bett.

»Maggie!« Das Geräusch wiederholt sich in einem schnellen Rhythmus – der harte Sound von Metall auf Holz. Was zur Hölle ...?

»Ich komme.« Ich rolle aus dem Bett, taumele in Richtung Tür und reiße sie auf. »Was ist passiert?« Ich versuche, im dunklen Flur etwas zu erkennen. Doch da alle Zimmertüren geschlossen sind, dringt nur aus dem Erdgeschoss Licht herauf. Ich blinzele die Welt in den Fokus meiner Wahrnehmung und nehme mit Erstaunen zur Kenntnis, dass Grandma Lawson vor mir steht – schlank und hoch aufgerichtet auf ihren Stock gestützt. Mit dem hat sie wahrscheinlich bis vor Kurzem meine Tür traktiert. »Was ist passiert?«, wiederhole ich.

»Du solltest mitkommen.« Ihre raue Stimme lässt keinen Zweifel, dass es dringend ist.

»Okay, ich ziehe mir was über.«

»Nicht nötig.« Sie wendet sich ab, um zur Treppe voranzugehen.

»Sag schon, was los ist.« Barfuß folge ich ihr über den dicken Teppich.

»Ich muss mich auf die Treppe konzentrieren.« Grandma Lawson wechselt den Stock in ihre linke Hand, um sich rechts am Geländer festzuhalten.

Ungeduldig trete ich auf den Stufen auf der Stelle, während sie sich langsam abwärtsbewegt. »Ist irgendwas mit Noah?«

»Nein.« Grandma Lawson überwindet die letzte Stufe und tritt zu meiner Überraschung in die Diele. Sie dreht sich zu mir um. »Du hast Besuch.«

Ich runzle die Stirn. »Und den hast du draußen stehen lassen?«

»Er hat bisher nicht geklingelt. Ist sich wohl nicht sicher.«

»Woher weißt du dann, dass ich Besuch habe?«

»Maggie, Himmel, nun finde es halt raus.« Grandma Lawson deutet mit ihrem Stock zur Haustür.

»So?« Ich deute auf mich selbst – auf das Oversize-Shirt, das mir über die Schulter rutscht, meine bloßen Beine und den unordentlichen Knoten, in den ich meine Haare gedreht habe.
»Das ist rein äußerlich.«
»Das von dir?« Ich weise auf ihre Bügelfaltenhose, ihre tadellose Bluse und das um ihren Hals drapierte Tuch.
»Das ist nur äußerlich«, wiederholt sie. Einen Moment lang erwidere ich ihren Blick. Dann lasse ich mich von ihr zur Tür schieben. Barfuß trete ich auf den Treppenabsatz hinaus. Es ist noch frisch, aber die Luft erfüllt von der Erinnerung an die gestrige Hitze.

Suchend sehe ich mich um. Jemand sitzt auf den Stufen zur Straße. Jaden! Schlagartig ist etwas in mir hellwach und doch scheine ich zu träumen: sein Körper so nah an meinem, sein Atem auf meiner Haut, seine Zunge, die sich in meinen Mund vortastet, dieses ganze Orchester von Berührung, Streicheln und Fühlen, die kribbelnde Wärme, die jede meiner Zellen leuchten lässt – bis zu diesem Moment, in dem mir klar wurde, dass ich das nicht kann. Nicht, ohne endlich mit Luke abzuschließen. Den Weg nach Hause haben wir hastig und schweigend zurückgelegt. Ich war in Gedanken längst bei den Worten, die ich finden musste, um aus Maggie-ohne-Luke wieder Maggie zu machen. Mir ist klar, dass Jaden nicht verstanden hat, was passiert war. Trotzdem hat er sich geweigert, mich alleine nach Hause laufen zu lassen. Unsere Verabschiedung bestand aus nicht mehr als ein paar gemurmelten Worten. Wahrscheinlich ist er hergekommen, um eine Erklärung zu verlangen. Er hat auch eine verdient. Aber wie konnte Grandma Lawson mich bitte in meinem verschlafenen Look zu ihm rausschicken? Ich muss mir einfach zuerst was Anständiges anziehen.

Ich wirble zur Tür herum, aber die hat Grandma Lawson mittlerweile hinter mir geschlossen. Das darf ja wohl nicht

wahr sein. Ich wette, sie sitzt schon wieder in ihrem Schaukelstuhl am Fenster und wartet darauf, dass die Show beginnt.
Seufzend gehe ich die Stufen hinab und setze mich neben Jaden. »Hi.«
»Du bist ja schon wach.« Sein Lächeln ist zurückhaltender als sonst.
»Und du bist schon hier.«
»Ich konnte nicht schlafen.« Die Morgensonne lässt seine Augen in der Farbe von Karamell schimmern.
»Meinetwegen?«
»Ehrlich gesagt ja.« Er wendet den Blick ab, lässt ihn auf die Straße schweifen, über die ein einzelnes Auto braust. Zwei Eichhörnchen jagen sich gegenseitig durch die Krone des Baumes gegenüber vom Haus.
»Es tut mir leid – also, was gestern Abend passiert ist«, sage ich leise.
»Was ist denn gestern Abend passiert?« Es ist schwierig, diese Frage zu beantworten. Ich spüre, dass Jaden mich ansieht, weiche aber seinem Blick aus. »Maggie, ist alles okay mit dir? Ich habe gestern kurz gedacht … Hast du geweint?« Ich seufze, denn das weiß ich selbst nicht so genau. Es ist auch nicht wichtig. Nur wie erkläre ich ihm das? »Ich mache mir Sorgen, dass ich irgendetwas falsch verstanden habe. Habe ich etwas getan, das du nicht wolltest?«
Überrascht erwidere ich seinen Blick. »Das hast du nicht. Ich wollte von dir geküsst werden. Ich glaube, ich wollte das schon den ganzen Tag. Ich habe nur Angst …« Mitten im Satz verstumme ich. Warum ist Reden eigentlich so schwierig? Ich bin mir sicher, es würde mir leichterfallen, durch Stift und Papier zu ihm zu sprechen.
»Du hast Angst, wieder verletzt zu werden?«
Ich schüttele den Kopf. »Ehrlich gesagt habe ich Angst, dich zu verletzen.«

»Mich?«

Sein überraschter Ton bringt mich zum Lächeln. »Ist das so abwegig?«

»Darüber habe ich noch nicht nachgedacht.«

»Nicht? Worüber hast du dann nachgedacht, während du nicht schlafen konntest, sodass du hier aufgekreuzt bist, als niemand wach war außer meiner bettflüchtigen Grandma?«

Ich liebe es, dass ich ihn zum Lachen bringe. »Tatsächlich habe ich nur darüber nachgedacht, was ich falsch gemacht habe. Ich dachte, ich hätte dich wieder unter Druck gesetzt.«

»Ich glaube, ich habe mich noch nie so wenig unter Druck gesetzt gefühlt wie gestern von dir, Jaden. Und ich wünschte ... Ich wünschte, wir könnten genau da weitermachen, wo wir aufgehört haben. Aber ...« Ich ziehe die Schultern hoch und verstumme.

Fragend sieht Jaden mich an. »Aber?«

»Letzte Nacht habe ich einen Brief an Luke geschrieben. Es war nicht der erste, aber ich glaube, es war der wichtigste. Ich habe mit ihm Schluss gemacht.«

Aufmerksam beobachtet Jaden mich. »Und wie hat sich das angefühlt?«

»Gut. Ich fühle mich nicht länger so, als würde ich ihn betrügen, wenn ich an dich denke. Aber weißt du, was es nicht bedeutet?«

»Hm?«

Ich hole tief Luft. »Es bedeutet nicht, dass sich meine Gefühle für Luke in Luft auflösen. Und deshalb erscheint es mir nicht fair, dich zu küssen – je nachdem, was du dir davon versprichst.«

Er nickt langsam. Offenbar habe ich meine Gefühle, die mir eben noch zu kompliziert erschienen, um sie selbst zu verstehen, so in Worte gefasst, dass Jaden sie nachvollziehen kann. Ich beobachte ihn, versuche wahrzunehmen, wie er reagiert, was meine Worte in ihm auslösen. Er scheint darüber nachzudenken, denn er richtet seinen Blick erneut in die Ferne. Mittlerweile entdecke ich nur noch eins der beiden Eichhörnchen in der Baumkrone.

»Ich glaube, ich verspreche mir nichts«, sagt er schließlich. »Ich bin ja selbst gerade erst von Alice getrennt. Wahrscheinlich habe ich nie so für sie empfunden wie du für Luke – ganz sicher nicht mehr im letzten Jahr. Aber ich verfolge keinen Plan. Ich habe nicht vor, sofort mein Herz zu verlieren oder sogar in eine neue Beziehung zu stolpern. Ich weiß nur, dass ich dich wahnsinnig anziehend finde.« Sein Blick trifft mich dunkel und heiß. Augenblicklich spüre ich, wie sich die Härchen an meinen Armen aufrichten, wie die Sehnsucht nach seiner Nähe über meine Haut flirrt. »Du faszinierst mich mit deiner Begeisterungsfähigkeit und Hingabe. Alles, was ich will, ist, mehr Zeit mit dir zu verbringen.«

Ich beiße mir auf die Unterlippe und wünschte, ich hätte mir wenigstens die Zähne geputzt. Plötzlich erscheint mir das wie das Wichtigste auf der Welt.

»Aber ich komme nicht in deinen Podcast«, sage ich fest.

Sein Lächeln ist weit wie das Meer. »Ich habe eine andere Idee.«

»Und zwar?«

»Wenn du nicht in meinen Podcast kommst, könnte ich so eine Art Praktikum bei dir machen.«

»Ein Praktikum?« Hell lache ich auf.

»Warum nicht? Das erscheint mir der effektivste Weg zu sein, um mehr über den Wert von Briefen im 21. Jahrhundert herauszufinden.«

»Meinst du das ernst?« Ungläubig sehe ich ihn an.

Sein Grinsen wird breiter und mein Herz hüpft. »Klar.«

Lachend schüttele ich den Kopf. »Du bist eindeutig der Verrückte von uns beiden. Aber wenn es das ist, was du willst, bitte. Sei mein Praktikant. Unter einer Bedingung!« Ich lasse meinen Zeigefinger emporschnellen. Die Idee hat schlagartig Gestalt in meinem Kopf angenommen, und statt wie sonst lange darüber nachzudenken, spreche ich sie einfach aus. »Ich bin morgen auf eine Hochzeit eingeladen und brauche eine Begleitung, damit ich nicht an den Single-Tisch muss. Kannst du mein Plus-One sein?«

»Morgen?«

Ich nicke. Bin ich zu forsch gewesen? Jaden mustert mich mit gerunzelter Stirn. »Ich bin mir sicher, das fällt arbeitsschutzrechtlich unter irgendeinen Ausbeutungsparagrafen. Wird das denn irgendwie vergütet?«

»Es ist ein unbezahltes Praktikum.«

»Klingt nach echt miesen Bedingungen.«

»Dafür kannst du dich kostenlos am Buffet bedienen.«

»Na gut, dann lass ich mich darauf ein.«

Himmel, meinen wir das ernst – er und ich? Wird er mich zu Charlottes Hochzeit begleiten? Ich weiß gar nicht, was mich gerade so irre glücklich macht, aber Jaden hat etwas an sich, das mich ohne viel Aufregung übermütig werden lässt.

»Wirklich?« Mein Lächeln ist gerade mindestens so unendlich wie seins.

»Wirklich.«

»Dann an die Arbeit.« Entschlossen stehe ich auf.

Zweifelnd blickt Jaden zu mir hoch. »Willst du dir nicht erst mal was anziehen?«

Ich schüttele den Kopf. »Meine Grandma meint, das seien reine Äußerlichkeiten.« Sein ungläubiger Blick bringt mich zum Lachen. Er sieht aus, als traue er mir zu, tatsächlich in meinem Aufzug in die *Tube* zu steigen und in die Agentur zu fahren. »Ich schätze, ich sollte mir wenigstens die Zähne putzen. Komm.« Ich laufe die Stufen zur Haustür hinauf und winke ihm, mir zu folgen. »Vielleicht kann ich Grandma

Lawson dazu bringen, dir in der Zwischenzeit ein Frühstück zu machen.«

»Bereiten wir ihr lieber keine Umstände.«

Grinsend drehe ich mich zu ihm um, während ich gleichzeitig die Klingel drücke. »Du hast Angst vor ihr.«

»Ja.«

»Ich glaube, sie mag dich.« Und ich frage mich, ob mir das zu denken geben sollte.

Kapitel 18

Auf Mr Bales Brummen hin öffne ich seine Zimmertür und muss lächeln. Er sitzt vornübergebeugt in seinem Sessel und malt mit einem Kugelschreiber sorgfältige Druckbuchstaben in das *Crossword Puzzle* der ›Times‹. Durchs offene Fenster weht mir der Sommerwind einen leichten Seifengeruch aus seiner Richtung entgegen.

»Fabeldichter der Antike mit sechs Buchstaben«, sagt er, ohne aufzublicken.

»Hesiod?«, schlage ich vor.

Er lässt seinen Kugelschreiber über der Seite schweben und denkt offenbar nach. »Passt nicht.«

Ich runzele die Stirn. »Hinten mit d.«

Wieder verfällt er in Schweigen, ehe er zu schreiben beginnt. »Besserwisserin.«

Grinsend betrete ich das Zimmer und winke Jaden, mir zu folgen. »Ich habe jemanden mitgebracht.«

»Was?« Mr Bale blickt auf und starrt Jaden durch seine eckigen Brillengläser an. »Wer bist du denn?«

»Das ist Jaden«, stelle ich ihn vor. »Er macht ein Praktikum bei mir.«

»Wozu soll das gut sein?«

»Ich habe einen Podcast und möchte eine Folge zum Thema Briefe machen. Deshalb beobachte ich, wie Maggie arbeitet.«

Mr Bale lächelt wissend. »Natürlich.«

»Es soll darum gehen, welchen kulturellen Wert Briefe heutzutage noch haben«, erklärt Jaden unbeirrt.

Mr Bale tippt sich an den Rahmen seiner Brille. »Ich habe die Gläser geputzt. Mir kannst du nichts vormachen, Junge.« Er wirft mir einen schiefen Blick zu. »Hast dir wohl einen Verehrer angelacht, seit du zuletzt hier warst.«

»Und Sie waren ganz schön fleißig«, bemerke ich mit Blick auf die ausgefüllten *Crossword Puzzles* auf dem Beistelltisch neben ihm.

»Wie man es nimmt. Diese Saukerle bei der Zeitung denken sich immer unmöglicheren Unfug aus, den man wissen soll. Eine Unverschämtheit ist das! Hast du eigentlich gar kein Eis mitgebracht?«

Ich schüttele den Kopf. »Ich dachte, wir machen heute ein kleines Experiment. Wir gehen zusammen zur Eisdiele. Bis dahin sind es nur ein paar Hundert Meter. Das schaffen Sie! Und falls nicht, sind wir heute zu zweit und können Sie nach Hause tragen.«

»Untersteht euch!« Mr Bales Augenbrauen bewegen sich erzürnt aufeinander zu, bis sie eine nahezu durchgehende Linie bilden.

»Dann machen Sie einfach nicht schlapp.« Herausfordernd sehe ich ihn an. »Kommen Sie schon. Ich will heute noch ein bisschen bei Ihnen nachbohren und aus der Eisdiele können Sie mich nicht so leicht rausschmeißen.«

»Na, du machst mir ja richtig Lust darauf.« Mr Bale ziert sich zwar noch eine Weile, aber ich bleibe hart. Wenn er Eis will, muss er mitkommen.

»Mich schleift sie auch die ganze Zeit durch die Gegend«, wirft Jaden schließlich ein. »Gestern sind wir durch halb London gereist, weil sie ein Eis aus einem ganz bestimmten Café essen wollte. Dabei dachte ich, beim Briefeschreiben sitzt man einfach irgendwo am Schreibtisch.«

Ich verschränke die Arme und will schon protestieren. Was soll das denn werden? Rechtzeitig realisiere ich, dass sich

Mr Bales Miene aufhellt. »Meine Frau war genauso. Die hat mich immer zum Spazierengehen aus dem Haus gejagt. Den ganzen Tag habe ich in der Werkstatt rumgestanden und dann kam ich nach Hause und habe mich aufs Abendessen gefreut, aber sie wollte spazieren gehen.«

»Sehen Sie! Und wenn Maggie Hunger auf Eis hat, gibt sie sowieso nicht auf. Dann können wir auch gleich losgehen, oder?« Jaden grinst Mr Bale an und der blinzelt ihm doch tatsächlich zu.

»Na ja.« Ächzend stemmt er sich aus seinem Sessel hoch. »Wollen wir doch mal sehen, wozu die Dinger noch zu gebrauchen sind.« Damit bezieht er sich anscheinend auf seine Beine. Er folgt uns über die Treppe in die Diele, wo er sich auf einen Stuhl setzt und mithilfe eines langstieligen Löffels seine Haus- gegen ein Paar Lederschuhe tauscht. Kurz bevor wir das Haus verlassen wollen, erwischt Kate uns, die sich erkundigt, wo wir mit ihrem Vater hinwollen.

»Wir gehen nur ein paar Schritte zum …«

Mr Bale fällt mir mitten im Satz ins Wort. »… durchs Viertel. Mach dir keine Gedanken, wir werden nichts Ungesundes essen und keinen Alkohol trinken.«

»Aber überanstrenge dich nicht, Dad.« Kate beobachtet besorgt, wie er sich an der Wand abstützt, während er an mir vorbei zur Tür hinausstakst.

»Keine Sorge, wir sind ja bei ihm«, beruhige ich sie, frage mich aber selbst kurz, ob der Miniausflug eine Überforderung für Mr Bale sein könnte. Seine ersten Schritte sehen wirklich ziemlich unbeholfen und wackelig aus. Wir sind jedoch zu weit gekommen, um sofort den Rückzug anzutreten. Also hake ich mich bei ihm unter und stelle nach einigen Metern die Straße hinunter fest, dass er stabiler geht.

»War das jetzt gelogen?« Jaden schließt zu uns auf. »Oder geflunkert?«

Mr Bale gluckst vor sich hin.»Fast alles, was mir noch Spaß macht, ist laut Kate nicht gut für mich. Alkohol und Zucker machen mich krank, Fernsehen macht mich dumm und *Crossword Puzzles* machen mir schlechte Laune. Was bleibt mir da noch? In der Gegend rumlatschen? Mich bei Brettspielen von den Kindern übers Ohr hauen lassen? Die fangen jedes Mal an zu heulen, weil ich der Einzige bin, der sie nicht gewinnen lässt. Mich von den nichtsnutzigen Nachbarinnen bemitleiden lassen, mit denen Kate mich verkuppeln will? Ich sage euch was: Diese Tratschtanten haben nichts außer Strickmuster und Gemüsequiche im Kopf. Gemüsequiche, ha! Was soll das überhaupt sein? Ich will dieses ganze Zeug nicht essen.«

»Ich habe überhaupt nicht darüber nachgedacht, dass Eis nicht gut für Ihr Herz sein könnte«, sage ich beklommen.

Mr Bale stößt einen unwilligen Knurrlaut aus.»Das fällt dir zu spät ein. Und ich sage dir noch was: Ich drücke jeden Tag ballaststoffreiche Mittelmeerkost in mich rein, weil meine Tochter glaubt, es tue mir gut. Dabei raubt die mir die letzte Lebenslust. Was es mit meinem Stuhlgang anstellt, davon fange ich gar nicht erst an.«

»Ein Glück«, höre ich Jaden hinter uns kommentieren und ich unterdrücke mein Lachen.

»Wenn ich mir also ab und zu ein Eis gönne, ist das eine lebensverlängernde Maßnahme«, schlussfolgert Mr Bale.»Du hast keine Ahnung, wie oft ich schon in meinem Sessel saß und dachte: Jetzt! Jetzt passiert es: Ich sterbe vor Langeweile. Aber es ist so leise in meinem Zimmer, dass der alte Sensenmann wohl denkt, es sei schon keiner mehr da.«

Ehrlich gesagt bin ich mir nicht sicher, ob ich lachen oder weinen soll.»Ich glaube, Sie müssen dringend mit Ihrer Tochter sprechen.«

Er schnaubt ungehalten.»Um mir anzuhören, was die verfluchten Vorzüge von Grünkernbratlingen gegenüber Würstchen sind? Kate ist wie ein Schienenbus. Von ihren Prinzipien weicht sie grundsätzlich nicht ab.« So ganz kann ich das nicht glauben bei einer Frau, die pinkfarbene Plüschpantoffeln zu einem Businessanzug trägt, aber Mr Bale ist immer noch nicht fertig. »Dabei habe ich ein Recht auf meine eigenen Prinzipien. Ich bin nämlich ein erwachsener Mensch, und wenn ich entscheide, dass ich lieber an einer Kugel Eis sterben möchte statt an Langeweile, dann ist das so. Nur wenn ich das Kate sage, wird sie wütend oder fängt an zu weinen, schleift mich zurück in mein Zimmer und macht mir Nudeln mit Hähnchen, weil ich einmal gesagt habe, das schmecke nicht so mies wie das andere Zeug.«

»Dann besteht doch Hoffnung«, sage ich. »Sie versucht auf Sie einzugehen. Hier ist übrigens der Eisladen. Sehen Sie? Sie haben es geschafft und sind nicht mal außer Atem.«

»Aber vollkommen verschwitzt.« Mr Bale zückt ein kariertes Stofftaschentuch, mit dem er sich die Stirn abwischt. Jaden bugsiert ihn in den Laden und an einen der Tische im hinteren Teil, über den ich Mr Bale schimpfen höre, während ich Eis für alle bestelle.

»Wenn ich zu meiner Zeit so einen Pfusch abgeliefert hätte, wäre mir die Lizenz entzogen worden«, behauptet er, als ich mich zu den beiden geselle.

Jaden und ich tauschen ein Lächeln.

»Sie wollten mir noch von der Frau erzählen, die nicht Ihre Frau war«, erinnere ich Mr Bale, als unser Eis serviert wird. Mr Bale bekommt eine Kinderportion Cookie Dough und Kaffee, über die er sich sofort hermacht. Für Jaden und mich habe ich Oreo- und Mangosorbet bestellt – extra nichts, was mich mit der Kombi aus Schokolade, Himbeere und Minze zu sehr aus der Fassung bringen könnte. Zum Glück scheint Mr Bale nicht aufzufallen, dass seine Kugeln bedeutend kleiner sind als unsere – im Gegensatz zu Jaden, der in meine

Richtung die Augenbrauen hebt und mit den Lippen das Wort *Lüge* formt. Unauffällig schüttele ich den Kopf und kontere ebenfalls lautlos mit *Flunkerei*.

»Wollte ich das?« Mr Bale gibt ein unschlüssiges Brummen von sich und nimmt noch einen Löffel Eis. »Was ist das eigentlich für Zeug? Da sind so Stücke drin.«

»Das ist Keksteig – ganz weich. Keine Gefahr, sich die Zähne auszubeißen.«

»Was?« Mr Bale wirkt zwar entrüstet, probiert aber noch einen Löffel und brummt. »Ist gar nicht so schlecht.« Er hebt seinen kräftigen Zeigefinger in meine Richtung. »Na gut, ich erzähle dir von Diane, aber ich will nicht, dass du über sie schreibst.«

»Sondern?«

»Ich will, dass du mich ab und zu besuchen kommst und mit mir Eis essen gehst. Von mir aus kannst du auch deinen ... Praktikanten da mitbringen.«

Ich sehe in seine hellblauen Augen und fühle mich ein bisschen gerührt von seiner Bitte. »Vorschlag: Ich schreibe Kate einen Brief und versuche ihr klarzumachen, was in Ihnen vor sich geht. Dafür dürfen Sie mich dann zum Eis einladen.«

Mr Bale zögert. Glücklich sieht er nicht über meinen Vorschlag aus. Mit missmutiger Miene rührt er Cookie-Dough- und Kaffee-Eis in seinem Becher zusammen. »Na gut, einverstanden«, gibt er trotzdem nach. »Schreib von mir aus einen Brief, wenn du es nicht lassen kannst.«

»Dann erzählen Sie mir jetzt von Diane?«

»Eigentlich gibt es da nicht viel zu erzählen.« Ärgerlich schiebt Mr Bale seinen leer gegessenen Eisbecher von sich. »Sie war umwerfend. Hübsch wie kaum eine Zweite. Witzig dazu. Nicht so brav wie die meisten Mädchen.«

»Wo haben Sie sich kennengelernt?«

»Im *Britannia Public House*.«

»Ihrem Lieblingspub?«

»Wenn du es genau wissen willst, ja. Ich bin da eher zufällig rein und sie saß mit einer ganzen Gruppe junger Leute an der Bar. Sie ist mir gleich ins Auge gefallen, weil sie so selbstbewusst mit dem Barkeeper über Biersorten sprach. Damals war das ja alles noch etwas anders. Es gab noch Pubs, in die Frauen gar nicht reindurften – schon gar keine unverheirateten. Aber Diane war fesch.« Er lacht auf in der Erinnerung. »Hatte die Beine! Ich hab sie angesprochen. Sie hat mich ein paarmal abblitzen lassen, schließlich aber doch mit mir geredet. Ich habe sie an dem Abend nach Hause begleitet – in eine feine Gegend. Da habe ich nicht schlecht geguckt.«

»Wo wohnte sie denn?«

»In West Brompton bei ihrer Tante. Sie war nur für den Sommer da. Ihre Eltern hofften wohl, sie würde eine gute Partie machen. Sie ließen sie eine Tanzschule besuchen. Aber Diane wollte mehr als steife Schritte lernen. Sie war mit Gleichgesinnten im Pub. Aber während die meisten von denen auf uns einfache Leute herabblickten, als wären wir Affen im Zoo, war sie neugierig und für jeden Spaß zu haben.«

»Haben Sie sich den ganzen Sommer über im Pub getroffen?«

»Wo denkst du hin? Ich habe sie mit meinen Freunden bekannt gemacht und sie mit in echte Tanzlokale genommen. Und ab und an sind wir auf Spritztour gegangen, wenn mein Chef mir einen Untersatz lieh. Am *Britannia* faszinierte sie jedoch irgendwas. Da wollte sie immer wieder hin.«

Mr Bale verstummt, starrt in seinen Eisbecher, greift schließlich nach seinem Löffel und leckt ihn noch mal ab.

»Was ist dann passiert?«, will Jaden wissen.

»Der Storch ist passiert.« Mr Bales Hand ballt sich zur Faust, sodass der Eislöffel wie ein anklagendes Ausrufezeichen in die Höhe ragt. »Wir haben aufgepasst – zumindest dachte ich das.

Ich wollte sie doch nicht in Schwierigkeiten bringen. Als sie mir nach ein paar Wochen sagte, dass sie schwanger sei, wollte ich sie sofort heiraten, aber ich war ihren Eltern nicht gut genug.« Selbst die Erinnerung lässt seine Stimme bitter klingen. »Diane und ich sind durchgebrannt – nach Manchester. Da hatte ich einen Cousin. Wir ließen alle im Glauben, schon verheiratet zu sein. Ich dachte, die Formalitäten könnten wir in Manchester rasch erledigen.«

»Aber es kam anders?« Ich merke, dass ich meinen Eislöffel ähnlich fest umklammere wie Mr Bale seinen, und lege ihn auf den Untersetzer.

»Sie hat das Baby verloren.« Er seufzt schwer. »Ich weiß nicht ... Ich habe im ersten Moment nicht verstanden, was das für sie bedeutete. Erst sagte sie, sie sei erleichtert, und ich glaubte trauriger darüber zu sein als sie. Ich meine ... Ich wollte das wirklich mit ihr durchziehen. Aber Diane verlor nicht nur das Baby, sondern auch ihre Unerschütterlichkeit, ihre Fröhlichkeit und wohl auch den Glauben an uns. Da oben im Norden kannte sie niemanden und die Leute sind halt etwas eigen. Irgendwann sagte sie mir, sie wolle zurück zu ihrer Familie. Und das war es dann mit uns. Ich habe sie nach London gebracht. Wir haben uns verabschiedet. Dann haben wir uns nie wiedergesehen.«

»Nie ...« Mir bleibt die Stimme weg und ich muss neu ansetzen. »Nie wieder?«

»Nie wieder. Ich habe ein paarmal nach ihr gefragt, aber ihre Tante sagte mir, Diane habe London verlassen. Seitdem gehe ich regelmäßig ins *Britannia*. Heutzutage ist da kaum mehr was, wie es war. Aber wenn ich dort sitze, erinnere ich mich an Diane. Ich frage mich, was aus ihr geworden ist, was hätte sein können. Und manchmal hoffe ich, dass sie einfach wieder dort reinspaziert kommt.«

Einen Moment lang sitzen wir stumm zu dritt um unseren

winzigen, wackligen Eiscafé-Tisch. Diese Geschichte hat ein genauso unbefriedigendes Ende wie meine. Das hat etwas Trauriges, aber auch etwas überraschend Tröstliches an sich. Vielleicht muss man einfach damit leben, dass nicht alles zu Ende erzählt werden kann.

»Wusste Ihre Frau von Diane?«, erkundigt Jaden sich schließlich.

»Ich habe ihr nie was vorgemacht. Was ich für sie empfunden habe, war echt. Aber alle anderen geht diese Geschichte mit Diane nichts an – auch meine Kinder nicht. Wisst ihr, es gibt einen Unterschied, ob man ein Geheimnis hat oder ob man eins hütet. Wenn man anfängt etwas zu unterdrücken, muss man sich Sorgen machen. Aber manche Dinge kann man auch ruhen lassen.«

»Es tut mir leid.« Ich ziehe die Schultern hoch. »Ich hätte Sie nicht unter Druck setzen dürfen.«

»Schon gut, Mädchen.« Es zuckt in Mr Bales Bart und ich glaube, das kommt einem Lächeln gleich. »Ich hätte dir nichts erzählt, wenn ich es nicht gewollt hätte. Und? Was machen wir jetzt? Gehen wir noch eine Runde spazieren, bevor ihr mich zu Hause abliefert und meiner Tochter erzählt, wie brav ich war?«

»Ich dachte, Sie hassen es, spazieren zu gehen.«

»Ja, aber ich fühle mich besser, wenn wenigstens nicht alles, was ich meiner Tochter erzähle, geflunkert ist.«

»Verstehe.« Ich lächle ihm zu und gehe voran, um Mr Bale die Tür der Eisdiele aufzuhalten.

»Wissen Sie was?« Jaden überholt ihn und geht auf dem Gehweg ein paar Schritte rückwärts, um ihn anzusehen. »Kinder gewinnen zu lassen ist auch nicht mehr als eine Flunkerei. Das tut niemandem weh – im Gegenteil.«

Kapitel 19

Nach dem Besuch bei Mr Bale bin ich irgendwie enttäuscht. Innerlich war ich schon so weit, den Termin bei meiner Studienberaterin am Nachmittag abzusagen, aber Jaden kann seinen Job beim Radio nicht vernachlässigen und muss dringend in den Sender. Unsere Verabschiedung fällt etwas unbehaglich aus. Irgendwie ist alles da: die Sehnsucht, das Kribbeln, das Herztanzen. Aber Jaden unternimmt keinen Versuch, mich erneut zu küssen. Und ich … Na ja, ehrlich gesagt kommt mir erst in der *Tube* auf dem Weg zur Uni der Gedanke, dass er auf mich gewartet haben könnte. Allerdings habe ich äußerst wenig Erfahrung darin, körperliche Nähe zu initiieren. Auch in diesem Punkt war Luke immer schneller als ich.

Selbst während ich meiner Studienberaterin gegenübersitze, denke ich mit zumindest einer Gehirnhälfte noch darüber nach, während ich relativ sprunghaft über meine bisherigen Erfahrungen im Drehbuchschreiben berichte. Sie nickt trotzdem angetan mit dem Kopf, fragt mich nach meinen Plänen, auf die ich aus meiner Sicht ebenfalls verworren antworte, und stellt mir dann einen kompakten Studienplan zusammen, von dem ich ein bisschen eingeschüchtert bin.

Sobald ich wieder draußen auf dem Campus stehe, wähle ich Finns Nummer. Er geht zwar nicht sofort dran, ruft mich aber eine halbe Stunde später zurück, nachdem sein Workshop geendet hat. Da bin ich schon fast in der Agentur, um mich Mr Bales Brief an Kate zu widmen.

»Hey, alles gut bei dir?«, fragt Finn als Erstes.

»Jaden und ich haben uns geküsst.« Ups. Eigentlich habe ich Finn angerufen, um ihm vom Termin mit meiner Studienberaterin zu erzählen und davon, dass ich mir nicht sicher bin, dem Kursplan gewachsen zu sein. Anscheinend ist meinem Kopf etwas anderes jedoch wichtiger.

»Äh ...« Dass Finn sprachlos ist, kommt selten vor. »Manchmal wünschte ich wirklich, ich wäre eine Frau. Dann wüsste ich jetzt bestimmt, was ich dazu sagen soll. Wie ist das denn jetzt passiert?«

Das ist eine Frage, die sich erstaunlich leicht beantworten lässt. Die Ereignisse des vorgestrigen Tages sprudeln nur so aus mir heraus. Finn hört mir zu, ohne mich zu unterbrechen. Erst als ich ihm erkläre, dass Jaden jetzt ein Praktikum bei mir macht, geht er dazwischen: »Also bis hierher hatte ich Probleme mitzukommen, aber jetzt klingt es doch wieder ganz nach dir.«

»Das Praktikum war seine Idee.«

Ich höre Finn lachen. »Oje. Jetzt bin ich gespannt darauf, ihn kennenzulernen. Vielleicht kannst du Jaden fragen, ob er Sonntag mitkommen will.« Ich höre das Grinsen in Finns Stimme, finde seinen Vorschlag aber gar nicht lustig. »Er könnte die Situation Kyra gegenüber entschärfen. Als dein Hochzeitsdate müsste ihm das leichtfallen.«

»Wir kennen uns im Prinzip nicht mal.«

»Also wenn ihr nur über die Hälfte der Dinge, von denen du mir erzählt hast, tatsächlich geredet habt, kann keine Rede davon sein, ihr würdet euch nicht kennen.«

Da hat Finn natürlich recht. Wir kennen uns nicht lange, aber wir kennen uns intensiv. Himmel! Ich weiß, wie schnell meine Gefühle mir den Boden der Tatsachen unter den Füßen wegreißen können. Ich darf nicht zulassen, dass ich mich jemals wieder in etwas stürze, das mich so sehr den Kontakt zu mir selbst verlieren lässt.

»Wenn du willst, könnte ich Thea fragen, ob sie mitkommt«, schlage ich schließlich vor. »Sie ist von Grund auf freundlich und super im Entschärfen von Situation.«
»Klar, wenn du meinst.«
Kurz ist es still im Telefon. Ich beschleunige meine Schritte die Shoreditch High Street hinunter. Der quietschblaue Himmel und die windstille Hitze lösen in mir den Wunsch aus, den Nachmittag mit Finn im *Lido* zu verbringen statt an meinem Schreibtisch in der Agentur.
»Mehr hast du nicht dazu zu sagen, dass ich Jaden geküsst habe?«, frage ich pikiert, als Finn meine Redepause nicht nutzt, um darauf zurückzukommen.
»Was soll ich denn noch sagen?« Finn klingt ehrlich ratlos. »Herzlichen Glückwunsch?«
»Herzlichen Glückwunsch?« Ungläubig schüttele ich den Kopf. »Manchmal wünschte ich auch, du wärst eine Frau.«
Ich höre Finn lachen. »Was würde ich denn dann sagen?«
»Du würdest mich fragen, wie es sich angefühlt hat. Ob ich es wieder tun würde. Ob ich an Luke gedacht habe. Ob ich mir vorstellen kann, dass mehr zwischen Jaden und mir passiert.«
»Oh Shit«, unterbricht Finn mich. »Ich würde dich das alles ja gerne fragen. Ganz ehrlich, Mags. Aber weißt du, mein nächster Workshop fängt gleich an.«
»Du flunkerst!«
»Ich bin echt spät dran. Bis Sonntag!«
Halb verärgert, halb amüsiert schiebe ich mein Telefon zurück in die Tasche und betrete die klimatisierten Räume der Agentur.
»Maggie, wo warst du denn die letzten Tage?«, begrüßt mich Thea. »Warte, ich hole uns Eistee.«
Ich lächle, als Thea mir ein Glas serviert, in dem Zitronen- und Aprikosenscheiben schwimmen. Durstig trinke ich meh-

rere Schlucke und genieße die angenehme Kälte der Flüssigkeit.

»Konntest du Jaden endlich loswerden? Hier ist er jedenfalls nicht mehr aufgetaucht.« Thea setzt sich mir gegenüber wieder an ihren Schreibtisch und sucht auf der vollgestellten Fläche nach einem Platz für ihr Glas.

»Er macht jetzt ein Praktikum bei mir.«

»Ein was?« Theas Kopf schnellt nach oben und ihr völlig entgeisterter Gesichtsausdruck bringt mich zum Kichern. Also wiederhole ich den Bericht, den ich eben Finn gegeben habe, und sie stellt genau die richtigen Fragen: nach Jadens Lippen zart auf meinen, nach dem verwunschenen Zaubergarten, nach meinen Gefühlen für Jaden, der nicht nur voll kritischer Fragen und spöttischem Humor ist, sondern der auch etwas Vorsichtiges, sehr Respektvolles und Sensibles an sich hat. Von den Wassertropfen will ich gar nicht erst anfangen – denen, die um uns funkelten wie Feuerwerk im Herzen. Und ... Himmel!

»Was?« Irritiert sehe ich auf, als Theas Kichern zu mir durchdringt.

»Du bist ganz rot geworden. Träumst du etwa?«

»Äh ...« Mit einem ertappten Lächeln trinke ich meinen letzten Schluck Eistee. »Zeit, das Thema zu wechseln. Ich bin Sonntag mit meinem Kumpel Finn verabredet. Er will mir seine neue Freundin vorstellen. Kannst du vielleicht mitkommen?«

»Klar.« Thea spielt lächelnd mit den Glitzerohrringen, die ihr bis auf die Schultern baumeln. »Wenn du mir alle brühwarmen News von der Hochzeit erzählst, bin ich dabei. Und von *nach* der Hochzeit.«

Ich muss lachen. »Ich glaube nicht, dass es da viel zu erzählen geben wird. Ich bin einfach noch nicht wieder so weit.«

Thea wirft mir einen langen Blick zu. »Ich habe das Gefühl, du bist so was von bereit für ein bisschen Spaß.«

Ich ziehe meinen Laptop aus der Tasche und klappe ihn auf. »Vielleicht. Aber bin ich der Typ für ein bisschen Spaß? Ich habe Angst, wieder in so eine Abhängigkeit zu rutschen.« Und dann ständig auf mein Handy zu starren, um festzustellen, ob Jaden auch gerade an mich denkt und mir das geschrieben hat. Luke hat das ständig getan. Und irgendwann hat es mich wahnsinnig gemacht, wenn er es mal vergaß oder nicht schaffte. Jaden wäre natürlich gar nicht der Typ für so was. Und deshalb werde ich auch nicht – nicht – darauf warten, dass er sich heute noch bei mir meldet.

»Das verstehe ich.« Thea wirft mir einen ihrer mitfühlenden Blicke zu, die sie so gut beherrscht, dass man sich sofort warm und aufgehoben fühlt. »Aber vielleicht kannst du es trotzdem genießen, dich verliebt zu fühlen – wenigstens während der Hochzeitsfeier. Lass dich einfach mal so richtig gehen.«

»Hoffentlich nicht. Das ist so ein *Black-Tie*-Ding. Da wäre das völlig unpassend.«

Thea taucht grinsend zwischen den Notizen auf ihrem Schreibtisch ab. »Dann hoffe ich, dass du dich mit deinem Praktikanten völlig unpassend verhalten wirst, Maggie.« Sie richtet ihre Aufmerksamkeit auf ein Blatt Papier, das sie aus einem Stapel gezogen hat. »Gott, ich hätte auch gerne einen Praktikanten.«

Kopfschüttelnd öffne ich ein neues Dokument, um den Text an Kate und Kris zu formulieren. Ein Schmunzeln kann ich dabei nicht unterdrücken – ein ziemlich verträumtes, ehrlich gesagt.

Kapitel 20

Am Samstag ist Meredith bereits fort, als ich aufstehe. Dabei sollen wir uns erst um fünfzehn Uhr an der Kirche einfinden. Anscheinend will sie überwachen, dass auch alle Vorbereitungen nach Plan laufen, ehe sie sich selbst unter die Gäste mischt. Als ich in die Küche komme, trägt Noah bereits seinen Anzug, der ihm extra für den Anlass gekauft worden ist.

»Ich hätte ihn ins Bett legen sollen, damit er meinen Geruch annimmt«, jammert er. Grandma Lawson verteilt schließlich ein paar Spritzer ihres Parfums auf Noahs Kragen, damit der Stoff nach etwas Vertrautem duftet. Danach geht es Noah besser und er richtet seine Aufmerksamkeit auf mich.

»Irgendwas ist anders an dir, Mags. Du lächelst die ganze Zeit. Du wirkst so … glücklich.«

»Das ist mir auch schon aufgefallen.« Grandma Lawson richtet ihren Blick demonstrativ durchs Fenster auf die Treppe zum Haus.

»Ich freue mich auf die Hochzeitstorte«, behaupte ich, wobei ich noch breiter lächle.

Mein Herz fängt an zu tanzen, als ich kurz nach Mittag mit Grandma Lawson und Noah im Schlepptau die Treppe zur Straße runtergehe, wo Jaden neben dem *Cab* auf uns wartet. Sein dunkelblauer Anzug mit blütenweißem Hemd und hellblauer Krawatte betont seine schlanke Figur. Ein bisschen verkleidet wirkt er allerdings schon. Das liegt wahrscheinlich vor allem an seinen hellen Haaren, die über den Ohren ein bisschen zu lang sind, um eine ordentliche Frisur abzugeben.

»Wow«, kommentiert er, als ich vor ihm auf den Gehweg trete. »Bist du sicher, dass du der Braut in dem Kleid nicht die Show stiehlst?«
»Überschlag dich mal nicht, Junge.« Grandma Lawson schiebt sich an uns vorbei und öffnet die Tür des *Cab*. »Du hast die Braut noch nicht gesehen. Die fürchtet keine Konkurrenz.« Ich verdrehe die Augen. »Vielen Dank, Grammie.«
»Den ironischen Unterton kannst du dir sparen«, bemerkt sie mit einem feinen Lächeln. »Ein bisschen Bescheidenheit hat noch niemandem geschadet.«
»Das da ist kein Kleid für Bescheidenheit.« Jaden beobachtet, wie ich mich auf die Rückbank manövriere. Das Kleid hat einen anbetungswürdigen Rotton und folgt meinem Körper hauteng bis knapp unterhalb der Hüfte, wo es sich in eine kleine mehrlagige Schleppe auffächert. Ich habe es in Kalifornien gekauft, als ich Luke zur Hochzeit seiner Cousine begleitete. Bis vor Kurzem war ich mir sicher, dass ich es nie wieder tragen würde. Aber heute habe ich am kleinen Schwarzen vorbei direkt danach gegriffen. Der Tag hat sich nach auffälligem Rot, nicht nach bescheidenem Schwarz angefühlt. In dem Kleid eine bequeme Sitzhaltung zu finden, ohne mich mit dem Stoff zu verhaken, ist allerdings eine Kunst. Jaden drapiert den Saum um meine Füße und Grandma Lawson räuspert sich.

»Tu mal was Sinnvolles mit deinem Arm und reiche ihn mir, damit ich auch einsteigen kann, Junge.«

Jaden lächelt sie an und gibt ihr seine Hand. »Ich glaube, ich habe mit diesem Arm noch nie etwas Sinnvolleres getan.«

Ehrlich gesagt bin ich mir nicht sicher, ob Grandma Lawson wirklich auf seine Unterstützung angewiesen ist, aber als sie sich mir gegenübersetzt, entdecke ich ein Schmunzeln um ihre schmalen Lippen. »Davon bin ich überzeugt.«

Kaum ist das *Cab* losgefahren, zückt Noah seine Karten.

»Du musst unbedingt deine Tageskarte ziehen, Mags. Ich spüre, dass etwas im Fluss ist.«

»Muss das jetzt sein, Noah?« Grandma Lawson schüttelt unzufrieden den Kopf.

»Spürst du denn nicht die Energie, die von Maggie ausgeht?«, gibt er zurück. »Sie soll doch wissen, wohin die Reise sie führt.«

»Von mir geht gar nichts aus«, versuche ich ihn zu beruhigen.

»Oh doch«, fällt Grandma Lawson mir in den Rücken. »Nur brauche ich keine Karten, um zu wissen, worum es sich dabei handelt.« Ihr Blick wandert bezeichnend von mir zu Jaden.

»Ehrlich?« Beeindruckt sieht Noah sie an. »Hast du eine Gabe, Grammie?«

»Ich verfüge über eine ganze Menge Gaben. Das kannst du mir glauben.«

Noah nickt, hält mir aber trotzdem sein Tarot-Deck hin. »Wenigstens deine Tageskarte, okay?«

Ich tue ihm den Gefallen und sehe seine Augen größer werden, als ich ihm meine Wahl hinstrecke. »*Die Herrscherin*!«, bricht es aus ihm heraus. Er reißt mir die Karte aus der Hand und dreht sie so, dass ich das Bild sehen kann. *Die Herrscherin* sitzt mit Krone und Zepter auf ihrem Thron, ihr Blick drückt eine sichere Entschlossenheit aus, die ich nicht empfinde. »Dem Mythos nach besitzt die Herrscherin einen magischen Gürtel, der sie unwiderstehlich macht. Sie zeigt mir, dass du wieder voller Leben und Liebe bist, Mags.« Noahs Wangen sind gerötet vor Begeisterung und ich fürchte, meine könnten einen ähnlichen Farbton annehmen – allerdings weniger vor Begeisterung. Sorgfältig vermeide ich Jadens Blick. Ich muss ihn jedoch gar nicht ansehen, um zu wissen, dass er lächelt.

»Das ist sicher alles symbolisch zu verstehen«, werfe ich rasch ein.

»Auf jeden Fall.« Noah nickt eifrig. »Der magische Gürtel lässt dich unwiderstehlich sein, weil du deinen Mittelpunkt wiedergefunden hast, deinen Schwerpunkt, dein Zentrum der Gravitation. Die Welt kreist um dich.«

»Okay.«

»Aber warum ausgerechnet ein magischer Gürtel?« Noah beugt sich vertraulich vor. »Die Betonung der Gürtellinie ist ein direkter Verweis auf deine Sexualität. Du pulsierst vor erotischer Energie.«

Vor Entsetzen kann ich mich einen Augenblick lang nicht bewegen. »Was?«, bringe ich endlich mit zu hoher Stimme hervor. »Quatsch! Ich pulsiere gar nicht.«

Jaden kann sich offenbar nicht länger zurückhalten und lacht los. Selbst Grandma Lawson schmunzelt vor sich hin.

»Sexualität und Fruchtbarkeit sind mächtige Kräfte in uns Menschen«, erklärt Noah. »Trauer kann sie unterdrücken. Dass deine Sexualität neu entfesselt wurde, bedeutet also, dass du die Schwelle überschritten hast. Ich wusste, der *Ritter der Schwerter* würde dir guttun. Hier, zieh du auch eine Karte.«

Noah hält Jaden das Tarot-Deck hin und er streckt sofort die Hand danach aus, die ich ihm jedoch wegschlage. »Auf keinen Fall, wir sind jeden Moment da.«

Ehrlich gesagt habe ich keine Ahnung, wann wir da sind. Fakt ist allerdings, dass ich nicht dabei zusehen will, wie Jaden die *Zwei der* irgendwas zieht und Noah uns erklärt, sie stehe für sinnliche Verbundenheit und ewige Liebe. Gerade will ich überhaupt nichts davon hören. Ich will nicht hören, der *Ritter der Schwerter* tue mir gut. Ich will mir selbst guttun.

Als wir aus dem *Cab* steigen, kommen mir kurz Zweifel, ob es so klug war, Jaden zu bitten, mich zu begleiten. Vielleicht wäre ich mit meiner Einstellung doch besser am Single-Tisch aufgehoben gewesen. Allerdings bringt es direkt mein Herz zum Schmelzen, als er Grandma Lawson seinen Arm anbietet –

und ihres anscheinend auch. Denn sie hakt sich bei ihm unter und schreitet auf den Eingang der Kirche zu, als sei sie die wichtigste Person an diesem Tag. Noah rennt den beiden hinterher, während ich mich kurz umsehe.

Ein Plattenweg führt zwischen schlanken, hoch aufragenden Bäumen hindurch in die *St Mary Abbots Church*. Die Kronen spenden lichten Schatten. Es ist ein warmer, aber windiger Tag, sodass ich auf meinem Weg zum Portal fasziniert dem Rascheln des Windes in den Blättern lausche. Die anderen Gäste, die auf den Eingang zuhalten oder noch in Grüppchen zusammenstehen, sind in edle Stoffe gekleidet. Da die meisten eher pastellige Töne tragen, fürchte ich mittlerweile doch, etwas zu bemüht hervorzustechen. Immerhin entdeckt Meredith mich auf diese Weise sofort, als ich die Kirche betrete und mich die Kühle der ruhigen alten Mauern umfängt. Die Reihen sind erst teilweise besetzt, aber Meredith dirigiert mich zu einer der hinteren Bänke, wo sich Grandma Lawson, Noah und Jaden bereits niedergelassen haben.

Irgendwo über unseren Köpfen setzt Glockengeläut ein und durchdringt wuchtig die Mauern der Kirche, um alle Gäste auf ihre Plätze zu rufen. Ich sehe mich um und entdecke im gleichen Moment Liam. Er ist ein bisschen größer und kräftiger, als ich ihn in Erinnerung habe, aber ich erkenne ihn sofort wieder. Denn sein Boyband-Look ist geblieben. Er lächelt irgendjemandem zu und winkt.

»Oh, seht mal, da ist Liam.« Meredith, die ein fließendes Kleid aus lindgrünem Chiffon trägt, erwidert seinen Gruß aufgeregt. »Der hat wirklich was aus sich gemacht.« Ich höre, wie sie Grandma Lawson irgendetwas über Apps und Videospiele erzählt.

»Dieser Junge hatte schon immer nur Flausen im Kopf«, brummt Grandma Lawson.

Liam hat seine Finger mit denen einer jungen Frau in meinem

Alter verflochten. Sie blickt in die Richtung, in die er gewinkt hat, und unsere Blicke treffen sich. Selbst über die Entfernung der Sitzreihen zwischen uns wirkt ihr Lächeln herzlich, als würden wir uns kennen. Sie hat eine unfassbar schöne goldbraune Haarfarbe, um die ich sie sofort beneide. Vor allem liebe ich, dass sie ein römisch geschnittenes Kleid trägt, das mit seinem lilavioletten Farbenspiel mindestens so auffällig ist wie meins. Liam zieht sie mit sich in eine der vorderen Reihen. Seinem Bruder, der bereits vorm Altar steht, nickt er lediglich kurz zu.

Hat Liam mich überhaupt wiedererkannt? Ich war definitiv eine andere damals, als wir uns begegnet sind.

Ich bekomme erst mit, dass die Orgel zu spielen begonnen hat, dass das Füßescharren und Murmeln verklungen ist und alle aufgestanden sind, als Jaden mich am Arm zupft. Und dann geht ein Raunen durch die Kirche. Die Braut ist eingetroffen. Charlotte sieht so umwerfend aus, dass garantiert niemand auf die Idee kommt, irgendjemand könne ihr die Show stehlen. Ihr Kleid schafft das Kunststück, schlicht und gleichzeitig verwegen sexy zu sein. Es weist keinerlei Spitze auf, keine verspielten Details, keinen romantischen Overload. Der glänzend weiße Stoff folgt ihren eleganten Kurven, als wäre sie darin geboren worden. Erst ganz unten fächert sich das Kleid zu einer langen, glänzenden Schleppe auf, die jedem von Charlottes Schritten etwas Erhabenes verleiht. Ihr glattes schwarzes Haar fällt ihr aus einer halben Hochsteckfrisur in einer einzigen lässigen Locke über die Schulter. Auf ihrem zart geschminkten Gesicht mit den ausdrucksstarken blauen Augen liegt ein leichtes Lächeln. Mit selbstbewusst erhobenem Kopf schreitet sie den Mittelgang entlang auf Nelson zu.

Es ist nicht zu übersehen, wie perfekt alles ist: die auf Charlottes Brautstrauß abgestimmte Blumendekoration, Charlottes und Nelsons Gesichter, die gewählten Worte der Ehegelübde und der Song, den ein junger Sänger mit blonden Locken ganz ohne musikalische Begleitung beim Auszug des Brautpaars anstimmt – ›Amazing Grace‹. Seine volle Stimme steigt hoch in den Himmel der Kirche und die getragene Melodie erfüllt mich in jeder Zelle meines Körpers.

»Der Sänger kommt mir bekannt vor«, bemerkt auch Jaden, als wir uns den nach draußen strömenden Gästen anschließen.

»Der ist ziemlich gut.«

»Für dich bestimmt das Beste an der ganzen Zeremonie, oder?« Ich mustere ihn neugierig. »Gib's zu. Dein spöttisches Lächeln während der Eheversprechen habe ich genau gesehen.«

Er hebt die Augenbrauen. »Du hast mich beobachtet?«

Leichthin zucke ich mit den Schultern. »Ab und zu.«

»Um herauszufinden, wie ich zum Thema Heiraten stehe?«

»Oh, das weiß ich. Irgendwann vielleicht mal – am liebsten mit den engsten Freunden am Strand von Irgendwo barfuß im Sand. Habe ich recht?«

»So ziemlich.«

»Und deshalb blickst du auf andere herab, die es romantisch mögen?«

Jaden grinst mich an, als wir gemeinsam aus der Kirche treten. »Ich musste nur an Ryan denken. Der lehnt jede Form von zeremonieller Romantik ab. Falls er Jamie jemals einen Antrag macht, werde ich ihn jedenfalls auslachen. Ansonsten ist es mir egal, wie andere Leute heiraten, solange sie es schön finden.«

»Ach, Kinder, ich sage euch mal was zu dem Thema.« Grandma Lawson schiebt uns mit ihrem Stock auseinander und beweist, dass sie auch mit über achtzig über ein hervorragendes Gehör verfügt. »So eine Hochzeit frisst vor allem Zeit, Energie und Geld, und am Ende hat sie nicht die geringste Bedeutung für das Leben, das man miteinander führt. Das Einzige, worauf es ankommt, ist, dass es eine gute Party gibt.« Sie hakt sich bei Jaden unter. »Ich hoffe, irgendjemand bringt mir einen Sherry.«

Kapitel 21

Ich hätte mir keine Sorgen machen müssen, mein Kleid könnte zu auffällig sein. Mittlerweile ist es Abend geworden und die meisten Gäste haben sich in der *Mirage Banqueting Hall* in einem der luxuriösen Hotels von South Kensington eingefunden. In mehreren Metern Höhe über unseren Köpfen wölbt sich eine gewagte Glaskonstruktion, durch die der sich rötlich färbende, von vereinzelten Wolken durchkreuzte Himmel zu sehen ist. An den Wänden angebrachte Spiegelflächen lassen den Saal größer erscheinen. Eine lange Tafel am Kopf wurde für das Brautpaar und die Trauzeuginnen und -zeugen errichtet. Die Gäste sitzen an runden Tischen, die mit Unmengen Geschirr, kunstvoll gefalteten Servietten und üppig drapierten Blütendekorationen in Weiß, Rosa und Violett eingedeckt sind. An einem der hinteren – direkt vor der Tanzfläche – haben Grandma Lawson, Noah und ich mit Jaden unsere Plätze zugewiesen bekommen. Vier Stühle sind bei uns noch frei. Seitlich der Tanzfläche entdecke ich das Equipment einer Band. Die leichte stimmungsvolle Musik, die durch den Saal schwebt, kommt derzeit allerdings noch vom Band. Die gold- und roséfarbenen Lichtinstallationen entlang der Wände werden sicher noch besser zur Geltung kommen, wenn der Himmel über unseren Köpfen dunkler wird.

Meredith gesellt sich mit geröteten Wangen zu uns, nachdem sie ein paar Worte mit dem Brautpaar gewechselt hat. Nelson macht sich anscheinend gerade bereit, eine Ansprache zu halten, denn er hebt sein Glas und steht auf.

»Wer ist das denn?«, fragt Jaden in diesem Moment. Ich

drehe mich in seine Blickrichtung und Meredith stöhnt gequält auf. Eine Frau in extravagantem Magentakleid und passendem Hut schräg auf den aufgetürmten hellblond gefärbten Haaren schwebt auf absurd hohen Absatzschuhen herein – ausgestattet mit Federboa und opulentem Schmuck, von dem garantiert nichts echt ist. Sie sieht sich suchend um.

»Mags!« Mit schnellen Schritten kommt sie auf uns zu, bleibt vor mir stehen und zieht lachend ihre Rocksäume auseinander. Sie sind über Kreuz geschnitten mit einem langen Schlitz, sodass sie bei diesem Manöver jedem ihre nackten Beine präsentiert. »Wir beißen uns ja fürchterlich!«

»Äh ...«, bringe ich hervor und fühle mich längst ein bisschen erdrückt von ihrer Präsenz. Mir ist klar, dass sie auf die wirklich äußerst schmerzhafte Abstimmung unserer Kleiderfarben anspielt, aber es ist zu spät, um mich noch in mein kleines Schwarzes zu retten.

»Oh, wer bist du denn?« Neugierig fixiert sie Jaden.

»Hi«, sagt er, steht auf und hält ihr seine Hand hin. »Ich bin Jaden.«

»Bist du etwa mit meiner Tochter hier?«

»Maggie ist Ihre Tochter?«

Meine Mum kichert begeistert. »Ich weiß: So alt sehe ich nicht aus, aber es stimmt wirklich. Sag einfach Florence zu mir. Wie heißt du noch mal? Sorry, ich bin furchtbar mit Namen.« Ehe Jaden etwas sagen kann, weiten sich ihre Augen und ihr Mund ahmt ihre runde Form nach. »Bist du etwa wirklich mit Mags hier?«

»Er ist mein Praktikant, Mum«, werfe ich rasch ein.

»Was für ein Praktikant?«

»Um Himmels willen, Flo, setz dich bitte einfach. Der Bräutigam will etwas sagen.« Meredith gestikuliert, damit ihre Schwester sich auf den für sie vorgesehenen Platz zwischen sie und Grandma Lawson setzt.

»Keine Sorge, wir haben noch einen Moment Zeit.« Wir alle drehen uns zu Liam um, der mit seiner Freundin an unserem Tisch auftaucht. »Meine Mum versucht draußen gerade, einen Streit zwischen den Blumenmädchen zu schlichten. Ich nehme an, dass Nelson mit seiner Ansprache auf sie warten wird.«

»Und wer bist du?« Meine Mum mustert ihn auffällig von Kopf bis Fuß. »Kennen wir uns nicht irgendwoher?«

Liam lächelt sie trotz ihrer schrillen Art unbefangen an und reicht ihr eine Hand. »Wir haben uns vor Jahren ein paarmal gesehen, als Charlotte bei euch gewohnt hat. Wir waren befreundet.«

»Moment mal.« Mit gerunzelter Stirn blickt Mum zum Brautpaar. »Charlotte heiratet nicht dich?«

»Flo!« Mit einem ärgerlichen Zischen springt Meredith auf, kommt zu uns herum und zieht ihre Schwester am Arm, damit sie ihr folgt. »Setz dich sofort hin. Du blamierst uns!«

»Was ist denn das Problem?« Verständnislos schüttelt meine Mum den Kopf, zuckt dann jedoch mit den Schultern. »Na gut, ich komme mit. Mags und Liam werden sich bestimmt viel zu erzählen haben.« Verschwörerisch beugt sie sich dichter zu Liam – durch ihre gigantischen Absätze ungefähr auf Augenhöhe mit ihm. »Hast du eigentlich eine Ahnung, wie verliebt Maggie damals in dich war?«

Zur Hölle, das hat sie nicht wirklich gesagt! Vor Entsetzen weiß ich nicht, wohin ich schauen soll. Besser nicht in Liams Richtung. Oder in Jadens. Und schon gar nicht in die von Liams Begleiterin. Ich schätze, es ist höchste Zeit, unter den Tisch zu kriechen.

»Mum, das ist überhaupt nicht ...«

»Doch, doch, doch«, unterbricht sie mich, während Meredith sie mit sich zu ihrem Platz zerrt. »Ich kenne doch mein kleines graues Mäuschen.«

»Nun setzt euch erst mal – und zwar alle«, befiehlt Grandma Lawson scharf. »Das sind Geschichten aus einem anderen Leben. Ich will viel lieber wissen, warum der Bruder des Bräutigams an unserem Tisch sitzt und nicht bei der Familie. Wem ist denn diese absurde Tischordnung eingefallen?« Sie richtet ihre sturmgrauen Augen auf Meredith.

»Also, ich ...« Gestresst fährt Meredith sich mit der Hand über den Hals, von dem sie wohl ahnt, dass er voller roter Flecke ist. Liam und seiner Begleitung wirft sie nur ein kurzes entschuldigendes Lächeln zu. »Ich ... also ... wurde gebeten, die ... die Gäste zu mischen.«

»Ach was.« Meine Mum lacht hell auf. »Wir sind doch quasi Familie, nicht wahr?«

Ich wage einen Blick in Liams Richtung und stelle fest, dass sein Lächeln den bisherigen Sturm überlebt hat. »Na, sicher doch. Das ist übrigens meine Freundin Febe.«

Febe grüßt in die Runde und ich stelle erleichtert fest, dass sie mich genauso herzlich anlächelt wie vorhin in der Kirche.

»Warum hat mir eigentlich noch niemand einen Sherry gebracht?«, verlangt Grandma Lawson zu wissen, während Liam und Febe sich neben mich setzen und Nelson sich am Tisch des Brautpaars erhebt, um endlich anzufangen. Sie wendet sich an Jaden: »Sei doch so gut, Junge, und finde eine dieser Servicekräfte, die fast besser gekleidet sind als wir.«

»Doch nicht jetzt!« Merediths Augen weiten sich panisch.

»Schon gut, ich bewege mich ganz unauffällig«, versichert Jaden ihr und steht auf. »Ich bin ja quasi unsichtbar im Vergleich mit gewissen anderen Leuten an diesem Tisch.«

Sein Blinzeln in Richtung meiner Mum lässt sie lauthals loskichern und lenkt die Aufmerksamkeit von ihm ab, während er sich entlang der Tanzfläche entfernt.

Kurz beuge ich mich zu Liam und Febe vor. »Es tut mir total

leid. Das eben war nicht der peinlichste Moment meines Lebens – was wahrscheinlich einiges über mich aussagt –, aber er war nahe dran.«

Febe lacht auf. »*Kürzt die Schande mit des Lebens Länge!*«

»Was?« Ratlos sehe ich sie an.

»Keine Angst. Sie zitiert nur Shakespeare«, erklärt Liam. »Auch wenn ich seinen Ratschlag in dieser Situation ziemlich morbide finde.«

Febe nickt grinsend. »Stimmt, aber es kam mir gerade in den Sinn. Hast du wirklich für Liam geschwärmt?« Neugierig mustert sie mich.

Ich zeige Liam und ihr einen winzigen Spalt zwischen Daumen und Zeigefinger. »So vielleicht.«

»Zum Glück weiß niemand, für wen ich früher geschwärmt habe«, bemerkt Febe. »Heute kann ich das gar nicht mehr nachvollziehen.«

Liam zieht die Augenbrauen hoch. »Ach ja? Das ist ja wohl in Maggies Fall anders, oder?«

»Aber wahrscheinlich nicht für Maggie«, entgegnet sie mit einem unschuldigen Lächeln.

Liam grinst mich an. »Ich habe früher jedenfalls nichts davon mitbekommen.«

»Hm.« Ich werfe ihm ein schiefes Lächeln zu. »Hast du überhaupt bemerkt, dass ich existiere?«

»Natürlich. Ich weiß, dass ich dir vom Programmieren erzählt habe.«

»Stimmt. Und ich habe nichts davon verstanden.«

Er runzelt die Stirn. »Du hast mich aber nicht unterbrochen.«

»Ich konnte nicht. Ich habe kein Wort rausgekriegt.«

Er lacht auf. »Verstehe. Das tut mir leid.«

»Oh, ich war sehr beeindruckt.«

»Bestimmt hat es Maggie geholfen, über ihre Schwärmerei

hinwegzukommen«, zieht Febe Liam auf und versucht auszuweichen, als er sie in die Taille zwickt.

Wir verstummen rasch, als Nelson mit seiner Rede beginnt und Meredith uns mit offensiven Shhh-Lauten zum Schweigen bringt. Mitten in Nelsons Worten des Dankes an seine Eltern und seinen jüngeren Bruder Matt, der später am Abend mit seiner Band auftreten wird, kehrt Jaden zurück und reicht Grandma Lawson ihren Sherry.

Sie brummelt wohlwollend und formt mit Daumen und Zeigefinger einen Kreis, um Jaden ihre Anerkennung auszudrücken. Er setzt sich und beugt sich zu mir. »Ich glaube, sie mag mich«, flüstert er in mein Ohr.

Ich muss grinsen. »Du weißt nicht, was du dir eingebrockt hast. Wahrscheinlich wirst du sie für den Rest des Abends mit Nachschub versorgen müssen.«

»Wenn sie mich dafür nicht im Ofen brät, ist mir das recht.«

Ich ersticke mein Lachen, weil ich Merediths vorwurfsvolle Miene bemerke. An Jaden vorbei fällt mein Blick auf Liam. Er hat die Lippen zusammengepresst und starrt vor sich auf den Tisch. Febe hat ihre Hand auf seine gelegt. Ich sehe ihren Daumen über seine Haut streichen.

Grandma Lawson ist es offenbar auch nicht entgangen. Sobald Nelson mit großer Geste den Beginn des ersten Menü-Gangs angekündigt hat, will sie wissen:

»Wollt ihr mir jetzt verraten, warum ihr an unseren Tisch verbannt wurdet?«

Liam seufzt tief. »Nelson hat sich in den Kopf gesetzt, ich wolle ihm Charlotte ausspannen. Deshalb ist er sauer auf mich.«

»Aber ...« Irritiert runzele ich die Stirn. »Was ist mit Febe?«

»Ach, das hält euch junge Leute doch nicht ab«, trällert meine Mum fröhlich über den Tisch und blinzelt uns verschwörerisch zu.

»Mich schon.« Spontan legt Liam seinen Arm um Febes Schultern, um sie kurz an sich zu ziehen und auf die Schläfe zu küssen.

Grandma Lawson schüttelt den Kopf. »Es sieht zwar so aus, als würde die Welt immer verrückter, aber im Kern sind die jungen Leute genauso verliebt und eifersüchtig wie wir früher.«

»Eifersucht deutet auf eine starke innere Unsicherheit hin«, schaltet Noah sich ein, der die meiste Zeit auf seinen Teller gestarrt hat. Ich kann mir vorstellen, dass ihm die ungewohnte Umgebung zu grell und laut ist – insbesondere mit meiner Mum am Tisch. Jetzt zückt er jedoch seine Tarotkarten. »Ich könnte Nelson helfen, seinen Gefühlen auf den Grund zu gehen.«

Liam tauscht einen Blick mit Febe und lächelt dann Noah an. »Danke, das ist nett gemeint. Aber ich glaube, Nelsons Bereitschaft dazu hält sich in Grenzen.«

Zwei Gänge des exquisiten Menüs später haben wir die Plätze getauscht, weil Jaden und Liam sich in ein angeregtes Gespräch über den Videospielmarkt und die psychologischen Effekte auf Jugendliche vertieft haben.

»Wetten, Jaden wird Liam gleich überreden, in seinen Podcast zu kommen?«, sage ich zu Febe, die jetzt neben mir sitzt.

»Wetten, er muss Liam nicht überreden?«, gibt Febe zurück. Irgendwie schafft sie es mit ihrem Lächeln, dass mir innerlich ganz warm wird. »Was hat Jaden denn für einen Podcast?«

»Febe?«, fragt Liam, der sich in diesem Moment zu ihr umdreht. »Wann genau kommen wir aus Thailand zurück? Jaden hat mich in seinen Podcast eingeladen.«

Febe und ich sehen uns an und lachen los.

»Ihr fahrt nach Thailand?«, hake ich nach.

Sie nickt. »In ein paar Tagen schon. Meine Mum ist bei dem Tsunami 2004 dort verunglückt.«

»Oh nein, das tut mir leid.«

»Ich bin bei meiner Grandma aufgewachsen und hatte trotzdem eine schöne Kindheit – alles in allem.« Febes wehmütigem Lächeln entnehme ich, dass sie ihre Mum trotzdem vermisst – auch wenn sie sich vielleicht gar nicht so gut an sie erinnern kann. Sie nennt Liam irgendein Datum und wendet sich wieder mir zu. »Liam hat eine KI programmiert, die tatsächlich mögliche Spuren von meiner Mum auf Ko Phuket gefunden hat. Ich möchte gerne wissen, wo sie ihre letzten Tage verbracht, was sie gesehen, geschmeckt, gerochen hat, weißt du? Ich hoffe, es gibt mir die Möglichkeit, mich von ihr zu verabschieden.«

Ich nicke, fühle mich seltsam ergriffen, obwohl ich Febe gar nicht kenne. »Das kann ich gut verstehen. Die meisten Menschen mögen keine Abschiede, aber ich glaube, dass sie zu den wichtigsten Dingen in unserem Leben gehören. Abschiednehmen bedeutet nicht nur Verlust und Kummer, sondern auch Freiheit. Ich glaube, erst dadurch werden wir wirklich offen für Neues.«

Febe mustert mich aufmerksam. »Das klingt, als würdest du dich damit auskennen.«

Ich zögere nur eine Sekunde. Irgendwie bewundere ich, wie selbstverständlich Febe über den Verlust ihrer Mum spricht. »Ich habe auch jemanden verloren. Er ist allerdings freiwillig gegangen – von einem Tag auf den anderen.«

Entgeistert starrt Febe mich an. »Er hat dich geghostet? Wie lange wart ihr zusammen?«

»Zwei Jahre ungefähr.«

»Er hat dich nach zwei Jahren Beziehung einfach sitzen gelassen?«

Lächelnd greife ich nach dem Glas Weißwein, das ich mir bestellt hatte und das auf rätselhafte Weise wieder voll ist, obwohl ich es eben erst geleert habe. »Ehrlich gesagt habe ich lange gedacht, dass ich nie darüber hinwegkomme.«

»Offensichtlich hast du es aber geschafft.«
»Wie kommst du darauf?«
»Ich weiß nicht.« Ihr Blick gleitet forschend über mein Gesicht. »Du hast Ahnung von Abschieden. Außerdem bist du mit einem ziemlich attraktiven Typen hier, von dem ich ausgehe, dass er nicht zufällig neben dir sitzt.«
Grinsend hebe ich die Schultern. »Saß. Bis Liam ihn mir ausgespannt hat.« Wir sehen uns zu Liam und Jaden um, die sich mittlerweile von Noah die Karten legen lassen. »Jaden ist eigentlich nur ...« Ich fange seinen Blick auf. Sein Lächeln in meine Richtung ist so unendlich weit, dass es mein Herz tanzen lässt. *Mein Praktikant*, hatte ich sagen wollen, aber mittlerweile kommt mir das nur noch albern vor. »Also, ich weiß nicht, was er ist, aber er ist auf jeden Fall da«, beende ich meinen Satz.

Febe lacht. »Darauf trinke ich.« Sie lässt ihr Weinglas gegen meins klingen. »Meine beste Freundin Joss lässt sich gerade von ihrem Mann scheiden und sagt, sie werde nicht zulassen, dass so etwas wie eine Scheidung, obwohl es ihr nur ein einziges Mal passiert, mehr Einfluss auf ihr Leben nimmt als etwas, das sie täglich tut – wie Zähneputzen.«

Ich hebe die Augenbrauen. »Okay. Cool. Aber könnte es sein, dass Scheidungen traumatischer sind als Zähneputzen?«

Febe nickt zustimmend. »Genau, was ich denke. Und bestimmt wird Joss sich das auch irgendwann eingestehen. Was hat dir am Ende geholfen?«

»Ich habe Briefe an Luke geschrieben und Schluss mit ihm gemacht.«

Da der nächste Gang serviert wird und wir uns einen Vortrag von Noah über zu viel Salz in verarbeiteten Lebensmitteln anhören müssen, wird unser Gespräch einen Moment lang unterbrochen. Als Grandma Lawson anschließend zu begreifen versucht, welcher Art von Tätigkeit Liam eigentlich nachgeht, meint Febe:

»Ich bin echt froh, dass ihr so nett seid.«

»Oje.« Besorgt sehe ich sie an. »Das klingt, als hätte Liam schlimme Geschichten über uns erzählt.«

»Gar nicht.« Erschrocken schüttelt Febe den Kopf. »Das wollte ich nicht sagen. Ich meine ...« Ein Lächeln fliegt über ihr Gesicht. »Ich glaube, er fand deine Grandma schon ziemlich Furcht einflößend. Und deine Mum ein bisschen ...«

»Übergeschnappt?«, schlage ich vor, als sie versucht, sich an den richtigen Begriff zu erinnern. »Überdreht?«

»Nein, nein.« Lachend schüttelt Febe den Kopf. »Ich glaube, er hat sie wild genannt.«

»Gut, das passt auch.«

»Aber er hatte euch in positiver Erinnerung – abgesehen von euren Katzen. Ich weiß nicht, was er mit den armen Tieren hat, aber gegen die hegt er eine Abneigung. Zurzeit hat er es jedenfalls nicht so leicht.« Mit einer Kopfbewegung deutet sie in Richtung der Tafel, an der das Brautpaar thront. Nelson sagt gerade etwas zu Charlotte, die mit grazil abgespreiztem Finger weiterisst. »Nelson und Charlotte hatten uns ursprünglich nicht mal zur Hochzeit eingeladen. Es hat Liam schwer getroffen, dass sie uns nicht am Familientisch haben wollen.«

»Das verstehe ich.« Ich versuche mir auszumalen, wie es mir in seiner Situation ginge, und bin mir nicht sicher, ob ich mich unter diesen Umständen überhaupt auf der Hochzeit hätte sehen lassen. »Dich scheint es ja nicht sehr aus der Fassung zu bringen, dass Nelson glaubt, Liam wolle Charlotte zurückerobern.«

»Ach, weißt du ...« Seufzend schüttelt Febe den Kopf. »Eigentlich dachte ich, diesen ganzen Zirkus hätten wir hinter uns gelassen. Es gab Momente, in denen ich eifersüchtig war. Nur ... Wenn man jemandem wirklich vertraut ...« Sie sieht mich an und zuckt mit den Schultern. »Wenn du jemandem wirklich vertraust, gibt es kein Aber. Entweder du hast Vertrauen oder du hast es nicht.«

Ich erwidere ihren Blick und begreife, dass Febe vor allem eins hat: Selbstvertrauen. Und zum ersten Mal ahne ich, wie viel leichter mein Leben sein könnte, wenn ich mehr davon hätte. *Du musst darauf vertrauen, dass du mehr bist als die eine Sache, an der du hängst und an der du vielleicht gerade scheiterst.* Ganz plötzlich verstehe ich, was Jaden damit meinte. *Ich* entscheide. Ich entscheide, was ich will. Ich habe die Kontrolle. Wenn ich entscheide, dass ich Jaden will, bedeutet das nicht, dass ich von ihm abhängig bin. Dann bedeutet das nur ... dass ich ihn will.

Unwillkürlich sehe ich mich nach ihm um. Er stimmt gerade nickend dem zu, was Grandma Lawson ihm erzählt. Etwas in mir beginnt sehnsüchtig zu kribbeln. *Entweder du hast Vertrauen oder du hast es nicht.* Ich will Vertrauen haben. Zu mir selbst.

»Verstehe«, sage ich zu Febe, die mich immer noch ansieht. Nicht nur ihre Haare sind goldfarben, fällt mir auf. Auch ihre Augen. Vielleicht liegt es nur am Licht, aber sie strahlt etwas so Warmes aus, dass ich mich einfach wohl neben ihr fühle.

»Mit dieser Einstellung kriegt ihr das wieder hin.«

Sie nickt. »*Hoffnung ist Liebesstab'; zieh' hin mit ihm, Er sei dir gegen die Verzweiflung Stütze.*« Einen Moment lang starre ich Febe an, bis sie auflacht. »Zu düster?« Wieder greift sie nach ihrem Weinglas und hält es mir hin. »*Kommt, ihr Herrn, ich hoffe, wir lassen allen Mißmut im Glase.*«

Lachend stoße ich mit ihr an. »Das ist zwar keine Dauerlösung, aber für einen Abend ist es gut genug.«

Kapitel 22

Es ist bereits spät, als sich das Brautpaar für den Hochzeitstanz auf dem Parkett einfindet. Das Zig-Gänge-Menü sowie mehrere Reden, ein ziemlich kitschiger Film über Charlottes Werdegang sowie eine leicht schräge Diashow über Nelson haben den Abend in die Länge gezogen.

»Ich habe ihnen gesagt, sie sollten einen Gang streichen«, hat Meredith mehrmals gejammert. Besonders meiner Mum ist es zunehmend schwergefallen, auf ihrem Platz zu bleiben. Als wir uns alle am Rand der Tanzfläche einfinden, ist sie die Erste, die ihr Handy zückt und das Taschenlampenlicht zu den ersten Takten von ›All of Me‹ schwenkt.

Febe und Liam scheinen über die Musikwahl alles andere als begeistert zu sein. Die beiden stehen direkt neben Jaden und mir und ich beobachte, dass Febes Blick abrupt zu Liam fliegt, als ihr klar wird, welche Melodie die Band anspielt. Ich sehe, dass auch Liams Lippen wieder schmaler werden. Er beugt sich zu Febe, um ihr etwas zuzuraunen, und sie nickt. Liam legt ihr von hinten die Arme um die Taille und sie lehnt sich gegen ihn zurück. Sacht wiegen sie sich im Takt mit, während Charlotte und Nelson in einer einstudierten Choreografie übers Parkett schweben. Obwohl ihr Tanz toll aussieht, zieht der Sänger meine Aufmerksamkeit immer wieder auf sich. Seine warme, manchmal leicht raue Stimme ist wundervoll. Das Gefühl, das in mir anschwillt, ist wundervoll – warm und kribbelig. Es tut mir fast leid, dass Charlotte und Nelson nicht das Geringste mit der Stimmung zu tun haben, die in mir aufkeimt. Zwischen ihren aufeinander abgestimmten Schritten entsteht nicht mal ansatzweise die Form von Zuneigung und Nähe, die ich zwischen Febe und Liam wahrnehme.

Oder die ich für Jaden empfinde. Himmel! Ich sehe ihn an und sein dunkler Blick lässt alles, was eben noch warm in mir war, heiß werden. Sein Gesicht nähert sich meinem. Ein Schauer durchläuft mich. In der Peripherie meiner Wahrnehmung glaube ich Wassertropfen fliegen zu sehen. Aber seine Lippen bewegen sich an meinen vorbei, finden ihren Weg zu meinem Ohr. »Du musst zugeben ...« Ich fühle jedes einzelne seiner Worte. Sein Atem trifft meine Haut, lässt mich innerlich beben. »... das hier wäre am Strand so viel besser. Warmer Sand unter den Füßen, die Musik nur so laut, dass man das Rauschen der Wellen noch hört. Ein paar Lampions und über uns die Sterne.« Unwillkürlich richte ich den Blick nach oben. Doch in der Glaskuppel spiegeln wir uns sehr weit entfernt nur selbst. »Und der Wind riecht nach Salz und ...«

»Zitronensorbet.«

»Zitronensorbet?«

»Ja.« Ich sehe Jaden in die Augen, liebe die süße Hitze, die sich in mir ausbreitet, und nicke. »Zitronensorbet.«

Er lächelt. »Stimmt. Du hast recht. Zitronensorbet.«

Irgendwo sehr weit im Hintergrund meiner Wahrnehmung endet ›All of Me‹ und geht in ein neues Lied über. *Have you never been told before how in the coldest of winter warmly shines your aura of gold?* Jaden sieht sich zu dem Sänger um. Ich beobachte, wie auch Febe seinen Blick sucht und ihm eine Kusshand zuwirft. Liam zieht sie mit sich auf die Tanzfläche, schlingt beide Arme um sie und sie bewegen sich langsam zur Musik. Es sieht eher nach einer Umarmung aus als nach einem Tanz – aber nach der schönsten, die ich je gesehen habe.

»Den Song kenne ich«, meint Jaden. »Den spielen wir im

Radio. Wie heißt der Sänger noch mal?« Neugierig dreht er sich zu ihm um.

»Matt Harrison.«

»Ich glaube, das ist wirklich sein Song.«

»Echt? Du meinst, er ist berühmt?« Matt wirkt jedenfalls, als sei er dazu geboren, Musik zu machen. Er strahlt beim Singen eine Selbstvergessenheit aus, die mir irgendwie unter die Haut geht.

»Ich bin zwar nicht berühmt und ich kann auch nicht gut tanzen, aber wenn du willst, könnten wir es trotzdem zusammen versuchen.« Jaden hält mir eine Hand hin und sieht mich fragend an.

Zögernd lege ich meine Hand in seine.

Jaden geht ein paar Schritte rückwärts und zieht mich sanft in seinen Arm. Obwohl gerade noch so viel Abstand zwischen uns bleibt, dass unsere Körper sich nicht berühren, fühlt es sich an, als würden sie es doch tun. Die wenigen Zentimeter zwischen uns sind wie eine Verlängerung von mir – aber von ihm auch. Eine Zone, in der er und ich beide existieren, in der sich Hitze verdichtet, in der erst sacht, dann intensiver der Druck steigt.

Als der Song von einem neuen schnelleren Rhythmus abgelöst wird, beschleunigt sich auch mein Herzschlag. *You are spring to me. Melt the ice away. You paint life in more than colours of grey.* Ich bin atemlos, obwohl wir uns gar nicht schneller bewegen. Ich liebe jede einzelne von Jadens Berührungen, jedes einzelne Zusammentreffen von Haut auf Haut, jeden Millimeter, den der Abstand zwischen uns schmilzt. Ich liebe die Hitze, mit dem sein dunkler Blick mich trifft. Ich liebe, wie er meinen Atem stocken lässt, und das Pulsieren zwischen uns, dieses ... Himmel, ja, ich gebe es zu: Ich pulsiere. Ich pulsiere vor Sehnsucht und Ungeduld und ... verdammt, wahrscheinlich vor erotischer Energie.

»*Will you give me your hand? And what about your heart? We stay up all night. Am I doing this right?*« Irgendetwas in dem neuen Song, den Liams Bruder anstimmt, setzt meinen Körper endgültig unter Strom. Der Rhythmus heizt an, was zwischen Jaden und mir pulsiert. Seine Augen werden noch dunkler. Der Abstand zwischen uns löst sich auf. Ich fühle seine feste Brust an meinem Körper, glaube seinen Herzschlag schnell gegen mich treffen zu fühlen.

»*Feel it on my skin. Feel it here in my pulse. Temperature is up. It's midsummer now.*« Jadens Griff wird fester. Als er mich ansieht, sind unsere Gesichter nur noch einen Gedanken weit voneinander entfernt. Mein Körper strebt zu ihm, als wäre ich Hoch- und er Tiefdruck. Und doch ist da etwas wie eine Grenze zwischen uns, eine unsichtbare Barriere, die ich mir nicht sofort erklären kann.

»*With the heat on your lips, with the moves in your hips, day in, night out, we're out and about. This is the beat of the summer, the beat of the summer, the beat of the summer heat.*« Tief atme ich ein, spüre die Luft auf dem Weg in meine Lunge zittern, atme Jadens Duft ein – nach Meerluft, Sommerwind und Zitronensorbet. *Darf ich?* Seine an meinen Lippen geflüsterten Worte fallen mir ein. Sag es! Ich habe ihn zu lange auf Abstand gehalten. Denn ich habe es doch selbst geschrieben: *Die Freiheit, die wir suchen, finden wir in uns selbst.*

»*Summer will burn out, we'll begin to fall. But maybe there is time and we'll find a new chime. This is the beat of the summer, the beat of the summer, the beat of the summer heat.*« Ich fühle ihn ganz deutlich – den Beat –, bin mir allerdings alles andere als sicher, ob es der Beat der Sommerhitze ist oder nicht der einer ganz anderen Form von Hitze, einer, die mittlerweile so intensiv zwischen Jaden und mir brennt, dass die Welt um uns herum verblasst. Die anderen Tanzpaare, die Lichter, die Tische, die Gespräche lösen sich in einem Rauschen auf. Das alles ist wie ein Sturm, der um uns wirbelt, aber wir sind im Zentrum unberührt davon. Da sind nur die Musik, Jaden und ich. Wir vergessen, dass wir beobachtet werden. Wir vergessen zu atmen. Wir vergessen zu tanzen. Bewegen wir uns überhaupt noch? »*I'm starting to believe, we'll keep up the heat and we'll be hand in hand when summer ends.*« Langsam stelle ich mich auf Zehenspitzen, ergreife Jaden am Revers seines Anzugs und ziehe ihn dichter zu mir, fühle ihn scharf die Luft einziehen, als sich unsere Lippen beinahe – beinahe – berühren.

»Darf ich?« Meine Stimme ist kaum mehr als ein Hauchen. Ich glaube nicht, dass Jaden mich hört. Aber vielleicht spürt er, wie sich meine Lippen bewegen. Vielleicht weiß er auch so, was ich sage. Er überwindet den letzten Gedanken, der uns noch getrennt hat. Sein Mund findet meinen und ich habe das Gefühl, mein Körper schmelze in ihn hinein. Ich seufze auf, als das unruhige Flirren in sämtlichen meiner Nervenbahnen beantwortet wird. Die Berührung von Jadens Lippen auf meinen setzt sich als Kaskade über meinen ganzen Körper hinweg fort. Sein Kuss steigt mir zu Kopf. Er feuert mein Herz an. Ich fühle ihn in meinem Bauch, in meinen Füßen, in meinen Fingerspitzen. Ich schließe die Augen, umfasse Jadens Gesicht mit beiden Händen, fühle seine glatte Haut, fühle das Kribbeln in meinen Zellen, das warme Glück, das seine Nähe in mir auslöst, und darüber das hitzige Auflodern von Verlangen. Seine Arme schlingen sich um meine Taille, pressen mich fest an ihn.

Ich will das hier. In diesem Moment will ich das hier für immer.

Die Hitze in mir wird schwerer, als seine Zungenspitze über meine Lippen streicht. Das Gefühl lässt mich erneut seufzen. Sacht drücke ich seine weiche Haut gegen meine Zähne, streiche mit der Zunge darüber. Ich will das hier – so sehr.

Es dauert einen kurzen Moment, bis ich realisiere, dass er

sich von mir gelöst hat – einen Zentimeter nur, aber der Druck lässt nach. Ich will das Gefühl festhalten, spüre ihm nach – diesem unfassbar schönen Funkeln in all meinen Zellen. Ich spüre mich selbst lächeln, öffne nur widerwillig die Augen. Himmel! Jadens Blick ist dunkel wie die Nacht.

»Wow.« Sein Atem trifft mein Gesicht, lässt meine von unserem Kuss hypersensitiven Lippen prickeln. »Mach das noch mal.«

Mein Lächeln wird breiter. Ich liebe, dass er dieses Gefühl so geliebt hat wie ich. »Was genau?«

»Egal, was du gemacht hast ...« Er streicht mir eine Haarsträhne zurück. Und obwohl seine Fingerspitzen nur ganz zart über meine Wange streichen, läuft mir das Gefühl als Schauer durch den ganzen Körper. »Mach das noch mal.«

Aber ich will das nicht nur wiederholen. Ich will mehr. Ich fasse ihn an den Händen, ziehe ihn mit mir. Ich weiß gar nicht, wohin – irgendwohin, wo wir uns nicht nur allein und unbeobachtet *fühlen*, sondern wo wir es auch sind, wo nichts mich dabei stört, Jaden wahrzunehmen, zu schmecken, einzuatmen, wo ich nichts sehen, nichts hören muss außer ihn.

»Gerade würde ich dir überallhin folgen, aber hältst du das für den richtigen Zeitpunkt?« Jaden dreht sich halb zum Podest um, auf dem sich die Band eingerichtet hat. Erst jetzt fällt mir auf, dass John Mayers ›Your Body Is a Wonderland‹ vom Band kommt. Offensichtlich liegt das daran, dass meine Mum Liams Bruder mit irgendeiner Idee überfallen hat. Sie hat sich in ihrer ganzen magentafarbenen Intensität auf ihn gestürzt, redet auf ihn ein und zeigt ihm irgendetwas auf ihrem Telefon.

Schmunzelnd schüttele ich den Kopf. Typisch, meine Mum! Ich wünschte, wir hätten beide eine etwas gesündere Mischung unserer Persönlichkeiten abbekommen. »Das ist der absolut richtige Zeitpunkt, glaub mir.«

»Abgesehen davon, dass ich diesen Song noch nie mochte«,

bemerkt Jaden, wobei er leicht gequält das Gesicht verzieht. »Den wollte meine erste Freundin immer hören, wenn es zwischen uns ernst wurde, und ich habe keine guten Erinnerungen daran.«

»Wieso?«

Jaden hebt die Schultern. »Ist der nicht irgendwie oberflächlich?«

Kurz halte ich inne und höre dem Text zu. »Ich weiß, der Song handelt vom ersten Mal, aber vielleicht geht es darüber hinaus um all die ersten Male, die man miteinander teilt, wenn man sich kennenlernt. Meinst du nicht? Weil jemanden kennenzulernen ist, wie einen fremden Ort zu erkunden, in dem man sich erst zurechtfinden muss. Manchmal stellt man fest, dass man lieber wieder gehen sollte. Oder einen nichts mit diesem Ort verbindet. Aber manchmal ist es ein ganzes Wunderland.«

Jaden sieht mich an. Seine Hand wandert in meinen Nacken. Ich lehne mich ihm entgegen, als er mich sacht an sich zieht. Wieder fühle ich die Berührung seiner Lippen auf meinen in jedem Winkel meines Körpers. Noch entschlossener ziehe ich ihn hinter mir her, bahne mir einen Weg zwischen den Leuten, den Tischen und umhereilenden Servicekräften hindurch.

»Ist das an?«, klingt mir die lautsprecherverstärkte Stimme meiner Mum im Nacken. »Oh ja, offensichtlich! Leider habe ich mich heute ein wenig verspätet. Ich stand am Nachmittag noch auf der Bühne des *Fanfare Theatre*. Daher hatte ich keine Gelegenheit, unserem Brautpaar an diesem wichtigsten Tag ihres Lebens zu gratulieren.« Unwillkürlich beschleunige ich meine Schritte. »Um das nachzuholen, werde ich nun mit dem wunderbaren Matt ein Duett singen. Wir hatten Schwierigkeiten, einen Song zu finden, den wir beide schon gesungen haben. Der Titel ist also nicht ganz passend für einen Tag wie heute.« Unwillkürlich stöhne ich auf. Wenn schon meine

Mum das sagt ...»Aber das Lied erinnert daran, was in einer Beziehung das Wichtigste ist: nie aufzuhören, miteinander zu reden. Unsere Darbietung wird ganz spontan, kommt aber von Herzen.«

Ich ziehe Jaden zu den ersten Klängen einer sanften Klaviermelodie aus dem Saal. Durch die offen stehende Tür folgt uns die klare, erstaunlich zurückhaltende Stimme meiner Mum, während sie die erste Strophe von ›9 Crimes‹ anstimmt. Die Eingangshalle, in die wir gelangen, ist von gedämpften Nachtlichtern erhellt. Die an den Säulen drapierten Zimmerpflanzen werfen lange Schatten über die Steinfliesen und Teppiche. Ich komme nur wenige Schritte weit, dann bin ich gefangen zwischen der kühlen Wand und der Hitze von Jadens Körper. Er stützt sich mit den Händen rechts und links von meinem Kopf ab und ich bebe innerlich vor ungeduldiger Erwartung, als er vor mir verharrt.

»Darf ich?«, fragt er leise.

»Ja«, antworte ich, atme bereits schneller, obwohl er mich noch nicht mal berührt.»Bitte.«

Unsere Lippen treffen zusammen – drängender diesmal. Wie kann das wieder so überraschend sein, so überraschend schön wie beim ersten Mal, als hätte ich das noch nie gefühlt? Ich weiß es. Alles in mir beginnt zu leuchten und ich weiß es. Während Lippen und Zungen ihr atemberaubendes Spiel spielen, will ich Jaden noch näher sein – mit jedem bebenden Luftholen, mit jedem stolpernden Herzschlag, mit jeder meiner wild entschlossenen Nervenfasern.

»Darf ich?«, flüstert er, während er seine Lippen über mein Kinn wandern lässt.

Ich lehne den Kopf zurück gegen die Wand, vergrabe meine Hände in seinen Haaren, seufze:»Ja.«

Seine Küsse quer über meine Kehle entfachen jeder einzelne ein Feuerwerk in mir, geben jedem einzelnen Nervenende die

Gelegenheit zu verstehen, dass seine Lippen da sind, ehe er den nächsten Zentimeter Haut erreicht. Es macht mich wahnsinnig, lässt mich keuchen, weil diese kleinen Berührungen mehr sind als alles, was ich je gefühlt habe – schmerzlich mehr, schön mehr, aufwühlend mehr. Ich bin unersättlich nach mehr. Ein Laut irgendwo zwischen diesen Empfindungen entweicht mir, als Jaden seine Lippen auf die sensible Stelle direkt unter meinem Ohr presst – ganz leise nur, aber ... Himmel!

Jaden hält inne – seine Stirn an meiner. Atemlos. Unsere Brustkörbe drücken sich gegeneinander. Unsere Herzen trommeln unruhige Rhythmen in unseren Körpern. Das ist der Beat dieses Sommers.

»Kannst du ...?« Ich blinzele zu Jaden auf. »Kannst du weitermachen?«

Er schüttelt den Kopf. »Ich kann nicht. Dann will ich nicht mehr aufhören.«

Leise lache ich auf. »Ich will jetzt schon nicht mehr aufhören.«

»Was ist mit ...?« Er spricht es nicht aus und ich lasse ihn auch nicht, unterbreche ihn mit meinem entschlossenen Kopfschütteln.

»Nein«, bringe ich leise hervor. »Nein.« Es ist wie in dem Song, der mir eindringlich in den Ohren klingt: Es ist nicht der richtige Ort, um an *ihn* zu denken – um an irgendjemanden zu denken, der nicht Jaden ist. Und Jaden ... Er hat gesagt, er habe keinen Plan, er verspreche sich nichts. Ich recke mich zu ihm, lasse meine Lippen über seine streichen, stupse seine Zunge mit meiner, streichle seinen Hals, bis er meinen Kuss mit einem halb gequälten, halb ungeduldigen Stöhnen erwidert.

»Sag mir bitte, dass du weißt, was du tust. Ich habe nämlich keine Ahnung, wie ich jetzt noch zum Fest zurückkehren und nicht darüber nachdenken soll, wie es ist, dich auszuziehen.«

Ehrlich gesagt wünsche ich mir nichts sehnlicher, als dass Jaden nicht nur darüber nachdenkt, sondern es auch tut – besonders nachdem er das gesagt hat. Das Glühen in mir wird nämlich unnachgiebig, so gewaltig, dass ich kurz davor bin, mich einfach jetzt sofort selbst auszuziehen. Wie kann es so erregend sein, einfach nur zu wissen, was er denkt?

»Die *Piccadilly Line* fährt von hier in deine Gegend, oder? Das müssten wir in einer halben Stunde schaffen.«

Jaden lehnt sich gegen mich, sieht mir in die Augen. »Das ist ein grauenhafter Plan.« Sein Mund ist wieder auf meinem, seine Lippen, seine Zunge lassen alles in mir unendlich weit, unendlich offen, unendlich frei werden. »Wie soll ich das schaffen?«

Und ich ... Ich weiß es auch nicht. Aber dafür weiß ich umso mehr, dass es nicht Jadens Art wäre, ein nicht abgeschlossenes Büro zu suchen. Es gab eine Zeit in meinem Leben, da habe ich solche Dinge mitgemacht. Aber ich will nicht auf Geräusche von draußen achten müssen. Ich will mich keinen möglichen Blicken aussetzen und mich keinen potenziellen Fragen stellen. Alles, was ich will, ist fühlen – jede Berührung, jedes Streicheln auf meiner Haut, jeden Millimeter, den Jaden erforscht, und jeden, den ich erobern darf. Ich will das hier auf meine Weise.

Kapitel 23

Jaden schließt die Tür hinter mir. Wir sind barfuß die Treppe zu seinem Zimmer raufgekommen, damit niemand seiner Mitbewohnerinnen oder Mitbewohner uns hört. Aus irgendeinem Zimmer ist gerade noch Musik gedrungen. Jetzt ist es still – so still, dass ich meinen Atem höre, das sofort wieder intensiver werdende Pulsieren meines Herzens. Jadens Zimmer ist schmal. Ein einfaches Bett steht linker Hand, dahinter sein Schrank – Regale und ein Schreibtisch gegenüber. Vor dem großen Fenster in der Mitte zieht Jaden die Vorhänge zu.

»Willst du noch …?«

»Nein.« Ich schüttele den Kopf, als er sich zu mir umdreht. »Nein, ich will nichts trinken.«

»Gut.« Er kommt auf mich zu. »Das war nämlich gerade die längste halbe Stunde meines Lebens.«

Ehrlich gesagt war es eher mehr, weil wir an der *South Kensington Station* auf die *Tube* warten mussten. Als wir nach der Fahrt, die mir wie eine halbe Ewigkeit vorkam, endlich die *Arsenal Station* verließen und die letzten Meter zu seiner WG zurücklegten, hat er seine Finger mit meinen verflochten. Das Glühen in mir hat keine Sekunde nachgelassen.

Und jetzt zählt nur noch, dass Jaden da ist. Dass er mich an sich zieht, dass seine Hände über meinen Rücken streicheln, seine Berührungen eine Antwort in meinen Nervenenden auslösen. Dass ich mein Gesicht in seiner Halsbeuge vergrabe und seinen Duft einatme – tief einatme, als könnte ich ihn auf diese Weise in mir speichern, mich für immer daran erinnern.

Seine Hände finden den Reißverschluss meines Kleides, verharren dort.

»Darf ich?«

»Warte.« Ohne mich von ihm zu lösen, taste ich mich zum ersten Knopf seines Hemdes vor. »Warte. Ich habe viel weniger an als du. Ich finde, ich verdiene einen Vorsprung. Darf ich?«

Er lacht leise. »Auf jeden Fall.«

Ich liebe das Gefühl seines Lachens an meinem Oberkörper, bekomme den ersten Knopf auf, ziehe den Stoff auseinander, presse meine Lippen auf seine weiche, erhitzte Haut, löse den nächsten Knopf. Irgendetwas in mir – irgendetwas, das sich hervorgetraut hat, obwohl in meinem Kopf noch ein anderer herumspukte – wollte das hier bereits in dem Moment tun, als ich ihm am See das nasse T-Shirt über den Kopf zog. Irgendetwas in mir tanzt vor Triumph und Erlösung und Glückseligkeit. Jaden so nah zu sein fühlt sich unfassbar richtig an, unfassbar perfekt – alles, was ich empfinde, alles, was ich rieche, schmecke und sehe, höre und spüre. Es ist so perfekt, dass ich das hier will und immer weiter will, obwohl mir noch immer Matts Stimme mit den Worten von ›9 Crimes‹ in den Ohren klingt – mit all dem Schmerz und der Verzweiflung von Verlust und Loslassen. Ich höre seine Stimme mit der immer gleichen Frage. *Ist das in Ordnung? Ist das in Ordnung für dich?* In der Geschichte des Songs ist es das nicht, aber in meiner ist es mehr als in Ordnung. In meiner Geschichte ist Loslassen etwas Gutes. In meiner Welt ist das perfekt. Da ist Jaden perfekt – jede einzelne Wölbung seiner Muskeln, jedes Tal, das Streicheln seines Daumens in meinem Nacken, sein Seufzen. Ich ziehe ihm sein Oberteil aus der Hose, lasse meine Hände aufwärtswandern, streiche ihm das Hemd von den Schultern.

Atemlos sehe ich zu ihm auf. Seine dunklen Augen zerfließen wie heiße Schokolade vor meinem leicht unscharfen Blick.

»Darf ich jetzt?« Er zieht mich an sich.

»Ja.« Ich atme ein, halte die Luft an, während Jaden mein Kleid öffnet. Er zieht es mir aus. Langsam. Zentimeter für Zentimeter, bis er es über meine Hüften streift, ich mich daraus befreie und es achtlos zu Boden fallen lasse.

Ich trage nur noch Unterwäsche. Jadens Blick gleitet über meinen Körper abwärts, sein Blick brennt auf meiner Haut. Dichte schwere Hitze sammelt sich tief in mir. Das Pulsieren konzentriert sich mittlerweile zwischen meinen Beinen, wie um das Tempo anzutreiben. Aber auch wenn mir klar ist, dass mein Körper längst bereit ist, will ich nichts hiervon schneller tun, als es sein muss. Ich will jeden Moment auskosten, fühlen, aufsaugen und speichern.

Wieder zieht Jaden mich an sich, seufzt meinen Namen an meinen Lippen. Ich presse mich gegen ihn. Wir taumeln rückwärts, stoßen erst gegen seinen Schreibtisch, dann gegen die Wand. Er hebt mich an. Ich schlinge meine Beine um ihn, fühle ihn hart, fast schmerzhaft intensiv genau da, wo ich ihn haben will.

Seine Küsse gehen mir noch tiefer unter die Haut, aber trotzdem lässt er mir Zeit, jeden einzelnen von ihnen zu empfinden. Er ist mir so nah. Er ist mir so nah, es fühlt sich an, als wäre er ich und ich er. Er ist mir so nah – und ich hatte nicht gedacht, dass ich das jemals wieder so fühlen würde. Er ist mir so nah und wir streicheln, reiben, küssen uns zu diesem Ort, an dem wir endlich eins sein werden. Ich keuche unter seinen Berührungen. Er stöhnt in meinen Mund. Das ist reine süße Qual. Und ich will nicht, dass es je aufhört.

Die empfindliche Haut meiner Brüste kribbelt, als Jaden mich absetzt und nach dem Verschluss meines BHs tastet.

»Darf ich?«

»Ja.« Ich ziehe an seinem Gürtel, versuche den Knopf seiner Hose zu öffnen, während er meinen BH aufbekommt. Mit fahrigen Bewegungen entledigen wir uns der restlichen Kleidung.

Seine Erektion drückt sich in meinen Bauch, als er mit dem Daumen seiner einen Hand über meine Wange streicht, mit der anderen auf Wanderschaft geht – meinen Hals hinab, über die Rundungen meiner Brüste. Ich ringe nach Atem, weil Myriaden Nervenfasern auf die Berührung reagieren, schnappe nach Luft, als seine Finger über meinen Bauch streichen, sich diesem einen wartenden, quälend erregten Punkt nähern. Jaden zieht mein Gesicht sachte näher zu sich.

»Darf ich?«

Zitternd atme ich ein, sehe ihm in die Augen, nicke. Mein Aufstöhnen, als er seine Finger in mir versenkt, erstickt er nur halb mit seinem Kuss. Ich kriege kaum noch Luft, während alles in mir zu ihm strömt. Na gut, gerade vor allem zu seiner Hand, die mich berührt, die mich streichelt, die mich ... Himmel! *Hör einfach* ... Unser Keuchen mischt sich. ... *nie wieder* ... Ich verliere den Verstand. ... *damit auf.* Und den Halt. Ich schlinge meine Arme um seinen Nacken, um nicht auch noch den Boden unter den Füßen zu verlieren.

»Hast du ...?« Ich unterdrücke ein Stöhnen, löse seine Hand ganz sacht von mir. Ich will nicht, dass er aufhört, aber noch weniger will ich schon kommen. »Hast du Kondome?«

Ich fühle ihn an meinen Lippen lächeln. »Ich würde mir die Kugel geben, wenn ich jetzt keine hätte.«

Er zieht mich zu seinem Bett, setzt sich auf die Matratze und holt ein Kondom aus dem Nachtschrank. Er zieht es über, lässt sich halb zurücksinken, streckt die Arme nach mir aus und sieht mich fragend an.

Ist das in Ordnung? Ist das in Ordnung für dich?

Ohne zu zögern, lasse ich mich auf ihn sinken. Einen kurzen Moment lang liegen wir nur da – Haut auf Haut, Oberkörper und Bauch, Arme, Beine, Hände und Füße, spüren die Hitze unserer Körper, ihr ungestümes Pulsieren, kosten es aus. Dann rollt Jaden sich mit mir im Arm herum. Jeder seiner Küsse auf meinem Bauch abwärts setzt sich in mir fort bis zu einem Punkt, der sich nach Ewigkeit anfühlt, immer stärker und nachdrücklicher in mir wird.

Er hält inne. »Darf ich?« Ich fühle seine Worte auf meiner Haut.

»Ja«, bringe ich hervor. »Du kannst aufhören mich zu fragen. Alles, was du machst, ist …« Mein atemloser Satz geht in einem Keuchen unter, als seine Lippen meine berühren. Hitze und Druck werden fast unerträglich in mir. Ein Zittern durchläuft mich.

»Jaden, Halt!« Ich ziehe an seinem Arm. »Halt, bitte, das war doch keine gute Idee.«

»Wieso nicht?« Sein Gesicht taucht vor meinem auf, sein Lächeln neckisch. »Es hat sich angefühlt, als gefiele es dir.«

»Mir würde es noch mehr mit dir in mir gefallen.«

Jaden stößt einen bereitwilligen Laut aus, schiebt sich endlich über mich. Ich spüre ihn bereits an mir, keuche auf, als er gegen das bebende Nervengeflecht drückt.

Er sieht mir in die Augen. »Darf ich?« Er bewegt sich langsam, nur millimeterweise in mich. »Oder wie war das? Ich muss nicht mehr fragen? Alles, was ich mache, ist wie?«

»Du hättest mich …« Ich strecke den Kopf zurück, als Hitze prickelnd über meinen Körper läuft, als sich Energie unerträglich in mir konzentriert, obwohl sie gleichzeitig nach außen drängt. Mein Körper wird von einer Spannung erschüttert, die ich kaum noch aushalten kann. »… ausreden lassen sollen.«

»Tut mir leid.« Er versenkt sich in mir. Ich ringe nach Luft. Mir verschwimmt die Sicht, während er sich langsam in mir bewegt – vor und zurück, vor … Himmel! … zurück. Die Spannung ist so gewaltig, dass ich nicht glaube ihr gewachsen zu sein. Vor … »Ich werde dich nicht wieder unterbrechen.« Sein geflüstertes Versprechen lässt mich seufzen. Seine Zunge dringt in meinen Mund. Ich klammere mich an ihn. Wir sind uns so nah. Wir sind dem Moment so nah. Uns trennt kaum mehr als ein ... zurück. Die in meinem Körper gefangene Energie lässt mich zittern, keuchen, nach Luft ringen. Ich atme ein – mehr von Jaden. Vor.»Alles, was ich tue, ist wie?« Er hält inne. Ich japse.»Das kann nicht dein Ernst sein.« Ich wölbe mich ihm entgegen, aber es macht kaum einen Unterschied – so nah sind wir uns bereits.»Wird das nicht normalerweise hinterher gefragt?«

»Ich frage jetzt. Dann kann ich es noch besser machen.«

»Du musst nichts besser machen.«

»Nein?«

»Alles, was du machst, ist gut.«

Ich spüre ihn lächeln. Ich spüre mich selbst lächeln – alles in mir. Weil ich genau das bekomme, was ich so sehr will.

»Gut?«

Ich presse ihn noch fester an mich, hebe den Kopf an, necke ihn mit meiner Zunge, bis ich ihn erbeben fühle. Er schiebt seine Hand unter meinen Kopf, um mich zu stützen, murmelt meinen Namen in meine Haare, als ich erneut nach Luft schnappen muss.

»Perfekt«, bringe ich hervor.

Er dringt tief in mich ein, trifft irgendeinen Punkt in mir, der alles wie bei einem gewaltigen, alles aufwirbelnden, alles mitreißenden Sturm anschwellen lässt. Und dann tut er es wieder. Und wieder. Er keucht auf. Mein Stöhnen wird zu einem Laut irgendwo zwischen Seufzen und Wimmern. Dann wird alles zwischen uns zu einem gemeinsamen langen und tiefen Rhythmus. Die ganze Welt verschwimmt. Unsere Körper fließen darin ineinander. Einen Moment lang – eine pulsierende, überhitzte, wundersame Ewigkeit lang – fühle ich mich unendlich mit ihm.

Ist das in Ordnung? Ist das in Ordnung für dich?

Ja, das ist perfekt.

Kapitel 24

Das Gefühl, in Jadens Armen zu liegen, macht mich high. Na gut, vielleicht hat mich eher der ungefähr längste, wundervollste, tiefste Orgasmus high gemacht, den ich je erlebt habe. Aber gleichzeitig hat er mich auch müde und schwer und glücklich und ... einfach sehr zufrieden gemacht. Und Jaden auch. Denn ich glaube, dass er fühlt, was ich fühle. Vielleicht, weil unsere Herzen den gleichen Beat haben. Vielleicht weil sich mein Atem dem Heben und Senken seines Brustkorbs angepasst hat. Vielleicht, weil das Gefühl von seiner Haut auf meiner so himmlisch ist.

Jaden regt sich – nur ganz leicht. Es ist nicht mehr als eine Verlagerung seines Gewichts. Er dreht seinen Kopf. Und dann ... Für einen kurzen Moment berühren seine Lippen meine Stirn.

Ich spüre mich selbst starr werden. Ich spüre, wie sich sein Atem vertieft, sein Arm um meine Taille schwerer wird. Aber ich bin plötzlich hellwach, alarmiert. Der Gedanke an Luke setzt sich in mir fest. Ich erinnere mich an die Hitze Kaliforniens, an die wilde Energie zwischen Luke und mir, an seinen Stirnkuss nach dem Sex.

Ich erinnere mich an die Erschöpfung, an das Gefühl, in einen Wasserfall geraten zu sein und nur knapp überlebt zu haben. Erst sehr viel später habe ich verstanden, dass Lukes Stirnkuss das Wichtigste für uns war.

»Das heißt *Ich liebe dich*«, hat er mir irgendwann gesagt. »Das heißt *Ich will dich in meinem Leben haben – jetzt und immer.* Das ist ein Seelenkuss.« Die Geste fühlte sich vertraut an, liebevoll, dankbar. Nach unserem immer heftigen, stürmischen Sex habe ich jedes Mal darauf gewartet. Denn es war Lukes Versprechen, dass er mich meinte, dass ich ihm genug war, dass er zu mir gehörte.

Ich rolle mich auf den Rücken, wende aber den Kopf, um Jaden anzusehen. Ein Kribbeln durchläuft mich bis tief in meinen Bauch. Alles an ihm ist so perfekt – seine schmale gerade Nase, seine jungenhaft langen Wimpern, der großzügige Schwung seiner Lippen, das winzige Muttermal auf seiner Wange. Der Impuls, es zu berühren, ist fast übermächtig, aber ich muss die Notbremse ziehen. Es ist zu früh für Seelenküsse.

Ich kann nicht bleiben. Ich weiß zwar nicht, ob ein Stirnkuss für Jaden bedeutet, was er für mich bedeutet. Ich weiß nicht, was er daraus schließen würde, wenn ich morgen früh noch in seinen Armen läge. Ob er überhaupt etwas denken oder einfach Frühstück machen und bis bald sagen würde. Aber ich weiß, dass ich nicht zulassen kann, dass er etwas daraus schließt – nämlich, dass wir jetzt durch einen Seelenkuss verbunden sind.

Langsam stehe ich auf, klettere über ihn hinweg aus dem Bett. Nur einen Moment später trage ich wieder mein Kleid und sitze an Jadens Schreibtisch. Mit einem Bleistiftstummel schreibe ich auf eine Seite Kopierpapier:

Danke, Jaden! Dass du mich heute begleitet hast. Dass du so perfekt warst. Dafür, dass du du bist. Besonders dafür. Weil du mich zum Lachen bringst. Und zum Nachdenken. Und weil sich alles so leicht mit dir anfühlt. Wir sehen uns Montag?

Maggie

Ich lege ihm die Nachricht auf den Nachttisch. An der Tür bleibe ich stehen, sehe ihn an, sehe ihm kurz beim Schlafen zu. Sein Kopf ist leicht zur Seite geneigt, sein Arm, in dem ich eben noch lag, angewinkelt. Ich sehne mich jetzt schon zu ihm zurück. Ich fühle noch seine Berührungen auf meiner Haut, schmecke ihn auf meiner Zunge, atme noch immer seinen Duft ein. Und mir wird klar: Jeder einzelne Moment zwischen uns war ein Seelenkuss.

Langsam hebe ich die Hand und lösche das Licht.

Kapitel 25

Sex mit Jaden scheint unauslöschlich in meinem Körpergedächtnis gespeichert zu sein. Ich wache mit der Erinnerung daran auf, fühle ihn, während ich unter der Dusche stehe, träume über meinem Morgen-Porridge davon und realisiere erst, als Meredith hereingetorkelt kommt, dass Grandma Lawson mich schmunzelnd von ihrem Schaukelstuhl aus beobachtet.

»Warum kocht eigentlich nie jemand Kaffee?«, jammert Meredith, wobei sie sich an die Anrichte lehnt und über Grandma Lawsons auf dem Stövchen thronenden Porzellankanne die Nase rümpft. Sie trägt nichts außer einem regenbogenbunten Schlafshirt und reibt sich mit der Hand über ihre verquollenen Augen.

»Das solltest du deinen Sohn fragen«, schlägt Grandma Lawson vor. »Ihm zufolge macht Kaffee schlimme Dinge mit deiner Magenschleimhaut.«

»Wo ist Noah überhaupt?« Fragend sehe ich mich zu Meredith um. »Hat er den Abend gut überstanden?«

»Er meditiert.« Meredith geht um die Küheninsel herum und öffnet wahllos Schränke – ich nehme an, auf der Suche nach Kaffee. »Das sollte ich auch tun. Deine Mum hat mir den letzten Nerv geraubt.«

»Was hat sie angestellt?«

Meredith wirft mir einen vorwurfsvollen Blick über die Schulter zu. »Das wüsstest du, wenn du nicht einfach verschwunden wärst. Ich musste Charlotte gegenüber eine Ausrede erfinden.«

»Oh, tut mir leid.« Schuldbewusst ertrage ich Merediths gerunzelte Stirn. »Warum gibt es nicht wenigstens eine halbwegs normale Person in dieser Familie? Hast du gehört, welchen Song Flo dem armen Matt aufgedrängt hat? Das war geschmacklos auf einer Hochzeit. Später hat sie Nelson mit Beschlag belegt und ich musste dazwischengehen, sonst hätte sie noch die Torte mit ihm angeschnitten. Die war übrigens hervorragend. Hast du sie überhaupt probiert?«

»Ich denke, Maggie hatte mehr als genug ... Torte.« Grandma Lawsons schiefes Lächeln bringt mich im ersten Moment zum Erröten, dann zum Lachen.

Merediths Augenbrauen wandern in die Höhe. »Was habe ich verpasst?«

Doch Grandma Lawson stützt sich nur schwer auf ihren Stock und stemmt sich aus ihrem Stuhl hoch. »Du siehst aus, als sei sie dir hervorragend bekommen.« Sie blinzelt mir zu, während sie an mir vorbeigeht. »Setz dich, Merri. Ich brühe dir einen Earl Grey auf. Der macht dich munter, du wirst sehen.«

Meredith lässt sich mit ratlosem Blick mir gegenüber an den Tisch fallen. »Von was für einer Torte reden wir genau?«

Ich beiße mir auf die Lippe und sehe mich zu Grandma Lawson um. Es hat etwas Beruhigendes, ihre geübten Handgriffe zu beobachten, während sie Wasser aufsetzt und eine Kanne mit Teenetz präpariert. Schließlich erwidert sie meinen Blick – ihre sturmgrauen Augen hell wie der Moment, kurz bevor die Sonne durch die Wolken bricht.

»Es war eine richtig gute Torte«, sage ich nachdenklich. »Ich hoffe nur, es war nicht zu früh für mich, um wieder damit anzufangen.«

»Ich sage dir was, Maggie: Auch wenn Torte manchmal Bauchgrimmen verursacht, erinnert man sich später fast im-

mer nur an die Torte.« Sie wirft mir einen schiefen Blick zu.
»Das ist das Wunderbare an Torte.«

»Wovon redet ihr?« Meredith verbirgt mit einem gequälten Stöhnen ihr Gesicht hinter den Händen. »Wisst ihr was? Ich will es gar nicht wissen.« Schlagartig taucht sie wieder auf und starrt mich mit fast klarem Blick an. »Oder hat deine abstoßend gute Laune etwas mit dem Podcaster deiner Albträume zu tun?«

»Nicht nur.« Gedankenverloren rühre ich in den Resten meines Frühstücks.

Meredith mustert mich unzufrieden. »Womit dann?«

Lächelnd sehe ich zu ihr auf. »Vor allem mit mir selbst.«

Meredith runzelt dir Stirn, aber im Hintergrund klappert Grandma Lawson mit dem Teegeschirr und nickt zufrieden.

Da ich gegen zwei mit Finn und Kyra verabredet bin, entscheide ich, genug Frühstück gegessen zu haben, und fliehe vor Merediths schlechter Laune aus der Küche. Bestimmt fällt gerade der Stress der letzten Wochen von ihr ab und jetzt weiß sie nicht, wohin mit sich. Eine Weile liege ich in meinem Bett, wo sich Hannibal nach kurzer Zeit auf meinem Bauch zusammenrollt, damit ich ihn streichle, und tagträume von Jaden. Nur dass ich mittlerweile sehr viel Kraft aufwenden muss, um nicht auf meinem Handy nachzusehen, ob er sich bei mir gemeldet hat, macht mir etwas Sorgen.

Schließlich stehe ich auf und überprüfe meinen Look im Spiegel. Für das Treffen mit Kyra will ich möglichst unsexy aussehen – eher süß und harmlos. Doch obwohl ich extra einen Rock mit Sonnenblumenprint gewählt habe und dazu ein schlichtes weißes Shirt trage, fühle ich mich noch immer irgendwie schick. Schließlich löse ich die goldfarbene Spange aus meiner Frisur und flechte mir stattdessen ein buntes Tuch in die Haare, mit dem ich deutlich mädchenhafter aussehe.

Zufrieden mache ich mich auf den Weg, treffe zuerst Thea an

der *Shoreditch High Street Station* und lasse mir auf dem Weg zum Boxpark entlocken, dass ich die Hochzeit vorzeitig mit Jaden verlassen habe. Thea verlangt mit großen Augen mehr Details, aber ich halte vor der aus Schiffscontainern errichteten Mall voller Shops und Restaurants bereits nach Finn Ausschau. In den schmalen Räumen werden die unterschiedlichsten Waren angeboten oder Streetfood zubereitet. Davor sind auf den breiten Gehsteigen der Bethnal Green Road ein paar Biertische aufgebaut. Außentreppen führen zur ersten Etage hinauf. Vor einem der Aufgänge warten Finn und Kyra auf uns.

Ehrlich gesagt habe ich mir Kyra anders vorgestellt. Sie wirkt nicht wie jemand, der sich Sorgen um irgendetwas macht – auch nicht um die Ex-Freundinnen ihres Freundes. Sie ist mindestens so groß wie Finn, trägt trotz der Wärme Doc-Martens zu Jeans und ein olivgrünes Tanktop. Ihre glatten dunklen Haare hat sie im Nacken zusammengefasst. In der Unterlippe trägt sie einen dünnen schwarzen Ring. Im Vergleich mit ihr fühle ich mich wie ein farblicher Overkill.

Kyra sieht durchaus nett aus, als sie auf irgendetwas, das Finn gesagt hat, lachend den Kopf zurückwirft. Aber ich finde sie auch ein bisschen einschüchternd. Denn sobald ich vor den beiden stehe, verschwindet ihr Lächeln.

»Mags! Hi.« Über Finns Gesicht fliegt sein mir so vertrautes Grinsen. Er macht jedoch keine Anstalten, mich wie sonst zu umarmen, sondern vergräbt die Hände in seinen Hosentaschen. »Das ist Kyra.« Er nickt mit dem Kopf in meine Richtung. »Kyra, das ist Maggie.«

»Hey, ich freue mich, dich kennenzulernen. Das ist meine Freundin Thea.« Ich schiebe sie nach vorn, wie um mich aus der Schusslinie von Kyras Blick zu entfernen. Thea lächelt Kyra und Finn mit ihrer warmen Art an und fragt, ob wir schon von der neuen Eisdiele im Boxpark gehört haben. Ich fasse sofort den Plan, sie zu testen.

Doch obwohl der Boxpark die perfekte lässige Atmosphäre für ein ungezwungenes Kennenlernen bietet, spüre ich Kyras Augen immer dann auf mir, wenn sie glaubt, ich merke es nicht. Wenn ich hingegen ihren Blick suche oder ihr zulächle, wendet sie sich ab, um etwas zu Finn oder Thea zu sagen. Auch der obere Teil des Boxparks besteht aus Containern, in denen vor allem Bars und Streetfood-Restaurants untergebracht sind. Dazwischen gibt es offene Flächen mit Tischen, Bänken und ausladenden Sonnenschirmen. Die Gänge zwischen den Sitzbereichen sind von Rankpflanzen bewachsen. Musik und Stimmengewirr sorgen für erhebliche Lautstärke. Als ich über die Schulter blicke, um festzustellen, ob wir noch alle zusammen sind, sehe ich, dass Finn seine Finger mit Kyras verschränkt hat. Unwillkürlich muss ich an Jaden denken und bin überrascht von der Heftigkeit, mit der ich mir wünsche, er wäre hier.

Während ich an einem griechischen Imbiss anstehe, um mir veganes Gyros zu bestellen, kann ich mich nicht mehr beherrschen und checke doch mein Telefon. Aber er hat sich nicht auf die Nachricht gemeldet, die ich ihm auf dem Nachttisch zurückgelassen habe.

Als Thea und ich uns einen freien Tisch suchen und Kyra sich mit nur zögernden Schritten nähert, weil Finn noch am argentinischen Burgergrill ansteht, wage ich einen Vorstoß. Vielleicht ist sie ja einfach schüchtern. Womöglich ist ihr toughes Äußeres nur eine Fassade, die darüber hinwegtäuscht.

»Finn hat erzählt, dass du im *Customer Service* in Bletchley arbeitest. Wie bist du dort gelandet?«

Sie hebt die Schultern, setzt sich aber immerhin mit ihrer Pastabox mir gegenüber. »Ich kann einfach nichts anderes.«

Innerlich seufze ich. Trotzdem gebe ich so leicht nicht auf. Denn vorhin habe ich gesehen, wie nett sie aussehen kann, wenn sie lacht.

»Du meinst, du hast nichts anderes gelernt?«, hake ich nach.

Zögernd nickt sie. »Ich lebe nicht, um zu arbeiten, sondern arbeite, um zu leben. Dafür ist der Job super. Und die Kollegen sind nett.« Sie lächelt erleichtert, als Finn sich mit seinem Essen neben sie setzt.

Ich glaube, sie will schon wieder verstummen, aber ich bleibe hartnäckig, stelle ihr mehr Fragen – woher sie kommt, was sie an ihrem Job mag und was sie nervt, was sie tut, wenn sie lebt, statt zu arbeiten. Thea ist die perfekte Unterstützung, denn sie kann sich für jeden interessieren und ist sofort begeistert, als sie hört, dass Kyra in ihrer Freizeit Tischtennis spielt. Finn wirft ein paar seiner trockenen Kommentare ein, mit denen er uns zum Lachen bringt. Ich vermeide sorgfältig jeden Verweis auf Ereignisse unserer langjährigen Vergangenheit und frage ihn stattdessen aus, wie seine Workshops laufen und ob wieder jemand einen akuten allergischen Schock dabei erlitten hat. Auf diese Weise läuft das Gespräch auf einer unverfänglichen Schiene. Kyra taut sichtlich auf, lächelt mehr, erzählt unbefangener – insbesondere als Thea und dann auch Finn anfangen mich über die Hochzeit und über Jaden auszufragen.

»Maggie.« Thea wackelt mit ihren Augenbrauen in meine Richtung. »Kann es sein, dass der Surferboy dir so richtig den Kopf verdreht hat?«

Ich versuche nicht mal, mein Lächeln zu verbergen. »Ich mag ihn jedenfalls.«

»Verdenken kann ich es dir nicht.« Thea pikst Salat auf ihre Gabel – so viel, dass sie wahrscheinlich gleich an den Blättern ersticken wird, wenn sie wirklich alle gleichzeitig in den Mund steckt. Mit einem vertraulichen Grinsen fügt sie an Finn und Kyra gewandt hinzu: »Der Typ ist echt heiß – lässige Attitude, sportliche Figur und auch noch ein nettes Lächeln. *Full package.* Also zumindest so weit ich das beurteilen kann. Maggie hatte da ja anscheinend schon genauere Einblicke.« Sie wirft mir einen bezeichnenden Blick zu.

Ich beuge mich tiefer über meinen Teller. »Full package«, kommentiere ich nur, weiche dabei Finns Blick aus, der in mein Gesicht schnellt.

Thea stößt ein lang gezogenes Seufzen aus. »Ach ja, manchmal wäre ich echt gerne mehr wie du.«

Ich runzele die Stirn. »Du meinst eine unentschlossen studierende, eissüchtige, sich mit einem Nebenjob durchschlagende, zu unüberlegtem Aktionismus neigende Neurotikerin?«

»Quatsch! So bist du gar nicht.« Thea schüttelt entschieden den Kopf. »Ich meine, du schreibst im Namen einer anderen einen Liebesbrief an einen Mann, der dir das zutiefst übel nimmt und dich zur Rede stellen will. Aber nur eineinhalb Wochen später ist er von seiner Freundin getrennt und liegt dir zu Füßen.«

Erschrocken fliegt mein Blick zu Finn. Und ich glaube, wir denken das gleiche: dass Theas Worte mich in ein äußerst fragwürdiges Licht rücken. Ich wage es nicht, Kyra anzusehen, wende mich stattdessen mit wahrscheinlich fast panisch geweiteten Augen an Thea.

»So war das ja gar nicht.«

»Schon, oder?« Thea kichert vor sich hin. »Das ist deine Superpower: Du weißt einfach, was die Leute hören wollen. Und dann verfallen sie dir.«

»Jaden ist mir nicht verfallen.« Verzweifelt weiche ich noch immer Kyras Blick aus. »Wenn überhaupt, bin ich ihm verfallen.«

»Jaja.« Thea stößt mich freundschaftlich mit ihrem Ellenbogen an. »Und das macht mich sehr glücklich für dich.«

»Wer hat jetzt noch Lust auf Eis?« Finns abrupter Themenwechsel kann uns auch nicht mehr retten. Mir wird das endgültig klar, als wir aufstehen und Kyras Blick mich trifft. Ihr

Lächeln ist verschwunden. Die Wachsamkeit ist wieder da. Seufzend schließe ich mich den anderen an, als sie sich auf die Suche nach der neuen Eisdiele machen. Erstmals habe ich gar keinen Appetit auf Eis.

»Es wird jetzt also ernst mit Jaden?« Finn lässt sich neben mich zurückfallen, während Thea Kyra von unserer Arbeit erzählt. Wir folgen den beiden durch die langen Gänge zwischen den schwarz lackierten Containern hindurch. Seufzend schüttele ich den Kopf.

»Ach, keine Ahnung. Jaden ist erst seit Kurzem von Alice getrennt. Und ich ...« Plötzlich muss ich über mich selbst lachen. »Himmel, wer hätte vor ein paar Wochen gedacht, dass ich überhaupt jemals wieder zu so was bereit wäre?« Vorsichtig schiele ich in Kyras Richtung. Sie sollte vielleicht nicht mitkriegen, wie ich mit Finn über Sex rede. »Aber jetzt bin ich mir nicht sicher, was das alles bedeutet. Jaden hat gesagt, wir sollten einfach schauen, was passiert. Und ich glaube, das ist wohl das Beste.«

Ein Lächeln fliegt über Finns Züge. »Was immer es bedeutet ... Du wirkst irgendwie klarer – als wüsstest du plötzlich, was du willst.«

»Kann sein.« Ich erwidere sein Lächeln. Ich fühle tatsächlich etwas wie einen Pol in mir, der mir eine Richtung gibt. »Und Kyra scheint nett zu sein, nur etwas reserviert mir gegenüber. Ich hoffe, sie hat Theas Sprüche über meine Superpower nicht falsch verstanden.«

Finn hebt die Schultern und seufzt. »Sie zeigt das vielleicht nicht so, aber sie ist echt unsicher. Irgendwie fällt es ihr schwer zu glauben, dass ich wirklich sie meine.«

Ich nicke nachdenklich. »Ich weiß.«

Überrascht sieht er mich an. »Woher?«

»Sie ist genau wie ich – vor Luke. Erinnerst du dich nicht?«

Einen Moment lang geht er schweigend neben mir her. »Doch, natürlich. Aber bisher war mir das nicht bewusst.«

Sacht remple ich ihn mit der Schulter an. »Du solltest dich fragen, warum du dich zu schüchternen Frauen hingezogen fühlst. Ist das so eine Beschützerinstinktsache? Fühlst du dich stärker, wenn du ihnen helfen musst, ihre Unsicherheit zu überwinden?«

»Vielleicht sollten Sie mich hypnotisieren, Dr. Freud, um der Angelegenheit auf den Grund zu gehen.«

Grinsend hebe ich die Schultern. »Macht dann fünfhundert Pfund.«

»Das ist Wucher.«

»Für einen Blick in deine Seele finde ich das gerechtfertigt.«

Thea und Kyra haben die Eisdiele entdeckt und winken uns, damit wir nicht an ihnen vorbeilaufen. Kurz berühre ich Finn am Arm, um ihn aufzuhalten. »Versuch nicht, sie zu retten, Finn. Das muss sie alleine tun.«

»Haben Sie das in Ihrer Glaskugel gesehen, Freud?« Finn grinst mich an, aber ich schüttele den Kopf.

»Das habe ich auf die harte Tour gelernt. Ich bin durch die Hölle gegangen – und ich musste es allein tun.«

»Gegangen?« Finn hebt die Augenbrauen. »Du meinst, du hast sie hinter dir gelassen?«

»Ich denke, ja.«

Überrascht lache ich auf, als er mich fest an sich zieht. »Ich wünschte, ich hätte dir mehr dabei helfen können.«

»Du hast das Beste getan, was du tun konntest: Du bist immer noch hier. Egal wie oft ich heulend auf dem Sofa lag oder wie oft ich dich versetzt habe. Egal wie lange ich nicht auf deine Nachrichten geantwortet habe oder nicht ans Telefon gegangen bin. Du hast mir immer das Gefühl gegeben, dass du da bist. Das war alles, was ich gebraucht habe.«

»Sicher?« Er hält mich auf eine Armlänge Abstand, um mich anzusehen.

»Ganz sicher.«

»Dann wird es dich freuen zu hören, dass ich dir ein unschlagbar günstiges Angebot mache. Für einen Eisbecher meiner Wahl bekommst du mich im Abo auf Lebenszeit.«

Ich verdrehe die Augen. »Von mir aus. Dann will ich aber, dass du mir auch ›Gift of a Friend‹ als Klingelton gibst.«

Er knufft mich in die Seite, während wir uns endlich zwischen den anderen Leuten durchdrängen und uns zu Kyra und Thea in die Schlange stellen. »Habe ich doch längst.«

Lächelnd blicke ich auf mein Handy, das in diesem Moment summend den Eingang einer Nachricht ankündigt. Jaden! Können wir uns sehen? Ich würde gerne mit dir reden.

Kapitel 26

Nachdem Kyra und Finn sich verabschiedet haben, weil sie ins Kino wollen, begleite ich Thea bis zur *Old Street Underground Station*, verabrede mich für morgen mit ihr zum Lunch und rufe Jaden an, sobald sie über die Rampe hinab zur Ticketbarriere verschwunden ist. Er geht fast sofort ans Telefon.

»Hi.« Obwohl er nur ein Wort sagt, bringt seine Stimme irgendetwas in meinem Körper zum Schwingen – wie ein perfekter Gitarrenakkord.

»Hi.« Meine Angst wird größer. Von allen möglichen Erklärungen, warum er mit mir sprechen möchte, nachdem wir gestern miteinander geschlafen haben, erscheint mir genau eine am wahrscheinlichsten. Und die will ich nicht hören.

»Können wir … Können wir uns sehen?«, fragt Jaden. »Ich würde dir gerne persönlich etwas sagen, nicht am Telefon.«

»Falls du mir sagen willst, dass wir einen Fehler gemacht haben und am besten vergessen sollten, was passiert ist … Kannst du es dann einfach nicht sagen?«

Einen Moment ist es still im Telefon. Ich stehe inmitten der Passanten und Fußgängerinnen, halte mir das freie Ohr zu und atme tief durch. *Eins.* Ich kann das. *Zwei.* Ich werde mir anhören, was er zu sagen hat, und damit klarkommen. *Drei.* Ich werde mir sagen lassen, dass es schön war. *Vier.* Aber eben nicht mehr. *Fünf.* Dass es keine Wiederholung geben wird. *Sechs.*

»Du musst es nicht aussprechen«, sage ich. *Sieben.* Ich kann damit leben, wenn es sich für ihn nicht so vollkommen angefühlt hat wie für mich. *Acht.* Es schmälert zwar meine Erinnerung an diesen Moment, in dem alles perfekt war. *Neun.* Nein! Stopp! Ich brauche das nicht. Ich muss nicht zählen. Ich weiß längst, dass ich das kann. »Ich bin dir dankbar, dass du mir das nicht am Telefon sagen willst, aber mach dir keine Sorgen.« Langsam atme ich aus – kontrolliert.

»Okay.« Seine Stimme ist leise an meinem Ohr. Ich presse das Handy fester dagegen, versuche die laute, hektische Welt um mich herum auszuschließen, weil ich keine Nuance in Jadens Stimme verpassen will. »Nein. Ich ... Das wollte ich dir nicht sagen. Wenn du mich nicht sehen willst, respektiere ich das natürlich ...«

»Was? Nein!«

»Dann würde ich wirklich gerne mit dir sprechen – also persönlich.«

»In Ordnung. Wo denn?«

»Ich komme, wohin du willst.«

Ich muss schlucken. Irgendetwas in der Dringlichkeit, mit der er spricht, lässt meinen Brustkorb eng werden. »Ich mache mich gerade von der *Old Street Station* auf den Weg nach Hause. Wollen wir uns dort treffen?«

»Ich nehme das Rad und komme dir entgegen. Welchen Weg nimmst du?«

»Über die *Packington Bridge.* Das ist ...«

»Kenne ich. Bis gleich.«

Ich setze mich in Bewegung, renne fast, weil ich so angespannt bin, schaffe es aber, meine Schritte bewusst zu verlangsamen. Was auch immer Jaden mir zu sagen hat ... Es wird meine Welt nicht aus den Angeln heben. Nicht wieder. Ich werde damit umgehen. Weil ich es kann. Weil ich die Maggie bin, die durch die Hölle gegangen ist und immer noch aufrecht steht. Also ... zumindest wieder.

Jaden hingegen scheint sich in keiner Weise gebremst zu

haben. Denn ich habe die *Packington Bridge* noch nicht ganz erreicht, als er pfeilschnell aus der Zuwegung geschossen kommt – auf einem Rad, das so ziemlich das genaue Gegenteil von meinem ist: kein Rost, kein gemütlicher Sattel, keine Blumen am Lenker. Das Ding sieht eher aus wie ein Rennrad. Als er mich sieht, bremst er abrupt ab und springt atemlos neben mir vom Sattel.

»Hey.« Sein Lächeln lässt schon wieder mein Herz tanzen, als zählte nichts anderes. »Danke, dass du mit mir redest.«

Ich hebe die Augenbrauen. »Wir haben gestern miteinander geschlafen und heute denkst du, ich würde nicht mehr mit dir reden wollen? Langsam mache ich mir ernsthaft Sorgen, was du von mir denkst. Hast du meine Nachricht gefunden?«

»Habe ich.« Er nimmt seinen Helm ab, hängt ihn an den Lenker und fährt sich mit einer Hand durch die Haare. »Ich habe überlegt, dir auch einen Brief zu schreiben. Aber ...« Er wirft mir einen verlegenen Blick zu. »Das ist schwieriger, als ich dachte. Es klingt nie, wie es soll.«

»Du wolltest mir einen Brief schreiben? So viel hast du mir zu sagen?«

»Gar nicht viel. Aber es ist wichtig – für mich. Sollen wir weitergehen? Wir müssen nicht mitten auf der Straße stehen.« Zumal wir bereits in der kurzen Zeit von einem Teenager auf Inlinern neugierig angestarrt, von einer älteren Frau mit schweren Taschen ignoriert und von zwei Hunden beschnüffelt wurden.

»Okay.«

Jaden schiebt sein Rad neben mir her, während wir die Brücke überqueren. »Ich bin mitten in der Nacht aufgewacht und du warst weg.«

Ich schlucke gegen den Druck in meinem Brustkorb. »Tut mir leid, ich ... wollte dich nicht wecken. Und ich wusste nicht, ob du wolltest, dass ich bleibe.«

Er wirft mir einen schiefen Blick zu, von dem ich merke, dass er mich erröten lässt. »Erstens, *du* wolltest nicht bleiben, oder? Zweitens, das sollte kein Vorwurf sein. Und drittens, ich hätte gewollt, dass du bleibst.«

Ich hole tief Luft. Wäre er nicht eingeschlafen ... Hätte er mir das gestern Nacht gesagt ... Ich glaube nicht, dass ich gegangen wäre.

»Danke für deine Nachricht.« Jaden weicht meinem Blick aus, konzentriert sich offenbar aufs Schieben seines Rades.

»Ich glaube, mir hat noch nie jemand so was Nettes gesagt. Du wolltest nicht nur nett sein, oder?«

»Natürlich nicht.« Ich bleibe stehen – nur wenige Schritte hinter der Brücke. Ein Radfahrer, der hinter uns herankam, muss einen raschen Schlenker um mich machen. »Ich habe jedes Wort so gemeint. Hast du Zweifel daran?« Ich lege meine Hand auf seine, mit der er sein Rad am Sattel festhält. Das Gefühl seiner warmen glatten Haut unter meiner lässt sofort Erinnerungsschatten an gestern Nacht aufwallen. Ich lasse es zu, weil es schön ist, halte ihn fest und warte.

»Nein.« Er schüttelt den Kopf, blickt auf unsere Hände hinab. »Ich habe vielmehr Zweifel, ob ... Verdammt. Entschuldige.« Er entzieht mir seine Hand, indem er sich wieder in Bewegung setzt. Er holt tief Luft, sieht mich an, realisiert wohl, dass ich fast laufen muss, um mit ihm Schritt zu halten, denn er wird langsamer. »Bist du seinetwegen gegangen? Wegen Luke?«

Seine Frage trifft mich mit der Wucht eines Blitzes. Ich habe auf so vielen Ebenen keine Ahnung, wie ich sie beantworten soll. Es hatte nichts mit Luke zu tun, obwohl es das gleichzeitig eben doch hatte. Zur Hölle, ich wünschte, ich wüsste, worauf er mit seiner Frage hinauswill. Hat er Sorge, ich würde es nach der Trennungsgeschichte nicht verkraften, wenn er nicht mehr von mir will als die eine Nacht? Will er deshalb alles richtig machen? Oder will er auf das hinaus, was *ihm* diese Nacht bedeutet hat?

»Ich habe keine einzige Sekunde, während wir miteinander geschlafen haben, an Luke gedacht, falls du das denkst«, sage ich schließlich. »Ich habe dich nicht als Ersatz für ihn benutzt. Ich habe mit dir geschlafen und ich meinte dich.«

Mit einem fast gequälten Lächeln sieht er mich an. »Ich habe mich nicht benutzt gefühlt – keine Sorge.«

Was beschäftigt ihn dann? Er und ich – das war perfekt. Weil es sich nach Maggie angefühlt hat – nach Maggie und Jaden, nach uns. »Ich bin gegangen ...« Ich will es ihm erklären, ohne zu wissen, wie. »Ich bin nicht gegangen, weil ich noch an Luke hänge oder ihn vermisst habe. Ich bin gegangen, weil ich die Kontrolle behalten will. Verstehst du?«

Er nickt zögernd, aber seine Antwort klingt wie eine Frage: »Vielleicht?«

»Ich weiß, Luke hat mich vor über einem Jahr verlassen, aber ich ... Ich habe gefühlt erst vor wenigen Tagen mit ihm abgeschlossen. Und sehr viel länger ist die Trennung von deiner Freundin auch nicht her. Ich kann einfach nicht ...« Ich schüttele den Kopf. »Ich habe Angst, zu schnell wieder den Boden unter den Füßen zu verlieren.«

Jaden nickt mit mehr Nachdruck. »Das kann ich nachvollziehen. Du hast mir das ja auch schon erklärt und ich dachte, es gehe mir genauso. Aber ...« Wir nähern uns der Essex Road. Die Sonne wird immer wieder kurz von schnell ziehenden Wolken verschluckt, nur um gleich darauf wieder zum Vorschein zu kommen. »Nach unserem ersten Kuss hast du gedacht, es sei vielleicht nicht fair, mich zu küssen«, setzt Jaden schließlich neu an. »Und ich habe dir gesagt, dass ich das so nicht sehe. Aber ... Ich glaube, das hat sich geändert.«

Wir biegen in die Essex Road ein, fügen uns in den Verkehrslärm und die Leute ein, die auf den Gehwegen unterwegs sind. Obwohl es ein verhältnismäßig ruhiger Nachmittag ist, erscheint mir das alles gerade zu viel und zu laut. Ich wünschte, ich könnte nur Jaden wahrnehmen – nichts sonst.

»Was hat sich geändert?«, frage ich vorsichtig.

»Maggie ...« Jetzt ist er derjenige, der mitten auf der Straße stehen bleibt – nur wenige Schritte von der Einmündung in die Cross Street entfernt. »Die Sache ist die: Ich dachte, wir können einfach Zeit zusammen verbringen und sehen, wohin das führt.«

»Aber das können wir nicht?« *Er mag mich.* Der Gedanke schwebt durch mich hindurch wie auf Adlerschwingen. *Jaden Carter hat Gefühle für mich. Oder was will er mir sagen? Ich glaube, er mag mich.* Wie in auftreibender Thermik steigt der Gedanke höher und höher, steigt mir zu Kopf.

»Ich denke an dich. Ständig. Immer. Daran, wie du rot wirst, wenn dir etwas unangenehm ist, wie du einem trotzdem in die Augen siehst. Wie ansteckend es ist, wenn du lachst. Ich habe mir vorgestellt, derjenige zu sein, der morgens als Erster in deine sturmgrauen Augen sehen darf. Ich habe mich gefragt, was genau hinter deiner merkwürdigen Tanzgymnastik steckt. Habe daran gedacht, wie du dir auf die Lippe beißt, wenn du nach den richtigen Worten suchst oder dir überlegst, ob du es schaffst, noch mehr Eis zu essen. Also, ich meine, das überlegst du dir wahrscheinlich nie, oder? Du tust es einfach.« Ich starre ihn an – fast atemlos, hypnotisiert von seinem dunklen Blick. »Und ich glaube ...« Seine Stimme wird immer leiser. »Ich glaube, ich bin zu schnell gefallen.«

Mir läuft ein Schauer über den Rücken. Hat jemals jemand so mit mir gesprochen? So ungefiltert?

»Jaden, ich ...« Ich sehe ihm in die Augen, fühle zu viel gleichzeitig: ungläubige Überraschung, überschäumende Glücksgefühle, kribbelnde ... ja, kribbelnde Verliebtheit. Aber eben auch Zweifel, ob das nicht nur eine Überreaktion meines im letzten

Jahr deprivierten Nervensystems, meines ins Negative gekehrten Selbstwertgefühls ist.

Er lächelt und lässt mein Herz tanzen. »Ich habe dich ziemlich überrumpelt.«

»Ein bisschen.« Es fühlt sich gut an, das zuzugeben. Ich gehe neben ihm her, als Jaden unseren Weg fortsetzt und sein Rad weiter die Essex Road entlangschiebt. Wenige Schritte weiter biegen wir in die Cross Street ein. Ich will gar nicht zu Hause ankommen. »Aber nicht, weil du mir nichts bedeutest. Im Gegenteil!« Ich sehe ihn an, doch er blickt auf den Lenker seines Rades. »Vielleicht klingt das dramatisch, aber ehrlich gesagt habe ich geglaubt, ich würde nach Luke nie wieder so fühlen.«

Ich höre ihn neben mir tief Luft holen. »Hör zu, Maggie. Es ist überhaupt nicht meine Art, Dinge zu überstürzen.«

»Ich weiß«, ziehe ich ihn auf. »*Irgendwann vielleicht*, stimmt's?«

Ein Lachen blitzt in seinem Blick auf, als er mich kurz ansieht. »Ja, genau.« Er hebt die Schultern. »Aber das Problem ist ...« Wieder kommt er ins Stocken. »Ich weiß nicht mal, wie ich das am besten sage.«

Ich sehe ihn von der Seite an, während wir schweigend dem schattigen Gehweg der Cross Street folgen. Zwischen uns rollt Jadens Rad. Ich liebe, wie Schritt für Schritt das leise Rauschen des Windes in den Bäumen lauter wird als der Verkehr auf der Essex Road. Ich liebe es, dass Jaden hier ist, dass er er ist und ich ... ich. Ich weiß nur nicht, ob ich bereit bin, ihm das zu sagen. Oder ob ich den Gedanken noch ein wenig mit mir herumtragen sollte, mich an ihn gewöhnen, mich mit ihm anfreunden, mich in ihn verlieben sollte.

Mir ist klar, dass ich nicht die richtigen Worte finden kann, solange ich nicht genau weiß, was ich sagen will. Aber wir haben Grandma Lawsons Haus fast erreicht. Und irgendwie fühlt sich das wie eine Deadline an.

»Die Wahrheit ist ...« Jaden bleibt wieder stehen. Vielleicht fühlt auch er die Deadline nahen. »Die Wahrheit ist ... Ich verliebe mich in dich.« Sein Blick trifft mich und mein Körper streckt sich nach ihm aus. »Jedes Mal mehr, wenn wir uns sehen, und ich kann nichts dagegen tun. Aber ...« Sein Brustkorb hebt sich. »Wenn du mit mir geschlafen hast, weil du das für dich tun wolltest nach all der Zeit, dann ... dann bin ich dankbar, dass du mich dafür gewählt hast.« Himmel! »Nur ich glaube, dass mir das doch mehr bedeutet hat als dir. Das ist uns beiden gegenüber nicht fair. Und wenn das so ist, dann denke ich, dass es nicht gut wäre, wenn wir uns morgen wiedersehen.«

Seine Worte gehen mir unter die Haut, mitten ins Herz. Und irgendetwas lösen sie dort in mir aus. Ich treffe nie die bewusste Entscheidung dazu, aber ich mache einen Schritt vor, stoße gegen sein Rad, stelle mich auf Zehenspitzen. Ich fühle seinen Atem auf meinem Gesicht, dann sind meine Lippen auf seinen. Ich atme ein und unser Kuss schmeckt nach Himbeere, Schokolade und Minze. Mit beiden Händen umfasse ich sein Gesicht, halte ihn fest, presse mich gegen ihn.

Da ist ein Sturm in meinem Kopf, als ich seine Unterlippe sacht zwischen meine Zähne sauge, als meine Zunge seine sucht, als ich die Hitze spüre – in seinem Mund, in meinem ganzen Körper.

Ich ringe nach Atem, als er mich von sich schiebt – ein winziges Stück nur, aber es kommt mir vor wie eine ganze Welt. Seine Augen haben sich verdunkelt. »Bitte, tu das nicht, wenn du glaubst, dass es mir mehr bedeutet als dir.«

Ein Herzschlag. Zwei. Drei.

»Maggie?«

Vier Herzschläge. Fünf. Sechs rasende Herzschläge.

»Maggie? Was ist los?«

Da ist nichts – nichts mehr in mir. Kein Gedanke. Kein Gefühl. Jaden dreht sich in die Richtung, in die ich starre. Für ihn hat das alles keine Bedeutung. Für ihn ergibt das keinen Sinn. Für mich auch nicht.

»Ist alles in Ordnung?«

Sieben. Acht. Neun Herzschläge. In der Peripherie meiner Wahrnehmung registriere ich, dass Jaden ihn mustert: den jungen Mann, der auf der unteren Stufe zu Grandma Lawsons Haus sitzt. Groß. Athletisch. Seine Haare so schwarz, als würden sie das Sonnenlicht schlucken. Seine Augen wasserfallgrün.

»Kennst du den?«

Zehn. Zehn Herzschläge. Die Welt bleibt stehen.

Er starrt mich an. Und dann steht er auf. Ich wirbele herum, drehe ihm den Rücken zu, will rennen, widerstehe dem Impuls jedoch. Ich bin nicht wie er. Ich bin nicht Bugs Bunny. Ich fühle Jadens Hand an meinem Arm. Er hält mich nicht fest, berührt mich nur, gibt mir Halt.

Meine Lippen bewegen sich, aber da sind keine Worte – nur Fragezeichen.

»Maggie?« Lukes Stimme ist leise – fast nur ein Flüstern direkt hinter mir, ganz nah. Vielleicht nur eine Armlänge entfernt. Vielleicht nicht mehr als eine fucking verdammte Armlänge. Die Art, wie er meinen Namen sagt, ist aufwühlend – wie er weich mit dem M über meine Haut streichelt, das I liebevoll in die Länge zieht. Luke! Ich habe nicht mehr damit gerechnet, ihn wieder auf dieser Seite des Atlantiks zu sehen. Ich habe nicht damit gerechnet, ihn überhaupt jemals wiederzusehen. Meine Welt fängt doch gerade an ohne ihn Sinn zu ergeben.

Aber jetzt ... Jetzt nimmt sie Geschwindigkeit auf, dreht sich schneller um mich. Ich greife nach irgendwas, um nicht zu fallen – dem Lenker von Jadens Fahrrad.

»Wer ist das?« Jadens Stimme ist kaum mehr als ein Flüstern.

»Ist das …?« Er spricht den Namen nicht aus und ich nicke nur. Langsam hebe ich den Kopf, um ihn anzusehen. Der Blick in seine dunklen Augen fühlt sich an wie ein Schluck warmer Kakao. Zu meiner Überraschung sehe ich ihn lächeln. »Was für ein mieses Timing.« Verrückterweise bringen mich seine Worte zum Lachen und gleichzeitig beinahe zum Weinen. Aber ich halte die Tränen zurück. Luke hat mich schon zu viele davon gekostet. Das ist vorbei. Falls Grandma Lawson an ihrem Fensterplatz sitzt – was sie wahrscheinlich nicht tut, denn dann hätte sie mich wohl gewarnt, oder? –, soll sie sehen, dass ich nicht mehr so leicht zerbreche, dass ich weiß, wo sich das Zentrum befindet, um das die Fetzen meiner Welt kreisen. Dieses Zentrum liegt in mir, nicht in ihm.

Mich umzudrehen traue ich mich jedoch nicht. Ich habe Angst, ihn zu sehen. Ich habe Angst, dass er sie zurückholt – die zerstörte Maggie, die ich nicht mehr sein will. Ich klammere mich an den Fahrradlenker. Ehrlich gesagt habe ich auch ein bisschen Angst davor, ihn *nicht* zu sehen, dass ich ihn mir gerade nur eingebildet habe.

»Ist er noch da?«, flüstere ich.

»Ich glaube nicht, dass er so einfach wieder gehen wird. Und …« Jaden blickt an mir vorbei – wahrscheinlich zu Luke. »… ich denke, dass du das auch nicht willst, oder?«

»Ich … Ich weiß nicht.« Was ich umso sicherer weiß, ist, dass ich nicht für immer hier stehen kann. Ich werde mich umdrehen müssen. *Bauch rein, Brust raus, Kopf hoch.*

»Soll ich …?« Jaden spricht seinen Satz nicht zu Ende. An mir vorbei sieht er noch immer ihn an. Vielleicht weiß er nicht, was er eigentlich sagen wollte. Vielleicht spricht aus seinem Satzanfang nur der unbestimmte Wunsch, mir zu helfen. Aber das kann er nicht. Er kann nichts tun. *Ich* muss es tun. Und ich *muss* es tun.

Ich schüttele den Kopf. »Das ist wirklich mieses Timing. Es tut mir leid. Ich hatte keine Ahnung.«

Jaden nickt. Ich sehe seine Augen heller werden. »Rufst du mich an?«

»Ja.«

»Wenn du willst, dass ich gehe, musst du mein Fahrrad loslassen.«

Nur zögernd gebe ich den Lenker frei. »Jaden?«

Er geht zwei Schritte rückwärts, seinen Blick fragend auf mich gerichtet.

»Ich ... rufe dich an.«

Er nickt mir zu. Dann dreht er sein Rad herum und tritt in die Pedale. Ich sehe ihm nach und mein Herz bricht. Scharf atme ich ein, um den Schmerz abzumildern. Und dann ... drehe ich mich um.

Luke ist hier. Immer noch. Er ist mehr als eine fucking Armlänge von mir entfernt, aber nicht *viel* mehr.

Er ist atemberaubend – wie im ersten Moment, als ich ihn sah. Das Wasserfallgrün seiner Augen ist intensiv – intensiver vielleicht, weil seine Augen feucht sind. Das ist der einzige Unterschied, den ich an ihm wahrnehme: das Fehlen seines bereitwilligen Lächelns, seiner unwiderstehlichen Grübchen.

Luke steht vor mir, als wäre keine Zeit vergangen. Ich weiß, wie seine sonnengebräunte Haut riecht, wie warm und hart und beruhigend sich seine Brustmuskeln anfühlen, wenn er mich an sich zieht – auch wenn es immer nur für einen kurzen Moment war. Wie rau seine Hände auf meiner Haut sind – meistens schwielig vom Sport. Kräftig – jeder Griff ein Versprechen, dass er mich niemals loslassen wird. Jedes einzelne gelogen. Wie lebhaft sein Blick ist, als wäre er immer dabei, Ausschau zu halten. Nur jetzt wendet er ihn keine Sekunde von mir. Er macht einen Schritt auf mich zu, aber ich weiche zurück.

»Du hast sie also gelesen.« Ich denke an die Briefe, meine Gefühle in Tinte auf Papier.
»Sie haben alles geändert. Maggie.« Luke muss mir doch etwas näher gekommen sein. Denn als er die Hand nach mir ausstreckt, ist da plötzlich doch nur noch eine fucking Armlänge Abstand zwischen uns. Ich stoße ihn von mir.
»Nein, Luke, das haben sie nicht. Das können sie nicht. Denn es ist alles längst passiert.«
»Lass mich dir das erklären.«
»Lass mich *dir* was erklären: Du bist mit deinem Pass zum Flughafen gefahren und ins nächste Flugzeug nach Hause gestiegen. Du hast mich ohne ein Wort verlassen. Und jetzt tauchst du über ein Jahr später auf – wieder ohne ein Wort – und glaubst mir das alles erklären zu können? Es ist zu spät, Luke. Ich will nicht mehr wissen, warum.« Ich stoße ihn noch einmal – mit beiden Händen –, obwohl er gar nicht mehr versucht, mich festzuhalten. Dann stürme ich an ihm vorbei die Stufen zum Haus hinauf.

Meine Hände zittern, als ich den Schlüssel ins Schloss zu stecken versuche. Schließlich schlage ich die Tür hinter mir zu, lehne mich von innen dagegen. Meine Sicht verschwimmt. Ich frage mich, ob ich in Ohnmacht falle.

Ein klopfendes Geräusch nähert sich, erdet mich. Grandma Lawson kommt auf ihren Stock gestützt in den Flur.
»Hm ...« Sie gibt ein Brummen von sich. »Bugs Bunny ist zurück, was?«
Die Türglocke läutet. »Maggie?« Gedämpft klingt Lukes Stimme zu uns herein.
»Warum warnen Noahs Karten uns eigentlich nie vor den wirklich großen Veränderungen?«, fragt Grandma Lawson.
»Was soll ich machen, Grammie?«
»Na ja ...« Sie hebt eine Schulter. »Das wirst du ja wohl selbst wissen.«

»Maggie«, dringt Lukes Stimme durch die Tür, »du hast geschrieben, ich solle reden, wenn ich was zu sagen habe. Und ich habe was zu sagen.«

»Setzt euch in den Garten«, schlägt Grandma Lawson vor. »Ich koche euch Tee.«

Sie wartet, bis ich nicke. Erst nachdem sich das Geräusch ihres auf den Boden auftreffenden Gehstocks entfernt hat, drehe ich mich um.

Eins, zwei ... Ach Quatsch! Ich kann das auch so. Langsam öffne ich die Tür.

Kapitel 27

In dem Ahorn, der dem hinteren Teil des Gartens Schatten spendet, streiten sich zwei Amseln. Wir haben uns mit Stühlen in seinen Schatten zurückgezogen, um in Ruhe zu reden, aber die beiden Vögel flattern zwitschernd und raschelnd in der Krone herum, sodass ich ständig nach oben starre. Zwischen Luke und mir steht ein winziges rundes Gartentischchen, auf dem Grandma Lawsons blütenverzierte Porzellanteekanne thront. Die rückt sie sonst nie heraus. Vermutlich ist es ihre Art, mich zu ermahnen, bloß die Fassung zu bewahren. Denn wenn ihre Lieblingskanne zu Bruch ginge, weil ich sie Luke an den Kopf schleudere, würde Grandma Lawson mir das garantiert nie verzeihen.

»Ich hatte keine Ahnung, Maggie.« Luke sieht mich an und das Schimmern in seinen mitreißend schönen wasserfallgrünen Augen lässt mich fast in Tränen ausbrechen – weil es den Schmerz zwischen uns wach und lebendig macht. Es stimmt: Ich will nicht mehr wissen, warum – nicht jetzt. Aber gleichzeitig weiß ich, dass dieses Gefühl nur eine Momentaufnahme ist. Ich muss diese Chance nutzen.

Luke hat sich auf seinem Stuhl vorgelehnt, um mir nah zu sein, aber ich halte mich aufrecht. *Kopf hoch.* Warte auf den Moment, mich zur Wehr zu setzen. »Es tut mir so leid, Maggie, ich hatte keine Ahnung, was ich dir antue.«

»Du …?« Vor Entgeisterung schüttele ich den Kopf. »Du hattest keine Ahnung? Wie konntest du keine Ahnung haben? Du warst alles für mich. Und du …« Ich ersticke fast an den

Worten. »Du bist einfach abgehauen, als hätte ich keine Erklärung verdient.«

Er schließt kurz die Augen, als müsse er sich an diesen Moment zurückerinnern, öffnet sie wieder. »Ich wusste nicht, wie du empfindest. Als ich deinen ersten Brief gelesen habe, ist mein Herz zum tausendsten Mal gebrochen. Aber weißt du, was ich erwartet habe? Dass du in deinen kommenden Briefen beschreiben würdest, wie du, erst als ich fort war, verstanden hast, wie viel ich dir bedeutet habe.«

»Was?« Das Wort ist nur eine schwache Hülse für all das Unverständnis, das ich gerne ausdrücken würde. Trotzdem bleibe ich mit durchgedrücktem Rücken sitzen. *Brust raus.*

Luke senkt den Kopf. »Ich weiß gar nicht, wo ich anfangen soll. Ich versuche, wie du von Beginn an zu erzählen.«

Er holt tief Luft und ich gehe dazwischen: »Aber vorher verrate mir eins: Warum hast du die Briefe überhaupt gelesen? Du hast doch sonst jeden Kontakt zu mir abgelehnt.«

»Meine Mom ...« Er muss sich räuspern und richtet sich auf. »Meine Mom hat ihn geöffnet und zu meinen anderen Sachen auf den Schreibtisch gelegt. Ich hatte ihn schon halb gelesen, als ich verstand, was ich vor mir hatte, und dann konnte ich nicht mehr aufhören.«

Die Verzweiflung ist so überwältigend, dass mir übel wird. »Warum, Luke? Warum hast du mich so gehasst, dass du nicht mal am Telefon mit mir reden konntest?«

»Ich habe dich doch nicht gehasst.« Er streckt beide Hände nach mir aus, aber ich drücke mich an die Stuhllehne. *Bauch rein* – und zwar, um den nächsten Schlag in die Magengrube mit angespannten Muskeln abzufangen. »Ich habe dich so sehr geliebt, dass ich dachte, ich könne nicht mehr leben, wenn du mich nicht genauso zurückliebst.«

Ich klammere mich rechts und links an die Sitzfläche. »Warum bist du dann gegangen?«

»Weil ...« Er holt tief Luft und schweigt. Das Teeservice lässt uns beide unterm Ahorn vermutlich fast zivilisiert aussehen. Dabei ist das hier zwischen uns roh. Wund. Tief. Eine Urgewalt. »Maggie, du hast mir geschrieben, dass du dich mir gegenüber wie aus Glas gefühlt hast, aber du warst für mich eher wie eine Blackbox. Ich konnte nicht in dich hineinsehen. Ich glaube, dass *er* das vielleicht kann – Finn. Und dass du deshalb davon ausgegangen bist, ich müsse es auch können.« Ich starre ihn an, verstehe nicht, was er mir sagen will. »In den Tagen ... In den Wochen nachdem wir uns zuerst gesehen haben, dachte ich, du hättest nicht das geringste Interesse an mir. Ich habe versucht dich kennenzulernen, ohne dir zu offensichtlich nachzustellen. Ich habe versucht dich für mich zu gewinnen, weil du dich nach etwas ganz Besonderem, unfassbar Wertvollem angefühlt hast – wie ein seltenes Lebewesen, das ich unbedingt finden musste, um deine Art zu retten. Du hattest etwas Zurückhaltendes, fast Scheues an dir. Und je mehr ich über dich erfuhr, desto mehr hast du mich beeindruckt. Aber hast du irgendeine Ahnung, wie kühl du dich anfangs mir gegenüber gegeben hast? Das meine ich damit, dass ich keine Ahnung hatte, wie du wirklich gefühlt hast – schon damals nicht. Und als wir zusammengekommen sind ... Ich hatte den Eindruck, ich hätte dich überredet, ich müsste dich jeden Tag neu überreden, damit du bei mir bleibst.«

Zitternd atme ich aus, denke an mein Fernsehinterview. Habe ich am Ende so ...? Das kann nicht sein, oder? Ich kann nicht so auf ihn gewirkt haben. Ich kann meine Gefühle nicht so effektiv verborgen haben.

»Du hast mich überredet«, bringe ich hervor – meine Stimme heiser durch die Enge in meinem Brustkorb, durch die gewaltigen Erinnerungen, die sich dort zusammenballen, »aber nicht wegen Finn, sondern weil ich schüchtern war.« Ich gehe unter. Ich muss nach Luft ringen. »Und selbst wenn ich

Finn nicht einfach verlassen konnte ... Es hat nichts daran geändert, wie sehr ich mich in dich verliebt hatte. Vielleicht konnte ich das nicht so zeigen, weil ich immer nur gelernt hatte, meine Gefühle zu verbergen. Aber es war mehr als alles, was ich sonst gefühlt habe.« Meine Stimme wird noch dünner, bricht nahezu.

»Warum hast du mir das nie gesagt?« Fast erschrocken registriere ich Tränen in Lukes Augen. »Auch später nicht? Warum hast du das nie gesagt?«

Ich weiß nicht, was passiert. Ich lehne mich vor – am Tischchen mit Grandma Lawsons Prozellanteekanne vorbei – und ziehe ihn an mich. Mir wird schwindelig – von schwarzem Tee und Bergamotte, vom Gefühl seines kräftigen Oberkörpers, von der ganzen Hitze Kaliforniens, die er immer auszustrahlen scheint, von seinem Herzschlag an meiner Brust. Und obwohl ich selbst auch weine, obwohl er viel größer ist als ich, obwohl von ihm immer so viel mehr da zu sein scheint als von mir, bin ich diejenige, die ihn hält. »Ich dachte, du weißt das«, flüstere ich in seine Halsbeuge.

Er schüttelt den Kopf. »Als ich in deinen Briefen gelesen habe, wie es dir wirklich ging und was ich dir angetan habe, ist die Vorstellung, die ich von uns beiden hatte, völlig in sich zusammengebrochen. Es tut mir so leid, Maggie. Es tut mir so leid. Ich wünschte, ich könnte jede Minute, die du meinetwegen gelitten hast, rückgängig machen. Ich wäre niemals gegangen, wenn ich das geahnt hätte.«

Innerlich erschauere ich, schiebe ihn mit neuer Entschlossenheit von mir, mustere ihn. »Aber, Luke, du kannst nicht ernsthaft geglaubt haben, du seist mir gleichgültig gewesen. Wir haben zusammen gelebt, fast jeden Tag gemeinsam verbracht. Ich bin ständig von einem Ort zum nächsten mit dir gereist. Das musst du doch gesehen haben.«

Er fährt sich mit der Hand übers Gesicht, richtet seinen

Blick nach oben in die Krone des Ahorns, als hielte er nun selbst nach den Amseln Ausschau. »Ich habe nicht geglaubt, dass ich dir gleichgültig bin. Aber ich habe geglaubt, dass Finn dir immer noch mehr bedeutet als ich.«

Fassungslos sehe ich ihn an. Ja, da war diese Ahnung gewesen, nachdem Finn mir von den Zweifeln erzählt hat, die Luke offenbar in Bezug auf ihn hatte. Aber das Ausmaß war mir nicht klar. Trotzdem schüttele ich den Kopf.

»Glaubst du denn, selbst dann wäre es in Ordnung gewesen, mich so zu verlassen? Denkst du, dann hätte ich nicht gelitten?«

»Doch, ich ...« Wieder fährt Luke sich mit der Hand übers Gesicht. »Ich hatte nur das Gefühl, dass ich mehr litt.«

Meine Augen brennen. »Warum, Luke? Was habe ich dir getan? Was war so schlimm?«

Ich sehe ihn Luft holen. Ich sehe ihn mit sich kämpfen, während er sich mit beiden Händen durch die Haare fährt. »Können wir ein paar Schritte laufen, Maggie? Ich kann kaum einen klaren Gedanken fassen.«

Ich will nicht. Die Vorstellung, mit ihm durch die Straßen zu wandern, als wäre keine Zeit vergangen, erscheint mir unerträglich. Ich will nicht an dem Café vorbeikommen, in dem wir uns oft getroffen haben. Ich will mich von den Bars fernhalten, durch die er mich an so vielen Abenden geschleift hat, obwohl ich lieber auf dem Sofa geblieben wäre. Ich will nicht in die Nähe der Uni-Gebäude geraten, in denen wir so viel Zeit verbracht haben und um die ich seit seinem Verschwinden, so gut es ging, einen Bogen gemacht habe.

»Wollen wir in die *Rosemary Gardens* gehen?«, schlägt er vor.

Ich will nicht durch Parks spazieren, obwohl er sowieso nie einen Blick dafür hatte, wie schön die Welt wird, sobald ein paar Bäume darin stehen.

Skeptisch erwidere ich seinen Blick. »Warum gerade dort?«

»Weil der Park zu den Dingen gehört, die für mich einfach nur irgendwas in der Peripherie meiner Wahrnehmung waren. Du hast mich sehen lassen, wie schön die Welt ist. Und ich vermisse das.«

Ich weiß, was sein eigentliches Problem ist: Er kann nicht still sitzen. Er wippt mit den Knien, er windet sich, er braucht Bewegung. Er weiß Grandma Lawsons Porzellanteekanne nicht zu schätzen. Und obwohl ich sie brauche – weil sie mir Halt gibt, mich daran erinnert, den Kopf oben zu halten –, nicke ich und stehe auf. »In Ordnung. Gehen wir.«

Kapitel 28

Die *Rosemary Gardens* sind ein ganz normaler Park in London – nicht groß, nur Rasenflächen, auf denen ein paar Leute picknicken, in der Sonne liegen oder Frisbee spielen, asphaltierte Wege zwischen hohen Bäumen und ringsum die schmucklosen Gebäude der Stadt. Luke und ich sind manchmal abends mit den Rädern hingefahren, um Federball zu spielen.

»Ich habe dir oft gesagt, dass ich dich liebe«, sagt Luke, während wir über die sonnigen Wege laufen. Obwohl die Luft warm ist, verursacht mir der frische Wind Gänsehaut. Oder vielleicht ist Luke der Grund. Denn es stimmt. Er hat es oft gesagt – wie eine Floskel zu jedem Abschied. »Du hast es mir fast nie gesagt. Du hast nie die Initiative ergriffen – weder im Bett noch im Alltag oder bei Unternehmungen.« Er hebt die Hand, ehe ich etwas einwerfen kann. »Ich glaube, ich verstehe mittlerweile, warum. Ich verstehe, dass ich offenbar zu viel wollte. Aber dadurch hatte ich jeden Tag das Gefühl, dich überreden zu müssen. Und wenn ich dich nicht überreden konnte, hast du mich gedrängt zu gehen, statt bei dir zu bleiben.«

»Ich wollte dich nicht einsperren«, werfe ich ein. »Du hattest doch nichts übrig für Abende auf dem Sofa.«

»Aber warum hast du mir nie gesagt, dass du mehr Ruhe willst?«

Wieder muss ich gegen den Druck in meiner Brust sprechen. »Ich hatte Angst, du würdest aufhören mich zu lieben, wenn du merkst, dass ich nicht mithalten kann. Dass du mich langweilig findest, sobald du feststellst, dass ich lieber auf dem

Sofa sitze und einen Roman lese, statt die Abenteuer selbst zu erleben. Und …« Ich ringe nach Luft. »Ehrlich gesagt dachte ich, du hättest mir so oft gesagt, dass du mich liebst, weil du wusstest, dass ich Schwierigkeiten hatte, es zu glauben.« Augenscheinlich aufgebracht schüttelt Luke den Kopf. »Zur Hölle, Maggie! Ich bin für dich nach London gezogen. Welchen Beweis hast du noch gebraucht?« Ich starre auf meine nackten Füße in den Riemchensandalen, die beim Gehen abwechselnd in mein Blickfeld kommen. »Du warst einfach nie leicht zu begeistern«, fährt Luke leiser fort. »Von einem vorbeiflatternden Schmetterling ja, von besonders ausgefallener Deko auf deinem Eis auch, aber nie von mir. Weißt du noch, als ich diesen Rafting-Trip auf Hawaii gebucht hatte? Ich habe gehört, wie du Finn am Telefon davon erzählt hast. Dass es dir auch gereicht hätte, dem Wasser zuzusehen, wie es über die Steine schießt, dass Rafting nicht dein Ding sei.« Ich nicke. Ich erinnere mich. Und es ist die Wahrheit. Ich habe es lachend gesagt, aber es war die Wahrheit. »Und er hat dich verstanden, oder? Ihm hätte das auch gereicht. Mit ihm warst du entspannt und lustig. Wenn du mit ihm unterwegs warst, hattest du gute Laune, obwohl ihr oft einfach nur irgendwo herumgesessen und geredet habt. Ich habe mir so viel Mühe gegeben, dir gute Laune zu machen, und nie kapiert, dass ich dabei zu viel statt zu wenig probiert habe.«

»Das konntest du wahrscheinlich auch nicht.« Wieder ein Atemzug, der endlich die Enge vertreiben soll. »Solange wir in Los Angeles waren, habe ich den Eindruck erweckt, ich könne sein wie du. Ich habe dir das Gefühl gegeben, du hättest mich erweckt und jetzt könnte ich das Leben wie du einfach genießen. Aber ich konnte das dauerhaft nicht durchhalten. Luke.« Ich bleibe stehen, wende mich ihm zu und suche seinen Blick, obwohl die Tränen bereits laufen. »Die Maggie, in die du dich verliebt hast, gab es gar nicht.«

Heftig zieht er mich an sich, vergräbt sein Gesicht in meinen Haaren.»Doch, die gab es. Ich habe mich doch in die ruhige, stille Maggie verliebt, die ich zum ersten Mal in dir gesehen habe. Wer weiß. Vielleicht habe ich gedacht, ich könne mehr werden wie du. Stattdessen bist du geworden wie ich.« Ich unterdrücke mein Schluchzen, löse mich von seiner Schulter.»Es tut mir leid. Dass ich nicht gesehen habe, wie du fühlst. Und dass du nicht sehen konntest, wie ich fühle. Aber warum hast du mich verlassen, statt mit mir zu reden? Warum hast du das nicht früher gesagt?«

Hilflos schüttelt er den Kopf.»Weil ich es nicht wusste. Mir ist das erst klar geworden, als ich deine Briefe gelesen habe. Während wir zusammen waren, gab es in meinem Kopf irgendwann nur noch ein Thema: Ich wollte die Wahrheit nicht hören – über dich und Finn. Zu glauben, du hättest ihn mir vorgezogen, war das eine. Dich das zugeben zu hören wäre etwas ganz anderes gewesen. Deshalb konnte ich nie mit dir reden. Ich hatte immer Angst vor dem Punkt, an den ein solches Gespräch uns führen würde.«

Ich wische mir die letzten Tränen weg, runzele die Stirn. »Aber bevor du gegangen bist, hättest du mich doch fragen können.«

»Das wollte ich ja – gewissermaßen.« Verständnislos sehe ich ihn an und Luke seufzt auf, setzt sich wieder in Bewegung. Ich muss mich beeilen, mit ihm Schritt zu halten.»Anfangs dachte ich, es reiche mir, wenn du einfach zulässt, dass ich dich liebe. Ich dachte, ich komme damit klar, nicht zurückgeliebt zu werden.«

»Luke, Stopp!« Plötzlich wütend falle ich ihm ins Wort. »Weißt du was? Ich will das nicht mehr hören. Du bist vielleicht derjenige, der den Ozean überquert hat, um bei mir zu sein. Aber ich bin jeden Tag über meine Grenzen gegangen, um genug für dich zu sein.« Die Wut fühlt sich gut an – wie

eine Verbündete.«Ich glaube nicht, dass es ein geringerer Liebesbeweis war. Du hast ihn einfach nicht gesehen.«
»Weil du ihn mir nie erklärt hast.«
»Weil du mich nie gefragt hast.« Erst sein überraschter Blick macht mich auf die Schärfe in meinem Ton aufmerksam. So habe ich früher nie mit ihm gesprochen. Vielleicht, weil er mir nie Grund dazu gegeben hat. Vielleicht aber auch, weil ich ihm gegenüber nie Nein sagen konnte.
Schließlich nickt er. »Das stimmt. Aber weißt du noch, dass du geschrieben hast, ich sei derjenige gewesen, der Regie geführt hat? Ich habe das nicht freiwillig getan. Ich habe das getan, weil von dir nie irgendetwas kam. Das hat mich fertiggemacht. Irgendwann hat sich alles nicht mehr wirklich echt angefühlt. Nur noch nach so tun, als ob.« Erschrocken starre ich ihn an. Der Gedanke treibt mir Tränen in die Augen. »Ich habe dich geliebt, aber es hat mir nicht gutgetan.«

Ich wende mich von ihm ab, kämpfe die Tränen diesmal zurück. Wie konnten wir einander so falsch verstehen? Der Gedanke ist so schmerzhaft, dass mir die Sicht verschwimmt. Die friedliche Sommeratmosphäre nehme ich wie durch einen Schleier wahr.

Ich lasse zu, dass Luke von hinten seine Arme um mich legt, mich festhält. Mir reicht es zu wissen, dass ich immer noch – trotz allem – in der Lage wäre, allein zu stehen. Ich bin nicht darauf angewiesen, dass er mich hält, und gerade deshalb ist es so tröstlich.

»Es war meine eigene Schuld«, sagt er leise. Ich spüre seine Worte im ganzen Körper. Die Vibration in seinem Brustkorb überträgt sich auf mich. »Als du mir in deinem Brief geschrieben hast, wie du Finn gegenüber wirklich empfindest, ist mir klar geworden, wie dumm ich war, dich nicht zu fragen. Wie feige. Aber wahrscheinlich … Wahrscheinlich hätte ich dir ohnehin nicht geglaubt.«

»Du hättest mir nicht geglaubt?« Entgeistert sehe ich ihn über die Schulter an.

Fast entschuldigend zieht er die Schultern hoch. »Ich habe doch gesehen, wie ihr zusammen wart – wie ihr euch mit einem Blick verstanden und über dieselben Dinge gelacht habt. Wie sich alles zwischen euch ungezwungen anfühlte. Selbstverständlich. Irgendwann habe ich jeden Tag damit gerechnet, dass Finn dir sagt, es sei ein Fehler gewesen, dich zu verlassen, und du zu ihm zurückkehrst.«

Fassungslos starre ich ihn an. »Du glaubst, ich hätte dich belogen, wenn du mir das gesagt hättest?«

»Nein. Ich hätte gedacht, dass du dich selbst belügst.«

»Weißt du was?« Die Wut glüht schlagartig heller in mir auf, sprüht Funken. »Du hast deiner Meinung über mich mehr vertraut als mir. Das war dein Problem. Und ich finde das respektlos.«

Ich wirbele herum, marschiere los – dem Parkausgang entgegen.

»Maggie!« Luke folgt mir. Er greift nach meinem Arm, aber ich schüttele ihn ab, behalte meinen scharfen Schritt bei. Ich will überhaupt nicht hier sein. Ich will mich in einer Ecke verkriechen und den Beruhigungstee aus Grandma Lawsons Porzellanteekanne trinken.

Kapitel 29

Ich sitze in meinem Lesesessel in der Ecke meines Zimmers und habe die Knie dicht an den Körper gezogen. In meiner Hand halte ich eine von Grandma Lawsons zierlichen Tassen. Die Kanne steht auf einem Bücherstapel auf dem Tischchen neben mir. Luke sitzt auf meinem Bett und starrt auf seine Füße. Kater Loki spielt mit seinem Schnürsenkel. Zumindest ist es noch ein Spiel. Ich bin mir sicher, dass es wie jedes von Lokis Spielen mit der Zerfetzung seiner Beute enden wird. Hannibal sitzt wachsam in meinem Bücherregal irgendwo über meinem Kopf.

»Ich habe dir vertraut, Maggie«, sagt Luke genau in dem Moment, in dem sich die Wolke vor der Sonne wegschiebt und mir das Licht ins Gesicht scheint. »Aber ...«

»Wenn man jemandem vertraut, gibt es kein Aber.« Die Wut glimmt erneut in mir auf. »Du warst grundlos eifersüchtig, Luke. Ist dir klar, wie viel du damit kaputt gemacht hast?«

»Es war nicht so, dass ich dir nicht vertraut habe.«

Entweder du hast Vertrauen oder du hast es nicht. Lukes doppelte Verneinung ist nichts wert, drückt nur aus, was uns beiden gefehlt hat. »Du hast an meinen Gefühlen für dich gezweifelt. Aber du hast das nicht nur nie gesagt. Du hast es dir auch nicht anmerken lassen. Im Gegenteil! Du hast doch oft sogar vorgeschlagen, ich solle mich mit Finn treffen. Warum hast du nie zugegeben, dass du ein Problem damit hast? Finn redet mit seiner neuen Freundin darüber. Und ehrlich gesagt habe ich eine Scheißangst, ihn zu verlieren, weil sie sich wahrscheinlich nicht zurückhält und offen sagt, wenn sie ein Problem mit mir hat.«

»Eben!« Aufgebracht erwidert Luke meinen Blick. »Was wäre denn passiert, wenn ich es zugegeben hätte? Dass ich es nicht ertrage, wie du ihn ansiehst? Dass ich ihm eine reinhauen will, wenn er den Arm um dich legt? Dass ich nicht kapiere, wie ihr es schafft, so verdammt viel Eis zu essen. Oder warum ihr so gerne ins Kino geht. Dass ich ihn dafür hasse, weil er so mühelos mit dir über Figurenentwicklung und Plotgestaltung spricht, während ich nie irgendetwas zu diesem Thema beitragen kann.« Stumm starre ich Luke an, als er Luft holt. »Was wäre passiert«, wiederholt er schließlich ruhiger, »wenn du die Wahl zwischen deiner Freundschaft zu ihm und deiner Beziehung zu mir gehabt hättest?«

Ich schlucke hart, versuche die in mir widerstreitenden Gefühle niederzuringen. »Warum muss das denn so kompliziert sein? Man sollte sich nicht zwischen Menschen, die man auf völlig verschiedene Weise liebt, entscheiden müssen.«

Luke nickt ergeben, stellt fest, dass Loki mittlerweile sämtliche Krallen in seinem Turnschuh versenkt hat, und schüttelt sacht seinen Fuß. Schmerzhaft zieht sich mein Herz zusammen. Er weiß genau, dass er seine Hand besser nicht nach ihm ausstreckt, wenn er nicht will, dass Loki die als Nächstes zerfetzt. Er kennt sich in meinem Leben aus. Und so wütend ich bin, dass er mir nicht vertraut hat ... Dass er hier ist, fühlt sich auch vertraut an – als wäre er nie weg gewesen.

»Du hast absolut recht.« Lukes Stimme ist leise, ein bisschen rau, resigniert. »Man sollte sich nicht entscheiden. Denn egal wie, du hättest gelitten. Ich wollte dir das nicht antun.«

Ich atme tief ein. Denn mittlerweile ist mir klar, dass Luke die Wahrheit gesagt hat. *Ich hatte keine Ahnung.* Das hatte er wirklich nicht. Aber ich hatte noch viel weniger Ahnung. Denn wenn er mir nicht wehtun wollte, kann der Grund, warum er gegangen ist, wirklich nur darin liegen, dass er gelitten hat.»Was ist an dem Tag passiert, an dem du zum Flughafen gefahren bist? Hattest du es geplant?« Meine Worte fallen in die Stille des Zimmers und ich ziehe meine Beine enger an den Körper.

»Ich habe es nicht geplant.« Er schüttelt wie zur Bekräftigung den Kopf.»Du hast von meinem Reisepass geschrieben. Den hatte ich fast immer bei mir. Der war meine Verbindung nach Hause.«

Ich blinzele im Sonnenlicht. Abgesehen von seinen geröteten Augen ist Luke genau wie früher – genau der Mensch, in den ich mich so haltlos verliebt habe. Der gut aussehende, selbstbewusste Typ, der Baseball spielt und lächelt, während er zeichnet. Ich will nicht, dass er noch immer mein Herz zum Klopfen bringt, aber er tut es. *Meine Verbindung nach Hause.* Ja, ich verstehe, dass er die gebraucht hat – so weit weg von seiner Familie und langjährigen Freunden, um einer Frau nah zu sein, von der er glaubte, sie liebe einen anderen mehr. Ach Luke ...

»Mit diesem Fest ...« Luke zieht vorsichtig seinen Fuß zurück, aber da sich Loki weiterhin daran festklammert, gibt er auf und sieht einfach zu, wie der Schnürsenkel in seine Fasern zerlegt wird.»Ich wollte dich fragen, ob du mich heiraten willst.«

Wie erstarrt sehe ich ihn an. Ich glaube, nicht mal mein Herz schlägt noch. Meine Hände sind so um die zarte Tasse verkrampft, dass ich fürchte, sie könne jeden Moment unter dem Druck zerspringen. *Zum Heiraten sind wir ja wohl zu jung.* Waren es diese Worte? Waren es diese Worte, die ihn so aus der Fassung gebracht haben? Und ... Waren wir mit Anfang zwanzig nicht wirklich viel zu jung? Klar, Luke ist etwas älter als ich, aber trotzdem ...

»Ich dachte, die Verbindlichkeit würde mir guttun – uns

beiden«, höre ich Luke sagen. »Ich dachte, wenn du Ja sagst … Es wäre der Beweis für mich gewesen, dass du nicht heimlich auf Finn wartest. Dass du zu mir gehörst.« Er senkt den Kopf. »Ich habe dich an dem Abend mit Finn am Telefon reden gehört – kurz bevor meine Eltern wegen der Tickets anriefen. Ich habe gehört, wie du gesagt hast, dass du mich nicht verstehst, dass du nicht kapierst, warum ich so einen Aufwand betreibe, dass dir das alles zu viel ist und du froh bist, wenn wieder Normalität einkehrt. Ich habe gehört, wie du dich mit Finn zum Eisessen verabredet hast.«

Ich schließe die Augen. Tatsächlich erinnere ich mich kaum an dieses Gespräch. Alles, was danach passierte, war so viel bedeutsamer. Aber es klingt nach Dingen, die ich gesagt haben könnte. Zu Finn. Nicht zu Luke. Weil ich ihn nicht enttäuschen wollte. Es war kein böser Wille. Aber wie sollte er mir vertrauen, wenn ich gar nicht ehrlich zu ihm war?

»Deshalb?« Ich werde atemlos. »Deshalb hast du mich verlassen?«

»Du hast es nicht mal in Betracht gezogen.« Seine Stimme klingt nur gedämpft zu mir. In meinem Kopf braust ein Sturm. »Du hast nicht eine Sekunde überlegt, ob ich dieses Fest vielleicht für dich organisiere, oder? Ich wollte extra meine Familie einfliegen lassen. Und auf einmal hatte ich es klar vor Augen. Sie erwarteten eine Verlobungsfeier, aber du würdest Nein sagen.«

»Deine Familie wusste davon?« Ich reiße die Augen auf.

»Es war Moms Idee.«

Ich weiß nicht, was ich dazu sagen soll. Klar, Lukes Mom mochte mich und hat nie die Hoffnung aufgegeben, Luke würde mit mir ruhiger werden. Aber hat sie wirklich geglaubt, mit einer Hochzeit irgendetwas erzwingen zu können? Und hat Luke wirklich geglaubt, mir würde ein romantischer Heiratsantrag vor unseren versammelten Familien gefallen? Obwohl ... Die Maggie-mit-Luke hätte es vielleicht sogar schön gefunden. Zumindest hätte sie so getan. Wahrscheinlich hätte niemand ihr angesehen, wie überfordert sie sich von den Blicken fühlte, von den Erwartungen an ihre Reaktion, von der Spannung und dem Jubel und dem Platz im Mittelpunkt. Schließlich sahen alle nur die starke, schöne, unerschütterliche Maggie in ihr, die sich nur zu gern auf dieses neue Abenteuer einließ.

Doch jetzt – über ein Jahr später – sehe ich, wie angespannt Luke auf meinem Bett sitzt, wie die Muskeln an seinen Armen hervortreten, und mir ist klar: Es hätte nichts daran geändert, dass er sein Leben so viel wilder liebt als ich. Vielleicht wären wir immer noch zwei Menschen, die sich mit allen Facetten von Sprache auskennen und doch keine Worte füreinander finden? Weil die Emotionen zwischen uns immer zu hoch schlagen, die Wogen sich nie glätten – im Guten wie im Schlechten. Die Anziehung zwischen unseren Körpern ist wie bei einem Doppelstern immer da, aber richtig zusammen kommen wir nie.

»Als meine Mom mich anrief und sagte, dass es Probleme mit ihren Tickets gab, kam mir das vor wie ein Zeichen.« Ich senke meinen Blick – dorthin, wo Lukes weißes T-Shirt leicht über seinen Brustmuskeln spannt, dorthin, wo seine Worte entstehen. »Als ich zum Flughafen fuhr, habe ich nicht geplant, dich zu verlassen. Aber als ich dir sagte, dass ich dich liebe, hätte ich so sehr gebraucht, dass du mir das auch sagst – wenigstens dieses Mal.« Seine Stimme wird noch leiser. Aber ich höre ihn – jedes Wort, das sich scheinbar direkt von seinem auf meinen Körper überträgt, ohne den Umweg über meine Ohren zu nehmen. »Ich habe dich geliebt. Aber ich habe mich in dem Moment hoffnungslos gefühlt, dass du jemals genauso für mich empfindest. Ich hatte ...« Er stützt die Ellenbogen auf die Knie und fährt sich mit beiden Händen durch die Haare. »Auf dem Weg zum Flughafen hatte ich so was wie einen Panikanfall. Ich wusste nicht, was ich tun sollte – zwischen diesem Fest und meiner anreisenden Familie, ihren Erwartungen und meiner Gewissheit, dass du ablehnen würdest, meiner Ratlosigkeit, was dann aus uns werden würde. Ich habe keine Luft gekriegt. Die Leute fragten, ob alles in Ordnung sei, aber es war nichts in Ordnung.«

»Oh, Luke.« Ich versinke tiefer in meinem Sessel, kann nicht begreifen, dass er sich so fühlte und ich das nicht mitbekommen habe. In meinen Augen war er immer so etwas wie ein Star – und ich nur ein Fangirl. Wie konnte ich an diesem Schein nicht vorbeisehen und erkennen, dass auch selbstbewusste Überfliegertypen das Gefühl haben müssen, geliebt zu werden?

»Und als ich am Flughafen ankam ... Ich war wie auf Autopilot. Erst als ich am Gate saß, habe ich richtig realisiert, was ich dabei war zu tun.« Die Luft bebt auf dem Weg in seine Lunge. »Aber ich habe es durchgezogen. Ich konnte nicht mehr. Und ich wusste, dass ich es niemals über mich bringen würde, dich zu verlassen, wenn ich dir dabei in die Augen sehen muss. Du hast mich zu Recht feige genannt. Aber ich hatte keine Ahnung, wie weh ich dir damit tue. Und ich wusste nicht, wie ich mich sonst retten sollte.«

Eine einzelne Träne aus meinem Auge landet direkt in der Tasse, die ich immer noch krampfhaft festhalte. Es tut unfassbar weh, mir das sagen lassen zu müssen. Aber ich bleibe sitzen, halte es aus – für ihn. Und für mich.

»Und nachdem ich es getan hatte ... Ich war mir bewusst, wie schäbig das war. Ich konnte nicht mit dir reden. Ich konnte mit niemandem reden. Ich konnte niemandem in die Augen sehen – am allerwenigsten mir selbst.«

Durch die geschlossene Tür höre ich das Knarren der Treppe. Dann nähern sich Schritte – durchzogen vom dumpferen Auftreffen eines Stocks auf den Boden. Nur einen Moment später klopft Grandma Lawson an meine Zimmertür.

»Ja?«

Ihr Blick gleitet kurz über uns und dann zu ihrer Teekanne. Ihre Miene ist unbewegt. Daran erinnere ich mich noch aus Kindertagen: ihr undurchschaubares Pokerface.

»Möchtet ihr was essen?«

Ich versuche es mit einem Lächeln. »Ich habe keinen Appetit.«

Sie nickt und schwingt ihren Stock in Lukes Richtung, als wäre das Ding ein Schwert. »Wo hast du denn vor zu schlafen, junger Mann?«

Luke räuspert sich. Sein Blick fliegt zu mir, aber in meinem Kopf überlagern sich seine Worte zu einem statischen Rauschen. »Darüber habe ich noch nicht nachgedacht.«

»Das solltest du dann vielleicht«, bemerkt Grandma Lawson schmallippig.

Etwas bewegt sich im Flur und Noah drängt sich in die Türöffnung neben Grandma Lawson. Seine dunkelblonden Haare stehen ihm wirr vom Kopf ab. Er trägt nur ein Unterhemd zu seiner Jogginghose und klammert sich im Türrahmen fest.

»Ich konnte nicht glauben, dass du zurückgekommen bist. Hast du irgendeine Ahnung, was du uns angetan hast?« Er wirbelt herum und stürmt die Treppe hinunter.

Luke sieht ehrlich erschrocken aus.

»Jaja«, sagt Grandma Lawson mit einem bezeichnenden Blick in seine Richtung. »Unsere Maggie ist nicht die Einzige, die dich vermisst hat.«

»Ich …« Unsicher sieht Luke mich an. »Sollte ich mit ihm reden?«

Nachdenklich tausche ich einen Blick mit Grandma Lawson. Noah hat Luke immer gemocht und sein Verschwinden hat ihn tief erschüttert. Gerade weil Luke von Anfang an einen guten

Draht zu ihm hatte, denke ich nicht, dass etwas dagegenspricht. Auch Grandma Lawson nickt mir kaum wahrnehmbar zu.

»Du kannst es versuchen«, sage ich, als ich durchs Fenster sehe, wie Noah durch den Garten läuft – wahrscheinlich auf dem Weg zu seinem Lieblingsplatz hinter dem Ahorn. »Er ist draußen.«

Luke steht langsam auf. »Reden wir ... später noch?«

Ich nicke stumm. Er drängt sich an Grandma Lawson vorbei durch die Tür.

»Ich gehöre übrigens nicht dazu«, sagt sie, ohne auch nur einen Schritt zur Seite zu weichen.

»Was?« An ihr vorbei sehe ich, dass Luke sich noch mal umdreht.

»Zu den Leuten, die dich vermisst haben.«

Er ist nur eine Silhouette draußen im Flur. »Das dachte ich mir.«

»Wie geht es dir, Maggie?« Grandma Lawson wartet, bis sich Lukes Schritte über die Treppe entfernen. Dann nervt sie Loki solange mit ihrem Stock, bis er fauchend die Krallen hineinschlägt und empört davonstolziert. Hinter ihm schließt Grandma Lawson die Tür.

»Ich weiß nicht.« Langsam stelle ich die Tasse zur Seite. »Ich glaube, Luke hat nicht weniger gelitten als ich. Sei nicht so streng mit ihm.«

Grandma Lawson lässt sich auf meinem Bett nieder, auf dem eben noch Luke saß. Mein Kopf hat noch nicht kapiert, dass er wirklich zurück ist – so wie er in Hinblick auf Luke immer zu langsam war. Fragend sehe ich Grandma Lawson an.

»Warum magst du ihn eigentlich nicht? Also, ich meine, du hast ihn nie gemocht, oder?«

»Weißt du, Maggie.« Grandma Lawsons Stimme klingt ungewohnt heiser. »Deine Mum hat ihn angehimmelt, weil du durch ihn selbstbewusst geworden bist, ungezwungener, ausgelassener. Aber das sind alles Dinge, die du auch ohne ihn geschafft hättest. Du hättest vielleicht nur ein bisschen mehr Zeit gebraucht. Schließlich warst du auf einem guten Weg. Ein paar Jahre vorher hätte jedenfalls selbst Flo dich nicht überreden können, allein zum Studieren in die USA zu gehen.«

Zögernd nicke ich und Grandma Lawson fährt fort: »Ich sage dir, was er dir genommen hat, Maggie: deine Verträumtheit, deine stille, aber dafür umso entschlossenere Zielstrebigkeit, die ich immer bewundert habe. Das ist durch ihn immer weniger geworden.«

Einen Moment lang starre ich sie entgeistert an. »Warum hast du mir das nie gesagt?«

»Hättest du es denn hören wollen?«

Meine Stimme ist nur ein Flüstern. »Wahrscheinlich hätte ich gedacht, dass es zum Leben dazugehört, sich zu verändern.«

»Ja«, sagt Grandma Lawson ruhig. »Das gehört dazu. Die Frage ist nur, warum man sich verändert. Du solltest dich nie verändern, weil du glaubst, du seist nicht gut genug.«

Ich spüre den Stich ihrer Worte im Herzen, spüre schon wieder Tränen in meinen Augen kribbeln, bin aber zu erschöpft, um sie zu vergießen.

»Außerdem dachte ich ...« Grandma Lawson erhebt sich mühsam. »Vielleicht war mein Gedanke egoistisch, weil ich meine Maggie vermisst habe. Ich gehe jetzt runter und esse *Homity Pie*. Wenn du was in den Bauch willst, komm einfach dazu.«

Ich sehe ihr nach, während sie mein Zimmer verlässt, höre sie erst auf der Treppe, dann in der Küche, wo sie leise mit Meredith redet. Sie hat mich vermisst? Früher hatte ich nie das Gefühl, ihr liege so viel an mir. Ich meine, sie hat mich auch damals fast jeden Tag gefragt, wie es mir geht. Aber sie hat meine Antworten schon immer in ihrer ruppigen Art kommentiert. Heutzutage kann ich ihre Meinung annehmen und aushalten. Als ich jünger war, hat sie mich damit verunsichert. Und ich habe ihr irgendwann nur noch oberflächliche Antworten auf ihre Fragen gegeben. Habe ich einfach nicht gesehen, wie viel echte Zuneigung sie unter ihrer strengen Art für mich empfindet? Und bin ich etwa genauso undurchschaubar wie sie? Kompensieren wir beide über, weil wir uns nicht anmerken lassen wollen, wie verletzlich wir sind?

Durchs Fenster sehe ich ein Stück von Luke, der ganz hinten im Garten – größtenteils verdeckt von der Krone des Ahorns – mit Noah spricht. In mir wird alles sehr ruhig – die Wut, die Enttäuschung, die Bitterkeit, der Schmerz. Ich atme langsam ein. Dann atme ich aus.

Und dann gehe ich nach unten, um mir ein großes Stück von Grandma Lawsons *Homity Pie* zu sichern.

Kapitel 30

Dich zu verlassen war der größte Fehler meines Lebens. Ich schrecke nach viel zu kurzer Zeit aus einem unruhigen Schlaf. Dass er unruhig war, nehme ich jedenfalls angesichts meines zerknüllten Bettzeugs und des Schweißfilms auf meiner Haut an. *Ich weiß, warum ich es getan habe. Ich weiß, warum ich keinen anderen Ausweg sah. Aber es war falsch.* Lukes Worte sind sofort wieder da. Ich bin überwältigt. Und ich bin verwirrt. *Hätten wir früher gewusst, was wir jetzt wissen, wären wir nie in diese Situation geraten.*

Ich reiße die Augen auf, als ich mich an sämtliche Details des gestrigen Abends erinnere: Noah in seinem derangierten Look, der mit seinen Karten hantierte und mir erklärte, der *Ritter der Schwerter* sei in Wahrheit ein Vorbote für Luke gewesen. Grandma Lawson, die sich weigerte, Luke anders als Bugs Bunny zu nennen. Meredith, die zuerst auffallend wortkarg war und sich dann doch von Lukes charmanten Kommentaren in ein Gespräch hatte verwickeln lassen. Er und ich, während wir bis spät in die Nacht in meinem Zimmer saßen. Es war immer dunkler geworden. Unser Gespräch hatte sich mehrfach im Kreis gedreht und war immer am gleichen Punkt angekommen: Wir hatten einander geliebt, aber nie wirklich verstanden. Dann saßen wir voreinander – beide offen, beide verletzlich, beide verzweifelt.

Wir haben doch nie aufgehört, einander zu lieben, oder?, hat Luke gesagt.

Der Gedanke hat meine letzte Selbstbeherrschung weggerissen. Denn nach all den Erinnerungen, die ich mit Luke teile, all den Erlebnissen, die ich ohne ihn nie gehabt hätte, all den Erkenntnissen über ihn und über mich, nach all meinen Briefen hat er recht. Die Summe dieser Dinge ist so mächtig in mir, dass ich sie vielleicht in einen Tresor sperren kann. Aber der macht alles in mir so schwer und unbeweglich. Denn sie verschwinden dadurch nicht. Luke war mir nah. Ich habe mich erinnert, wie er sich anfühlt: seine glatte, immer erhitzte Haut über den harten Muskeln. Sein breiter Körper – irgendwie mächtig gegenüber meinem schmalen. Ich wollte nicht, dass er mein Herz noch so zum Klopfen bringen kann, aber er tat es.

Luke hat mich an sich gezogen. *Es tut mir leid.* Er hat mich auf die Stirn geküsst. *Es tut mir leid.* Auf die Schläfe. *Es tut mir leid.* Auf die Wange. Auf den Mund. Es war ein Moment, in dem die Verzweiflung, die Trauer, der Schmerz in etwas anderes umgeschlagen sind. Etwas Gieriges, etwas Unüberlegtes, Wildes, Unbezähmbares, das zwischen uns schon immer funktioniert hat: Gefühlschaos. Gefühlsachterbahn. Gefühlssturm. Gefühlswelten – jenseits von allem, jenseits von ihm und mir.

Am Ende habe ich Luke eine Luftmatratze hergerichtet.

Ruckartig setze ich mich im Bett auf und stelle fest, dass er noch dort liegt – auf dem Rücken, einen Arm lang von sich gestreckt. Er sieht entspannt aus, als hätten wir nur einen unbedeutenden Streit gehabt, über den wir fast schon wieder lachen können. Aber das ist nur ein Gefühl. Und Gefühle können trügerisch sein, oder? *Hätten wir früher gewusst, was wir jetzt wissen ...* Schlagartig wird mir etwas klar – etwas, das die ganze Zeit an mir genagt hat. Wenn ich doch so empathisch bin, wie alle sagen, warum habe ich trotzdem nicht gemerkt, was mit Luke los war?

Doch eigentlich habe ich Jaden die Antwort längst gegeben, als er mich gefragt hat, wie ich beim Briefeschreiben vorgehe. Ich sammle Informationen, ich setze sie zusammen, lasse ein Bild entstehen und ergänze die fehlenden Teile. Im Grunde ist das ein äußerst analytisches Vorgehen. Die Empathie kommt erst später ins Spiel, wenn ich die passenden Gefühle in Worte fasse. Aber in Bezug auf Luke ist nichts analytisch. War es nie. Da ist immer alles nur Gefühl – hauptsächlich mein Gefühl, nicht gut genug für ihn zu sein. Habe ich daneben eigentlich irgendetwas anderes gesehen?

Kopf hoch, Brust raus, Bauch rein. Ich lasse mich aus dem Bett gleiten und schleiche mich aus dem Zimmer, ehe mich die Gedankenspirale immer tiefer mit sich in den Abgrund reißen kann. Ich brauche dringend eine Dusche. Doch selbst dort halte ich es nicht lange aus. Mein Kopf überrollt mich mit Erinnerungen an das, was Luke früher unter Duschen mit mir angestellt hat. Es fühlt sich fremd und weit weg an, aber gleichzeitig verwirrend echt und – zur Hölle! – irgendwie erregend.

Innerlich über mich selbst schimpfend schleiche ich schließlich nur in ein Handtuch gewickelt mit tropfenden Haaren in mein Zimmer und versuche an frische Kleidung zu gelangen, ohne Luke zu wecken. Ich schaffe es bis zur Tür zurück, als Luke die Augen öffnet.

»Maggie.« Schlagartig richtet er sich auf. »Wo willst du hin?«

Ich erstarre, doch mein Kopf diktiert die Bewegungen: *Bauch rein.* »Ich gehe zur Arbeit.«

»Zur Arbeit? Heute?« Ungläubig sieht er mich an.

Brust raus. »Heute ist Montag.«

»Kannst du dir nicht freinehmen?«

Ich schüttele den Kopf. »Ich muss einen Auftrag abschließen.«

»Maggie.« Er hält mich zurück, als ich meine Hand auf die Klinke lege, rappelt sich auf seiner Luftmatratze in sitzende Position auf. »Ich habe gemeint, was ich gestern gesagt habe: Ich liebe dich. Und du mich doch auch, oder?«

Aber selbst meine angespannten Bauchmuskeln schaffen es nicht, die Wucht der Worte abzufangen. »Luke, ich …« Mehr bringe ich nicht hervor. *Kopf hoch.*«Gerade weiß ich es nicht. Ich brauche ... ein bisschen Raum. Und Zeit.«

»Denkst du darüber nach?« Er sieht mich an – seine blaugrünen Augen hell, sein Duft nach Bergamotte und schwarzem Tee schwach, aber da. Er ist da. »Ob wir noch eine Chance haben, meine ich. Ob ich eine Chance habe, das alles wiedergutzumachen.«

Maggie und Luke. Könnte das jemals wieder Realität werden?

»Ich muss mich beeilen.« Ich öffne die Tür. »Lass uns heute Abend weiterreden.«

Ich ziehe mich im Badezimmer um, sehe mir im Spiegel einen Moment lang selbst in die Augen. Warum ist mir eigentlich nie aufgefallen, dass sie exakt die gleiche Farbe haben wie die von Grandma Lawson – ein helles Silbergrau? Na gut, gerade sind sie eher gewittergrau.

Mit erhobenem Kopf verlasse ich das Bad und laufe Luke fast in die Arme.

»Du gehst doch nicht zu ihm, oder? Diesem Typen von gestern?« Ich sehe die Angst in seinen Augen. Sie lässt seine Pupillen größer werden. Und ich höre sie in seiner gepressten Stimme. Mich macht sie wütend. Würde er jemals damit aufhören, eifersüchtig zu sein? Gut, gestern hat er gesehen, wie ich Jaden geküsst habe. Nach allem, was Luke mir gesagt hat, verstehe ich, dass ihn der Gedanke aufwühlt, ich könnte zu Jaden fahren. Aber er hat kein Recht, mich schon wieder infrage zu stellen. Das hier ist keine Entscheidung für Maggie-mit-Luke oder für Maggie-mit-Jaden. Ich schiebe mich an ihm vorbei, laufe die Treppe hinunter.

»Du wirst schon dem glauben müssen, was ich sage, Luke«, rufe ich ihm über die Schulter zu.

Das hier ist eine Entscheidung, die Maggie ganz alleine treffen wird.

Kapitel 31

Das Zucken in Mr Bales Bart lässt mich aufatmen. »Was denken Sie?«

Als ich heute unverhofft bei ihm aufgetaucht bin, saß er im Garten am Terrassentisch und spielte *Dino-Snore-Us* mit seinen Enkeln. Die Ferienfreizeit ist also vorbei. Zu einer Runde habe ich mich überreden lassen, damit die Kinder nicht zu enttäuscht waren, dass ihr Opa schon wieder in seinem Zimmer verschwand. Gleichzeitig kam es mir absurd vor, dass Luke in Grandma Lawsons Haus auf mich wartete, während ich mich über ein Brettspiel beugte. Obwohl ich die Chance gehabt hätte zu gewinnen, flunkerte ich, sodass der mittlere der drei Jungs den Sieg davontrug. Mr Bale hob die buschigen Augenbrauen in meine Richtung, sagte aber nichts. Jetzt sitzt er in seinem Ohrensessel und liest den Brief, den ich in seinem Namen geschrieben habe. Durchs gekippte Fenster dringt das Geschrei der Kinder, während sie im Garten einem Ball nachjagen.

Mr Bale blickt auf. Durch die dicken Brillengläser wirken seine blassblauen Augen größer. »Na, von mir aus können wir das so lassen.«

Erleichtert lächle ich ihn an. »Soll ich den Brief per Hand abschreiben? Sie können sich eine Kalligrafie-Schrift aussuchen.«

»Ach was, lesen können die Mädels den ja wohl auch so.« Mr Bale legt den Brief auf das aufgeschlagene *Crossword Puzzle* der ›Times‹.

»Aber so ein Computerausdruck wirkt total unpersönlich.«
Er lacht auf. »Guck nicht so entsetzt.«
»Ich gucke nicht entsetzt. Ich gucke empört.«
»Und worüber hast du da empört zu sein? Wenn du deinen Pinsel übers Papier schwingst, hat das doch nichts Persönliches. Das sieht man doch sofort, dass ich das nicht gewesen sein kann.«
»Dann schreiben Sie es doch selber ab.«
»Kein Grund, so beleidigt zu klingen.« Die Belustigung lässt seine hellen Augen funkeln. »Wenn ich das abschreibe, dauert es Stunden.«
»Na und? Das zeigt Ihren Töchtern, wie ernst es Ihnen damit ist, dass Sie wieder als erwachsener Mensch behandelt werden wollen.«
Er gibt ein unzufrieden klingendes Schnaufen von sich. »Na schön, ich überleg es mir.«
»Sehr gut, dann erstelle ich die Rechnung und schicke sie an Kate. Ich denke, wir sind dann ... fertig.« Erst als ich es ausspreche, wird mir klar, dass ich Mr Bale vermissen werde. Irgendwie ist unter der abweisenden Art ein ziemlich liebenswerter Kerl zum Vorschein gekommen.
»Halt!«, bremst er mich, ehe ich aufstehen kann. »Was mache ich denn, wenn meine Tochter an ihrem Standpunkt festhält? Wenn dein Brief also gar nichts ändert?«
»Es gibt kein Geld zurück.«
»Das soll mir egal sein. Ich bezahle dich ja nicht. Aber dann musst du einen neuen Brief schreiben.«
»Sie können mich ja anrufen. Briefe schreibe ich ohne Ende.«
»Gut zu wissen.« Er reicht mir seine Zeitung, damit ich ihm darauf meine Nummer notiere. »Und jetzt zu dir.« Neugierig beobachtet er mich. »Was hat dich so traurig gemacht, Maggie?«

»Traurig?«, frage ich überrascht.
»Nun tu mal nicht so. Was glaubst du, warum ich diese Brille trage? Damit ich schlauer aussehe? Nee, damit ich scharf gucken kann. Wo ist denn der Junge vom letzten Mal? Hat der dir das Herz gebrochen?«
»Nein.« Ich seufze tief. »Ich glaube, dem breche ich gerade das Herz. Und dabei breche ich meins mit. Obwohl es eigentlich schon gebrochen ist, weil es ein anderer so zerbrochen hat, dass es nicht mehr zu retten ist.«
Mr Bales buschige Augenbrauen erheben sich in seine Stirn.
»Ich komme nicht mit.«
»Das macht nichts.« Seufzend stehe ich auf. »Das Chaos muss ich allein lösen.«
»Unsinn.« Plötzlich zornig blitzt er mich durch seine Brillengläser an. »Dann hättest du nicht hier bei mir sitzen und Briefe für mich schreiben müssen, wenn man sein Chaos immer allein lösen müsste. Ich verlange, dass du mir alles so erzählst, dass ein normaler Mensch es verstehen kann. Sonst gebe ich Kate den Brief nicht.«
»Das ist Erpressung.«
»Ist das schon wieder dein empörtes Gesicht?«
Kurz denke ich nach. »Nein, das ist mein gerührtes Gesicht. Ich dachte, Sie können so gut gucken.«
»Hm.« Mr Bales Augenbrauen senken sich. Der Mann hat wirklich eine beachtliche Augenbrauen-Amplitude. »So ganz sicher bin ich mir bei dir nie.«
»Hm«, wiederhole ich seinen Laut seufzend. »Das geht anscheinend nicht nur Ihnen so. Kommen Sie, eigentlich wollten Sie mich ja noch zum Eis einladen. Aber wir können auch in den Pub gehen. Und dann erzähle ich Ihnen alles.«
»Wirklich?« Er klingt überrascht. »Um die Uhrzeit können wir uns aber noch nichts genehmigen.«
»Dann eben zum Mittagessen.« Jetzt ziehe ich sogar ein

bisschen an seinem Arm und Mr Bale erhebt sich endlich aus seinem Ohrensessel.

»Na, von mir aus.«

Wir verabschieden uns von Kate, die ein Telefonat führt und durchs Fenster beobachtet, wie ihre drei Jungs mit ihrem Papa Fangen spielen.

Da Mr Bale einen guten Tag hat und zügig neben mir hermarschiert, haben wir den Bahnhof schnell erreicht und mir kommt eine Idee.

»Was halten Sie von einem kleinen Ausflug?« Ich tippe bereits auf meinem Smartphone herum.

»Ausflug?« Er gluckst. »Das wird ja immer besser.«

»Ich erzähle Ihnen die ganze Geschichte unterwegs.« Da Mr Bale offenbar neugierig genug ist, willigt er ein. Und ich weiß zwar, dass er rein gar nichts für mich tun kann, aber vielleicht hilft er mir wenigstens, meine Gedanken zu ordnen.

Wir nehmen eine der *West Midlands Trains* zur *Euston Station*. Die Fahrt dauert zwanzig Minuten und die benötige ich auch, um Mr Bale von Luke und mir zu erzählen. Die kürzere Fahrt anschließend mit der *Northern Line Train* bis zur *Tottenham Court Road* braucht Mr Bale, um sich furchtbar über Luke aufzuregen – und zwar so, wie das niemand in meiner Familie bisher getan hat: mit jeder Menge Flüchen und Verwünschungen. Am Ende habe ich fast Sorge, dass er den nächsten Herzkasper riskiert – wie er das nennt.

»Schon gut«, versuche ich, ihn zu bremsen, während wir uns über die von Schau- und Kauflustigen überfüllte New Oxford Street kämpfen. »Ich denke, ich verstehe, warum er es getan hat. Es mag egoistisch gewesen sein, aber manchmal muss man sich selbst retten.«

Mr Bale wirft mir einen schrägen Blick zu. »Was will er denn jetzt noch von dir?«

»Er hat sich bei mir entschuldigt.« Wir müssen einige Meter

schweigend zurücklegen, weil unsere Stimmen im Lärm und Gedränge untergehen.»Und ich glaube, er will eine zweite Chance.«

Ungläubig starrt Mr Bale mich an. Dabei weiß ich es ja selbst: Luke ist bisher in meinem Leben aufgetaucht und wieder verschwunden, wie es ihm passte. Es gibt keinen Grund anzunehmen, dass er es in Zukunft nicht genauso machen wird. Aber was soll ich tun, wenn die Anziehungskraft zwischen uns immer noch da ist, wenn sich meine Erinnerung an unsere Liebe immer noch so gewaltig anfühlt, dass sie eben mehr ist als ein Echo? Was soll ich tun, wenn ich mich noch immer nach ihm sehne, nach uns?

Ehe ich etwas sagen kann, bleibt Mr Bale stehen. Er muss längst – vielleicht von Anfang an – gewusst haben, wohin ich ihn führe, aber dennoch werden seine Augen feucht, als er auf die dunklen Butzenscheiben des *The Britannia Public House* blickt.

»Sollen wir reingehen?« Ich mache eine einladende Geste zur Tür.

»Höchste Zeit für eine Pause«, brummt er nur.

Ich lasse ihm den Vortritt. Der Dielenboden knarzt unter seinen schweren Schritten. Da das Wetter schön ist, nehmen viele Leute ihr Mittagessen draußen ein – auf Stühlen vor den Cafés, auf Bänken und Treppenstufen oder in Bars mit Dachterrassen. Dennoch sind in London bei jedem Wetter genug Menschen unterwegs, sodass auch die Pubs stets gut gefüllt sind. In dem hohen Raum, der von einer Bar mit Orgelpfeifen im Hintergrund, groben Holztischen im Kontrast zu filigranen Kronleuchtern und Sichtbacksteinwänden bestimmt wird, sind noch vereinzelt Plätze frei. Mr Bale schüttelt jedoch den Kopf, als eine vorbeieilende Bedienung uns auf einen Tisch aufmerksam macht.»Ich sitze immer oben.«

Ich folge ihm über eine knarrende Holztreppe in den ersten

Stock. Er ist gemütlich mit Chesterfield-Möbeln eingerichtet, die sich um niedrige Tische gruppieren und recht überschaubar besetzt sind. Der Kamin ist rußig, aber leer. In einem Sommer wie diesem hat niemand Lust auf offenes Feuer – höchstens irgendwo am Strand in Form eines kleinen Lagerfeuers, während man die Zehen in den warmen Sand gräbt, den Wellen lauscht, den aufstiebenden Funken nachsieht. Und neben einem ...

»Pete!« Der gellende Aufschrei lässt mich zusammenzucken.

Hinter der Theke springt eine zierliche Frau, vielleicht Ende zwanzig, hervor. Ich sehe noch, dass sie ihre schwarzen Haare in einen hohen Pferdeschwanz gebunden hat und dass sie ein schwarzes Strickkleid, eine dunkle Schürze und an den Füßen knallbunte Chucks trägt. Dann legt sie entlang der Bar einen Sprint hin und fällt Mr Bale mit solcher Wucht um den Hals, dass ich ihn für komplett wiederhergestellt halte, weil er dem Aufprall standhält.

»Pete«, wiederholt sie – diesmal deutlich leiser. Aus der Nähe sehe ich, dass ihre Haare an der linken Kopfseite rasiert und die Spitzen ihres Pferdeschwanzes in Cyanblau gefärbt sind. Um den Unterarm der Frau sind mehrere verschieden breite Ringe tätowiert.

»Na, na.« Brummelnd schiebt Mr Bale sie von sich. »Für dich immer noch Mr Bale.«

»Ach, Pete.« Die Barkeeperin wischt sich ein winziges Tränchen aus dem Augenwinkel. »Ich dachte schon, es hätte dich erwischt, als du auf einmal nicht mehr hier aufgetaucht bist, um meine Gäste zu vergraulen. Ich dachte, ich muss mir noch einen Ring tätowieren lassen.« Sie hebt ihren Unterarm.

»Fast hätte es mich ja auch erwischt«, gibt Mr Bale zu. »Aber so leicht war ich dann doch nicht umzuhauen.«

»Bist du Petes Enkelin?« Die Frau nimmt mich ebenfalls

spontan in den Arm.»Die habe ich mir viel kleiner vorgestellt«, sagt sie im nächsten Moment mit gerunzelter Stirn.

»Nein, nein, ich bin nur ...«

»Maggie ist nur meine ... also ...« Mr Bale und ich wechseln einen Blick, weil die Sache mit den Briefen irgendwie schwer zu erklären ist.

Die Barkeeperin hebt amüsiert die Augenbrauen. »Das scheint ja äußerst kompliziert zu sein.«

»Du musst ja auch nicht immer alles wissen, Nika«, schimpft Mr Bale, wobei er ärgerlich mit der Hand in ihre Richtung fuchtelt. Ich bin mir ziemlich sicher: Hätte er einen Schlappen an, würde er ihn jetzt werfen.

Ich lache jedoch. »Eigentlich ist es ganz einfach. Wir sind so was wie Freunde.«

Nika nickt verständnisvoll. Das scheint sie gar nicht merkwürdig zu finden.»Mensch, Pete.« Trotz seiner offenkundig schlechten Stimmung klopft sie ihm auf die Schulter. »Hätte nicht gedacht, dass ich das mal sage, aber ich bin so froh, dich wiederzusehen. Setz dich, wohin du willst. Wollt ihr was trinken? Oder essen?«

»Ich will ein *Ham Sandwich*«, erklärt Mr Bale. »Aber ohne Grünzeug.«

»Ausnahmsweise«, stimmt Nika zu und sieht mich fragend an. »Soll ich dir die Karte bringen oder was empfehlen?«

Da Mr Bale bereits auf einen Tisch ganz am Ende des Raums zusteuert, folge ich Nikas Vorschlag, das *Red Curry* zu probieren, bestelle noch zwei Wasser, die sie mir an der Bar einschenkt, und lasse mich schließlich gegenüber von Mr Bale in einem bequemen Sessel nieder.

Sofort nimmt er ein paar tiefe Schlucke aus seinem Glas, ehe er mich auffordernd ansieht.»So, dieser Amerikaner will dich also zurück. Du hast ihm ja wohl hoffentlich in den Hintern getreten.«

»Na ja ...«

»Als hättest du ein Jahr lang seine Launen ausgesessen und darauf gewartet, dass er wieder auftaucht.«

»Ungefähr das habe ich ehrlich gesagt gemacht.«

Er gibt ein verächtliches Schnaufen von sich und mustert mich einen Moment lang durch seine schmuddeligen Brillengläser. »Die Maggie, die ich kennengelernt habe, hat das nicht«, erklärt er dann rigoros. »Vielleicht hast du das eine Weile getan, aber zuletzt nicht mehr.«

Zu meiner Überraschung muss ich ihm zustimmen. Ich habe lange gebraucht, aber er hat recht: Am Ende habe ich mit Luke Schluss gemacht. Warum ist er eigentlich erst danach aufgetaucht?

»Du kannst mich übrigens Pete nennen«, schreckt Mr Bale mich aus meinen Gedanken.

»Was?«

»Wenn wir jetzt so was wie Freunde sind, klingt es komisch, wenn du mich Mr Bale schimpfst. Nenn mich Pete.« Er hält mir sein Wasserglas quer über den Tisch zum Anstoßen hin.

»Okay.« Meine Stimme klingt immer noch überrascht, als ich mein Glas gegen seins klingen lasse. »Danke, Pete.«

»Ha!«, ruft er aus. »Das ist seltsam.« Er trinkt dennoch von seinem Wasser und stellt das Glas mit Nachdruck zurück auf den Tisch. »Aber ich werde mich schon daran gewöhnen.«

»Bestimmt.« Aufmunternd nicke ich ihm zu.

»Was ist denn eigentlich mit diesem ... diesem Praktikanten? Warum jagt der den Amerikaner nicht davon?«

»Er ist nicht mein Bodyguard, sondern mein Praktikant. Und eigentlich nicht mal das«, gebe ich seufzend zu.

Mr Bale schüttelt den Kopf. »Wem wolltest du denn auch was vormachen? Ich habe euch nur von Diane erzählt, um euch klarzumachen, dass man nicht zaudern darf, wenn das Bauchgefühl stimmt.«

Ich hebe die Augenbrauen. »Nur deshalb?«
In seinem Bart zuckt es. »Und damit du endlich Ruhe gibst.« Er wiegt den Kopf hin und her. »Außerdem mochte ich den Jungen. Der hat so eine Ungezwungenheit an sich. Förmliches Getue kann ich nicht leiden.«
Ich lasse den Blick sinken. Es fühlt sich an, als würden zwei Herzen gleichzeitig in meinem Brustkorb schlagen – so hat sich mein Puls beschleunigt. Zur Hölle! Ist noch genug Luft zum Atmen da?
»Maggie?« Mr Bales besorgte Stimme dringt an mein Ohr. »Du wirst ja wohl nicht anfangen zu heulen, oder? Ich habe keine Taschentücher mit. Soll ich Servietten holen?«
»Nicht nötig.« *Kopf hoch. Tief einatmen.* Dieser Punkt fehlt irgendwie in Grandma Lawsons Handlungsverordnung. »Es ist einfach ...« *Brust raus.* Kein Grund für so ein dünnes Stimmchen. »Ich habe mich in Jaden verliebt.« *Bauch rein.* Jetzt kommt die unangenehme Wahrheit. »Aber als ich ihn kennengelernt habe, war ich meiner großen Liebe längst begegnet. Und ich dachte, ich kann das – mit Luke Schluss machen und Platz für jemanden schaffen, der nicht er ist.« Ich habe Angst, das Glas in meiner Hand könnte zerbersten, sodass ich es betont sacht auf dem Tisch abstelle. »Jetzt steht Luke vor mir und es ist alles wieder da – verschüttet unter dem verratenen Vertrauen, dem Schmerz, der Wut. Aber es ist noch da.«
Mr Bale mustert mich kritisch. »Was ist noch da?«
»Mein Wunsch, ihm nahe zu sein – am besten jede Sekunde des Tages. Der Drang, ihn auf all die zauberhaften Dinge im Alltag hinzuweisen, die ihm entgehen. Dieses Gefühl, großartig zu sein, weil ich von ihm geliebt werde. Meine Art, über seine Rastlosigkeit und Sprunghaftigkeit hinwegzusehen, einfach weil das zu ihm gehört, ihn trotzdem zu lieben, obwohl mir das vielleicht gar nicht guttut.«

»Was zur Hölle!«, unterbricht Mr Bale mich. »Ich wusste, dass ihr Frauen kompliziert seid, aber von diesen Untiefen hatte ich keine Ahnung.«

»Das haben die wenigsten Männer.« Mit einem Zwinkern stellt Nika einen Teller mit dreieckig geschnittenen *Ham Sandwiches* sowie einem sorgfältig geschichteten Pommesturm vor Mr Bale. Ohne Salatbeilage sieht der Teller etwas karg aus, aber Mr Bale nickt Nika zufrieden zu. »Ist wahrscheinlich auch besser so, Pete«, fährt sie fort, während sie mir das würzig duftende Curry-Gericht hinstellt. »Dir würde der Kopf explodieren.«

»Scheint so«, brummt er.

»Mir explodiert auch der Kopf«, murmle ich.

Nika wirft mir einen mitfühlenden Blick zu. »Ich weiß ein Gegenmittel. Kommt sofort.«

»Ich erzähle dir jetzt mal was.« Mr Bale greift nach einem der Sandwiches, während Nika wieder hinter der Bar verschwindet, lässt den Blick jedoch durch den Raum schweifen, statt abzubeißen. »Wieder hier zu sein fühlt sich verdammt gut an. Als wäre ich wie Odysseus zu lange unterwegs gewesen und endlich nach Hause gekommen. Aber ich sage es dir: Die Zeiten, in denen ich zwanghaft jede Woche hier gesessen habe, sind vorbei. Ab und an werde ich vorbeischauen. Aber der Pub bei uns in der Gegend ist auch nett. Und außerdem hat mir jemand klargemacht, dass ich meine Probleme zu Hause lösen sollte, statt vor ihnen wegzurennen.« Er wirft mir einen bezeichnenden Blick zu, aber ich habe keine Ahnung, wovon er redet.

»Was?«, frage ich, als er nicht weiterspricht, sondern mich nur erwartungsvoll ansieht.

»Hm.« Brummend beißt er von seinem Sandwich ab. Offenbar hat er sich eine andere Reaktion erhofft. »Denk mal drüber nach.«

Meinen irritierten Blick ignoriert er, weil Nika wieder bei uns auftaucht und eine üppig mit Sahne und Schokostreuseln getoppte Tasse vor mich auf den Tisch stellt, die einen unwiderstehlich süßen Duft verströmt. »Heiße Schokolade mit einem winzigen ...« Sie zeigt einen wirklich winzigen Spalt zwischen Daumen und Zeigefinger an. »... Schuss Amaretto. Geht aufs Haus«, verkündet sie lächelnd.

»Oh.« Ich bin richtig gerührt von der netten Geste. »Das ist aber lieb. Danke!«

Mr Bale ist weniger beeindruckt. »Ich dachte, dieses Zeug habt ihr gar nicht auf der Karte.«

»Seit letztem Weihnachten ist mir klar, dass so ein Getränk in einer anständigen Bar unerlässlich ist«, verkündet Nika. »Ich habe nachgerüstet.«

»Hm«, brummt Mr Bale schon wieder, aber das helle Blau seiner Augen hat einen wärmeren Ton angenommen.

»Vielen Dank«, sage ich noch mal zu Nika. Sie blinzelt nur und lässt uns wieder allein.

»Hast du dich denn mal gefragt ...?« Mr Bale hat sein erstes Sandwich verschlungen und lehnt sich in seinem Sessel zurück.

»Was habe ich mich gefragt?«, hake ich nach, während ich verzückt Sahne von meinem Kakao löffle. Die heiße Schokolade passt weder zum Wetter noch zum Curry, aber sie ist perfekt. Und sie erinnert mich an jemanden.

Mr Bale sieht mich lange an. »Lass es mich so sagen«, meint er schließlich. »Hast du dich mal gefragt, ob deine große Liebe zwangsläufig auch die Liebe deines Lebens sein muss?«

Kapitel 32

Ich sitze auf den Stufen vor Grandma Lawsons Haus und lausche den Geräuschen der Stadt. Die Abendsonne scheint mir golden auf meine bloßen Arme. Mittlerweile hocke ich schon seit über einer halben Stunde hier draußen, ohne bei den wirklich entscheidenden Fragen weiterzukommen. Nach dem Mittagessen habe ich Mr Bale nach Hause begleitet. Zwar hat er mir versprochen, dass er meinen Brief noch abschreiben wird, aber ich bin mir fast sicher, dass es geflunkert war. Anschließend bin ich in die Agentur gefahren, habe zwei neue Aufträge angefangen, bin mit Thea in Kris' Laden gefahren, wo wir neue Karten in Auftrag gegeben haben und ich Kris erzählt habe, dass ich mich mit ihrem Dad anfreunden konnte.

Irgendwann kam die Zeit, nach Hause zu gehen. Jetzt sitze ich hier und schaffe es nicht, das Haus zu betreten. Ich schaffe es nicht, Jaden anzurufen oder ihm zumindest eine Nachricht zu schicken. Er hätte es verdient, aber ich weiß nicht, was ich sagen soll. *Hey, es ist noch alles offen.* Oder: *Danke, dass du mir deine Gefühle gestanden hast, aber Luke hat mir alles erklärt und sich entschuldigt.* Oder: *Es tut mir leid, aber ich brauche erst mal Zeit für mich, um mir klar zu werden, was ich eigentlich will.*

Muss meine große Liebe gleichzeitig die Liebe meines Lebens sein?

Hinter mir klappt die Haustür. Ich muss nicht hinsehen, um zu wissen, dass Luke mich entdeckt hat. Nur einen Augenblick später setzt er sich neben mich auf die Stufen. Ich schließe die Augen, als mir der leichte Geruch von schwarzem Tee und Bergamotte in die Nase steigt. Luke und Maggie in Kalifornien, die Hitze, die Wellen am Strand, die Euphorie, die Freiheit. Himmel, einmal einatmen und das ist alles wieder da. Ich habe ihn für das geliebt, was er aus mir gemacht hat. Wie soll ich jemals aufhören, ihn dafür zu lieben?

»Du warst lange weg«, sagt er leise.

Zu meiner – und wahrscheinlich auch seiner – Überraschung muss ich lachen. Ich werfe ihm einen schrägen Blick zu. »Nein, war ich nicht.«

Verstehen fliegt über sein Gesicht und er lächelt ertappt. »Stimmt. Tut mir leid.«

Ich werde wieder ernst, hole tief Luft, will etwas sagen, werde jedoch von einem Ausruf von der Straße unterbrochen.

»Mags?«

Ich blicke auf und sehe Finn und Kyra Hand in Hand am Fuß der Treppe stehen. Fassungslos starrt Finn zu uns hoch. Kyras Blick wirkt eher fragend.

»Hi, Finn.« Luke hebt die Hand, aber Finn ignoriert ihn – abgesehen von einem kurzen Blick, den er ihm zuwirft, ehe er wieder mich fokussiert.

»Ihr seid noch hier?«, frage ich überrascht. »Ich dachte, ihr seid schon auf dem Weg nach Bletchley.«

Da Finn mich nur anstarrt, erwidert Kyra schließlich: »Wir sind bis morgen hier. Wir wollen was essen gehen.« Ihr Blick wandert von mir zu Luke und anschließend prüfend zu Finn. Offensichtlich fragt sie sich, warum Lukes Anwesenheit ihren Freund so aus der Fassung bringt. Als Finn sie loslässt und einen zögernden Schritt auf mich zukommt, werden ihre Lippen schmaler.

»Soll ich …?« Kurz fliegt Finns Blick erneut zu Luke. Er wirkt hilflos. »Soll ich irgendwas machen?«

Ich schüttele den Kopf. »Schon gut. Ich schaffe das.«

Anscheinend habe ich überzeugend geklungen, denn er nickt langsam. »Ruf mich an«, sagt er mit einem diesmal offen feindseligen Blick zu Luke, »falls du mich brauchst. Jederzeit.«

»Bist du Jaden?«, fragt Kyra in diesem Moment dazwischen. Angesichts ihrer zurückhaltenden Art muss ihr das wichtig sein. Vielleicht denkt sie, Finn reagiere so seltsam, weil er eifersüchtig auf meinen neuen Schwarm ist.

Auch Luke gefällt die Frage nicht. Ich spüre, wie er sich neben mir anspannt. »Ich heiße Luke.«

»Das ist eine lange Geschichte«, sage ich rasch. »Die kann Finn dir erzählen.« Ich nicke ihm zu angesichts seines fragenden Blicks. Er greift nach Kyras Hand und zieht sie mit sich.

»Ist Jaden ...« Luke räuspert sich und fängt neu an. »... der von gestern? Seid ihr zusammen?« Ich rupfe einen Grashalm aus einem Spalt zwischen den Treppenstufen und ziehe ihn lang. »Ich meine, du hast mir geschrieben, wie sehr du mich geliebt hast. Dann machst du plötzlich Schluss, und als ich hier auftauche, sehe ich dich mit ihm.«

»Er ... Er hat gesagt, dass er sich in mich verliebt hat.«

»Und du dich in ihn?«

Ich sehe ihn an, spüre wieder diesen doppelten Herzschlag in meiner Brust, zwinge mich aber, ihm in die Augen zu sehen. »Ja.«

Er nickt. Seine Augen werden dunkler. Dann schüttelt er den Kopf. »Ich verstehe das nicht.« Er stützt sich mit den Ellenbogen auf den Knien ab, fährt sich mit beiden Händen durch die Haare. »Liebst du mich auf einmal nicht mehr? Hat, was du für mich empfunden hast, keine Bedeutung mehr?«

»Doch.« Spontan greife ich nach seiner Hand. Unsere Finger verflechten sich miteinander, wie sie das immer getan haben. »Doch. Meine Gefühle sind nicht einfach weg.«

»Aber meinst du nicht, dass wir dann ... noch eine Chance

haben?« Seine Stimme wird in der zweiten Hälfte des Satzes zu einem Fragezeichen. Der Griff seiner Hand ist fest, als habe er nicht vor, mich jemals loszulassen.

»Meine Gefühle sind nicht weg«, sage ich langsam. »Das Gute, das uns verbindet, ist nicht weg. Und das Schlechte auch nicht. Du bist einfach gegangen, Luke. Und wie soll Vertrauen heilen, wenn es einmal gebrochen ist?«

»Ein gebrochener Knochen heilt doch auch. Mit Schonung, mit Übung, mit viel Geduld.«

»Vertrauen bricht aber nicht wie ein Knochen – eher wie ein Herz. Es wird innerlich zerstört.«

Einen Moment lang sagt er nichts. Wir schweigen beide. Es nimmt mir den Atem, dass er hier neben mir sitzt und trotzdem ein Ozean uns trennt.

»Wir sind doch weiter, als wir waren, Maggie. Wir können es besser machen. Stell dir vor, was aus uns werden könnte.«

Die Aussicht, die Abenteuer, die Euphorie, die Intensität und die Liebe zurückzubekommen ist wie die Versuchung einer Droge, von der ich nie ganz loskommen werde. Sacht entziehe ich ihm meine Hand. »Du wirst immer schneller sein als ich.«

»Was, wenn ich das nicht muss?« Luke richtet sich auf. »Vielleicht muss ich nicht ständig etwas Neues probieren, wenn ich dafür dich haben kann.«

Zweifelnd erwidere ich seinen Blick. »*Vielleicht* reicht mir nicht mehr, Luke.«

»Natürlich wissen wir nicht, was passiert.« Er hält jetzt meine Hand fest, sieht mich eindringlich an. »Aber zu Hause habe ich eine Karriere an der Uni, meine Freunde, meine Familie – alles, was ich hier vermisst habe. Nur du fehlst. Und am Ende ist das alles, was zählt.«

»Luke.« Ich schüttele den Kopf. »Du hast mich so wenig losgelassen wie ich dich.«

»Ich wollte es.« In einer hilflosen Geste hebt er die Schultern. »Aber ich konnte es nicht. Das ist mir klar geworden, als ich deine Briefe gelesen habe.«

»Den ersten?«, frage ich leise. »Oder den letzten?« Er presst die Lippen zusammen. »Du bist wieder aufgetaucht, nachdem ich mit dir Schluss gemacht habe. Du hast mich verlassen, aber als ich dich verlassen habe, wolltest du mich plötzlich nicht gehen lassen. Das ist nicht fair.«

Er schüttelt den Kopf. »Meinen Flug hatte ich gebucht, bevor dein letzter Brief kam. Und ich habe nach dem letzten Brief überlegt, die Reise zu stornieren. Aber ich habe diesen Song gehört.« Luke zückt sein Telefon. »Wollen wir?«

Sein fragender Blick verrät, woran er denkt: an all die Male, in denen wir mit seinen Kopfhörern in den Ohren getanzt haben – mitten in der *Mall*, am Strand, am Themseufer, am *Viaduct Pond*, auf der Shoreditch High Street, in der *Underground Station*. Es sind glückliche Erinnerungen, in denen ich mich Luke besonders verbunden fühlte. Weil es mir vor ihm nie gelungen war, nicht an die Menschen zu denken, die mich sehen. Ich will diese Erinnerungen nicht überlagern. Aber als Luke mir seinen AirPod hinhält, greife ich zögernd danach.

Das Lied, das mir gleich darauf sacht ins Ohr dringt, kenne ich: ›Rewrite the Stars‹ von Sterre Koning und Menno Aben. Wenn zwei Menschen einander wollen, können sie sich doch nicht einreden lassen, das sei falsch. Dann können sie ihr Schicksal doch ändern, oder? Aber das Problem sind nicht die Leute, die von außen auf uns gucken. Das Problem sind wir. Das Problem ist alles, was zwischen uns zerbrochen ist.

Ich beuge mich zu Luke, schlinge meine Arme um ihn, atme seinen Duft ein, der nach Zuhause riecht. »Wir müssen uns loslassen, Luke.« Ich küsse seine Wange. »Wir beide, bitte.«

Kapitel 33

Noahs Karten sind anderer Meinung. Gestern Abend – nach meinem Gespräch mit Luke auf der Treppe – hat Noah sie in einem komplizierten System auf dem Tisch ausgebreitet und über dem *Tod*, der *Drei der Schwerter* und der *Acht der Münzen* gebrütet. Schließlich hat er sie jedoch beiseitegeschoben und wir haben uns im dunklen Garten hinter den Ahorn gesetzt.

»Gebrochenes Vertrauen lässt sich heilen«, hat Noah beharrt, als ich dem Vortrag, den ich erwartete, vorgriff und ihm meine diesbezügliche Meinung mitteilte. »Wenn man sich genug Mühe gibt, einander zu verstehen. Aber das ist hier gar nicht mehr das Wichtigste. Es geht nicht darum, was möglich ist und was nicht. Es geht darum, was du willst. Und ich habe das größte Vertrauen in dich, Maggie, dass du das herausfinden wirst.«

Ich habe meine Arme um ihn gelegt, weil mir klar war, wie viel es für Noah bedeutete, dass er mir und nicht seinen Karten vertraute.

»Das weiß ich doch schon«, habe ich leise gesagt. Noah hat meine Umarmung etwas steif erwidert und mir ist klar geworden, welchen langen Weg er gegangen ist – von dem Kind, das einen Wutanfall nach dem nächsten bekam, weil niemand ihn verstand, zu dem jungen Mann, der manchmal wirklich kluge Dinge sagt und der seine Wege gefunden hat, sich zu beruhigen, wenn ihn heutzutage niemand versteht. Aber diesmal habe ich ihn verstanden und ich werde jetzt die *Herrscherin* sein. Es geht nicht darum, wer ich bin oder wer den besten Menschen aus mir macht. Es geht darum, wer ich sein will – welche von allen möglichen Maggie-Varianten.

Mittlerweile stehen Luke und ich an einer Bushaltestelle auf der Essex Road und warten. Der Verkehr lichtet sich nach dem Sturm der Rushhour. Es ist noch frisch. Die kühle Luft kriecht unter mein luftiges Batikkleid, das in meiner Taille von einem geflochtenen Gürtel zusammengehalten wird. Ich habe es heute Morgen schnell übergeworfen, als ich aufwachte und Luke verschwunden war. Im ersten Moment dachte ich, er sei wieder wortlos gegangen. Er war jedoch nur wenig später von einem frühen Spaziergang zurückgekommen. Jetzt fröstele ich, aber die Sonne scheint kraftvoll von einem nahezu wolkenlosen Sommerhimmel und wird die Stadt bald aufheizen.

Luke wird nach Hause zurückkehren – zu seiner Familie, seinen Freunden und seiner Doktorarbeit in Computerlinguistik. Während wir die halbe Nacht über alles geredet haben, das nichts mit uns zu tun hatte – sogar über Kyra und ihre Zweifel mir gegenüber –, habe ich mich wieder wie ein Teil von Lukes Leben gefühlt, wie Maggie-mit-Luke. Und es hat sich nach jemandem angefühlt, der nicht wirklich ich ist.

Stumm sehen Luke und ich zu, wie Leute in den Bus steigen, der direkt vor uns hält. Luke macht keine Anstalten, sich ihnen anzuschließen. Stattdessen fährt er sich mit einer Hand durch seine schwarzen Haare.

»Empfindest du für Jaden, was du für mich empfunden hast?« Er schaut mich nur kurz an, beobachtet dann, wie der Bus davonfährt. »Ich weiß, du bist mir keine Rechenschaft schuldig. Ich frage mich nur, wie sich das anfühlt: jemand anders zu lieben.«

»Anders«, sage ich. »Er ist keine Naturgewalt, wie du es für mich warst, Luke. Aber das ist gut so. Er ist einfach er und ich bin einfach ich.« Ich denke an das, was ich im verwunschenen

Garten von *St Dunstan* zu Jaden gesagt habe: Ich hatte eine Vorstellung von ihm, aber mit seinen Ecken und Kanten verstanden habe ich ihn erst in diesem Moment – ein Moment, den Luke und ich vielleicht nie hatten. Wir hatten nur ein nicht ganz richtiges Bild voneinander. »Du hast mich erfunden, Luke. Und als du mich verlassen hast, ist diese erfundene Version in sich zusammengefallen. Jetzt erfinde ich mich selbst. Ich weiß nicht, ob Maggie-ohne-Luke so wunderbar ist wie Maggie-mit-Luke, aber es ist genau die Maggie, die ich sein will.«

Er nickt langsam. Mit Luke war immer alles eine Frage des Einander-Brauchens, des Einander-haben-Müssens, des Ohneeinander-nicht-leben-Könnens. Mit Jaden ist es eine Frage des Wollens. Ich will ihn wiedersehen. Ich will von ihm berührt werden und ihn berühren. Ich will ihm sagen, dass ich genauso verliebt bin wie er. Es fühlt sich richtig an, aber mein Leben hängt nicht davon ab.

»Er wird das nicht können.« Lukes Worte schrecken mich auf.

»Was?«

»Ich kann mir nicht vorstellen, dass er mit unserer Geschichte klarkommt, wenn ich nicht mal deine Gefühle für Finn akzeptieren konnte, die ich mir zum Großteil ja nur eingebildet habe.«

Ich will widersprechen. Denn Jaden ist nicht Luke. Unter all seiner Entschlossenheit und Lockerheit hat er etwas Unerschütterliches. Aber vielleicht ist das nichts, was ich mit Luke diskutieren sollte.

»Ein letztes Mal noch?« Erst als ich Luke fragend ansehe, bemerke ich, dass er mir einen seiner AirPods hinhält. Da ist ein zaghaftes Lächeln in seinem Gesicht – eins, das seine Grübchen nur erahnen lässt.

Ich greife nach dem Hörer und schiebe ihn mir ins Ohr.

Sofort werde ich vom energischen Sound von Lynn Andersons ›Rose Garden‹ ergriffen. Unwillkürlich muss ich lächeln. Luke hält mir eine Hand hin und ich ergreife sie. Die schnelle Drehung, mit der er mich herumwirbelt, bringt mich zum Lachen. Ich nehme die überraschten Blicke einiger Umstehender wahr und schließe die Augen, als Luke mich an sich zieht. Unsere Körper fügen sich perfekt zusammen. Ich ahne voraus, wie er sich bewegen wird, und passe mich seinem Schwung an, wie ich es immer gemacht habe. Ein letztes Mal. Bis ich mich schließlich gegen seinen kräftigen Brustkorb presse, seine Hitze in mich aufsauge. Ich vergrabe mein Gesicht in seinem T-Shirt, atme seinen unverwechselbaren Luke-Duft ein, der tausend widersprüchliche Gefühle in mir auslöst.

»Leb wohl«, murmle ich.

Kurz hält er mich noch fester. Und dann ...

... lassen wir einander los.

Kapitel 34

Bist du zu Hause?, schreibe ich Jaden, als Lukes Bus aus meinem Blickfeld verschwunden ist.

Drei hüpfende Punkte verraten mir nur wenig später, dass Jaden mir antwortet. Seine Nachricht lässt jedoch auf sich warten, sodass ich auf das gefaltete Papier in meiner Hand blicke. Luke hat es mir im letzten Moment zugesteckt – eine Bleistiftzeichnung von mir. Mein Blick ist in die Ferne gerichtet. Ich sehe nachdenklich aus. Meiner Miene ist kaum zu entnehmen, was ich fühle. Auf meinem Mund liegt die Andeutung eines Lächelns, aber in meinen Augen scheint sich ein Gewitter zusammenzubrauen. Luke hat mich perfekt getroffen.

Erst als mein Handy vibriert, reiße ich meinen Blick von der Zeichnung los. Jadens Antwort ist deutlich kürzer ausgefallen, als die emsigen Punkte hätten erwarten lassen. *Bin im Sender und frühestens um fünf zu Hause.*

Kann ich dann vorbeikommen?

Wieder muss ich warten. Scheint, als läge ein langer Tag vor mir. *Ja*, schreibt er endlich zurück. Seufzend stecke ich mein Handy weg. Ich weiß, ich hätte mich früher bei ihm melden müssen, aber in meinem Kopf war einfach zu viel los – und in meinem Herzen.

Ich nehme mein Fahrrad, um zur Arbeit zu fahren, schaffe es irgendwie, im Laufe des Vormittags einen Auftrag abzuschließen, und nutze die Mittagspause, um mich für die Uni-Kurse anzumelden, die ich mit meiner Studienberaterin ausgewählt habe. Ich weiß jetzt, dass ich wieder zur Uni gehen kann – und dass ich es auch will. Thea ist die Einzige in der Agentur, der ich davon erzähle. Ich muss mir noch überlegen, wie ich Emma beibringen soll, dass ich in Zukunft deutlich weniger für sie arbeiten werde. Gegen halb fünf verlasse ich die Agentur und fahre gemächlich über die Shoreditch High Street Richtung Norden.

Ich genieße die Sonnenhitze auf der Haut, den leichten Wind im Gesicht. Ich denke an Luke, der wahrscheinlich in seinem umgebuchten Flug zurück nach Los Angeles sitzt und hoffentlich das Gleiche fühlt wie ich: dass es eine gute Entscheidung war. Keine leichte. Aber eine gute.

Ich bin nervös, als ich mein Fahrrad in dem winzigen Streifen Vorgarten vor Jadens WG in einen Busch schiebe.

Eine von Jadens Mitbewohnerinnen lässt mich rein und sagt mir, dass er sich in seinem Zimmer umzieht, weil er gerade erst nach Hause gekommen ist. Mir schießt eine Welle von Adrenalin ins Blut, als ich auf mein Klopfen hin seine Stimme höre: »Komm rein.«

Ich versuche mein tanzendes Herz zu ignorieren, das in mir sämtliche Zellen zum Hüpfen bringt, obwohl Jaden mich nicht mal anlächelt. Sein Blick ist eher wachsam auf mich gerichtet. Er sitzt in Shorts und einem grasgrünen T-Shirt an seinem Schreibtisch und schiebt gerade einige Hefter in seine Ledertasche.

Ich schließe die Tür hinter mir und lehne mich mit dem Rücken dagegen, weil ich nicht weiß, was ich sonst tun soll. Außer dem Schreibtischstuhl gibt es keine Sitzmöglichkeit im Raum und ich werde ganz sicher nicht auf dem Bett Platz nehmen, auf dem wir vor wenigen Tagen miteinander geschlafen haben. Das Holz der Tür ist wenigstens stabil und gibt mir etwas Halt.

»Hi«, sage ich leise.

»Hi.« Er schiebt seine Tasche unter den Schreibtisch und sieht mich an. »Ist Luke …?«

»Er ist abgereist«, sage ich, als seine Frage unausgesprochen verklingt.

Mit leicht zur Seite geneigtem Kopf sieht er mich an. »Ist das gut oder schlecht?«

»Das ist richtig«, sage ich fest. »Und es tut mir leid, dass ich mich nicht früher gemeldet habe. Ich wollte dich nicht warten lassen. Aber ich war aufgewühlt und wusste nicht, was ich denken oder fühlen, geschweige denn dir sagen sollte.«

Jaden schüttelt den Kopf. »Schon gut. Du bist mir keine Rechenschaft schuldig. Ich hätte dir nicht gesagt, wie es mir mit dir geht, wenn ich nicht damit zurechtkäme, dass du anders fühlst. Ich wusste ja von Luke.«

»Jaden«, unterbreche ich ihn, »das Timing war mies, und auch wenn ich nichts dafür konnte, tut mir das leid. Trotzdem war es gut, dass Luke und ich reden konnten. Dir habe ich aber auch einiges zu sagen.«

Er nickt und lehnt sich in seinem Stuhl zurück. »Okay.« Seine Arme liegen entspannt auf den Lehnen. Ich wünschte, ich wäre nur halb so ruhig wie er.

»Ich habe mich auch in dich verliebt.« Mir wird bewusst, dass ich mich mit dem Rücken gegen die Tür drücke, und trete entschlossen einen Schritt vor. »Ich weiß nicht, wie das möglich war, denn eigentlich war ich beschäftigt damit, Luke zu vermissen. Was ich dir neulich gesagt habe, ist die Wahrheit: Meine Gefühle für Luke sind nicht einfach verflogen. Aber ich bin trotzdem in dich verliebt.«

Ich versuche Jadens Miene zu lesen, aber er blickt auf einen Punkt irgendwo vor meinen Füßen. »Dann liebst du ihn noch?«, fragt er nur.

»Ich habe ihn sehr geliebt. Ich glaube nicht, dass ich jemals an ihn denken und mich nicht daran erinnern werde. Aber er ist nicht derjenige, mit dem ich zusammen sein will. Und das würde zur Liebe doch dazugehören, oder?«

Jaden hebt die Schultern. »Vielleicht.«

»Ich habe mich gefragt, ob du damit nicht ... vielleicht ... leben kannst?« Hoffnungsvoll sehe ich ihn an. Sein Brustkorb hebt sich unter einem tiefen Atemzug. »Ich meine, Luke ist weit weg. Du und ich, wir sind hier. Er ist nicht derjenige, den ich will. Das bist du. Und darauf kommt es an, oder?«

Er scheint nachzudenken. Ich sehe seine Lippen zucken, aber er sagt nichts. Schließlich steht er auf. Einen winzigen Moment lang ballt sich alles in mir in der Hoffnung zusammen, er werde auf mich zukommen. Doch dann tritt er stattdessen von mir zurück und lehnt sich an die Fensterbank.

»Ich glaube nicht, dass ich das kann.« Die in mir glühenden Nervenfasern brennen durch. Ich atme schwer. »Was, wenn du ihn doch irgendwann wiedersiehst? Wenn er sich bei dir meldet? Sagst du mir das dann? Oder behältst du es für dich, um mich nicht zu verletzen? Wirst du ihm antworten? Und was, wenn wir in wenigen Wochen feststellen, dass das mit uns doch nicht passt? Gehst du dann zu ihm zurück?« Ich schüttele den Kopf, aber Jaden spricht weiter. »Was, wenn du an ihn denkst, während du bei mir bist? Oder während wir miteinander schlafen? Gibst du das dann zu? Oder muss ich mich ständig im Stillen fragen, wie ich im Vergleich mit ihm gerade abschneide?«

Ich schüttele den Kopf. »Wenn du willst, verspreche ich dir, immer so schonungslos ehrlich mit dir zu sein wie jetzt. Keine Lügen, keine Auslassungen, keine Flunkereien.«

Ich sehe ein Lächeln über sein Gesicht fliegen. »Wie soll das funktionieren, wenn dein Ex ständiger Teil unserer Beziehung ist? Der übrigens auch noch wie ein Football-Star aussieht.«

»Baseball«, sage ich leise.

»Was?«

»Er spielt Baseball.«

Jaden stöhnt auf.»Das wird immer schlimmer.«

»Ich interessiere mich überhaupt nicht für Sport«, protestiere ich.»Warum, glaubst du, mache ich Hula-Hoop-Fitness? Weil da niemand einen Ball nach mir wirft. Und außerdem ... Jaden ...« Ich mache einen Schritt auf ihn zu, aber er schüttelt den Kopf, sodass ich wieder stehen bleibe.»Außerdem habe ich in deiner Gegenwart nicht die Tendenz an Luke zu denken. Ich glaube nicht, dass er viel Raum zwischen uns einnehmen würde.« Jaden mustert mich nachdenklich. Schließlich ruht sein Blick auf meinem Gesicht – seine Augen dunkel wie Zartbitterschokolade.»Ich würde auch in deinen Podcast kommen«, platzt es aus mir heraus.

Er lacht auf.»Was soll das jetzt? Versuchst du es gerade mit Bestechung?«

»Nein, natürlich nicht.« Hastig schüttele ich den Kopf. Schlagartig fällt mir ein Song ein, den ich kürzlich irgendwo gehört habe, während ich mit Jaden unterwegs war: ›Have a Little Faith In Me‹.»Nur damit, dir zu vertrauen. Und in der Hoffnung, dass du mir vertraust. Ich dachte, der Podcast ist ein Zeichen?«

Er blinzelt überrascht.»Das ist ... wirklich ... Das ist eine süße Geste von dir. Aber ...« Er schüttelt den Kopf und fängt von Neuem an.»Unser Timing ist wirklich mies, Maggie. Wir haben ja schon festgestellt, dass auch meine Trennung von Alice nicht lange her ist. Und solange du nicht über Luke hinweg bist, erscheint mir das mit uns keine gute Idee zu sein. Irgendwann vielleicht mal.« Da sind sie wieder: seine unverbindlichen Worte. Ich starre ihn an, will etwas sagen. Aber mir wird bewusst, dass ich alles, was ich sagen könnte, schon gesagt habe.»Wenn wir es dann noch wollen. Es ist einfach nicht der richtige Moment.« Jadens Stimme ist leise, aber auch mit mehr Nachdruck hätten seine Worte keinen größeren Effekt erzielen können.

Natürlich. Er hat recht.

»Aber warum fällt dir das jetzt ein?«, entfährt es mir.

»Es ist mir nicht jetzt eingefallen. Es ist mir in dem Moment eingefallen, in dem dieser Baseball-Star aus Kalifornien vor deiner Haustür saß.«

»Na gut, aber was hat Alice jetzt damit zu tun? Vor zwei Tagen hat zumindest sie dich nicht zurückgehalten.«

Er seufzt tief. »Sie hat mich gestern Abend angerufen, um in Ruhe zu reden. Sie hat mich über alles Mögliche gelöchert – auch über dich. Und als ich zugegeben habe, dass wir miteinander im Bett waren, hat sie mich wieder beschimpft.«

»Und das heißt was?«

Er verschränkt die Arme vor der Brust. »Ich war vielleicht in keiner so intensiven Beziehung wie du, aber dafür in einer langen. Vielleicht brauchen wir jetzt beide erst mal etwas Zeit für uns, oder?«

Eins, zwei, drei, vier, fünf, sechs, sieben, acht, neun, zehn. Diese blöde Zählerei bringt nichts. Seine Worte tun genauso weh wie im ersten Moment. In meinem Kopf beginnt es zu rauschen, während ein Gedanke wie eine Windhose Geschwindigkeit aufnimmt: Er will mich nicht.

Okay, das tut weh. Das tut verdammt weh. Und ich brauche jetzt doch wieder die Tür in meinem Rücken. Aber ich werde es überleben. Vorsichtig atme ich ein und dann langsam wieder aus.

»Dann gehe ich jetzt.«

Jaden senkt den Kopf, nickt aber. »Es ist richtig so.«

In seiner Welt mag es richtig sein. In meiner Welt fühlt es sich nicht so an. Und deshalb vergieße ich, als ich auf mein Fahrrad steige, doch ein paar Tränen. Aber mit einem hat Jaden recht: Jetzt brauche ich auf jeden Fall erst mal Zeit für mich.

Kapitel 35

Als ich gerade mein Fahrrad die Stufen von Grandma Lawsons Haus hinaufschleppen will, stürmt von seitwärts eine Gestalt heran. Erschrocken wirble ich herum.

»Oh, sorry, ich wollte dich nicht erschrecken.« Kyra bleibt atemlos vor mir stehen. Zu ihren schwarzen Shorts trägt sie eine weiße Bluse und darüber eine ärmellose Weste. Ihre Haare hat sie wieder lose im Nacken zusammengefasst.

»Hey, ich dachte, ihr wolltet heute Vormittag zurück nach Bletchley fahren.«

»Ich konnte nicht fahren, ohne dir den hier persönlich zurückzugeben.«

»Was?« Ratlos sehe ich sie an und stelle mein Rad auf den Ständer, als ich den Brief in ihrer Hand entdecke.

»Sorry, mir ist das total unangenehm«, entschuldigt Kyra sich schon wieder. Finn taucht neben ihr auf.

»Ach, Mags.« Spontan macht er noch einen Schritt auf mich zu und schließt mich fest in seine Arme. Was soll ich sagen? Nach dem ganzen *Kopf hoch, Brust raus und Bauch rein* tut es einfach gut, einen Moment lang loszulassen. Ich schließe die Augen. »Das muss ein Schock gewesen sein«, sagt Finn an meinem Ohr. »Deine Grandma hat uns gesagt, dass er wieder abgereist ist.«

Ich nicke und mir fällt ein, dass Kyra unsere Umarmung eventuell falsch verstehen könnte, sodass ich mich von Finn losmache. »Danke noch mal für deine Nachricht, dass ich dich anrufen kann.«

Er grinst zufrieden. »Offenbar hattest du keine Hilfe nötig. Deine Grandma meint, dass du die Situation wie eine echte Lawson gemeistert hast.«

»Tatsächlich?« Ich muss lachen. Mit so einer Sorte Lob hätte ich niemals von ihr gerechnet.

»Sie hat übrigens gebacken.« Finn grinst mich an. »Ihre *Chocolate Tarte*.«

»Seid ihr deshalb länger geblieben?« Lächelnd blicke ich zu Kyra, die immer noch den Brief in beiden Händen hält, als sei er zu schwer, um ihn in einer zu halten.

»Ich wollte es dich nur wissen lassen, weil Meredith gerade nach Hause gekommen ist«, erklärt Finn.

»Oh, dann beeile ich mich lieber.« Ich will schon wieder nach meinem Fahrrad greifen, aber Kyra tritt endlich vor.

»Ich muss dir den wiedergeben.«

»Was ist das?« Ich greife nach dem Brief, den sie mir hinhält, und zucke zusammen, als ich meine eigene Schrift auf dem Umschlag erkenne. »Das ist ... Das ist mein Brief an Luke.« Entgeistert sehe ich sie an. »Wo hast du den her?«

»Luke hat heute Morgen bei uns geklingelt«, sagt Finn rasch an ihrer Stelle.

»Er war bei euch?«

»Nur an der Tür. Mein Dad war extrem unhöflich zu ihm, weil er seine morgendliche Routine auf dem Weg ins Büro gestört hat. Aber Luke hat sich nicht abwimmeln lassen.«

»Was wollte er von dir?«

»Er wollte zu mir«, antwortet Kyra. »Er hat gesagt, dass ich den Brief lesen soll. Er sagte, er ginge mich eigentlich nichts an. Aber wenn ich den geringsten Zweifel hätte, was Finns und deine Freundschaft zu bedeuten hat, solle ich ihn lesen.«

Ehrlich gesagt komme ich noch nicht ganz mit. Als ich heute Morgen dachte, Luke sei spazieren gegangen, hat er bei Finn geklingelt, um dessen neuer Freundin einen meiner Briefe an ihn zu überlassen? Hitze steigt mir in die Wangen. Ich habe diesen Briefen jeden innersten Winkel meiner Gefühlswelt anvertraut. Wie konnte er das tun?

Kyra verschränkt ihre Hände miteinander, als würde sie den Brief noch immer halten. »Und ... Ich habe ihn gelesen.« Sie sieht mich an, erwartet wohl, dass ich wütend reagiere. Ich bin auch wütend, presse jedoch die Lippen zusammen. »Es tut mir leid«, sagt sie leise. »Ich weiß, dass ich es nicht hätte tun sollen, aber gleichzeitig bin ich froh darüber.«

Ich blättere den Umschlag auf. Es ist mein vierter Brief an Luke, in dem ich über meine Gefühle für Finn geschrieben habe.

»Ich glaube, er hat ihn mir gegeben, weil er dir helfen wollte«, höre ich Kyra sagen. »Ich wollte nie von Finn verlangen, sich nicht mehr mit dir zu treffen. Aber Luke meinte, er habe anfangs auch gedacht, er könne damit leben, und dann konnte er es doch nicht. Also, wer weiß ... Ich verstehe euch jetzt auf jeden Fall besser.«

Vorsichtig sehe ich zu Finn auf. »Hast du ihn auch gelesen?« Irgendwie kenne ich die Antwort, bevor ich sie aus seinem Mund höre.

»Das brauchte ich nicht. Ich weiß ja, was drinsteht. Oder?« Ich nicke erleichtert. Das hier waren meine Worte an Luke. Und Finn wäre wohl nicht Finn, wenn er das nicht verstanden hätte. Trotz meiner Wut darüber, dass Luke den Brief weitergegeben hat, verstehe ich auch seine Intention. Vielleicht sollte es ein letztes Geschenk für mich sein, nachdem ich ihm in der Nacht erzählt hatte, wie viel Angst mir der Gedanke macht, Finn zu verlieren. Und ich verstehe Kyra.

»Tut mir wirklich leid«, sagt sie noch mal, als ich sie ansehe. »Ich konnte nicht anders.«

»Schon gut.« Ich bringe ein Lächeln zustande und nehme Kyra kurz entschlossen in den Arm. »Wenn es dir damit besser geht, hat der Brief seinen Zweck erfüllt – nur auf etwas andere Weise, als ich mal dachte.«

Auch Finn umarmt mich erneut. »Mein Praktikum endet in drei Wochen. Dann bin ich wieder hier.«

Diese Aussicht ist immerhin ein kleiner Trost. Ebenso wie Grandma Lawsons *Chocolate Tarte*. Sobald ich mich von Kyra und Finn verabschiedet und mein Rad in dem winzigen Unterstand rechts neben der Haustür abgestellt habe, flitze ich nach drinnen.

Grandma Lawson, Noah und Meredith sitzen im Garten. Von der Tarte ist nur noch die Hälfte übrig. Noah begnügt sich offensichtlich mit einer Trockenobstmischung. Meredith schiebt mir sofort ein Stück Tarte auf einen Teller, als sie mich kommen sieht.

»Soll ich dir einen Smoothie machen?«, schlägt Noah vor, aber ich schüttele den Kopf.

»Nein danke. Ich glaube, ich esse heute einfach nur Nachtisch.«

»Wie geht es dir?« Besorgt mustert Tante Meredith mich, während ich mich setze und genießerisch das erste Stück Kuchen esse.

»Ich gehe morgen zu Emma und kündige meinen Job«, erkläre ich statt einer Antwort.

»Tatsächlich?« Überrascht heftet Grandma Lawson ihren Blick auf mich. »Und dann?«

»Ich habe noch ein paar Wochen Zeit, um mir einen neuen zu suchen. Dann startet das Schuljahr und ich gehe zurück an die Uni. Ich will versuchen, meinen Master in Drehbuchschreiben zu machen.«

Einen Moment lang ist es still am Tisch. Ich bin nervös angesichts der Aussicht, plötzlich wieder unter Druck schreiben zu müssen. Aber ich habe das schon früher geschafft und es gibt keinen objektiven Grund anzunehmen, dass ich es nicht wieder kann. Es gibt nur die Zweifel, die an meinem Selbstvertrauen nagen und denen ich mit diesem Schritt endgültig den Kampf ansage. Denn ganz abgesehen von der Nervosität bin ich auch positiv aufgeregt bei dem Gedanken, dass ich mich endlich wieder mit dem beschäftigen werde, was mich schon immer fasziniert hat: der Entwicklung guter Geschichten, dem Wahr-werden-Lassen von Träumen, der Erzeugung von Stimmungen, dem Aufbau von Spannung und der Auflösung in Pointen.

Als Grandma Lawson ihren Arm ausstreckt und meine Hand drückt, blicke ich überrascht auf. Das Sturmgrau ihrer Augen wirkt heller, als breche die Sonne durch die Wolken. »Das ist die beste Nachricht, die ich seit Langem gehört habe.«

Irgendwie schafft sie es, mich mit ihren Worten – oder vielleicht mit der Anerkennung und Zuversicht, die daraus sprechen – zum Strahlen zu bringen. In der Art, gegen die man völlig machtlos ist, weil das Gefühl tief im Bauch entsteht und sich direkt aufs Gesicht überträgt.

»Von einer beruflichen Änderung haben meine Karten gar nichts gesagt.« Noah mustert mich mit fast bewunderndem Interesse. »Wie kannst du dir so sicher sein, dass es der richtige Moment ist?«

Ich werfe Noah ein Lächeln zu. »Ich fühle es hier.« Ich drücke auf die leicht kribbelnde Stelle direkt dort, wo sich meine unteren Rippenbögen treffen. Noah nickt nachdenklich, als wisse er, wovon ich spreche. »Und als ich mich entschlossen habe, mein Studium wieder aufzunehmen, hatte ich keine Angst vor den Folgen. Deshalb bin ich mir sicher, dass es richtig ist.«

»Und was ist mit Jaden?« Meredith mustert mich neugierig. »Deine Mum hat auf der Hochzeit zwar hartnäckig Luke hinterhergetrauert, aber ich muss sagen, Jaden stand dir. Du wirktest ... zufrieden mit dir selbst.«

Ich hole tief Luft. *Bauch rein*, um das schmerzhafte Zusammenziehen meiner Nervenfasern zu reduzieren. »Jaden will mich nicht.« Grandma Lawson runzelt die Stirn und wirft mir einen irritierten Blick zu. Ich zucke mit den Schultern. »Aus seiner Sicht bringe ich wohl zu viel Ballast mit.«

Grandma Lawson gibt ein unzufriedenes Brummen von sich, sagt jedoch nichts dazu. Und ich bin fest entschlossen, mich von dem süß-herben Schokogeschmack und der intensiven Abendsonne trösten zu lassen, die so herrlich nach Sommer duftet.

Kapitel 36

»Ich kann nicht glauben, dass du bei den *Word Ghosts* aufhörst.« Thea hat sich bei mir untergehakt, während wir nach unserer Mittagspause zu *Kris' Odds and Ends* laufen, um das in Auftrag gegebene Briefpapier abzuholen. »Die Agentur wird ohne dich nicht mehr die gleiche sein.«

»Mir fällt es auch nicht leicht«, gebe ich zu. »Aber ich brauche jetzt eine echte Veränderung. Ich brauche Zeit für meine eigenen Geschichten – nicht mehr nur die der anderen.«

»Ich freue mich ja auch für dich.« Thea drückt meinen Arm, während wir in die kopfsteingepflasterte Rivington Street einbiegen. »Und wahrscheinlich ist es gut, dass du nicht sofort in die nächste Beziehung stolperst. Jetzt kannst du dich erst mal auf dein Studium konzentrieren und alles verarbeiten, was du mit Luke durchgemacht hast.«

Aber das stimmt nicht ganz. Denn von all den Entscheidungen, die ich in den letzten Tagen getroffen habe, und von all den Dingen, die passiert sind, ist Jadens Nein zu uns das Einzige, das sich nicht gut anfühlt – egal von welcher Seite ich es betrachte.

Obwohl die Tür zu Kris' gemütlichem Geschäft einladend offen steht, gehe ich ein paar Schritte daran vorbei, um zu sehen, ob das Cocktailglas noch an der Hauswand prangt. Es ist jedoch übersprüht worden – von einem gewaltigen in Grau- und hellen Blautönen gehaltenen Frauengesicht, das wie von einem Sturm verwischt ist. Nicht nur ihre Haare flattern im Wind, sondern auch Teile ihres Gesichts lösen sich auf.

»Was will uns der Künstler denn damit sagen?«, fragt Thea, die mir gefolgt ist.

»Diese Frage ist immer falsch«, entgegne ich grinsend. »Die Frage ist, was du in dem Bild siehst.«

»Ein freakiges Gesicht«, sagt Thea, ohne zu zögern. »Ich kriege Beklemmungen, wenn ich das ansehe.«

»Ich sehe Veränderung. Und Freiheit.«

Thea wirft mir einen bezeichnenden Blick zu. »Du scheinst wirklich in der genau richtigen Stimmung für einen Neuanfang zu sein.«

»Aber Geld muss ich trotzdem verdienen, damit ich die Miete bei meiner Grandma weiter zahlen kann«, entgegne ich, während ich Thea in die duftende Wärme von Kris' Laden folge. »Und deshalb brauche ich dringend einen neuen Job.«

Wie immer nehme ich mir einen Moment Zeit, tief einzuatmen, während Thea sich bereits den Schemel schnappt.

»Was, wer braucht einen Job?«, erklingt Kris' Stimme. Sie schleppt vier Packen Papier aus ihrer Werkstatt in den Laden und lässt sie auf den Tresen krachen. »Hallo, ihr beiden. Ich hoffe, ihr habt eure täglichen Work-outs gemacht. Das Zweihundert-Gramm-Papier müsst ihr erst mal geschleppt bekommen.« Sie dreht sich zu uns um und ich denke schuldbewusst daran, dass ich mindestens vier Sessions meines Hula-Hoop-Trainings verpasst habe. »Ihr wollt doch euer Briefpapier abholen, oder?«

»Ganz genau.« Thea sieht Kris erwartungsvoll an. »Und eine Tasse von diesem Mojito-Tee hätte ich gerne.«

»Wir kommen doch gerade erst aus der Mittagspause«, erinnere ich sie kichernd.

»Na und?« Thea hebt die Schultern. »Ich muss mich von dem Schock erholen, dass du gekündigt hast. Ein Mojito ist jetzt genau das Richtige.«

»Du hast gekündigt?« Kris, die schon grinsend nach der

angebrochenen Teedose im Regal hinter der Kasse greift, sieht mich völlig entgeistert an. »Du hast gekündigt?«

Ich nicke bedauernd. »Ich fange wieder an zu studieren.«

»Das ist wunderbar«, sagt Kris lahm. »Aber du kannst doch nicht aufhören, Briefe zu schreiben. Du müsstest meinen Dad mal hören, wie der von dir schwärmt.« Sie kommt um die Theke herum und bleibt mit in die Seiten gestemmten Armen vor mir stehen. »Wie hast du ihn eigentlich dazu gebracht, über seine Gefühle zu reden? Nachdem Kate deinen Brief gelesen hat, musste ich mir eine halbe Stunde lang am Telefon ihr Geheule anhören, weil sie keine Ahnung hatte, was in Dad vor sich ging. Ich ehrlich gesagt noch weniger.«

»Oh nein.« Erschrocken sehe ich Kris an. »Ich wollte Kate doch nicht zum Weinen bringen.«

Kris winkt ab. »Das hat ihr ganz gutgetan, glaub mir. Sie ist viel zu kontrolliert. Außerdem hat sie nicht wegen der Dinge geweint, die sie anders machen soll, sondern vor Rührung. Weil sie und ihre Familie es sind, die Dads Leben nach wie vor so lebenswert machen.«

»Ach so.« Ich muss schmunzeln. »Das habe ich geraten. Aber Pete hat es abgenickt.«

»Pete?« Irritiert runzelt Kris die Stirn.

»Dein Dad.«

»Er erlaubt dir, dich Pete zu nennen?«

»Er gewöhnt sich noch dran.«

»Ach, Maggie.« Kris zieht mich kurz an sich. »Wenn du so einen Einfluss auf Menschen hast, kannst du sie doch nicht im Stich lassen. Du musst weiter Briefe für sie schreiben.«

»Ich glaube, Maggie muss jetzt erst mal für sich selbst schreiben«, schaltet Thea sich ein. »Es ist höchste Zeit.«

Kris mustert mich nachdenklich. »Verstehe«, sagt sie schließlich und seufzt. »Dann sag mir wenigstens, was du jetzt vorhast. Du hast gerade davon geredet, dass du einen neuen Job suchst.«

Ich nicke. »Ich weiß nur noch nicht, was ich machen will. Ich brauche flexible Arbeitszeiten, einen guten Verdienst und eine eher ruhige Umgebung.«

»Klingt nach Bibliothek«, bemerkt Thea.

»Warum fängst du nicht bei mir an?« Kris verschränkt die Arme vor der Brust und sieht mich fragend an. »Ich suche doch jemanden. Habt ihr das vergessen?« Ehrlich gesagt ja. »Es wäre natürlich gut, wenn du so oft wie möglich tagsüber hier sein könntest, um Kundschaft zu bedienen und Bestellungen aufzunehmen. Aber die Abrechnung machen, die Regale befüllen oder Aufträge versenden, kannst du auch abends erledigen. Und wenn du Lust hast, kannst du sogar Schriften für meine Motivkarten entwerfen. Darin bist du sowieso besser als ich.«

Entgeistert starre ich Kris an. Passiert mir gerade etwa schon wieder etwas, das sich einfach richtig anfühlt?

»Also, was sagst du?« Mit schief gelegtem Kopf erwidert sie meinen Blick.

»Ja.« Ich muss lachen, als Kris' Augen aufleuchten, und ich falle ihr um den Hals. »Ja, lass es uns versuchen.«

»Das ist perfekt.« Quietschend springt Thea von ihrem Hocker und schlingt ebenfalls ihre Arme um uns. »Dann sind wir ja doch noch fast so was wie Kolleginnen.«

»Das müssen wir feiern«, verlangt Kris. »Immerhin kann ich endlich meine mühselige Suche nach einer zuverlässigen Aushilfe einstellen.«

»Feiern klingt gut.« Zufrieden nimmt Thea erneut auf dem Hocker Platz. »Mojitos für alle, würde ich sagen.«

Kapitel 31

Die bahnhofsgroße Wanduhr im Wohnzimmer tickt über unseren Köpfen. Einen kurzen Moment lang ist es so still, dass wir sie hören können. Meredith kocht, was immer einer Extremerfahrung gleichkommt. Sie wirbelt hektisch mit klappernden Pfannen, zig Kochlöffeln und Messern jeder Größe durch die Küche, um nach einem harten Kampf eine viel zu kleine Portion Essen auf den Tisch zu bekommen. Doch jetzt hat Grandma Lawson eingegriffen, um das Zitronenrisotto vor dem Anbrennen zu retten, und es kehrt Ruhe in der Küche ein. Grandma Lawson geht zu ihrem Schaukelstuhl zurück und Meredith schnippelt Gemüse für den Salat.

Ich habe die Literaturlisten für die Kurse ausgedruckt, die ich belegen will, und überprüfe, welche Texte ich schon kenne und welche ich mir besorgen muss.

Noah bringt dauernd meine Ordnung durcheinander, weil er mehr Platz für das Tarot-Deck braucht, das er in einem zunehmend komplexen System vor sich ausgebreitet hat.

»Zieh eine Karte, Maggie«, sagt er schließlich feierlich – genau in dem Moment, in dem Meredith aufschreit, weil sie vergessen hat, beim Klingeln des Alarms das Kräuterbaguette aus dem Ofen zu holen.

Ich blicke von meinen Unterlagen hoch und unterdrücke mein Seufzen, weil ich schon wieder unterbrochen werde. Aber ich tue ihm den Gefallen, schnappe nach irgendeiner Karte und starre darauf. Ein Mann und eine Frau stehen Adam-und-Eva-like in einer Art Garten. Hinter ihnen schwebt übergroß eine geflügelte Gestalt und alles wird von einer Sonne überstrahlt.

»Welche ist es?«, will Noah aufgeregt wissen.

»Ich glaube«, sage ich, während ich die Karte sacht auf den Tisch gleiten lasse, »diesmal irren sich deine Karten gewaltig.« Noahs Augen leuchten auf. »*Die Liebenden*«, haucht er andächtig. »Maggie!«

Ich schüttele den Kopf. »Bitte nicht, Noah. Ich will mich gerade wirklich auf andere Themen konzentrieren.«

»*Die Liebenden* stehen nicht immer für die Liebe«, erklärt er. »In der Regel beziehen sie sich aber auf Beziehungen. Sie bedeuten Erfüllung, die man im Miteinander findet.«

»Ja, in meinem Fall muss ich die Erfüllung in mir selbst finden«, entgegne ich nüchtern und fokussiere mich entschlossen wieder auf meine Bücherliste.

»Warum eigentlich?« Grandma Lawson greift nach ihrem Stock und stemmt sich aus ihrem Schaukelstuhl hoch.

»Es kann auch um die Erfüllung in einer Tätigkeit gehen«, meint Noah gleichzeitig. »Aber so, wie ich die Karten gelegt habe, glaube ich nicht, dass so eine Interpretation naheliegt.«

Grandma Lawson setzt sich neben mich an die Kopfseite des Tisches und mustert mich aus ihren sturmgrauen Augen.

»Warum will dieser Junge mit den zu langen Haaren dich nicht?«

Ich muss lächeln – ein bisschen wehmütig. Aber immerhin bin ich nicht in Gefahr, schluchzend auf dem Tisch zusammenzubrechen. »Sie sind höchstens ein bisschen zu lang, Grammie. Außerdem ist das Schönste an ihm sowieso sein Lächeln. Und seine Augen. Die haben die Farbe von Schokolade. Ist dir das schon aufgefallen?«

»Jaja«, brummt Grandma Lawson. »Das Schwärmen überlasse ich dir.«

Seufzend schiebe ich meine Unterlagen zusammen. Meine

Familie wird mich ja doch nicht mehr arbeiten lassen.« Jaden ist erst seit Kurzem von seiner Ex-Freundin getrennt. Und wahrscheinlich hat er recht: Stell dir vor, wir beide treffen irgendwo zufällig auf Alice und diese verwirrende Briefgeschichte kommt wieder hoch. Es wird aussehen, als hätte er meinetwegen mit ihr Schluss gemacht. Das wäre mir total unangenehm. Außerdem trage ich die Luke-Geschichte mit mir herum. Jaden ist der Meinung, es sei zu früh. Einfach nicht der richtige Moment.«

»Unsinn!« Ungeduldig lässt Grandma Lawson ihren Stock auf den Boden auftreffen. »Der richtige Moment kommt nie, wenn man auf ihn wartet. Man kann nur hoffen, nicht den falschen zu erwischen. Alles andere zählt nicht.«

Ihre Rigorosität bringt mich zum Schmunzeln. »Das glaube ich dir sogar, Grammie. Aber Jaden ist leider anderer Meinung.«

»Tatsächlich?« Sie hebt die Augenbrauen. »Er will sich von so etwas wie dem richtigen oder falschen Zeitpunkt vorschreiben lassen, mit wem er gegebenenfalls sein Leben verbringen will? Der Junge hat Nerven.«

»Na ja«, sage ich zögernd. »Meine Gefühle für Luke verunsichern ihn.«

»Was gehen die ihn denn an?« Grandma Lawsons Augenbrauen wandern noch höher.

»Ernsthaft, Mummy?«, schaltet Meredith sich aus der Küche ein, während sie im Risotto rührt und sich hektisch eine Haarsträhne aus der Stirn pustet. »Wie soll er sich denn auf jemanden einlassen, der nicht all-in ist?«

»Ich bin doch all-in«, protestiere ich. »Und ist es nicht besser, ehrlich zu sein? Zeigt das nicht, wie ernst es mir ist?«

»Ich habe leider die Erfahrung gemacht, dass Männer einen selten verstehen. Die müssen also nicht alles wissen.« Meredith nimmt den Topf mit dem Risotto vom Herd. »Das schmeckt echt lecker.«

»Habe ich es vermasselt?« Besorgt blicke ich zu Grandma Lawson.

»Unsinn«, wiederholt sie und schüttelt entschieden den Kopf. »Früher hat man von uns Frauen verlangt, als Jungfrauen in Beziehungen zu gehen. Für die große Liebe sollen wir heute nichts anderes sein – nur in emotionaler Hinsicht. Aber weder das eine noch das andere bestimmt unseren Wert. Und deshalb verstehe ich auch nicht, warum du aufgibst. Du sagst doch immer, Menschen sollten sich häufiger Briefe schreiben – egal ob ein ganzer Ozean sie trennt, nur ein paar Straßen oder eine andere Perspektive auf ein Thema. Also, Maggie, setz dich hin und schreib ihm einen Brief.«

»Aber nicht jetzt«, geht Meredith dazwischen. »Das Essen ist fertig. Mir muss nur jemand sagen, wie ich meine Salatsoße retten soll. Die schmeckt einfach nur scharf und nach Essig.«

Brummend steht Grandma Lawson auf, um ihrer Tochter in der Küche beizustehen.

Noah nickt mir aufmunternd zu. »Ich glaube, diese Geschichte ist noch nicht zu Ende.«

»Meinst du?«

Er schiebt seine Karten zusammen. »Es gibt Geschichten, da spürst du von Anfang an, dass sie ein Happy End haben werden. Man weiß nicht, wie es dazu kommt, aber man ahnt es die ganze Zeit voraus.« Er lässt eine Karte über den Tisch schlittern und sie kommt direkt vor mir zum Halten: *die Liebenden*. »Ich glaube, dass deine so eine Geschichte ist.«

Kapitel 38

Der richtige Moment kommt nie, wenn man auf ihn wartet. Wie viel Zeit soll ich mir also geben, bis ich an Luke denke, ohne etwas zu fühlen? Was, wenn das nie passiert? Und was, wenn ich jetzt schon weiß, was ich will? Auch wenn das Timing mies ist ... Ich will dich dafür nicht aufgeben, Jaden. Ja, Luke war wie ein Erdbeben in meinem Leben und wahrscheinlich habe ich genau das gebraucht. Das ist die Wahrheit. Aber auf Dauer will ich kein Leben im Erdbebengebiet. Ich bin verliebt in dich, Jaden. Ich will dir zeigen, wo es das beste Eis in Shoreditch gibt. Ich will mit dir in Hampstead Heath spazieren gehen und in St Dunstan zu Mittag essen. Und wenn ich im Fenster feststecke, will ich, dass du es bist, der mich rettet. Ich will uns eine Chance geben. Und ich weiß nicht, warum diese Wahrheiten weniger wert sein sollen als die andere.

Ich bin gestern Abend noch durch die laue Sommernacht in die Brownswood Road geradelt, um den Brief an Jaden durch den altmodischen Briefschlitz ins Haus zu werfen.

Natürlich könnte Jaden der Meinung sein, dass alles zu diesem Thema gesagt wurde, und mir deshalb nicht antworten. Natürlich schaue ich trotzdem ständig auf mein Handy, um zu sehen, ob er mich angerufen oder mir geschrieben hat. Nur um jedes Mal festzustellen, dass er keins von beidem getan hat.

Meredith und Noah sind bereits zur Arbeit verschwunden,

als ich am Morgen meine Tasche packe. Die Hitze ist mit voller Wucht zurück und drückt unnachgiebig in mein Zimmer. Daher habe ich mir nur mein luftigstes Kleid mit Spaghettiträgern übergeworfen. Durchs Fenster sehe ich, dass Grandma Lawson sich mit ihrer Gartenschere an ihren üppigen goldorange blühenden Lady-of-Shalott-Rosen zu schaffen macht.

Da ich mit Kris erst gegen Mittag zur Einarbeitung verabredet bin, aber vorher endlich wieder zu meinem Fitnesskurs gehen will, schiebe ich gerade das Fenster hoch, um ihr Tschüs zu sagen, als es an der Haustür klingelt.

Ich schnappe mir meine Taschen und laufe die Stufen hinunter. »Ich mache auf«, rufe ich für den Fall, dass Grandma Lawson die Klingel im Garten gehört hat und sich herablassen wollte zu öffnen.

Ich reiße die Haustür auf und fühle etwas wie die zischelnde Lunte einer Feuerwerksrakete durch meinen Bauch flirren. Himmel!

»Jaden?« Überrascht starre ich ihn an – irgendwo zwischen Hoffnung und Angst, zwischen Herzhüpfen und Atemnot und weichen Knien. Ich klammere mich an die Tür.

Ein wenig verlegen lächelt er mich an. Er trägt Flipflops zu Shorts und T-Shirt und sieht aus, als käme er direkt vom Strand. Dazu passt auch der Becher mit halb geschmolzenem Eis, den er in der Hand hält.

»Schokolade, Himbeere und Minze«, sagt er. »Die perfekte Mischung, oder?«

Ich sehe ihm in die Augen. Die Morgensonne lässt die Schokoladen- und Karamelltöne in ein Kaleidoskop dunkler Facetten zerspringen. »Ja.«

Mit einer unsicheren Geste streckt er mir das Eis hin. »Es tut mir leid, wie ich reagiert habe, als du bei mir warst. Das war daneben und dein Brief hat mir das klargemacht.«

»Okay?« Nicht weniger unschlüssig greife ich nach dem

langsam durchweichenden Becher. Was will er mir sagen? Will er sich nur entschuldigen? Oder will er ... mehr?

Jaden greift in seine Hosentasche und zückt zwei Holzlöffel. »Wollen wir teilen, während du mir kurz zuhörst? Oder willst du das Ganze für dich?«

Zögernd nehme ich einen Löffel entgegen. »Ich esse und du redest«, beschließe ich. »Dann sehen wir weiter.«

»Okay.«

Wir setzen uns auf die oberste Treppenstufe und ich tauche meinen Löffel in die weiche, ineinander verlaufende Eismasse. Auf meiner Zunge schmilzt der süß-herbe Geschmack von Schokolade, fruchtiger Himbeere und frischer Minze. Himmel! Das hier *ist* die perfekte Mischung.

Fragend sehe ich Jaden an.

»Du hast absolut recht«, sagt er. »Die eine Wahrheit sollte nicht weniger wert sein als die andere. Als ich dir neulich sagte, dass du mir etwas bedeutest, hatte ich keine Ahnung, wie du reagieren würdest. Aber irgendetwas in mir hat, glaube ich, gehofft, dass du Luke einfach vergessen könntest.« Er holt tief Luft. »Und sosehr ich mir, ehrlich gesagt, immer noch wünsche, dass du das tust, weiß ich, dass es unrealistisch ist. Eigentlich spricht es für dich, dass du immer noch so genau weißt, was du an ihm geliebt hast.« Er sieht mir zu, wie ich das Eis in mich hineinlöffele. »Und deine Gefühle für mich will ich genauso wahrhaben. Die sind mir mehr wert als die Zweifel. Für den Moment glaube ich, dass ich sie aushalten kann. Und wer weiß ... Vielleicht verschwinden sie irgendwann ganz.«

Mit dem nächsten Eislöffel zögere ich auf dem Weg zum Mund. Mein Blick wandert zu Jaden – vorsichtig, fragend. »Bist du dir sicher?«

»Na ja.« Mit einem schiefen Grinsen hebt er die Schultern. »Immerhin scheint deine Grandma an mich zu glauben.«

Ich runzele die Stirn. »Was meinst du?«

»Neulich auf der Hochzeit sagte sie zu mir, es gebe Menschen, die seien wie Hasen. Die rennen, sobald sie auf Schwierigkeiten stoßen.« Gutmütig deute ich ein Augenrollen an, unterbreche Jaden aber nicht. »Es gibt Leute, die reagieren aggressiv, sobald sie sich im Geringsten provoziert fühlen. Und es gibt diejenigen, die beides nicht nötig haben. So wie Spencer, hat sie gesagt, auch wenn ich den nicht kenne. Aber sie meinte, ich erinnere sie an ihn.«

»Ernsthaft?« Erstaunt mustere ich ihn.

Er nickt. »Wieso? Wer ist dieser Spencer?«

»Spencer war ihr zweiter Ehemann.« Ich schöpfe geschmolzene Eissoße aus meinem Becher, bevor ich ihn an Jaden weiterreiche, damit er wenigstens ein paar Reste bekommt. »Um den hat sie hart gekämpft. Den hat sie sehr geliebt.« Ich beobachte Jaden mit neuem Interesse. Deshalb wirkte sie so angetan von ihm. »Ich kann mir gar nicht vorstellen, dass du wie jemand bist, den Grandma Lawson geliebt hat.«

»Hey.« Sein unendlich weites Lächeln bringt mich aus der Fassung. »Was soll das denn heißen?«

»Du hast für ihren Geschmack doch zu lange Haare. Und sie hasst Flipflops.«

»Ich bin mir ziemlich sicher, dass ich sie nicht ausgerechnet optisch an ihren verstorbenen Ehemann erinnere.«

Aus meinem Schmunzeln wird ein kleines Lachen. »Wahrscheinlich nicht.«

Jaden angelt sich ein paar Eisbröckchen aus dem Becher. »Als ich deinen Brief gelesen habe, ist mir klar geworden, dass ich mich eher wie ein Hase verhalten habe. Auch in Bezug auf meine Vergangenheit übrigens. Ich glaube, dass du damit absolut recht hattest. Ich will meine Geschichte selbst erzählen. Und deshalb habe ich mir für den nächsten Podcast eine junge Frau eingeladen, die ein Streetdance- und Kultur-Projekt für benachteiligte Jugendliche leitet. Darin werde ich auch über die Erfahrungen in meiner eigenen Jugend sprechen.«

»Echt?« Beeindruckt sehe ich ihn an. »Das finde ich großartig.«

Er nickt. »Ich habe mir mein Leben immer passieren lassen. Und jetzt will ich, dass du mir passierst.« Das Schokoladenbraun seiner Augen überschwemmt mein Herz mit süßer Hitze. Wenn jemand in der Lage ist, Zweifel auszuhalten, dann ist es Jaden. Weil er sich selbst vertraut.

Er gibt mir den halb aufgeweichten Eisbecher zurück und ich trinke die Reste in einem Zug aus, schmecke die perfekte Mischung aus Schokolade, Himbeere und Minze auf meiner Zunge, spüre, wie sich das Glücksgefühl in meinem Bauch ausbreitet. »Aber wenn die Zweifel zu stark werden, sagst du mir das dann? Fragst du mich, wenn du das Gefühl hast, irgendetwas über mich und Luke wissen zu müssen?«

»Wenn du mir versprichst, dass du mich nicht schonst, falls er sich wieder bei dir meldet – oder wenn du den Wunsch hast, dich bei ihm zu melden.«

»Ich verspreche es«, sage ich sofort und dann – weil ich das Gefühl habe, diesem Satz nicht genug Bedeutung verliehen zu haben – stelle ich den Eisbecher zur Seite, wende mich auf der Stufe Jaden zu und wiederhole: »Das verspreche ich dir.«

Er nickt, streicht sacht die Haarsträhne zurück, die sich aus meiner halb offenen Frisur gelöst hat. »Ich vertraue dir.«

Seine Fingerkuppe streicht ganz sacht über meine Wange – eine Berührung so leicht wie der Sommerwind. Unsere Gesichter kommen sich näher. Ich fühle schon seine Wärme auf der Haut, atme seinen frischen Geruch ein – eine Meeresbrise mitten in London. Aber unsere Annäherung ist zaghaft. Ich warte auf ihn, er wahrscheinlich auf mich.

»Danke für deinen Brief«, sagt er leise. »Danke, dass du nicht aufgegeben hast.« Wir sind uns so nah, dass sich unsere

Nasenspitzen beinah berühren, dass ich die Süße der geschmolzenen Eiscreme auf seinen Lippen zu riechen glaube.
»Ich denke, du hattest recht mit diesem Song von John Mayer. ›Wonderland‹.«
Ich runzele die Stirn. »›Your Body Is a Wonderland‹?« Aus meiner Perspektive sieht sein Lächeln wirklich und wahrhaftig unendlich aus. »Den Teil habe ich extra weggelassen.«
»Weil du meinen Körper nicht für ein *Wonderland* hältst?«
»Dein Körper ist das verdammt schönste *Wonderland*, das ich je gesehen habe.« Seine Stimme hat einen rauen Klang angenommen, der mit nur wenigen Worten schafft, dass sich sämtliche Härchen an meinem Körper aufstellen. Es fühlt sich an, als sirre ein elektrisches Feld zwischen uns. »Aber was ich sagen wollte, ist, dass du ein Wunderland bist, Maggie. Und dass es mich glücklich macht, jeden Winkel davon zu entdecken und kennenzulernen. Das ist die Wahrheit, die am stärksten ist.«

Oh nein, das kann nicht die Wahrheit sein, die am stärksten ist. Ich kenne eine, die noch stärker ist – nämlich die, dass mir noch nie jemand etwas gesagt hat, das mich so viele gute Dinge auf einmal hat fühlen lassen: Hitze und Glück und Leichtigkeit und Verlangen und ... Himmel! Mir hat noch nie jemand etwas so Schönes gesagt.

»Darf ich?« Meine Worte sind nur ein Flüstern schon halb auf seinen Lippen und er umfasst mein Gesicht mit beiden Händen und zieht mich an sich. Der Kuss ist lang, tief. Er ist ein ungeduldiges und trotzdem langsames, jeden Augenblick, jeden rasenden Herzschlag, jeden unruhigen Atemzug auskostendes Spielen von Zungen und Berühren von Lippen. Als Jaden sich atemlos von mir löst, sehe ich ihn mit schief gelegtem Kopf an. Ich kann unmöglich auf den Stufen vor Grandma Lawsons Haus sitzen und mir wünschen, Jaden würde hier und jetzt die Träger von meinem Sommerkleid beiseiteschieben. In mir ist alles so schwer und heiß, dass ich wohl dringend eine Abkühlung brauche.

»Eigentlich wollte ich ja zu meinem Hula-Hoop-Fitnesskurs, aber wir könnten stattdessen noch mehr Eis holen gehen«, schlage ich zittrig vor.

»Oder«, flüstert er mit seinen Lippen an meinem Hals, »wir könnten auf die Sache mit dem *Wonderland* zurückkommen.«

Oder ... Himmel! Oder das.

Nur Augenblicke später gelingt es mir, Loki abzuwehren und meine Zimmertür hinter uns abzuschließen. Und als wir uns gegenseitig ausziehen, streicheln, küssen, berühren – tiefer ... und noch ... tiefer –, als sich mein Aufstöhnen mit seinem Keuchen mischt, als ich hinterher in seinem Arm liege und seine Lippen kurz auf meiner Stirn fühle, da bin ich einfach glücklich. Ich bin glücklich, weil es das ist, was ich will. Ich fühle mich leicht und frei.

Als könnte ich auf Sonnenschein tanzen.

Kapitel 39

»Willkommen zur fünfundsiebzigsten Ausgabe von ›Let's think‹. Heute wird die Sendung etwas anders als sonst. Normalerweise spreche ich mit jungen Leuten und Zuständigen aus Politik, Wissenschaft oder Kultur über die entscheidenden Themen unserer Zukunft. Heute soll es um etwas gehen, das auf den ersten Blick nicht mal in unsere Gegenwart passt. Es geht um Briefe. Mal ehrlich: Wann habt ihr zuletzt einen bekommen, der keine Rechnung des Stromversorgers war? Wenn unsere Briefkästen schon heute meistens leer bleiben ... Wer braucht dann in Zukunft noch welche? Darüber – und warum Briefe sogar wieder mehr Beachtung finden könnten – will ich heute mit einer Frau sprechen, die bis vor Kurzem als professionelle Briefeschreiberin gearbeitet hat: Maggie Lawson. Vielen Dank, dass du hier bist.«

Der Raum ist eng. Ich klammere mich an die Tischplatte, auf der das Mikrofon befestigt ist, sich mir entgegenstreckt und auf meine Worte wartet. Die Kopfhörer drücken auf meine Ohren. Ich will Luft holen und ausatmen, bremse mich jedoch, weil ich Angst habe, dass überengagierte Atemzüge im Mikrofon zum Wirbelsturm werden könnten. Von der anderen Seite des Tisches fange ich Jadens Blick auf. Als er lächelt, tanzt mein Herz und ich lächle zurück.

Ich lasse die Tischplatte los. »Hallo, Jaden, vielen Dank, dass ich hier sein darf.«

Danke

Liebe Maggie und lieber Jaden! Ihr wart eine emotionale Achterbahnfahrt. Vielen Dank, dass ihr den Mut habt, es miteinander zu versuchen. Manchmal muss man an sich glauben und sich einfach trauen. Damit habe ich oft Probleme. Umso mehr bedeutet ihr mir, liebe Leserinnen und Leser! Maggies Imposter-Syndrome ist mir vertraut. Und deshalb hat jeder einzelne lobende Satz, jedes eurer wunderschönen Bilder, jede Nachricht und vor allem eure Liebe einen immensen Wert für mich. Ich danke euch von ganzem Herzen fürs Lesen!
Dass ihr meine Geschichte in Händen haltet, liegt an dem wunderbaren Team bei dtv. Danke für eure Begeisterung, eure großartige Arbeit und eure kreativen Ideen. Danke ganz besonders dir, Luzie, für deinen punktgenauen Input. Und einen Riesendank an meine Lektorin, Katja Hildebrandt! Du entschuldigst dich immer für deine Spitzfindigkeiten, aber ich schätze deine Arbeit gerade deshalb so, weil du genau hinschaust und mir Fragen stellst, wenn ich mich unklar ausdrücke. Danke, dass du Finn so wichtig gemacht und die Geschichte in die richtige Spur geführt hast.
Außerdem möchte ich dir danken, Kathrin, weil du mich spüren lässt, wenn ich mit einer Idee auf der richtigen Fährte bin, und du dich so wunderbar mit mir freust.
Das tun natürlich viele Menschen, die ganz viel Platz in meinem Herzen einnehmen: meine Freundinnen und Freunde und meine Familie. Ich kann nicht oft genug sagen, wie froh ich bin, dass es euch gibt. Für diese Geschichte hast du mich mit

Hintergrundinfos versorgt, Inga. Schön, dass du so herrlich verrückte – und manchmal auch ein bisschen kranke – Dinge erlebt hast, während du als Reporterin unterwegs warst. Danke, dass wir uns haben und ich mich dir immer nah fühle, auch wenn uns ein paar Hundert Kilometer trennen. Ich schätze, das ist so ein Schwesternding.

Außerdem möchte ich dir danken, Laura. Du bist mit deiner Ausdauer ein echtes Vorbild für mich – und für Maggie bestimmt auch. Denn stark sein bedeutet nicht, immer zu gewinnen, sondern nicht aufzugeben. Und dir gehört auch ein besonderer Dank, Katharina. Der Battle ist hart, aber jedes »Ich denke an dich« macht ihn leichter. Danke, dass wir uns das so oft sagen.

Und vielen Dank an dich, Yassin, weil du dir so viel Mühe gibst, mich zu verstehen. Ich weiß, dir platzt wie Mr Bale manchmal fast der Kopf dabei, daher bedeutet mir das viel.

Ein ganz besonderer Dank geht an dich, Adi. Du hast mir bewiesen, dass es stimmt: Menschen können in Geschichten und Erinnerungen weiterleben. Du bringst uns immer noch zum Lachen. Und ich vermisse dich. Inga war die Erste, die mich fragte, ob du Mr Bale bist. *Nein*, habe ich geantwortet, *jedenfalls nicht bewusst*. Aber ich glaube, sie hat recht: Ein kleines bisschen hat er von dir. Schade, dass du nicht hundert geworden bist, um noch auf meine Kinder aufzupassen, wie ich es mir erhoffte, als ich klein war. Aber offensichtlich bist du irgendwie noch hier. Danke fürs Vorlesen, den Platz in der Kuhle, deine kantige Art und dass du mir gezeigt hast, wie groß mein Herz ist.

Maggies Playlist

Walking on Sunshine (Katrina and the Waves)

You Are the Reason (Calum Scott)

Troublemaker (Olly Murs ft. Flo Rida)

Timber (Pitbull ft. Kesha)

My Happy Ending (Avril Lavigne)

Have a Little Faith In Me (Mandy Moore)

Heat Waves (Glass Animals)

You Raise Me Up (Westlife)

Fascination (Alphabeat)

9 Crimes (Damien Rice)

Rewrite the Stars (Sterre Koning ft. Menno Aben)

Rose Garden (Lynn Anderson)

Your Body Is a Wonderland (John Mayer)

Beat of the Summer (Matts Song)

Will you give me your hand?
And what about your heart?
We stay up all night.
Am I doing this right?

Feel it on my skin.
Feel it here in my pulse.
Temperature is up.
It's midsummer now.

With the heat on your lips,
With the moves in your hips,
Day in, night out,
we're out and about.
This is the beat of the summer,
the beat of the summer,
the beat of the summer heat.

Let's go with the flow,
Do it fast or slow,
Don't only fly high,
Dive deep in the sky.

I know you believe
This might cause you pain,
But I won't cut your wings.
And you won't cut mine.

With the heat on your lips,
With the moves in your hips,
Day in, night out,
We're out and about.
This is the beat of the summer,
the beat of the summer,
the beat of the summer heat.

Summer will burn out,
We'll begin to fall.
But maybe there is time
And we'll find a new chime.

So have some faith in us.
Look in the mirror and trust
We'll be hand in hand
When summer ends.

I'm starting to believe,
We'll keep up the heat and
We'll be hand in hand
When summer ends.

With the heat on your lips,
With the moves in your hips,
Day in, night out,
We're out and about.
This is the beat of the summer,
the beat of the summer,
the beat of the summer heat.